古典文獻研究輯刊

十七編

曾永義 主編

第15冊

明中葉吳中文人集團研究

邱曉平 著

國家圖書館出版品預行編目資料

明中葉吳中文人集團研究／邱曉平 著 — 初版 — 新北市：花
木蘭文化事業有限公司，2018〔民 107〕
序 2+ 目 2+244 面；19×26 公分
（古典文學研究輯刊 十七編：第 15 冊）
ISBN 978-986-485-332-8（精裝）
1. 明代文學 2. 文學評論
820.8   107001706

ISBN-978-986-485-332-8

9 789864 853328

古典文學研究輯刊
十七編 第十五冊   ISBN：978-986-485-332-8

明中葉吳中文人集團研究

作　　者　邱曉平
主　　編　曾永義
總 編 輯　杜潔祥
副總編輯　楊嘉樂
編　　輯　許郁翎、王筑　美術編輯　陳逸婷
出　　版　花木蘭文化事業有限公司
發 行 人　高小娟
聯絡地址　235 新北市中和區中安街七二號十三樓
　　　　　電話：02-2923-1455 ／傳真：02-2923-1452
網　　址　http://www.huamulan.tw 信箱 hml810518@gmail.com
印　　刷　普羅文化出版廣告事業
初　　版　2018 年 3 月
全書字數　208966 字
定　　價　十七編 26 冊（精裝）新台幣 50,000 元

明中葉吳中文人集團研究

邸曉平　著

作者簡介

邸曉平（1974～），女，漢族，黑龍江省望奎縣人。先後就讀於齊齊哈爾師範學院、湖北大學、首都師範大學。師從張燕瑾教授，獲古典文學博士學位。現爲首都圖書館歷史文獻中心研究館員，研究方向爲明清文學、古典文獻學，曾於《文獻》《中國典籍與文化》《圖書館雜誌》等期刊發表論文多篇。

提　　要

　　明中葉吳中文人集團並不是一個古已有之的名稱，它是今人用來稱呼明朝中葉以沈周、文徵明等人爲代表的吳中地區文人團體的。

　　明中葉吳中文人的聯合基於地域原因而形成，以友相待，互相交往，互相切磋在吳中集團的形成及發展過程中起到了類似於組織手段的作用。在成化至弘治間，集團以吳寬、王鏊、沈周爲主要中心點，前兩人是集團的心理指歸，是聯繫吳中文人與其他群體的中心點；後者生活在吳中，是吳中文學活動的主要組織者、參與者、代表性人物；弘治正德時期，主要以祝允明、唐寅、文徵明爲主要中心點，他們在文學創作、文藝思想、行爲處事等方面，體現出吳中文人博學、擬古、隨性、具有批判性等特徵；進入嘉靖後，文人陣營越來越宏大了，中心點也有所增加。

　　明中葉吳中文人集團的文人們一度在弘治、正德年間開展了古文辭運動，文學創作也相應地呈現出某種與古人相近的風格面貌。在詩歌理論上，強調詩歌創作的思想性、情感性、有文采及以古法作詩。在文學創作中，以學養濟創作，詞采神韻兩相間，除了注意向古人學習外，還喜歡用日常口語、俚語。

　　沈周、祝允明、唐寅、文徵明是明中葉吳中文人集團中較爲重要的人物。沈周熱愛自然，書寫了對自然和人情的熱愛和認同。祝允明思想深邃，對許多問題有自己獨到的認識，他顯示出吳中文人集團在思想認識上超前的一面。唐寅前期創作偏於古風，後期則有近代文學的特徵。文徵明的文學創作體現出關心社會生活和偏向於追求恬淡的特徵。

序　言

　　《明中葉吳中文人集團研究》是邸曉平女士的一部有分量的學術專著。文人集團研究不同於作家、批評家等個案研究，需要時時以整體性、總體性的眼光進行觀照，而本課題的研究對象，其創作成就和影響又遠遠超出了文學的範圍，表現在文化領域的諸多方面。這是本課題的特點，其實，特點也是難點，是挑戰。

　　文學發展史，一代有一代之文學樣式，同樣一代也有一代之文學重鎮，這些文學重鎮往往各以其域內的文學活動，構成各自朝代不可或缺的創作實績和風格。吳中一州七縣是明代的經濟中心，也是文學中心。明代尤其是明中葉的吳中文人，由於特定時代和地域，他們具有了與以往文人不太相同的面目，如就影響力大小而言，他們不限於吳中，而是超越本地區，延及京城乃至整個帝國；就影響內涵而言，他們不限於詩文本身，而是在書法、繪畫乃至飲食等相關文化領域都有相當號召力；就影響性質而言，他們在文人圈中有引領作用，他們和商人、鄉紳，乃至政客，都有密切的交往。因而，宏觀勾勒明中葉吳中文人活動的脈絡、分析色彩斑斕現象下的細緻精微之處，以超越文學的視角來觀照文學從而立體呈現吳中地區這一明代文學重要版塊的發展規律，並為考察明代文學提供一個比較新穎的視角，便成為一件很有意義的事情。邸曉平的《明中葉吳中文人集團研究》便是為實現這一目標而進行的嘗試。

　　曉平君其人謹慎持重，這部書稿是她在 2004 年博士論文基礎上修改完成的。2001 年曉平君來到首都師範大學攻讀博士學位，寡言少說，沉靜得缺少點兒年輕人的「當代氣息」。但她勤勉而深思，當她選定明中葉吳中文人集團

這個題目的時候，我覺得這是一個研究界較少接觸的論題，儘管前人對其中部份成員，如唐寅、文徵明、徐禎卿等有一些研究，但把他們作為一個文學流派進行整體研究的，尚不多見。邱曉平接受了這個挑戰，她對吳中文人集團的歷史文化進行了探討，對其在明中葉的發展階段進行了界定，對他們的文學理論進行了概括，對他們的創作成就進行了評述，以及對集團的代表人物進行了個案研究，應當說，邱曉平對吳中文人集團的諸多重要方面都進行了細緻的研究工作。

時光真的如白駒過隙，十多年轉瞬過去了，對於吳中文人集團的研究又出現了不少新的成果，但重閱論文，可以發現當初的研究思路與框架結構，在今天依具有參考價值，文中的若干結論，也還是經得起時間的考驗。本次修訂，邱曉平吸收了近年來新的研究成果，補充了部份章節，並修訂了部份文字錯訛。我期待著曉平有更多的學術作為，也希望諸方大德不吝賜教。謝謝諸位。

張燕瑾
二零一七年九月二十七日於京華煮字齋中

目次

序說：明中葉吳中文人集團研究回顧

第一節　吳中文人集團得名的由來

　　明中葉吳中文人集團並不是一個古已有之的名稱，它是今人用來稱呼明朝中葉以沈周、文徵明等人爲代表的吳中地區文人的稱謂。這個稱謂的產生實際上也反映了人們對吳中地區文學研究的逐步深化的過程。從人們對「吳中四才子」——「吳中派」——「吳中文人集團」的注意中，吳中文人集團，這個主要依靠地緣關係而存在的文人集團，漸漸得到越來越多的關注。

　　吳中，在歷史上各個時期所指的範圍不盡相同。《辭源》對「吳」的解釋爲：「今江蘇吳縣，春秋時爲吳國國都，古亦稱吳中。《史記·項羽本紀》：『項梁殺人，與籍避仇於吳中。』」〔註1〕。（乾隆）《蘇州府志》卷一「建置沿革」指出其乃「禹貢揚州之域，春秋時吳國都也」。一般說來，從地理上講，吳地指的是長江三角洲南半部的太湖流域。就明代而言，據《明史·地理志一》，其時蘇州府領一州七縣，即吳（縣）、長洲、吳江、崑山、常熟、嘉定、崇明和太倉州，其中吳縣爲蘇州府冶所在。吳中一般即指以吳縣爲中心的蘇州府所領州縣。

　　吳中因其作爲吳國都的歷史，因其風土清嘉，也因其不斷出現的傑出人物，歷來被人們重視，初唐時，吳中文士張若虛、賀知章、張旭、包融就因其文學

〔註1〕 《辭源》第266頁，商務印書館1988年7月版。

創作成績傑出，被稱爲「吳中四士」。元末又有「吳中四傑」、「吳中詩派」。沈周說：「吳中詩派自高太史季迪後，學者不能造詣，故多流於膚近生澀，殊失爲詩之性情言句」〔註2〕。沈周似是較早提到「吳中詩派」的人。可見，在明代，吳人心中已有「吳中詩派」這一概念，已認爲以高啓、楊基、徐賁、張羽爲代表的吳中詩人是一個流派。自然，就「吳中四傑」而言，他們的個人創作風格既存在差異，也有總體上的相近相似之處，如高啓「出入於漢、魏、六朝、唐、宋諸家，特才調過人，步蹂未化」〔註3〕，楊基則「才長逸蕩，興多雋永，且格高韻勝，渾然無跡」〔註4〕，張羽之律詩「意取俊逸」，五古「低昂婉轉」，歌行「筆力雄放，音節諧暢，足爲一時之豪」〔註5〕，徐賁詩則「詞采遒麗，風韻淒朗。殆如楚客叢蘭，湘君芳杜，每多惆悵」〔註6〕。他們的詩歌都有取境擴大，筆力雄放、詞語清新的一面，稱他們爲「吳中詩派」並不爲過。

在明代中葉成化、弘治、嘉靖前期，吳中地區的文人交往、文人創作也出現了較好的發展勢頭。陸粲〈仙華集後序〉中談到「吳中昔以文學擅天下，蓋不獨名卿材士大夫之述作炫赫流著，而布衣韋帶之徒，篤學修詞者，亦累世未嘗乏絕。其在本朝憲、孝之間，世運熙洽，海內日興於藝文，而是邦尤稱多士」〔註7〕。《明史・文徵明傳》亦稱「吳中自吳寬、王鏊以文章領袖館閣，一時名士沈周、祝允明輩與並馳騁，文風極盛。徵明及蔡羽、黃省曾、袁裵、皇甫沖兄弟稍後出。而徵明主風雅數十年，與之遊者王寵、陸師道、陳道復、王穀祥、彭年、周天球、錢穀之屬，亦皆以詞翰名於世」。袁宏道也曾說過：「蘇郡文物甲於一時，至弘正間，才藝代出，彬彬稱極盛，詞林當天下之五」〔註8〕。從古人的評價及描述中，可以十分清楚地知曉明代弘治、正德、嘉靖時期吳中地區的創作盛況。不過，明清

〔註2〕 《耕石齋石田文抄》卷之九〈題周寅之詩稿〉，見《四庫全書存目叢書》集部第 37 冊第 150 頁，齊魯書社 1997 年版。

〔註3〕 （清）沈德潛《說詩晬語》卷下，人民文學出版社 1979 年 9 月版，第 237 頁。

〔註4〕 （明）顧起綸《國雅品・士品》，《歷代詩話續編》本。

〔註5〕 〈靜居集提要〉，《四庫全書總目》卷一六九「別集類」第二十二，清文淵閣四庫全書本。

〔註6〕 （明）顧起綸《國雅品・士品》，《歷代詩話續編》本。

〔註7〕 《陸子餘集》卷一，影印文淵閣四庫全書本。

〔註8〕 錢伯城《袁宏道集箋校》卷十八〈序姜陸二公同適稿〉，上海古籍出版社 1981 年 7 月版，第 689 頁。

時期的文人似並未稱呼此時期的吳中文人爲「派」，僅《明史》卷 286〈徐禎卿傳〉中「禎卿少與祝允明、唐寅、文徵明齊名，號『吳中四才子』」提到「四才子」之稱號。查清修《四庫全書》，《明史・文徵明傳》中所提到的 18 位吳中文人，四庫僅收錄了其中 8 位文人的 11 部作品。這些似乎說明在當時及後來的古人眼裏，明中葉吳中創作雖盛，但終歸還不算是一個流派吧。

派的本意是水的支流，引申爲事物的流別、流派。古人稱某一有一定文化職能、或相近創作風格、或相同文學主張的文人團體時，似乎極少用「派」來稱呼。如我們通常稱孔子是儒家學派的創始人，而《史記・孔子世家》中的描述則爲孔子「弟子蓋三千焉，身通六藝者七十有二人」，並未做出稱呼，《漢書・藝文志》將其稱爲「儒家者流」，也並未稱之爲「派」。至宋代呂本中有《江西詩社宗派圖》，才有「江西詩派」一說，金代趙秉文《滏水集・題黃山書後》說「又學易先生詩未可以江西詩派論也」，可見此詩派已有自己較成熟的文學主張並爲人承認。明清時又有公安派，《四庫全書總目提要》卷 179〈袁中郎集提要〉即言：「宏道有《觴政》，已著錄。其詩文所爲公安派也」；又有陽湖派，光緒初張之洞《書目答問》最先稱之。這些文學流派在當時都有很大影響。

以今人觀點來看，文學流派的特點是「首先，有著一種共同的藝術追求，思想傾向。流派是一種群體結構，是由不同數量的作家組成的，有代表人物，有一定的或鬆散的結構。其次，在一定意義上，流派是一種風格的群體性表現，類似的風格因素，是組成流派的主導成分。再次，文學風格是一種變動不居、不斷交替的現象。作爲個人風格或是流派風格，是會長期存在的，但作爲流派本身，則是一種短暫的運動，經歷了一代人、兩代人，流派就難以爲繼了。」[註9] 也許正因爲江西詩派、公安派等流派的文學流派特點比較明顯，所以才被古人稱之爲「派」吧。而明代中葉吳中文人的創作雖在地域性範圍內比較興盛，但其藝術實踐所產生的影響畢竟有限，比起與之同時或稍後的「前、後七子」、「唐宋派」等來，畢竟小得多，所以明清人才不稱之爲「派」吧。而我們沿襲明清人的看法也似並非沒有道理。

回顧研究者對明中葉吳中文人們的稱呼，陳書錄《明代詩文的演變》稱

〔註9〕 錢中文《文學發展論（修訂稿）》第 218 頁，經濟科學出版社 1998 年 8 月版。

之爲「吳中派」〔註 10〕，喬力《明詩正變論》稱之爲「吳中詩派」〔註 11〕；而更多的研究者則採用了「吳中（詩）派」以外的其他說法。如鄭振鐸著的《插圖本中國文學史》稱之爲「吳中詩人」〔註 12〕，郭預衡著的《中國散文史》稱之爲「吳中諸子」〔註 13〕，莫林虎著的《中國詩歌源流史》稱之爲「江南才士」〔註 14〕，鄭利華〈明代中葉吳中文人集團及其文化特徵〉稱之爲「吳中文人集團」〔註 15〕，……，在以上各種稱呼中，竊以爲「吳中文人集團」最爲適當妥貼：在吳中文人當中固然有「四才子」、「才士」，但有的文人以「子」稱之確有些爲過，以「才士」名之亦有些誇張；吳中文人創作的散曲、詞、賦、散文等作品也較多，僅稱之爲「詩人」也似不妥。因此，本文決定採取較爲折中的「文人集團」的叫法，取集團之集合、社會團體之意。

　　明中葉是一個較爲寬泛的時間概念，據前文所引《陸子餘集》及《明史·文徵明傳》中對吳中文人集團創作情況的描寫，可以知道在明憲宗成化年間、孝宗弘治年間、武宗正德年間、世宗嘉靖初期，吳中文人集團創作最盛。本文所稱的明中葉主要即指這一時期，本文所說的「明代中葉吳中文人集團」也即指在明代成化至嘉靖初期活躍於吳中地區的文人們所形成的團體。

第二節：明中葉吳中文人集團研究現狀

　　很長時間以來，人們在對古代文學的研究上，往往把重點放在對單個作家作品進行研究上，如對作家生平、思想的分析，談社會思潮對作家創作的影響，評價作品的思想內容、藝術風格、審美內涵等等。進入二十世紀後期，古典文學研究的視野擴寬了，觀念更新較快，研究方法也變得靈活多樣，而古代文學的整體、群體研究也有了很大發展。

　　二十世紀後期，傅璇琮在〈李嘉祐考〉一文中談及中唐大歷時期作家整體情況時，指出當時南北詩人，「大致可以分化兩大群，一是以長安和洛陽爲中心」，「一是以江東吳越爲中心」〔註 16〕，這似是較早地對文學群體研究的

〔註 10〕江蘇教育出版社 1996 年版，第 166 頁。
〔註 11〕載《天府新論》1994 年第 3 期。
〔註 12〕北京出版社 1999 年 1 月版，第 838 頁。
〔註 13〕見該書下冊第 144 頁，上海古籍出版社 2003 年 3 月版。
〔註 14〕中國社會科學出版社 2002 年 1 月版，第 206 頁。
〔註 15〕《上海大學學報》1997 年第 4 期。
〔註 16〕《唐代詩人叢考》第 232 頁，中華書局 1980 年。

嘗試。後有王兆鵬的《宋南渡詞人群體研究》〔註 17〕、張宏生的《江湖詩派研究》〔註 18〕、曹虹的《陽湖文派研究》〔註 19〕、郭英德的《中國古代文人集團與文學風貌》〔註 20〕等等。但在當時眾多的群體研究的論文和著作中，對明中葉吳中文人集團進行研究的則為數不多，當時對其進行研究的論文僅有兩篇：鄭利華的〈明代中葉吳中文人集團及其文化特徵〉〔註 21〕和孫學堂的〈明弘治、正德時期吳中文學思想的興起〉〔註 22〕。鄭文主要對吳中文人集團的發展進行了階段性的分析，並說明、歸納了該集團結構上的特點。該文認為明中葉吳中文人集團的發展可分為三個階段。第一階段為成化至弘治年間，以沈周為代表，「主要人物有祝灝、徐有貞、劉珏、杜瓊、史鑑、吳寬、文林、李應楨等人」，第二階段為弘治以來，文人集團活動盛而不衰，規模有所壯大，以吳中四子為代表，倡導古文辭運動，包括楊循吉、都穆、祝允明、唐寅、徐禎卿諸子，此時期集團活動「走向初盛」。第三階段為進入正德、嘉靖以後，文人集團活動「繼續趨盛」，並有兩個明顯的特點：「一是點有所增加」，如南社、北社、崇雅社、鷲峰詩社等；「二是陣營越來越龐大」。鄭文還指出鬆散、活躍、自由是吳中文人集團結構上的特點，而其活動上的特點是具有隨意性，注重文學藝術至上的追求。鄭文篇幅不長，但首次對吳中文人集團的發展狀況進行了分析，具有較大意義。孫文則側重分析了吳中文人的創作傾向、心態、文學風格，也談到了他們在詩歌理論上的貢獻。該文認為吳中文人有明顯的「重文輕道的傾向」，有追求適意的心態，並以史鑑、桑悅、祝允明、唐寅為例，指出吳中文人追求自適其意，雖然創作各不相同，但都是「風格效其為人，體現了吳中諸子重性靈的傾向」，文章還指出「產於吳中而受北學影響的徐禎卿、陸深等人，是南北文風交劑，才情與格調融合，在詩歌理論方面有較大貢獻」。

　　二十一世紀，更多研究者注意到了明中葉吳中文人集團並且開始進行專門研究。如李雙華 2014 年的博士論文《明中葉吳中派研究》指出，吳中文人關注自己和家鄉的生活狀況，多從自己的角度觀察時政。在學術上，主張綜

〔註 17〕臺北文津出版社 1992 年版。

〔註 18〕中華書局 1995 年 1 月版。

〔註 19〕中華書局 1996 年 10 月版。

〔註 20〕北京師範大學出版社 1998 年 11 月版。

〔註 21〕《上海大學學報》1997 年第 2 期。

〔註 22〕《華僑大學學報》2001 年第 4 期。

博，注重實用；在實踐中，反對玄虛，注重具體感受。文學態度上，推崇王、孟、韋、柳，並且沿著王孟韋柳的道路，注重自身日常生活的感受，甚至沉醉於世俗情感的享受。明代吳中派的主要人物有杜瓊、沈周、吳寬、王鏊、祝允明、唐寅、文徵明、徐禎卿、蔡羽等。童皓 2005 年的碩士論文《徜徉於出處之間——明代中葉吳中文人心態研究》、黃卓越 2005 年的專著《明中後期文學思想研究》中的第三章〈明中後期的吳地文學：地域、傳統與新變〉專論種明中葉吳中文人群體，認爲「大致可將成化看作是吳中派的形成期，弘治、正德間作爲活躍期，嘉靖初則已衰落或過渡爲其他類型」。徐楠 2006 年的博士論文《成化至正德間蘇州詩人研究》、王露 2013 年的博士論文《明代弘嘉之際吳中文學思想研究》，也都是以吳中文人的文學創作、文學思想等作爲研究對象的。徐楠的《明成化至正德間蘇州詩人研究》〔註 23〕，分爲五章：「成化至正德間蘇州詩界高潮出現的深層原因」「成化至正德間蘇州詩人基本情況及其與外圍詩派之交遊」「成化至正德間蘇州詩人的個性意識及兩種典型心態」「漫興精神：成化至正德間蘇州詩人的典型創作觀念與特徵」「成化至正德間蘇州詩人的詩歌創」，從整體上對吳中文人集團的各個方面進行了深入的研究探討。

在對明中葉吳中文人集團整體進行研究和考察從關注少到多的同時，研究者對此集團中的代表人物，尤其是沈周和「吳中四才子」一直比較關注。關於沈周的專著較早的有阮榮春的《沈周》〔註 24〕和吳敢的《沈周》〔註 25〕，後有徐慧的《雅聚：沈周文人圈研究》〔註 26〕，以豐富的資料描繪了沈周文人圈的情況，角度獨特。宋佩韋的《明文學史》〔註 27〕、鄭振鐸的《插圖本中國文學史》〔註 28〕、章培恒、洛玉明主編的《中國文學史》〔註 29〕等都談到了吳中四子。在二十世紀，鄭振鐸對吳中四子的評價是最高的，從他以後，其他研究者注意到並開始對吳中四子的創作、思想進行分析。這些分析都較爲精到，一般都採用了較爲辯證的方法，一分爲二的看問題，既指出其詩文

〔註 23〕社會科學文獻出版社 2010 年出版。
〔註 24〕吉林美術出版社 1996 年版。
〔註 25〕河北教育出版社 2003 年版。
〔註 26〕國家圖書館出版社 2015 年版。
〔註 27〕商務印書館 1934 年 9 月版，第 107～109 頁。
〔註 28〕見該書第 823、802 頁。
〔註 29〕復旦大學出版社 1996 年 3 月版，第 242、243、245 頁。

有較新的特色，又認爲對其評價不宜過高。到了二十一世紀，人們對於四子的研究更爲深入和廣泛，如心態、定名研究等。

除了對吳中四子進行整體性的研究之外，有些研究者也把目光單獨投射到某一子的身上。在四子研究當中，對祝允明的研究日漸增多，如徐慧有〈祝允明的古文〉〔註30〕、〈從祝允明詩歌創作看其仕隱觀的轉變〉〔註31〕、〈明中期文學復古運動的別支——祝允明六朝論與六朝文風〉〔註32〕等論文，並有專著《祝允明文學思想研究》〔註33〕。對唐寅進行研究的論文在四子研究中可算是最多的。有對其詩歌內容進行分析的，如宋戈的〈論唐寅詩歌的藝術特色〉〔註34〕；有對其思想來源進行分析的，如王乙的〈唐寅詩與《列子》享樂主義〉〔註35〕和張春萍的〈佛教與唐寅詩歌思想內涵〉〔註36〕。張春萍的〈論唐寅詩歌中的「畸人」特質〉提出「畸人」說法，從心態方面進行分析，指出唐寅詩歌的畸人特質頗有複雜性〔註37〕。研究者對文徵明的研究更多是從繪畫和書法的角度入手，如范春芳2014年的碩士論文《吳中三子書法風格論——以小楷爲例》〔註38〕論述祝允明、文徵明與王寵的書法風格，並未涉及作家、作品等文學現象。後來則有李文海2007年的碩士論文《文徵明詩文研究》展現文徵明在文學創作方面的才華和朱珏銘之〈文徵明題跋中之尚古觀念〉〔註39〕將書畫題跋與文學思想分析相結合，分析其尚古觀念。陳紅一直對徐禎卿較爲關注，她有〈徐禎卿的撰述及其版本談〉〔註40〕和〈徐禎卿的吳中交遊及詩歌創作〉〔註41〕等文。二十一世紀，有劉雁靈2005年的碩士論文《徐禎卿詩學思想與吳中文化》和崔秀霞2008年的博士論文《徐禎卿詩學思想研究》。

隨著對明中葉吳中文人研究的逐漸深入，研究者對群體中其他文人的注

〔註30〕《蘇州大學學報（哲學社會科學版）》2009年期第5期。
〔註31〕《中國韻文學刊》2009年第2期。
〔註32〕《蘇州大學學報（哲學社會科學版）》2010年第5期。
〔註33〕河南大學出版社2015年出版。
〔註34〕《遼寧師範大學學報》1985年第3期。
〔註35〕《昆明師專學報》1989年第3期。
〔註36〕《河南師範大學學報》2000年第2期。
〔註37〕《學術交流》2000年第1期。
〔註38〕《東南大學學報》2000年第1期。
〔註39〕《中國書畫》2011年第11期。
〔註40〕《四川師範大學學報》1991年第1期。
〔註41〕《四川師範大學學報》1992年第5期。

意也日漸增多，如王珍珠 2009 年的碩士論文《都穆考論》和李祥耀 2012 年的專著《楊循吉研究》〔註42〕分別以都穆和楊循吉爲研究對象，張婧 2011 年的碩士論文《明代吳中二黃研究》和曹苑 2011 年的碩士論文《吳中三張研究》分別以黃省曾、黃姬水父子和張鳳翼、張獻翼、張燕翼兄弟爲對象，都是對吳中文人個體更爲深入的研究。

還有些研究者爲吳中文人編寫了年譜，對著作進行了較爲全面的整理。如陳正宏的《沈周年譜》〔註43〕、陳麥青的《祝允明年譜》〔註44〕、闓風的《唐六如年譜》〔註45〕、溫肇桐的《唐伯虎先生年表》〔註46〕、楊靜盦編的《明唐伯虎先生寅年譜》〔註47〕，楊繼輝 2007 年的碩士論文《唐寅年譜新編》、段栻編的《文徵明先生年譜》〔註48〕、溫肇桐編的《文徵明先生年表》〔註49〕，周道振和張月尊纂的《文徵明年譜》是最爲詳盡的一種，約 80 萬字〔註50〕。吳中文人集團中亦有少數幾人因有一定的特殊身份而被研究者注意，也有年譜被編排，如佚名編的《王文恪公年譜》〔註51〕、溫肇桐編的《仇十洲先生年表》〔註52〕、清代翁方綱的《王雅宜年譜》〔註53〕。作品整理關於沈周的，有張修齡，韓星嬰點校本〔註54〕和湯志波點校本《沈周集》〔註55〕。關於唐寅的，有大道書局 1925 年版的《唐伯虎全集》，中國美術學院出版社 2002 年版的周道振、張月尊輯校的《唐伯虎全集》，後者輯錄唐寅作品最爲完備。上海古籍出版社 1987 年出版的《文徵明全集》爲周道振輯校，收錄文氏作品比較完備，此書後來又於 2014 年出版了增訂版。祝允明的文集，繼孫寶首次對

〔註42〕復旦大學出版社 2012 年。
〔註43〕復旦大學出版社 1993 年 12 月版。
〔註44〕復旦大學出版社 1996 年 3 月版。
〔註45〕載於 1932 年《清華週刊》第 38 卷第 4 期，附於〈唐六如評傳〉之後。
〔註46〕附於 1941 年世界書局出版的《明代四大畫家》內。
〔註47〕1980 年臺灣商務印書館據 1947 年上海商務印書館《中國史學叢書》本《唐寅年譜》影印，現收入《新編中國明人年譜集成》第九輯。
〔註48〕見《國藝》第二卷之第 3、4 期，1940 年 9、10 月出版。
〔註49〕附於 1994 年世界書局出版的《明代四大畫家》內。
〔註50〕百家出版社 1998 年 8 月版。
〔註51〕收入 1973 年排印本《莫釐王氏家譜》卷 13。
〔註52〕收入 1946 年 11 月世界書局出版的《明代四大畫家》一書。
〔註53〕《藝文雜誌》1936 年 4 月創刊號。
〔註54〕上海古籍出版社 2013 年版。
〔註55〕浙江人民美術出版社 2013 年版。

祝允明文集進行點校〔註56〕後，又有薛維源點校本〔註57〕。這些基礎性的工作爲後來研究者進行研究提供了極大的方便，功不可沒。

〔註56〕 《懷星堂集》，西泠印社出版社 2012 年版。
〔註57〕 《祝允明集》，上海古籍出版社 2016 年版。

第一章　明中葉的政治與文學

　　明朝從朱元璋在應天（今江蘇南京）稱帝建元洪武，至末帝崇禎皇帝於煤山（今北京景山公園）自縊，持續了二百七十七年。史學界習慣上將明朝劃分爲初、中、晚三個時期，初期從洪武建元（1368）到正統十三年（1448），是經濟、政治的恢復期與發展期；中期從正統十四年（1449）到萬曆九年（1581），即從英宗被俘，于謙主持北京保衛戰至張居正在全國推行「一條鞭法」，這一時期政治較爲混亂，社會矛盾尖銳，但也曾出現過所謂「中興」的局面，後來又有改革的潮流，而資本主義萌芽也破土而出，在明代歷史上，在中國封建社會歷史上都有較爲特殊的地位；晚期則從萬曆十年（1582）直至明朝滅亡，張居正變法失敗之後，明朝衰亡的大勢再也無法避免了。〔註1〕當然，文學的發展與政治、經濟的發展並不完全同步，有的研究者根據明代文學的發展階段性特徵，將明代文學分爲三個時期，即

　　1、前期：明初到成化末年（1368～1487）約一百二十年。

　　2、中期：弘治到隆慶（1488～1572）約八十年。

　　3、後期：萬曆到明末（1573～1644）約七十年。〔註2〕

　　有的研究者將明代正統文學的發展分爲五個時期來敘述，即

　　1、明開國至永樂初。

　　2、永樂至成化、弘治間。

　　3、弘治、正德之際。

〔註1〕　參見南炳文、湯綱《明史》，上海人民出版社 1991 年 7 月版。

〔註2〕　參見章培恒、駱玉明主編的《中國文學史》（下卷）第七編「明代文學」之「概說」部份，復旦大學出版社 1996 年 3 月版。

4、嘉靖、萬曆之際。

5、從天啓初以迄明清之交。〔註3〕

無論參照哪種分期，成化、弘治、正德、嘉靖時期，都是由前期到中期的一個過渡期、漸變期、轉化期。無論在政治、經濟、文化乃至社會生活中的各個方面，都有一些變化在悄然發生，並日趨明顯，在潛移默化之中醞釀著變化的趨勢。

第一節　明中葉的帝王

洪武、永樂時期是明王朝的開創時期，幾乎每一個王朝的創業時期都是發展、向上的。洪熙、宣德時期承其餘緒，國力進一步增長，仁宗、宣宗又是銳意求治、爲人寬厚的國君，因而當時出現了「吏稱其職，政得其平，綱紀修明，倉庾充羨，閭閻樂業，歲不能災，蓋明興至是，歷年六十，民氣漸舒，蒸然有治平之象矣」〔註4〕的局面。明英宗正統初期基本上保持了仁宣時期的各項政策，但至正統七年（1442）宦官王振專權，朝政遂變得不可收拾，以至於正統十四年（1449）八月發生了「土木堡之變」，明王朝由盛而衰。于謙於此時力挽狂瀾，使政局漸趨穩定，不過緊接著的代宗和英宗的統治並沒有從根本上改變明王朝衰落的趨勢，而英宗之後是憲宗長達二十三年的統治。

明憲宗朱見深嗣位時年僅十八歲，他在位共二十三年，《明史‧憲宗本紀》這樣評價他的統治：「憲宗早正儲位，中更多故，而踐阼之後，上景帝尊號，恤于謙之冤，抑黎淳而召商輅，恢恢有人君之度矣。時際休明，朝多耆彥，帝能篤於任人，謹於天戒，蠲賦省刑，閭里日益充足，仁、宣之治於斯復見。顧以任用汪直，西廠橫恣，盜竊威柄，稔惡弄憲兵。夫明斷如帝而爲所蔽惑，久而後覺，婦寺之禍固可畏哉。」〔註5〕僅從讚語看，憲宗似是一位不可多得的明君，其實，憲宗在位之初，就談不上是仁宣那樣的明主。成化三年（1467）夏，毛弘偕六科諸臣上言：「比塞上多事，正陛下宵衣旰食時。乃聞退朝之暇，頗事逸遊。炮聲數聞於外，非禁城所宜有。況災變頻仍，兩畿水旱，川、廣

〔註3〕　參見宋佩韋《明代文學》，《中國大文學史》下冊，世紀出版社2001年4月版，第667頁。

〔註4〕　《明史》卷九〈宣宗本紀〉，清文淵閣四庫全書本。

〔註5〕　《明史》卷十四〈憲宗本紀〉，清文淵閣四庫全書本。

兵革之餘，公私交困。願省遊戲宴飲之娛，停金豆、銀豆之賞，日御經筵，講求正學，庶几上解天怒，下慰人心。」〔註6〕又成化十九年（1483），御史張稷等上奏：「比來末流賤伎妄廁公卿，屠狗販繒濫居清要。文職有未識一丁，武階亦未挾一矢。白徒驟貴，間歲頻遷，或父子並坐一堂，或兄弟分踞各署。甚有軍匠逃匿，易姓進身；官吏犯贓，隱罪希寵。一日而數十人得官，一署而數百人寄俸。自古以來，有如是之政令否也？」〔註7〕孟森在《明清史講義》中例舉了憲宗朝的種種穢局後稱，「而國無大亂，史稱其時爲太平，惟其不擾民之故。」〔註8〕此爲的評。

　　憲宗病亡後，其第二子朱祐樘即位，是爲孝宗，孝宗在位的十八年是明中葉較爲昇平的時期，《明史・孝宗本紀》贊曰：「明有天下，傳世十六，太祖、成祖而外，可稱者仁宗、宣宗、孝宗而已。仁、宣之際，國勢初張，綱紀修立，淳樸未漓。至成化以來，號爲太平無事，而晏安則易耽怠玩，富盛則漸啓驕奢。孝宗獨能恭儉有制，勤政愛民，兢兢於保泰持盈之道，用使朝序清寧，民物康阜。《易》曰：『無平不陂，無往不復，艱貞無咎。』知此道者，其惟孝宗乎。」〔註9〕《明史紀事本末》卷四十二言：「孝宗恭儉仁明，勤求治理，置亮弼之輔，召敢言之臣，求方正之士，絕嬖倖之門，卻珍奇，放鷹犬，抑外戚，裁中官，平臺暖閣，經筵午朝，無不訪問疾苦，旁求治安。」孝宗可稱道處甚多，除了採取一些匡救時弊的改革措施之外，其最爲士人讚歎的是他對大臣的任用。孝宗起用了謝遷、劉健、李東陽輔政，三人都是賢明之人，時稱「李公謀，劉公斷，謝公尤侃侃。」他任用了以直聲聞名天下的王恕，而王恕又引薦了一批名臣賢才，如耿裕、彭韶、何喬新、周經、李敏、張悅、倪岳、劉大夏、戴珊等。孝宗統治之時被稱爲「弘治中興」，《萬曆野獲編》卷七稱「孝宗朝，君臣魚水，千古美談」。孝宗是一位仁主，但「進賢退不肖猶少英斷，且未能處以至公，故未能如宣德以前用人行政氣象。」〔註10〕爲人仁慈，固可從諫，但也不易於大刀闊斧地做事，忠臣和權要近倖同在，個人的寬厚節儉與對外戚的放縱縱容並存，這也給後來正德朝的矛盾埋下了伏筆。

〔註6〕　《明史》卷一百八十〈毛弘列傳〉，清文淵閣四庫全書本。
〔註7〕　《明史》卷一百八十〈王瑞列傳附張稷列傳〉，清文淵閣四庫全書本。
〔註8〕　孟森《明清史講義》，中華書局1981年3月版，第168頁。
〔註9〕　《明史》卷十五〈孝宗本紀〉，清文淵閣四庫全書本。
〔註10〕　孟森《明清史講義》，中華書局1981年3月版，第170頁。

弘治十八年（1505），孝宗命故，此後十八年，明王朝在武宗的統治下社會矛盾步步加深。武宗即位之初，好逸樂，寵信宦官劉瑾，朝中老臣幾乎被排擠殆盡，內臣掌握了朝政，這一情況到正德四年（1509）因安化王叛亂引發劉瑾被凌遲才有所緩和。不過，武宗很快又把興趣轉向了佛教，並開始經常性的外出巡遊。正德十四年（1519）寧王朱宸濠反於江西被平定之後，武宗以親征為名出遊，恣意行樂。正德時期，明中葉規模最大的河北農民起義一度聲勢浩大，不過，這也引發武宗任用了李東陽、梁儲、費宏、蔣冕等有才之士主持國事。武宗荒淫任性，雖不能經常採納正直之官的忠見，但也並不對之摧折破壞，政權靠這些人的支持尚無大的動搖，而今人對明史進行分期時也並未將正德一朝歸入明王朝衰落期，雖然其時衰相已現。

武宗死後，地方藩王興獻王之子朱厚熜繼承王位，是為世宗。從嘉靖初到嘉靖七年（1528），為了商議決定興獻王的祀典和尊號，世宗和朝臣們一直持續著針鋒相對的鬥爭。「大禮儀之爭」持續時間之長，可見其時士氣之盛，但最終在護禮派四品以上官員被奪俸、五品以下官員被廷杖、修編王相等十七人被杖至死的情況下，以君主的勝利告終。人們看到了皇權的唯一性、強大性，以及它的強權性、不容異己的狹隘性。世宗贏得了「大禮儀之爭」，但也由此失去了廣泛的士人基礎，此後，披逆鱗者也有人在，但為數少也不再成規模。嘉靖後，朝臣中多善權數機變者，亦不能說與此無關。

普列漢諾夫在他著名的《論個人在歷史上的作用》一書中說，「如果說某些主觀主義者因力求拼命抬高『個人』在歷史上的作用而不肯承認人類歷史運動是有規律性的過程，那麼現代某些反對主觀主義者的人卻因而力求拼命強調這種運動底規律性而顯然決定要把歷史是由個人所創造，因而個人底活動在歷史上不能不發生作用這一原理置之腦後了。」而在中國古代社會，高度集中的中央集權制度下封建帝王的思想、行為、活動在很大程度上對歷史的發展進程起著作用，以上介紹明中葉四位帝王的情況，是因為他們的個性、為人、行為都對當時社會生活的各個方面產生了極大的影響，而這也必然對我們即將要談及的明中葉吳中文人集團文人們的政治態度、生活態度有一定的影響，這些影響也許並非一眼即可看出，但它總是在潛層存在著、流動著，起著潛移默化的、深刻的作用。

第二節　文風對「古」的回歸

　　人們談及明初文學的發展往往以高啓、楊基、袁凱等爲例以說明其時文學之盛，其實與其說他們是明初作家，倒不如說是元末的更爲確切，畢竟他們最爲優秀的作品大多是在元末創作的。明初文學因有元末的餘緒尚引人注目，而自永樂至成化年間，文學的發展則步入了一個低潮期，在文壇上佔據主導地位的是「臺閣體」，這是當時以館閣文人楊士奇、楊榮、楊溥等爲代表的一種文學創作風格，這一類文學作品頌聖德，歌太平，缺乏文學反映社會生活的豐富性和作者思想感情的眞實性，形式上又「膚廓冗長，千篇一律」〔註11〕，無生命力可言。

　　臺閣體流行的原因是多方面的，有作家個人生活經歷的原因，更多的則是社會的原因。明初，明王朝爲了加強統治對文人在政治上加強鉗制，許多文人受到了迫害，到了永樂時期，成祖朱棣繼續實行高壓政策，限制文人思想自由，頒佈了《五經大全》、《四書大全》整肅文人精神，並「殺戮革除諸臣，備極慘毒」〔註12〕，這些壓力使得文人們不敢正視現實，怯於表達自己眞實的思想感情。臺閣體就應運而生了：歌功頌德，粉飾太平，務求典雅雍容，詞氣安閒，自然頗和統治者的心意。

　　從成化到弘治年間，統治者政治思想鉗制有所放寬，文學創作也開始力圖擺脫臺閣習氣。這一時期，對古代文學作品的學習被提起。擬古與復古在中國古代文學史上並不是一個新鮮的話題，早在宋代，嚴羽就提出學詩應以古人爲楷模，當以漢魏盛唐爲師，其前後有張戒、劉克莊、范晞文等也持同樣觀點。他們的復古是有一定針對性的，其時，宋代江西詩派及理學詩派興起，以理爲詩，以學問爲詩，以詩談理，走向了詩歌藝術的反面，而有識之士則開始對之進行反思，批判詩歌創作的理性化傾向，力圖恢復古代詩歌的審美特徵。而明永樂後，臺閣體的盛行給文學創作帶來了不良的風氣，作品貧乏的內容、僵化的形式造成了文學的萎靡。沈德潛在《明詩別裁集》中曾說：「永樂以還，尚臺閣體，諸大老倡之，眾人靡然而和之，相習成風，而眞詩漸亡矣。」在這種情況下，擬古與復古成爲了人們的選擇。

　　這一時期，茶陵派在文壇上影響較大。茶陵派以李東陽爲主，成員有謝鐸、張泰、邵寶、魯鐸、石瑤等。李東陽的詩歌理論帶有一定的擬古色彩。

〔註11〕《四庫全書總目》卷一百七十〈楊文敏集提要〉，清文淵閣四庫全書本。
〔註12〕《明詩紀事‧乙簽》卷二中「陳繼之一首」，清陳氏聽詩軒刻本。

他在《懷麓堂詩話》中談到他對詩歌對看法，其主要觀點是導源唐宋，出入宋元，溯流唐代，「六朝宋元時，就其佳者亦各有興致，但非本色，只是禪家所謂小乘，道家所謂尸解仙耳。」「宋詩深，卻去唐遠；元詩淺，去唐卻近。顧元不可爲法，所謂取法乎中，僅得其下耳。」〔註13〕這樣的詩歌理論自然是要引導人們走上模擬唐人格調、句法的道路，這一道路無疑是一條擬古之路。

當時文壇對古人的學習以茶陵派爲代表，但吳中文人們也應被重視。成化、弘治、正德時期，吳中地區興起了古文辭運動，沈周、吳寬、王鏊、文徵明、祝允明、楊循吉、唐寅等人大力提倡對古文辭的學習，學古傾向十分濃鬱。

在弘治、正德時期，以李夢陽、何景明爲首的「前七子」對當時文學創作的現狀進行了反思，對古代文學發展的情況進行了體認，強調詩文必須表達眞情實感，反映社會問題，講究辭采和技巧。他們認爲「秦無經，漢無騷，唐無賦，宋無詩」〔註14〕，「宋人似蒼老而實疏鹵，元人似秀俊而實淺俗」〔註15〕，並由此主張創作時應文以秦漢爲主，詩以盛唐爲宗。他們提出了「文必秦漢，詩必盛唐，非是者弗道」〔註16〕的文學創作主張，旗幟鮮明地以復古自命。

茶陵派、吳中文人、前七子等都對古代文學作品表現出極大的興趣，他們都倡導對古文、古詩的學習，但在表面的相同之中，又有著較大的不同。茶陵派主張擬古，但反對膠柱鼓瑟地摹擬剽竊古人。吳中文人強調的是對優秀文學作品的眞感情、美辭采的學習，同時注重自身文化修養的提高。前七子及稍後於他們同樣提倡復古的後七子，對中唐以後的詩歌橫加貶抑，取徑較窄，又有剽竊摹擬之病。

擬古、復古自然比不上開拓創新，但在當時人們無力開拓創新的情況下，這依舊不失爲是一種理想的選擇。學古雖有提高自身修養的意味，但在大多數人熱衷於時文的情況下，吳中文人對文學的本質依舊有著清醒的認識，這自有其進步的意義。

〔註13〕《懷麓堂詩話》，清文淵閣四庫全書本。
〔註14〕《大復集》卷三十八〈雜言十首〉，清文淵閣四庫全書本。
〔註15〕《大復集》卷三十二〈與李空同論詩書〉，清文淵閣四庫全書本。
〔註16〕《明史》卷二百八十六〈李夢陽傳〉，清文淵閣四庫全書本。

第二章 優良的文化環境與悠久的文化傳統

　　法國地理學家潘什美爾（philippe pinchemel）曾經對「城市」下過一個定義：「城市既是一個景觀、一片經濟空間、一種人口密度；也是一個生活中心和勞動中心；更具體點說，也可能是一種氣氛、一種特徵或者一個靈魂。」〔註1〕一座城市，不僅僅是單純的建築組合，更是一種獨有的氣氛、特徵或者靈魂。每一個城市在特徵或靈魂上都是不同的。每一個城市、每一個地域在其人文精神、人文氣質上的差異也是明顯的。

　　同樣，吳中地區也有它獨特的特徵和靈魂。與其他地區相比，蘇州的山水園林文化較爲發達，吳地處於太湖流域中游地區，湖光山色交相映襯，虎丘山、靈巖山、天平山及大小湖蕩山青水秀，有一種空靈之美。蘇州的園林，早有盛名，到了明代，「吳中富豪競以湖石築峙奇峰陰洞，至諸貴佔據名島，以鑿鑿而嵌空妙絕，珍花異木，錯映闌圃，雖閭閻下戶亦飾小小盆島爲玩」〔註2〕，自成一番佳趣。其時蘇州經濟已經相當發達，呈現出一種繁榮景象，唐寅〈姑蘇雜詠〉中寫道：「門稱閶闔與天通，臺號姑蘇舊帝宮。銀燭金釵樓上下，燕檣蜀柁水西東。萬方珍貨街充集，四牡皇華日會同。獨悵要離一抔土，年年青草沒城墉。」〔註3〕正是在這獨特的經濟文化基礎之上，吳中形成了自己的環境與傳統。

〔註1〕　（法）潘什美爾《法國》，上海譯文出版社 1980 年版，第 18 頁。
〔註2〕　（明）黃省曾《吳風錄》，明隆慶刻本。
〔註3〕　《唐伯虎全集》卷二，中國美術學院出版社 2002 年 3 月版，第 53～54 頁。

第一節　藏書風氣的盛行

中國不僅是世界上歷史最爲悠久的國家之一，也是文化史、學術史最爲悠久的國家之一，用汗牛充棟來描寫古代典籍之豐富，也並不爲過。宋代畢昇發明活字印刷術之前，書的傳播和流佈還談不上十分廣泛和方便，而在其後，書籍印刷變得方便，這也使私人大量藏書成爲可能。

進入明代以後，蘇州的刻書業盛極一時，藏書風氣也隨之濃厚。胡應麟《少室山房筆叢‧經籍會通》卷四說：「凡刻書之地有三：吳也，越也，閩也。」又說：「其精吳爲最，其多閩爲最，越皆次之。其直重，吳爲最，其直輕，閩爲最，越皆次之。」「余所見當今刻本，蘇、常爲上，金陵次之，杭又次之。」可見蘇州在明代刻書業中的地位和聲譽。同樣，蘇州藏書家也極多，清人孫從添《藏書紀要》載明代藏書家 47 人，其中蘇州府籍的就達 36 人；近人蔣吟秋《吳中藏書先哲考略》中已收錄明代 52 人；吳晗《江浙藏書家史略》收錄明代藏書家 180 餘人，蘇州府占 120 餘人；今人李玉安、陳傳藝編撰《中國藏書家辭典》，匯錄明代全國各地藏書家 203 人，蘇州府籍的也有 66 人。藏書也爲明中葉吳中文人所熱衷，錢謙益《列朝詩集小傳》記「景（泰）天（順）以後，俊民秀才，汲古多藏。繼杜東原、邢蠹齋之後者，則性甫、堯民兩朱先生其尤也，其他則又有邢量麗文、錢同愛孔周、閻起山秀卿、戴冠章甫、趙同魯與哲之流，皆專勤績學，與沈啓南、文徵仲諸公，相頡頏吳中，文獻於斯爲盛。」〔註4〕藏書幾乎成爲每一個著名文人必不可少的習慣和愛好：

吳寬，「所藏書多手抄，有自署吏部東廂書者，蓋六十以後筆也」〔註5〕。

邢量，「其學自經史外，凡釋老方伎之說，無所不通。室中臥榻之外，皆藏書，並手自校定，或叩之，信手舉，似不事翻檢。」〔註6〕

王琦「舊有萬卷堂，藏書甚多，皆宋、元館閣校勘定本，諸名公手抄題誌者居半。內有文公先生《綱目》手稿一卷，點竄如新。又藏唐、宋名人墨蹟數十函，名畫數百十卷，乃玉澗所掌」〔註7〕。

錢同愛「家本溫厚，室廬靚深，嘉木秀野，足以遊適。肆陳圖籍，時時

〔註4〕　（清）錢謙益《列朝詩集小傳》丙集〈朱處士存理〉，上海古籍出版社 1983
　　　　年版，第 303 頁。
〔註5〕　（清）錢謙益《列朝詩集小傳》丙集〈吳尚書寬〉，上海古籍出版社 1983 年
　　　　10 月版，第 275 頁。
〔註6〕　《姑蘇志》卷五十五「人物」十五，清文淵閣四庫全書本。
〔註7〕　（明）王琦《寓圃雜記》「余家書畫」條，明鈔本。

招集奇勝滿座中」〔註8〕。

　　錢穀，「晚葺故廬，讀書其中，間有異書，雖病必強起，匍匐借觀，手自抄寫，幾於充棟，窮日夜校勘，至老不衰」〔註9〕。

　　陸師道，「自儀部歸，已負重名。文待詔方里居，背面稱弟子，手抄典籍，積數千卷，丹鉛儼然」〔註10〕。

　　何良俊，「有清森閣在東海上，藏書四萬卷，名畫百籤，古法帖鼎彝數十種」〔註11〕。

　　黃省曾，「幼在紈綺，雅尚墳典，每歎曰：『昔謂黃童無雙，今安知有二哉？』遂散金罄橐，購絅充架，覃精藝藻，鬱志儒林」〔註12〕。

　　張先生，「吳閶門里人也，……好書，不耐閭里浮沉，故亦高貲不問生產作業。坐一室，左右筐篋而校摩之，假易所無，輒手自謄寫」〔註13〕。

　　徐季止，「嘗聚書數千卷，築室而藏之，因題曰：『望洋書堂』」〔註14〕。

　　虞湛，松江人，「老而居貧，其先雍公遺像世譜手跡、所遺古劍等物具在，學士邵庵公省墓來吳所留詩卷、其祖勝伯先生遺稿及諸宋元人辭翰累百軸，古書殆千卷，藏於家，家惟草屋數間，蕭然江渚」〔註15〕。

　　陳永錫，「居水南面，北結樓，樓中多貯書，自經傳多經點校，雌黃不去手，於時公年七十矣」〔註16〕。

　　不難看出，吳中地區不同身份、地位的人似乎都對藏書情有獨鍾，這種逐漸積累起來的濃厚的文化風氣，無疑爲當時文化的發展提供了契機，也優化了明中葉吳中文人生存的大環境。祝允明的話揭示了吳人崇尚書籍的深層的心理：

〔註8〕　《文徵明集》卷三十三〈錢孔周墓誌銘〉，上海古籍出版社1987年版，第757頁。

〔註9〕　（清）錢謙益《列朝詩集小傳》丁集中〈錢處士穀〉，上海古籍出版社1983年10月版，第487頁。

〔註10〕　（清）錢謙益《列朝詩集小傳》丁集中〈陸少卿師道〉，上海古籍出版社1983年10月版，第474頁。

〔註11〕　（清）錢謙益《列朝詩集小傳》丁集上〈何孔目良俊〉，上海古籍出版社1983年10月版，第450頁。

〔註12〕　〈五嶽黃山人集序〉，《皇甫司勳集》卷三十六，清文淵閣四庫全書本。

〔註13〕　〈張先生傳〉，《雅宜山人集》，明嘉靖十六年董宜陽朱濬明刻本。

〔註14〕　《家藏集》卷三十二〈望洋書堂記〉，清文淵閣四庫全書本。

〔註15〕　〈記虞氏書冊〉，《樓居雜著》，清文淵閣四庫全書本。

〔註16〕　〈記虞氏書冊〉，《樓居雜著》，清文淵閣四庫全書本。

　　智於活身者，猶能棄珠寶以易食衣與藥，故稻菽裘布參苓狶勃兼收焉；而況智於修身，以期配玄黃均爲才者，當捨書乎哉？故人不皆聖，而聖人不能無書，我不聖而不能捨書，不能無飢寒而不能捨食衣，不能無病而不能捨藥者也。弄藥活身，身活或不肖，猶爲不活；書以修身，身修道立，生將參玄黃，夕死可矣，又特藥等邪？故善積者，與積寶玩，寧積食衣藥；積食衣藥，無寧積書也。〔註17〕

從中可以看出，吳中文人們對書籍的熱愛主要是出於他們對「修身」、「立道」的認同。

第二節　對於雜學的偏好

　　中國傳統的學術本是百花齊放、百家爭鳴的局面，但是後來隨著政治上大一統、文化思想上「罷黜百家、獨尊儒術」格局的形成，儒家佔據優勢，而道、法、陰陽、雜、名等諸家退居次要地位，這種情形到了封建社會後期就更加明顯。同時，隋唐以後科舉制度的確立和鞏固更使儒家經典成爲文人士子學習、研讀的主要內容。

　　但是，在吳中，情況卻略有不同，吳中文人，尤其是在明中葉的吳中文人，他們興趣廣泛、愛好駁雜，對經史子集百家之說、琴棋書畫六藝之技等各種學問往往兼收並蓄，廣泛涉獵。因此，在其他大部份地區的文人皓首窮經地鑽研經籍的時候，吳中文人表現出涉獵廣泛的特徵，並以學問駁雜而著稱：

　　史鑑，「守祖訓，不願仕進，隱居著書，吉凶之禮動遵古法，論事慷慨，人莫能屈，錢穀水利無不周知，……於書無所不通，尤長史學。」〔註18〕

　　沈周，「凡經傳子史百家山經地志醫方卜筮稗官傳奇，下至浮屠老子，亦皆涉其要，掇其英華，發爲詩，雄深辨博，開闔變化，神怪迭出，讀者傾耳駭目。其體裁初規白傅，忽變眉山，或兼放翁，而先生所得要，自有不凡。近者書法涪翁，遒勁奇倔，間作繪事，峰巒煙雲波濤、花卉鳥獸蟲魚莫不各極其態，或草草點綴而意已足，成輒自題其上，時稱二絕。一時名人，皆折節內交，自部使者郡縣大夫皆見賓禮，搢紳東西行過吳及後學好事者，日造

〔註17〕《懷星堂集》卷二十七〈甘泉陸氏藏書目錄序〉，清文淵閣四庫全書本。
〔註18〕《吳江縣志・隱逸傳》，史鑑《西村集》卷首所引，清文淵閣四庫全書本。

其廬而請焉。」〔註19〕

　　邢量，「閉門靜坐，點校諸經及博觀子史百家，座中之客惟禪人道侶。」
〔註20〕

　　趙同魯，「自元至今，趙氏爲庶而業儒，攻文不衰，處士偉軀幹，志氣高
邁，自六經諸子至天文地理、黃帝岐伯、神仙養生之說靡不涉獵，爲文下筆
數千言，滔滔莫御。」〔註21〕

　　錢孔周，「性喜蓄書，每並金懸購，故所積甚富。諸經子史之外，山經地
志，稗官小說，無所不有，而亦無所不窺。尤喜左氏及司馬班揚之書，讀之
殆遍。遇有所得，隨手札記，積數巨帙。」〔註22〕

　　朱存理，「居常無他過從，惟聞人有奇書，輒從以求，以必得爲志。或手
自繕錄，動盈筐篋。群經諸史下，逮裨官小說，山經地志，無所不有，亦無
所不窺；而悉資以爲詩。」〔註23〕

　　戴冠，「其學自經史外，若諸子百家，山經地志，陰陽曆律與夫稗官小說，
莫不貫總。而搜彌剔別，必求緣起而會之以理。爲文必以古人爲師，汪洋澄
湛、奮迅陵轢，而議論高遠，務出人意。詩尤清麗，多寓諷刺。推其餘爲程
文，亦奇雋不爲關鍵束縛。一時譽聞藉藉起諸生間。同時諸生多守章句訓詁，
所爲經義，類多熟爛骷骸之言，先生既聰明強解，又高朗自喜，下視曹耦，
莫有當其意者。」〔註24〕

　　王錡，「自少軒然出群從中，長益好學。自經傳百氏，務遍覽，尤熟於史，
凡先代事非特善記憶而已，考其得失善惡，以求其興衰之故，自謂不易其言。」
〔註25〕

　　唐寅，「其學務窮研造化，玄蘊象數，尋究律曆，求揚馬玄虛邵氏聲音之
理而贊訂之。傍及風鳥壬遁太乙，出入天人之間，將爲一家學，未及成章而

〔註19〕《震澤集》卷二十九〈石田先生墓誌銘〉，清文淵閣四庫全書本。
〔註20〕〈蠹齋先生傳〉，《野航文稿》，清文淵閣四庫全書本。
〔註21〕《震澤集》卷二十六〈趙處士墓表〉，清文淵閣四庫全書本。
〔註22〕《文徵明集》卷三十三〈錢孔周墓誌銘〉，上海古籍出版社1987年10月版，
　　　　第757頁。
〔註23〕《文徵明集》卷二十九〈朱性甫先生墓誌銘〉，上海古籍出版社1987年10月
　　　　版，第679頁。
〔註24〕《文徵明集》卷二十七〈戴先生傳〉，上海古籍出版社1987年10月版，第640
　　　　頁。
〔註25〕《家藏集》卷七十四〈王葦庵處士墓表〉，清文淵閣四庫全書本。

沒。其於應世文字詩歌，不甚措意，謂：後世知不在是，見我一斑已矣。奇趣時發，或寄於畫下，筆輒追唐宋名匠。既復爲人請乞，煩雜不休，遂亦不及精諦且已。四方慕之，無貴賤貧富，日詣門徵索文辭詩畫，子畏隨應之而不必盡所至，大率興寄遐邈，不以一時毀譽重輕爲趣舍。」〔註26〕

湯文守，「又多能儒術，民義之外，人間百事千藝無弗尋究，醫藥、卜筮、命相、天官、地形、老釋、神仙之道往往通解，然而弗泥溺一端以障通塗。」〔註27〕

可見，吳中文人幾乎活躍在所有文化領域，而並非拘守於一端，這表明他們能夠超越傳統文化觀念，形成自己獨特的人生之路，這爲吳中地區也爲他們自己贏得了巨大聲譽，並產生了良好的社會影響。

另一方面，明中葉吳中文人學術愛好的廣泛性在當時的社會條件下，又具有其獨特的意義。董其昌《容臺集・文集》卷一〈合刻羅文莊公集序〉說：「成、弘間師無異道，士無異學。程朱之學立於掌，故稱大一統。而修詞家墨守歐、曾，平平爾。」《明史・選舉志》記萬曆十五年（1584）禮部言及「國初舉業有用六經語者，其後引《左傳》、《國語》矣，又引《史記》、《漢書》矣。《史記》窮而用六子，六子窮而用百家，甚至佛經、道藏。摘而用之，流弊安窮。弘治、正德、嘉靖初年，中式文字純正典雅。宜選其尤者，刊布學宮，俾知趨向。」

在弘、正年間「士無異學」「中式文字純正典雅」的大背景下，吳中文人的愛好駁雜更顯示出其不同流俗的獨特之處。

同時，這一時期吳中地區所刊刻的書籍也同樣駁雜，如都穆曾刊《吳冢遺文》〔註28〕；錫山（江蘇無錫市西，隸屬常州府）錢孟濬刻《名賢確論》〔註29〕；吳中人士也曾經重刻《左傳》、《唐六典》、《王逸選注楚辭》〔註30〕等等，這些都遠遠超出了傳統儒家經典以及科舉應試之學的範疇。

〔註26〕《懷星堂集》卷十七〈唐子畏墓誌並銘〉，清文淵閣四庫全書本。

〔註27〕《懷星堂集》卷十七〈守齋處士湯君文守生壙誌〉，清文淵閣四庫全書本。

〔註28〕見吳寬《家藏集》卷四十二〈吳冢遺文序〉：「幸其搨本或鈔錄之副藏於人家者，猶可搜訪一二，於是鄉貢進士都君元敬得數十篇將刻之，曰：『託於石者有時而亡，惟刻於木而摹印焉庶可久也。』」

〔註29〕見吳寬《家藏集》卷四十四〈名賢確論〉：「錫山錢孟濬出江南大族，好爲義舉，以此編不能家有，因刻以傳世。」

〔註30〕見王鏊《震澤集》卷十三〈重刊左傳詳節序〉：「今董南畿學政、黃侍御希武翻刻，以示後學者也，侍御以近世學者莫不爲文而未知文之有法，故刻示之。」

第三節　對於家庭教育的重視

除了個別的幾個時段如元代，讀書教育在中國傳統觀念中一直佔有重要地位，所謂「萬般皆下品，唯有讀書高」即是民眾對讀書教育崇高地位普遍的心理認同。這種心理在吳中地區顯得尤爲突出。同治《蘇州府志》卷三「民俗」言吳人「多尙儒學」，「至於人才輩出，尤爲冠絕」。

古代中國的教育大致可以分爲三個體系：一是官學，一是私學，一是家庭教育（或稱家學）。其中前兩者都是學校教育，只不過一爲官府主辦，一爲私人以書院形式主辦，他們在古代教育體制中一直占主導地位。宋元之際，官學和書院都以研究講解理學爲根本。明代初年，政府注重官學，提倡科舉，書院有所衰落；至明中葉，以王守仁、湛若水爲代表的儒學名士借書院宣傳學術思想和政治主張，書院才又一次興起。吳中地區躬逢其盛，因而多有書院之創：如都玄敬有南濠書院，王鏊有震澤書院。不過總的看來，吳中的官學教育一直佔有主導地位。早在宋代，范仲淹就在蘇州辦府學，「慶曆新政」以後，蘇州府學（縣學）已經號稱「甲東南」，至明代，這種情況更是有過之而無不及：吳寬《家藏集》卷三十二有〈吳縣儒學進士題名記〉，史鑑〈西村集〉中有〈同里社學記〉，徐有貞有〈蘇郡儒學興修記〉，吳寬有〈吳縣修學記〉，楊榮有〈直隸蘇州府吳縣儒學重建記〉，夏時正有〈蘇州府長洲縣重建儒學記〉，金玟有〈長洲縣學記〉〔註31〕……，從這些文人創作中留下的明顯痕跡，不難想像官學在吳中的地位。

與之同時，作爲官學和私學的重要的、不可缺少的補充，家庭教育（家學）在吳中文化傳承中也發揮著獨特的作用，這其中既寄託著上一代對於下一代的殷切期望，又使吳中獨有的文化傳承得以延續。

吳寬《家藏集》卷六十二〈李君信墓誌銘〉說李君信年少時「見族人或不能自立者，慨然有遠遊服賈之志」，後來辛苦行賈，「家卒賴以不墜」，「君信既有力於李氏，嘗曰：『吾豈顓顓爲一家溫飽計者？惟學而致用，乃吾先世之事，而早歲之志也。』因遣其二子皆入郡學，方日夜程課之以冀其成，而君信以疾卒矣，年止四十七。」李君信無論是在「行數千里」「勞苦客居累歲」的行賈生涯中，還是居家「益督僮奴治生業，居則量物貨，出則置田畝」的繁忙時，其強大動力就是希望恢復家族「學而致用」的傳統，爲此他不僅「遣

〔註31〕　（明）陳暐編《吳中金石新編》卷一，清文淵閣四庫全書本。

其二子皆入郡學」，而且「日夜程課之以冀其成」。李君信的情況在吳地頗有代表性，這揭示出吳人重視家教、家學的內在動力。

在家庭教育中，家長們往往會表現出獨有的眼光和極大的耐心，例如文林對其子文徵明，文徵明「生而少慧，貌古神完」，「八歲語言猶不分明，他人或易視之，而其兄奎爽朗俊偉」，他的父親文林卻「獨器公，曰：『此兒他日必有所成，非乃兄所及也』」，「隨侍往滁，讀書務稽古人之德，能自得師；交木命往從莊定山昶遊；昶與語，奇之，贈行有『忘年得友』之句。」〔註32〕文父起初就不歧視「生而少慧」的文徵明，並在文徵明成長過程中有意識地為他設計成長道路，選擇名師，從而使他最終成為一代名士，這一事例顯示出吳中家教傳統的優良作風和良好的效果。

祝允明〈封刑部主事伊公傳〉云伊溥「公素往來京吳，投老止姑蘇，居閶門外小曲，僉事日侍左右，歡然終日，公觀時貴遷躋之速、園廬服御之盛，一不動於中。二孫伯熊、伯恙遊業京學，撫教尤至。每入試，輒往視，試不捷亦不慍」〔註33〕。伊溥的例子，則說明重視對子女的家庭教育是祖父輩們的共識，而這種家教往往比公學、私學更加開明，也更具人情味。

吳中家教中的父教如此出色，而母教也頗有特點，在某些方面相對於父教而言更有過之而無不及。翻檢吳中文人文集，僅就數量而言，記敘母教的文章遠遠超過記載父教的篇什。傳統的中國社會中男子的地位遠遠高於女子，「男主外，女主內」，男子更多的時候是奔波勞碌、交際應酬於外，倒是女子承擔了更多的家庭內部事務。吳中地區是明代文化比較發達的地區，耳濡目染，女子的文化素質也較其他地方為高，她們在主持家庭內務的時候，同樣對子女教育給與了極大關注，在家教中扮演了重要角色。

桑悅《思玄集》中的〈舅母王氏孺人墓誌銘〉〈陳母蕭孺人墓誌銘〉〈徐氏孺人墓誌銘〉等文，在追憶亡者事蹟時，都不約而同談到了她們對子女的教育。王氏為子女誦古今故事，藉此誘導子女學習古人風範；蕭孺人丈夫早亡，她在承擔持家責任的同時，並未忽視對子女的教育；中國歷來有「嚴父慈母」的傳統，而徐氏對子女要求之嚴格，則達到了「如嚴師」的地步。

〔註32〕《文徵明集》附錄〈將仕佐郎翰林院待詔衡山文公墓銘〉，上海古籍出版社1987年10月版，第1629～1630頁。
〔註33〕《懷星堂集》卷十七〈封刑部主事伊公傳〉，清文淵閣四庫全書本。

文徵明有〈賢母頌〉一文，係爲陸師道之母所作，敍文中寫道：「既而某（陸父）客死維揚，內侵而外侮，孤嫠煢煢，日以不兢。於時，人皆憂其蹙且僨也；然其家弗墜以隆，二子日以有立，且皆以文章行業，侈聲吳中。……（陸）母陳氏，家世令善，蟬聯中外，以禮法相承。母居家爲淑女，歸陸爲孝婦，克相厥夫爲令妻，而教成諸子，光於前人，於母道爲尤烈。」顯然，陸師道之母不僅使其家「弗墜」，而且更使二子「以文章行業，侈聲吳中」〔註34〕，這種以賢母支撐門戶、并教養子女以詩書光大門戶的精神，對於吳中地區的家庭教育，無疑具有強烈的示範作用。

文徵明〈吳母顧碩人墓志銘〉則記敍了顧氏丈夫亡故之時，「諸子方幼，而舅姑並高年在堂。碩人哭死事生，節孝維飭，喪三易而弗違。教諸子女，慈不忘義，導誘有方。而謹其婚嫁，俾皆不失其時。操勤履儉，老而彌篤。故雖寡居無援，而器物不遷，門戶加植，諸子侁侁，咸用有成。」〔註35〕如同前文所及陸師道之母陳氏一樣，顧氏也是在失去丈夫以後，於家庭危難之際擔當起支撐門戶、教養下一代成人成才以傳承家世的重任，並且「導誘有方」，使後代「咸用有成」，以巨大的家教成功顯示出逆境中艱忍剛強的女性風範。

吳中家教傳統中女性的影響與男性的作用相映生輝，而女性對於子女心靈情操的陶冶與影響，甚至超過了男性。祝允明〈許氏感慈記〉所發出的感歎，說的雖然是「天下之母」，但也可以說是對吳中女子在家教中地位的總結：「天下之母皆慈也，胎教之周審，孕產之囏劬，乳哺之勤瘁，保抱顧覆之勞密，衣之食之教之，冠而昏之，有不慈之母耶？天下之母之慈皆當感也。」〔註36〕文中所反映出來的對於母親哺育教養的感恩，具有普遍性；而「教之」「冠而昏之」，則與前文所引吳中諸多母親教子成名的事例相印證，顯示出吳人對於母親在社會生活、家庭教育中重要地位的認同。

綜上所述，官學、私學、家庭教育（家學）共同構成了吳中教育模式，它們三者在吳中都有著悠久的傳統和堅實的基礎，三者相互作用，培育出一代又一代的吳中文人。

〔註34〕《文徵明集‧補輯》卷第二十一〈賢母頌（有敍）〉，上海古籍出版社1987年10月版，第1295頁。

〔註35〕《文徵明集‧補輯》卷第三十，上海古籍出版社1987年10月版，第1539頁。

〔註36〕《懷星堂集》卷二十三〈許氏感慈記〉，清文淵閣四庫全書本。

第四節　悠久的文學傳統

清人顧承說：「吾吳古稱荊蠻，自泰伯、虞仲以來，變其舊俗，爲聲名文物之邦。陸士衡所云『土風清且嘉』者。」〔註37〕被稱爲荊蠻之地的吳，自古以來游離於中原文化圈之外，屬楚文化區域。相對於中央集權傳統比較嚴格的中原地區，楚文化區更多地呈現出浪漫自由的氣息，在經濟、文化，乃至社會生活的各個方面都有自己的獨特之處和發展軌道，就文學而言，也形成了不同於其他地區的特點。

蘇州、無錫、常州一帶，自古屬楚文化區域，清代錢大昕《十駕齋養新錄・吳楚通稱》對此已經作過詳盡的辨析。吳楚文學自來就顯示出與中原文學不同之處。先秦，當中原地區正發展著以《詩經》爲代表的現實主義文學傳統的時候，吳楚地區則發展著以《楚辭》爲代表的浪漫主義文學傳統。在當時，「楚辭」是一種新興的生動自由、長短不齊的「騷體詩」。它以雜言爲主，對傳統的四言句式是一個突破，外在形式上頗具美感。它最爲突出的是浪漫主義的精神氣質，行文變化多端，文采絢爛。劉勰《文心雕龍・辨騷》曾指出：

> 故其敘情怨，則鬱伊而易感；述離居，則愴怏而難懷；論山水，
> 則循聲而得貌；言節候，則披文而見時。是以枚、賈追風以入麗，
> 馬揚沿波而得奇；其衣被詞人，非一代也。故才高者苑其鴻裁，中
> 巧者獵其豔辭，吟諷者銜其山川，童蒙者拾其香草。〔註38〕

這使得詩歌呈現出淒婉迷離、縹緲瑰麗的特徵。而《楚辭》「較之於《詩》，則其言甚長，其思甚幻，其文甚麗，其旨甚明，憑心而言，不遵矩度」〔註39〕，其特有的浪漫主義氣息對後世文學產生了深遠的影響，也奠定了吳楚文學的基調，此後吳地文學雖然不斷與中原文學交互影響，相互吸收，但是在很大程度上依舊保持著這種先天色彩。

三國至西晉，吳地文人的創作開始呈現出繁榮氣象。其時較爲著名的作家是陸機、陸雲。二陸出身於東吳世族大家，吳亡後，仕於晉，頗受北方士

〔註37〕（清）顧祿撰，來新夏點校《清嘉錄》，上海古籍出版社 1986 年 5 月版，第 3
　　　頁。
〔註38〕（南朝梁）劉勰著，詹鍈義證《文心雕龍義證》，上海古籍出版社 1989 年 8
　　　月版，第 161～166 頁。
〔註39〕《魯迅全集》第十卷《漢文學史綱要》，人民文學出版社 1973 年版，第 540
　　　頁。

大夫推重，他們的作品雖然有內容貧乏之嫌，但是辭藻華美，對偶工整，以至於人們對其評價往往毀譽參半。以陸機爲例，劉勰言其「綴詞尤繁」〔註40〕，陳祚明言其「性情不出」〔註41〕，沈德潛則說他「士衡舊推大家，然通贍自足而絢采無力，遂開出排偶一家，降自齊梁，專工隊仗，邊幅復狹，令閱者白日欲臥，未必非陸氏爲之濫觴也。」〔註42〕陸機所產生的這種影響，與他的文學主張又是一致的。

陸機在〈文賦〉中強調「詩緣情而綺靡」，在具體操作上，他主張作品「其會意也尚巧，其遣言也貴妍，暨音聲之迭代，若五色之相宣，或仰偪於先條，或俯侵於後章，或辭害而理比，或言順而義妨，離之則雙美，合之則兩傷」。陸機自己在詩文賦的創作中也實踐了自己的理論，這雖然是晉初文壇的主流傾向，但實際上在某種程度上又與吳地文學傳統有著契合之處，二者可以說是並行不悖。

吳地文學繁盛的第二個時期是在南朝。其時的民間歌辭吳歌，語言生動，風格清新，《晉書‧樂志》：「吳歌雜曲，並出江南，東晉以來稍有增廣。」「(《相和》諸曲) 始皆徒歌，既而被之絃管。」郭茂倩《樂府詩集‧吳聲歌曲》說：

> 蓋自永嘉渡江之後，下及梁陳，咸都建業，吳聲歌曲起於此也。
> 《古今樂錄》曰：「吳聲十曲，一曰〈子夜〉，二曰〈上柱〉，三曰〈鳳將雛〉，四曰〈上聲〉，五曰〈歡聞〉，六曰〈歡聞變〉，七曰〈前溪〉，八曰〈阿子〉，九曰〈丁督護〉，十曰〈團扇郎〉，並梁所用曲。」……
> 遊曲六曲〈子夜四時歌〉〈警歌〉〈變歌〉，並十曲中間遊曲也。……
> 又有〈七日夜〉〈女歌〉〈長史變〉〈黃鵠〉〈碧玉〉〈桃葉〉〈長樂佳〉〈歡好〉〈懊惱〉〈讀曲〉，亦皆吳聲歌曲也。〔註43〕

從中不難看出吳歌的傳統風格。《子夜歌》是吳歌的重要組成部份，「慷慨吐清音，明轉出天然」〔註44〕，可以說是其語言特徵的極好概括。「吳歌」中的《神絃歌》十一曲大部爲江南一帶的祀神歌曲，其風格則與《楚辭》中的《九歌》類似。「吳歌」辭采豔麗，但並不同於文人詩的華麗典雅，而是呈現一種

〔註40〕（南朝梁）劉勰著，詹鍈義證《文心雕龍義證》，上海古籍出版社 1989 年 8 月版，第 1203 頁。
〔註41〕《采菽堂古詩選》卷十「陸機」，清刻本。
〔註42〕（清）沈德潛《說詩晬語》卷上，清乾隆刻沈歸愚詩文全集本。
〔註43〕《樂府詩集》卷四十四，清文淵閣四庫全書本。
〔註44〕《樂府詩集》卷四十五〈大子夜歌〉，清文淵閣四庫全書本。

出於天然的明朗的鮮麗，是一種淺俗的鮮麗。如〈三洲歌〉：「送歡板橋灣，相待三山頭。遙見千幅帆，知是逐風流。」〈清溪小姑曲〉：「開門白水，側近橋樑。小姑所居，獨處無郎。」聲調婉轉，情意纏綿，反映了「吳歌」的特點。

「吳歌」源於吳地民間，其內容主要表現了城市中下層居民的日常生活和思想感情，其中絕大多數屬於情歌，並且多作女子口吻，整體基調偏於哀怨、纏綿，這其實也與當時「王侯將相，歌妓填室；鴻商富賈，舞女成群；競相誇大，致有爭奪」〔註45〕的風氣相適應，這樣的內容和感情色彩也決定了其獨有的語言形式，因而形成了「吳歌」獨特的地域特點。

其後隋朝統一中國，以行政手段打擊六朝豔靡文風，「吳歌」的豔麗、輕靈與放逸受到抑制。自初唐始，以「吳中四士」賀知章、張若虛、包融、張旭的崛起為標誌，吳地文學的傳統風氣得到回歸，並向前發展。《新唐書》卷一百四十九〈包佶傳〉載，包融「與賀知章、張旭、張若虛有名當時，號吳中四士」。空靈放逸、奇思四溢是四士詩歌的共同特點，張若虛的〈春江花月夜〉用宮體，但卻超越了傳統的宮體詩，全詩洋溢著對宇宙人生的無窮遐想和濃鬱的青春氣息，是「詩中的詩，頂峰上的頂峰」〔註46〕。賀知章〈詠柳〉詩略貌取神、意境高雅，〈回鄉偶書〉清新明朗，充溢著個性化情感和況味。張旭的草書，與李白歌詩、裴旻劍舞被稱為盛唐「三絕」。據說他「喜怒窘窮、憂悲愉佚、怨恨思慕、酣醉無聊不平有動於心，必於草書焉發之。觀於物，見山水崖谷、鳥獸蟲魚、草木之花實、日月列星、風雨水火、雷霆霹靂、歌舞戰鬥、天地事物之變，可喜可愕，一寓於書」，所以「旭之書變動猶鬼神不可端倪」〔註47〕，他的詩歌也同樣充溢著濃鬱的個人感情色彩，如〈山中留客〉：「山光物態弄春暉，莫為輕陰便擬歸。縱使晴明無雨色，入雲深處亦沾衣。」把對山中景物的體驗表達得細緻新穎，於此可見作者敏銳的審美感知。包融的詩風與三人的也較相近。

宋代吳中文學發展平緩，未見傑出的作家和文學作品。元末明初，吳中地區在張士誠的控制之下，較少經歷戰火，因此成為文人士大夫理想棲

〔註45〕（宋）李昉等編《太平御覽》卷五百六十九〈宋略〉，清文淵閣四庫全書本。
〔註46〕聞一多〈宮體詩的自贖〉，《唐詩雜論》，萬卷出版公司2015年版，第48頁。
〔註47〕（唐）韓愈〈送高閒上人序〉，《唐宋八大家文鈔》卷十一，清文淵閣四庫全書本。

身之處，各地流寓文士以及吳地本土文人薈萃，吳文學一時成天下之盛。元末，楊維楨寓居吳中，和崑山顧阿瑛一道「領袖文壇，振興風雅於東南」〔註48〕，他「才贍氣雄，震躍當世，則一時之士皆宗之」〔註49〕，從而成爲吳中文人的領袖人物。胡應麟《詩藪‧外編》卷六說楊維楨「領袖一時，其才縱橫豪麗，亶堪作者，而耽嗜詭奇，沉淪綺藻，雖復含筠吐賀，要非全盛典刑。至他樂府小詩、香奩近體，俊逸濃爽，如有神助。」可見楊氏詩風偏向於詭奇豔麗一路，這就難怪會被同樣有著詭奇放逸傳統的吳中文士所喜歡和傚仿了。

稍後，高啓、張羽、徐賁、楊基這「吳中四傑」崛起，並成爲吳中文壇風雲人物。高啓是元明兩代最著名的詩人之一，他「天才高逸，實據明一代詩人之上」〔註50〕，其詩就思想內容而言，更多地體現了擺脫倫理羈絆而追求個人自由發展的要求，就風格而言，則「俊逸而清麗，如秋空飛隼，盤旋自折，招之不肯下；又如碧水芙蓉，不假雕飾，翛然塵外，有君子之風焉」〔註51〕；四庫館臣更指出「其於詩擬漢魏似漢魏，擬六朝似六朝，擬唐似唐，擬宋似宋，凡古人之所長，無不兼之；振元末纖穠縟麗之習，而返之於古，啓實爲有力」〔註52〕。而張羽的作品，在某些方面幾乎可以接武高啓：「今觀其集，律詩意取俊逸，誠多失之平熟；五言古體低昂婉轉，殊有瀏亮之作」，「至於歌行，筆力雄放，音節諧暢，足爲一時之豪。以之接迹青邱，先驅北郭，盧前王後之間，亦未必遽作蜂腰矣。」〔註53〕徐賁詩文，則「詞采遒麗，風韻淒朗，殆如楚客叢蘭、湘君芳杜，每多惆悵」〔註54〕。四子的崛起，標誌著吳中文學的中興，他們的創作在主體上沿襲了吳中文學穠豔纖巧的傳統，但是在內容上又具有某些鮮明的時代特徵，反映了元末戰亂頻仍的社會現實，以及明初詩人在當時環境中坎坷的遭際。

以上大致勾勒了吳中文學的發展概況，在這簡單的回溯之中我們可以感受到吳中文學風格與傳統延綿不絕的傳承和發展。這種風格與傳統，概括起

〔註48〕　（清）顧嗣立撰《寒廳詩話》，《叢書集成續編》本。
〔註49〕　（明）楊樞撰《松故述》，清藝海珠塵本。
〔註50〕　《四庫全書總目》卷一百六十九〈大全集提要〉，清文淵閣四庫全書本。
〔註51〕　《吳都文粹續集》卷五十五〈缶鳴集序〉，清文淵閣四庫全書本。
〔註52〕　《四庫全書總目》卷一百六十九〈大全集提要〉，清文淵閣四庫全書本。
〔註53〕　《四庫全書總目》卷一百六十九〈靜居集提要〉，清文淵閣四庫全書本。
〔註54〕　（清）陳田《明詩紀事》甲簽卷八，清陳氏聽詩齋刻本。

來說，就是在創作形式上傾向於纖巧、豔麗，在審美上追求新穎的構思和高雅的意境，而明中葉吳中文人集團的創作表明他們既繼承了這一傳統，又在新的時代背景下發展了這一風格和傳統。

第三章　明中葉吳中文人集團的形成

第一節　吳中文人集團的形成

　　文人集團的形成，往往是在一定的社會條件下，有著某種共同的社會活動目標、某種比較確定的因緣關係，在精神上存在著一種比較鮮明的集團意識，在此基礎上文人們自覺或不自覺的結合。〔註 1〕基於這種因緣關係的不同，文人集團各自的結合方式、構成形態也相應地不同，如有侍從文人集團、學術派別、政治朋黨、文人結社和文學流派等。

　　相對於文學史上經常為人提及的鄴下文人集團、竹林七賢、竟陵八友等文人集團，吳中文人集團是以地緣關係為基礎形成的，這一文人集團中文人們的集團意識談不上十分強烈，並沒有明確標榜他們屬於一個集團，也很少談及或宣傳他們的文學主張，在這個文人集團中，傳統的師承關係並非沒有，但文人之間的平等的相互交往、相互切磋、相互傾慕的情況更為主要。

　　吳中文人集團中的文人們具體的相互交往、相互切磋、相互唱和可以從他們的文集及後人的記載中看出：

　　吳寬《家藏集》卷四十九〈跋天全翁賞燈聯句〉記「天全翁自南詔歸，適大參祝公、僉憲劉公皆致仕家居，三公有斯文知契，凡登臨遊賞之樂，必共之，酒酌興發，更倡疊合。」

　　文徵明《莆田集》卷二十三〈題祝希哲手稿〉：「右應天府祝君希哲手稿

〔註 1〕　參看郭英德《中國古代文人集團與文學風貌》「引言」部份，北京師範大學出版社 1998 年 11 月版。

一軸。詩賦雜文共六十三首，皆癸卯、甲辰歲作。於時君年甫二十四，同時有都君元敬者，與君並以古文名吳中，……又後數年，某與唐君伯虎亦追逐其間，文酒倡酬，不間時日。於時年少氣銳，儼然皆以古人自期。」

文徵明〈錢孔周墓誌銘〉：「吾友錢君孔周，以高明踔絕之才，負凌轢奮迅之氣，感慨激昂，以豪俊自命。雅性闊達，不任檢押。所與遊皆一時高朗亢爽之士，而唐君伯虎、徐君昌國，其最善者。視余拘檢齷齪，若所不屑，而意獨親。時余三人，與君皆在庠序，故會晤爲數。時日不見，輒奔走相覓，見輒文酒燕笑，評騭古今，或書所爲文，相討質以爲樂。」〔註2〕

文徵明〈大川遺稿序〉：「弘治初，余爲諸生，與都君元敬、祝君希哲、唐君子畏，倡爲古文辭。爭懸金購書，探奇摘異，窮日力不休，儼然皆自以爲有得。」〔註3〕

《無聲詩史・陸師道傳》：「自世宗朝執政者好拔其黨據要津以相翼庇，而輕於棄名士大夫，士大夫亦醜之，莫肯爲用，而吳中最盛。前先生（指陸師道）者，有王參議庭、陸給事粲、袁僉事袠，皆里居與先生善。而先生所取友，如王太學寵、彭徵士年、張先輩鳳翼兄弟，多往來文先生家，與文先生之子博士彭、司諭嘉日相從，評騭文事，考較金石三倉鴻都之學與丹青理。茗盅爐香，悠然竟日，興到弄筆，縑素尺幅，一點染若重寶。」

從以上古人的評價及描述中，人們可以十分清楚地知曉明代弘治、正德、嘉靖時期吳中地區的創作盛況。可以清楚地看到，明中葉吳中文人集團是當時客觀存在的文人聯合。明清時期的文人雖然並沒有明確稱吳中文人們是一個文學流派，但已經自覺不自覺地把他們當作一個文人集體來看待了。

那麼，具體來說，以地緣關係爲基礎的明中葉吳中文人們是怎樣交往、交流而形成一定的文學風尚，並成爲一個文人集團的呢？我們可以從以下幾個方面進行考察：

首先，作爲維繫情感紐帶的天然契機，地域的接近爲吳中文人們的交往提供了天然的、便利的條件。吳中文人集團的文人們都居住在以吳縣爲中心的蘇州府境內，他們多稱吳地爲「吾吳」、「吾蘇」，在談及吳地情況時，都以

〔註2〕《文徵明集》卷第三十三〈錢孔周墓誌銘〉，上海古籍出版社 1987 年版，第756 頁。

〔註3〕《文徵明集》補輯卷十九〈大川遺稿序〉，上海古籍出版社 1987 年版，第 1259 頁。

身爲吳人而榮，驕傲、自豪之情往往溢於言表。徐有貞言：「吾蘇也，郡甲天下之郡，學甲天下之學，人才甲天下之人才，偉哉！」〔註4〕王琦《寓圃雜記》卷五「蘇學之盛」稱「吾蘇學宮，制度宏壯，爲天下第一。人才輩出，歲奪魁首。近來尤尙古文，非他郡可及。」文徵明說「吾吳文章之盛，自昔爲東南稱首。」〔註5〕「吾吳爲東南望郡，而山川之秀，亦惟東南之望。其渾淪磅礴之氣，鍾而爲人，形而爲文章，爲事業，而發之爲物產，蓋舉天下莫之與京。故天下之言人倫、物產、文章、政業者，必首吾吳；而言山川之秀，亦必以吳爲勝。」〔註6〕史鑑亦言「今江南之稅與役天下最，吾蘇之稅與役又爲江南最。」〔註7〕從中可看出他們濃厚的鄉土意識，看出他們對自己身爲吳人的榮譽感、自豪感以及主人意識。

此外，此時期吳人爲本地文人作傳及整理作品的也較多，如顧璘以《國寶新編》爲吳中才士如唐寅、都穆、徐禎卿等人作傳，並在序中對他們的創作評價甚高：「又如希哲之宏博，伯虎之奇俊，繼之之古澹，伯時之醇邑，欽佩之雋質，叔鳴之新警，咸號名家，素稱國手。」錢穀編有《吳都文粹續集》，收吳地文人創作，自雜說、詩文、類家乃至遺碑斷碣無不收錄，「吳中文獻，藉以不墜」〔註8〕。楊循吉有《蘇州府纂修志略》、《吳中往哲記》記蘇州府人物事，祝允明有《成化間蘇材小纂》記成化年間蘇州之有名的人及事。這類地方性文獻的整理是吳地文人對吳地獨特人文資源重視的反映，這種濃厚的地方觀念自會對吳中文人集團中人們的交往、創作產生較爲深遠的影響。

明中葉吳中文人之間有著各種各樣的社會關係，這些社會關係易於使他們發生較爲密切的聯繫。杜瓊是朱存理和沈周的老師。沈周與祝允明有一定的師生關係。沈周與文林交情甚篤。朱存理和吳寬、都穆是很要好的朋友。沈周與徐有貞交情不薄。史鑑與沈周是兒女親家〔註9〕。祝允明是徐有貞的外

〔註4〕　（明）徐有貞《吳中金石編》卷一〈蘇郡儒學興修記〉，清文淵閣四庫全書本。
〔註5〕　《文徵明集》卷三十二〈翰林蔡先生墓誌〉，上海古籍出版社1987年版，第735頁。
〔註6〕　《文徵明集‧補輯》卷第十九〈記震澤鍾靈壽庵徐公〉，上海古籍出版社1987年版，第1263～1264頁。
〔註7〕　《西村集》卷六〈革奸對〉，清文淵閣四庫全書本。
〔註8〕　《四庫全書總目》卷一百八十九〈吳都文粹續集提要〉，清文淵閣四庫全書本。
〔註9〕　見《西村集》卷五〈與吳原博修撰〉：「弟與啓南聯姻矣，次子永齡僭求其季女，亦籍貞伯與陳玉汝贊裏成約耳」。清文淵閣四庫全書本。

孫、李應楨的女婿。唐寅與王寵是兒女親家。陸采是都穆的女婿〔註10〕。文徵明則是文林之子。邢量是邢參的祖父。何良俊、何良傅是兄弟。黃魯曾、黃省曾是兄弟。黃姬水是省曾之子。王守、王寵是兄弟。皇甫錄有四個兒子：沖、涍、汸、濂。……他們之間的種種淵源關係雖不一定被過份看重，但畢竟易於使他們發生聯繫，這是不應該完全忽略的。

其二，吳中文人們有較爲相近的性情愛好、個性氣質，較爲接近的人生理想。吳中文人集團中的文人們有著較爲獨特的個性氣質，大多偏向於放曠、狷介。如桑悅「尤怪妄，亦以才名吳中。書過目，輒焚棄，曰：『已在吾腹中矣。』敢爲大言，以孟子自況。或問翰林文章，曰：『虛無人，舉天下惟悅，其次祝允明，又次羅玘。』」〔註11〕如邢量「隱居封門，以醫卜自給，性狷介，不娶，與人無將迎，足跡不出里門，不蓄奴婢，弊屋三間，青苔滿壁，折鐺敗席，蕭然如野僧，長日或不舉火，客相坐與清坐而已。」〔註12〕即如個性溫文的沈周、文徵明也有趨向狷介的一面，沈周「與人處，曾無乖忤，而中實介辦不可犯。」〔註13〕文徵明曾當遷官，「或言宜先謁見當道，公竟不往，官亦不遷，惟賜銀幣而已，公以無所慼也。」〔註14〕個性氣質上的相似使他們成爲一個較爲獨特的群體。

吳中文人並不是死守經書的一類，多有較爲廣泛的興趣愛好和較高的文化修養。有許多人不僅僅是文人，還是書法家、畫家。如沈周繪畫技術高超，「近自京師，遠至閩浙川廣，無不購求其跡，以爲珍玩。風流文翰照映一時，其亦盛矣。」〔註15〕文徵明「性喜畫，然不肯規規模擬，惟覽觀其意，而師心自詣，輒神會意解。至窮微造妙處，天眞爛漫，不減古人。」〔註16〕另如唐寅、陸師道、錢穀、周天球等也是畫技高超。吳中文人們不僅寫詩，作文，還寫散曲，寫雜史，他們在讀書上的興趣也十分廣博，如史鑑「錢穀水利無

〔註10〕 見《列朝詩集小傳》丁集上〈陸永新粲附見陸秀才采〉：「采，字子玄，給事中子餘之弟，都少卿玄敬之婿也」。上海古籍出版社 1959 年版，第 396 頁。
〔註11〕 《明史》卷二百八十六《文苑傳》，清文淵閣四庫全書本。
〔註12〕 （明）焦竑《獻徵錄》卷二百十六〈邢公量傳〉，上海書店 1987 年 4 月版，第 5113 頁。
〔註13〕 《文徵明集》卷二十五〈沈先生行狀〉，上海古籍出版社 1987 年版，第 596 頁。
〔註14〕 《文徵明集》附錄〈先君行略〉，上海古籍出版社 1987 年版，第 1621 頁。
〔註15〕 《震澤集》卷二十九〈石田先生墓誌銘〉，清文淵閣四庫全書本。
〔註16〕 《文徵明集》附錄〈先君行略〉，上海古籍出版社 1987 年版，第 1622 頁。

不周知，……於書無所不通，尤長史學，文章雄深古雅，卓然成家。」〔註17〕
錢孔周「諸經子史之外，山經地志，稗官小說，無所不有，而亦無所不窺。
尤喜左氏及司馬、班、揚之書，讀之殆遍。」〔註18〕這種博學實質上也可看
出文人們的任情自適，樂於根據自己的愛好做自己喜歡做的事，樂於放縱自
己的性情。

　　吳中文人們在文學創作上多較為提倡學習古文辭，主張向古人學習，雖
然他們的實際創作與古人的有較大差別，但他們在主觀意志上一直是以古文
辭為標的的。卞永譽《式古堂書畫匯考·書考》卷二十五載弘治十五年（1502）
祝允明跋《文選》之語：「自士以經術梯名，昭明之選與醬瓿翻久矣！然或有
以著者，必事乎此者也。吳中數年來以文競，茲編始貴。」即是說當時吳中
文人們對古文辭的喜愛。在各自的文集中，吳中文人們對古文辭的熱愛更是
隨處可見，吳寬在〈舊文稿序〉中直言其對古文的喜愛，「幸先君好購書，始
得文選，讀之知古人乃自有文，及讀《史記》、《漢書》與唐宋諸家集，益知
古文乃自有人，意頗屬之。適於諸生一再試郡中，偶皆前列，輒自滿曰：『吾
足以取科第矣』，益屬意古作。」〔註19〕史鑒在〈與吳原博修撰〉中談及吳寬
之文時說，「屢見老兄高作雄深渾厚，直追古作者，異日負一世文名者將有在
矣。」〔註20〕陸粲〈濯纓亭筆記序〉為戴冠之作作序，稱戴「少穎敏篤學，
始遊鄉校，已刻意為古詩文，博覽無所不通。」〔註21〕翻開吳中文人之文集，
仿古之作也非常之多，桑悅《思玄集》中有效吳體詩、效西崑體詩、效香山
體詩，史鑒《西村集》中賦作、歌行頗多，黃省曾《五嶽山人集》中有效陶
淵明之作，效陸士衡之作。

　　第三，互相交往，互相唱和，在文學創作上互相砥礪，互相切磋，密切
了吳中文人們之間的聯繫。吳中文人們的彼此交往唱和之作可以非常清楚地
從他們的文集中找出，如史鑒《西村集》中有〈都玄敬見訪夜話〉、〈與王守
溪修撰〉及與史明古、李應楨、吳寬、陳瑄等人聯句。朱存理《野航詩稿》
前有楊循吉、祝允明為之所序，集中的〈銀盃聯句〉是與楊循吉、邢麗文等

〔註17〕《西村集》卷首〈隱逸傳〉，清文淵閣四庫全書本。
〔註18〕《文徵明集》卷三十三〈錢孔周墓志銘〉，上海古籍出版社1987年版，第757
　　　　頁。
〔註19〕《家藏集》卷四十一，清文淵閣四庫全書本。
〔註20〕《西村集》卷五，清文淵閣四庫全書本。
〔註21〕《陸子餘集》卷一，清文淵閣四庫全書本。

人的聯句之作。史鑑《西村集》中有〈懷古貽朱堯民〉、〈讀楊君謙古樂府〉、〈贈沈啓南〉等。王寵《雅宜山人集》中有〈贈唐伯虎〉、〈錢二孔周宅桂花下同酌邢麗文〉、〈衡山內翰許舫過月溪奉問一首〉、〈袁尚之兄弟山居燕集二首〉等。黃省曾《五嶽山人集》中有〈答吳郡太守戴冠〉、〈答祝京兆見懷二首〉、〈送蔡羽歸西山一首〉等。諸如此類的唱和、品評之作不勝枚舉。

更為難能可貴的是，吳中文人們還能夠對文學問題互相交流、互相討論，乃至互相切磋。朱存理《樓居雜著》中有〈答史明古〉一文，是給史鑑的一封回信，言「承教墨兼惠新書，感愧厚情，所諭《中散集》曾於友人家閱，不及抄本，今奉去《宣城集》、《五山名勝集》，計二冊，以塞來命。水村圖詩什舊為黃應龍借去，取回寄上。諸陸事蹟僕曾考之，未知其詳。」可見，當時朱存理和史鑑經常互相交流、借閱古人文集，這種交流應當也包括文學方面的切磋。黃省曾《五嶽山人集》中有〈答吳郡太守戴冠一首〉，此前戴冠有書與黃氏，向黃詢問有關整理何景明文集一事——秦中有整理何氏文集者，都穆將文集拿給戴冠看，此集較以往所見體例改變較大，戴冠因此致書黃氏問此種體例是否合適，黃氏即回文談及自己對文體分類的看法。又如祝允明有〈與唐寅書〉談今之學者與昔之大異。這些都是彼此間的切磋，交流。

吳中文人們還往往對彼此的作品進行品評，如朱存理有《野航詩稿》一作，楊循吉、祝允明為此集作序，並在其中談了對朱存理詩歌的看法。吳寬作〈跋祝生文稿序〉，為祝允明之文作序跋，對其文進行評價。皇甫汸有〈子約弟水部集序〉、〈司直兄少玄集敘〉，是為皇甫子約、皇甫少玄文集所作的序。《胥臺先生集》是袁袠的詩文集，陸師道、袁表、袁尊尼都曾為此集作序。張鳳翼、彭年在為袁袠所作的誄中，文徵明在為袁袠所作的墓誌銘中都對此集乃至袁袠文風進行了評價，這實際在一定程度上保持了彼此在創作、品評上的聲氣相通。

那麼，這一群吳中文人當時究竟是怎樣「文酒燕笑，評騭古今，或書所為文，相討質以為樂」的呢？雖然他們本人沒有對之進行詳細的描述，但從他們為其他文人所作的傳、誌、墓銘等文章中，我們依舊可以依稀想見當時的風貌。沈周「修謹謙下，雖內蘊精明，而不少外暴。與人處，曾無乖忤，而中實介辨不可犯」〔註22〕；文徵明「古貌古心，言若不出口，遇事有不能

〔註22〕《文徵明集》卷二十五〈沈先生行狀〉，上海古籍出版社1987年版，第596頁。

決者，片言悉中肯綮。尤精於律例及國朝典故，凡時事禮文之有疑者，咸以公一言決之」〔註23〕；祝允明「或當廣坐，詼笑雜還，援筆疾書，思若泉湧」〔註24〕；唐寅「靈性落魄，簡絕禮文，得錢沽酒，不問生業，嘐嘐然有狂士之風」〔註25〕；王履約「好修威儀，濟濟終日，凝然莫窺涯矣」〔註26〕；王履吉「清夷恬曠，人擬之黃叔度，尊官宿儒，忘（？按：此字模糊不清）年友善，罔不樂其溫醇」〔註27〕……這些人相聚一處，爲文唱和時的情景定當是饒有風味、興趣的。

王葆心在《古文辭通義》卷六〈識途篇〉中說「文家須先有並時之羽翼，後有振起之魁傑，而後始克成爲流別，於以永傳。」在彼此交往唱和之中，吳中文人集團也有著較爲核心性的人物，其主要核心人物爲吳寬、王鏊、沈周、文徵明。

吳寬，字原博，南直長洲人，成化八年（1472）進士，「授修撰，進右諭德。弘治中，歷少詹事，兼侍講學士。……寬宏厚廉靖，好古力學，文翰淳美。……於生平交，真能生死之。折節下士，布衣沈周輩皆因之而得名。以禮部尚書兼詹事府卒，年七十有九，贈太子太保，諡文定，有《匏庵集》行世。」〔註28〕

王鏊，字濟之，吳人，「成化十年鄉試，明年會試，俱第一。廷式第三，授修編。杜門讀書，避遠權勢。……嘉靖三年（世宗）復詔有司存問。未幾卒，年七十五。贈太傅，諡文恪。鏊博學有識鑒，文章爾雅，議論明暢。……少善制舉義，後數典鄉試，程文魁一代。取士尚經術，險詭者一切屏去。弘、正間，文體爲之一變。」〔註29〕

吳寬和王鏊都是處於高位的吳中文人，他們在文學上的造詣也都是首屈一指。吳寬之「文翰淳美」，王鏊之「文章爾雅」〔註30〕，頗爲時人稱道，即如後來清代四庫館臣對他們也評價極高：「寬學有根柢，爲當時館閣巨手。平

〔註23〕《文徵明集》附錄〈先君行略〉，上海古籍出版社 1987 年版，第 1622 頁。

〔註24〕《陸子餘集》卷三〈祝先生墓誌銘〉，清文淵閣四庫全書本。

〔註25〕（明）王穉登撰《吳郡丹青志》，四庫存目叢書本。

〔註26〕《陸子餘集》卷四〈祭王履約中丞文〉，清文淵閣四庫全書本。

〔註27〕《國寶新編·太學生王寵》，四庫存目叢書本。

〔註28〕（清）查繼佐撰《罪惟錄》卷十三上「吳寬」條，浙江古籍出版社 1986 年 5 月版，第 2016～2017 頁。

〔註29〕《明史》卷一百八十一〈王鏊傳〉，清文淵閣四庫全書本。

〔註30〕《明史》卷一百八十一〈王鏊傳〉，清文淵閣四庫全書本。

生學宗蘇氏，字法亦酷肖東坡，縑素流傳，賞鑒家至今藏弄，詩文亦和平恬雅，有鳴鸞佩玉之風。」〔註31〕「鏊以制義名一代，雖鄉塾童稚，才能誦讀八比，即無不知有王守溪者。然其古文亦湛深，經術典雅遒潔，有唐宋遺風。」〔註32〕黃宗羲更是在〈明文案序下〉中說「成、弘之際，西涯雄長於北，匏庵、震澤發明於南，從之者多有師承。」吳寬、王鏊和吳地文人一直保持著較為密切的聯繫。吳寬《家藏集》中有〈吳縣儒學進士題名記〉、〈石田稿序〉、〈跋祝先生（允明）文稿〉、〈天全先生徐公行狀〉、〈王葦庵處士墓表〉等，王鏊《震澤集》中有〈石田先生墓誌銘〉、〈邢麗文家藏洪武三年定戶口勘合帖〉、〈蘇州府重修學記〉等，從中即可看出吳、王二人一直與吳地文人有著較為密切的聯繫。而吳地文人中也有稱他們為師者，如沈周、祝允明即稱吳寬為師，唐寅亦自稱為王鏊門人。可見，吳、王是吳地文人在京師的核心性人物，雖遠離吳地，但在思想上、文學上為其時吳地文人之指歸。

沈周也是吳中文人集團中的核心性人物，他與吳寬、王鏊二人不同，他一直居於吳地，在吳地廣泛地與士人交往，並在文學創作與繪畫等方面成為吳中文人中的領袖性人物。錢謙益在《牧齋初學集》卷四十〈石田詩鈔序〉中記沈周「其產則中吳文物風土清嘉之地；其居則相城有水有竹，菰蘆蝦菜之鄉；其所事則宗臣元老周文襄、王端毅之倫；其師友則偉望碩儒東原、定庵、欽謨、原博、明古之屬；其風流弘長則文人名士伯虎、昌國、徵明之徒。」可見沈周在吳中地區影響之大，更兼其詩文創作「談笑之際，落筆成篇，隨物賦形，緣情敘事，古今諸體各臻其妙。溪風渚月，谷靄岫雲，形跡若空，恣態倏變，玩之愈佳，攬之而無盡，所謂清婉和平高古起絕者兼有之，故其名大播，不特江南而已。」〔註33〕吳中文人史鑑、劉玨、文林等與其交往頗為密切，都穆、文徵明皆出其門下。

繼沈周之後，為吳中文人尊為領袖並與吳、王有一定交情的是文徵明。文徵明生於 1470 年，小沈周 30 歲，吳中文人中與之出生時間較為彷彿的不少，如楊循吉（1458 年生）、祝允明（1460 年生）、唐寅（1470 年生）、錢同愛（1475 年生）、顧璘（1476 年生）、徐禎卿（1479 年生）等。文徵明成為大家交往中的中心性人物。文嘉〈先君行略〉對文徵明與時人交往的情況頗有

〔註31〕《四庫全書總目》卷一百七十一〈家藏集提要〉，清文淵閣四庫全書本。
〔註32〕《四庫全書總目》卷一百七十一〈震澤集提要〉，清文淵閣四庫全書本。
〔註33〕《家藏集》卷四十三〈石田稿序〉，清文淵閣四庫全書本。

描述：「時南峰楊公循吉、枝山祝公允明，俱以古文鳴，然年俱長公十餘歲。公與之上下其議論，二公雖性行不同，亦皆折輩行與交，深相契合。……南濠都公穆，博雅好古；六如唐寅，天才俊逸。公與二人者，共耽古學，遊從甚密，且言與溫州，使薦之當路。……初歸時，適玉峰朱公希周與公先後歸，又同里閈，時吳中前輩已多凋謝，遂以二公之德望文學並稱者垂三十年。」〔註34〕王世貞〈文先生傳〉稱：「吳中人於詩述徐禎卿，書述祝允明，畫則唐寅伯虎，彼自以專技精詣哉，則皆文先生友也。」〔註35〕文徵明的文集中也有與人交往唱和的記錄，如其〈跋鄭所南國香圖卷〉記「徵明往與徐迪功昌國閱此卷於潤卿家，各賦小詩其上，是歲弘治十三年庚申也。及今嘉靖乙丑，恰三十年矣。追憶卷中諸君，若都太僕玄敬，祝京兆希哲，黃郡博應龍，朱處士堯民，張文學夢晉，蔡太守九逵及昌國，時皆布衣，皆喜譚郡中故實。每有所得，必互相品評以爲榮。」〔註36〕可見，《明史・文徵明傳》中稱其「主風雅數十年」並非虛詞。

與文徵明同樣在吳中地區具有較大影響力的還有祝允明、唐寅等人。祝允明長文徵明十歲，他的祖父祝顥、外祖父徐有貞是他最早的老師，他在童年時就和祖父、外祖父出遊，認識了不少吳中文人。他的古文創作非常出色，王錡對其盛讚：「希哲作文，雜處眾賓之間，嘩笑譚辨，飲射博弈，未嘗少異。操觚而求者，戶外之屨常滿。不見其有沉思默構之態，連揮數篇，書必異體。文出豐縟精潔，隱顯抑揚，變化樞機，神鬼莫測，而卒皆歸於正道，眞高出古人者也。……余閒評之曰秦漢之文，濂洛之理，自謂頗當。希哲方二十九歲，他日庸可量乎？」〔註37〕，可知二十九歲時即在吳中享有盛名。祝允明思想豐富、視野開闊、思辨敏捷，是明中葉吳中地區乃至全國範圍內最具魅力的人物之一。

唐寅與文徵明同齡，他出生在一個小販家庭，「居身屠酤，鼓刀滌血」〔註38〕，個性極爲放曠，少年時就頗有文名，《山樵暇語》記「唐子畏僑居南京日，嘗宴集某侯家，即席爲〈六朝金粉賦〉。時文士雲集，子畏賦先成，其警句云：

〔註34〕《文徵明集》附錄，上海古籍出版社1987年版，第1619、1622頁。

〔註35〕《弇州四部稿》卷八十三，清文淵閣四庫全書本。

〔註36〕《文徵明集・補輯》卷二十二，上海古籍出版社1987年版，第1326頁。

〔註37〕（明）王琦撰《寓圃雜記》卷五，明抄本。

〔註38〕《唐伯虎全集》卷五〈與文徵明書〉，中國美術學院出版社2002年版，第220頁。

『一顧傾城兮再傾國，胡然而帝也胡然天。』侯大加賞。前句出李延年，後句出詩君子偕老篇。由是稱其名愈著。」刺史曹鳳曾對之大加讚揚：「此龍門燃尾之魚，不久將化去。」〔註39〕多年之後，刻印唐伯虎文集的曹元亮在序言中寫：「三吳自公遊關藻，代有異才。而輕豪之致，無遜隴右者，獨伯虎唐先生。先生幼奇穎，豪宕不羈，有專季風，落筆雲煙，不加點綴」〔註40〕。唐寅在繪畫、書法、文學創作上都有很大成就，他也是明中葉吳中文人中最具傳奇色彩的人物，關於他的小說、戲曲在其後的每一個時代都有流傳。

總而言之，吳中文人集團在成化至弘治間，大致以吳寬、王鏊、沈周為主要中心點，前兩人是吳中文人集團的心理指歸，是聯繫吳中文人與其他群體的中心點；後者生活在吳中，與吳地文人有著穩定頻繁的交流，是吳中文學活動的主要組織者、參與者、代表性人物。弘治正德時期，主要以祝允明、唐寅、文徵明為主要中心點，他們生活在吳地，在文學創作、文藝思想、行為處事等方面，體現出吳中文人博學、擬古、隨性、具有批判性等特徵。進入嘉靖後，文人陣營越來越宏大了，中心點也有所增加。

需要特別說明的一點是，在許多文人集團、文學流派中，核心人物往往就是這一文人團體中師承性的人物，但明中葉吳中文人集團的情況卻並非如此。在這個文人集團中，傳統的師承關係並非沒有，但文人之間的平等的相互交往、相互切磋、相互傾慕的情況則更為主要。

《明史·文徵明傳》談到吳中文人們的創作盛況：「吳中自吳寬、王鏊以文章領袖館閣，一時名士沈周、祝允明輩與並馳騁，文風極盛。徵明及蔡羽、黃省曾、袁袠、皇甫沖兄弟稍後出。而徵明主風雅數十年，與之遊者王寵、陸師道、陳道復、王穀祥、彭年、周天球、錢穀之屬，亦皆以辭瀚名於世。」從這段文字中不難看出，文人間的交往是平等的。吳寬、王鏊雖然「以文章領袖館閣」，其文學聲望與社會地位都很高，但兩人長期居於京師，大多數吳中文人們則多為不第之士或下級官僚，長期居住於吳地，真正有機會師承吳、王二人的並不多。文徵明雖「主風雅數十年」，有諸多跟從者，如陸師道即「自儀部歸，已負重名，文待詔方里居，背面稱弟子。」〔註41〕吳門文人中「自

〔註39〕（明）閻秀卿〈唐伯虎傳〉，《文章辨體彙選》卷五百三十七，清文淵閣四庫全書本。

〔註40〕《唐伯虎全集》附錄一〈唐伯虎先生彙集序〉，中國美術學院出版社 2002 年版，第 528 頁。

〔註41〕《列朝詩集小傳》丁集中〈陸少卿師道〉，上海古籍出版社 1959 年版，第 474

子傳、道復、以迄於王伯穀、居士貞之流，皆及文待詔之門，上下其議論，師承其風範，風流儒雅，彬彬可觀。」〔註42〕但這裡所說的師承主要指師承文徵明的風流儒雅的風範，並非指其文學風格與主張。

　　從主觀意識上講，吳中文人們對於恪守門戶的師承有自己的看法，或者說對於師承，他們並非完全認同。他們更為欣賞獨出己見的為文、為人，對於吳寬、王鏊、沈周、文徵明這樣的可稱為領袖館閣、主持風雅的人物，他們樂於以師禮事之，以友人處之，或處於師友之間，但他們的以師禮事之，多為對其的敬佩、尊重，敬重之情遠多於師法為文之意。從客觀上講，學生對教師的學習也只能是各得其性之所近而已，不可能得其全體，雖受其指教、受其斧正、受其影響，但並非完全承其衣缽，如沈周是吳中文人集團的一個領袖型人物，「一時名士如唐寅、文壁之流咸出龍門，往往至於風雲之表」〔註43〕，但唐寅、文徵明的詩文更多的是在受其指教後形成了自己的風格，如文徵明之詩「妥貼穩順」〔註44〕，文「法度森嚴，言詞典則」〔註45〕，唐寅詩文「尤工四六，藻思麗逸，翩翩有奇氣」〔註46〕，實際上都沒有一成不變地師承沈周的文風：「揮灑淋漓，但自寫其天趣，如雲容水態，不可以方圓限」〔註47〕。當然，沈周作為吳門畫派的創始人，其在繪畫藝術上被人師承較多，但這並不是我們在這裡要談的。

　　總之，從各方面看，吳中文人集團中文人之間的聯繫並不主要依賴於師承的形式，實際上，以友相待，互相交往，互相切磋在吳中文人集團的形成及發展過程中起到了類似於組織手段的作用。吳中文人集團的結構組織相對鬆散，但這種相對鬆散也為文人們的創作提供了更為廣闊的空間，文人們彼此間保持著相對自由的創作風格，沒有「派」的約束，沒有嚴格的師徒形式，但有相對主要的核心性人物，有彼此間的切磋交往，有共同的為文理想，這

〔註42〕《列朝詩集小傳》丁集中〈陸少卿師道〉，上海古籍出版社 1959 年版，第 474 頁。
〔註43〕（明）王穉登撰《丹青志》「沈周」條，上海人民美術出版社 1963 年版畫史叢書本，第 1 頁。
〔註44〕（明）何良俊《四友齋叢說》卷二十六，中華書局 1959 年 4 月版，第 237 頁。
〔註45〕（明）何良俊《四友齋叢說》卷二十三，中華書局 1959 年 4 月版，第 212 頁。
〔註46〕（明）袁裒〈唐伯虎集序〉，《唐伯虎全集》，中國美術學院出版社 2002 年版，第 523 頁。
〔註47〕《四庫全書總目》卷一百七十二〈甫田集提要〉，清文淵閣四庫全書本。

就是吳中文人集團在構成上的特點。就這樣，成化至正德時期，年輩相同或相近的吳中文人們以吳寬、王鏊、沈周、文徵明爲交往中心走到了一起，同聲相應，同氣相求。

第二節　吳中文人集團規模的基本估計

從時人記載的吳中文人們彼此交往切磋的情況，從時人文集中的相關線索，並根據時人及後人對吳中文人們的評價，以及根據吳中文人們創作風格上的異同，我們大致可知明中葉吳中文人集團的基本規模：

祝顥，字惟清。長州人。正統四年（1439）進士，選授刑科給事中，尋升山西布政司左參議，後疏請歸田，卒年七十九。有《侗軒集》等。

杜瓊（1396～1474），字用嘉，自號鹿冠道人，晚家東原，學者稱東原先生。吳縣人。卒後門人私諡淵孝。有《東原齋集》、《耕餘雜錄》、《紀善錄》等。

徐有貞（1407～1472），初名珵，字元玉。吳縣人。宣德八年（1433）進士，選庶吉士，授編修，歷春坊諭德，擢僉都御史。天順初，拜華蓋殿大學士，兵部尚書，封武功伯，後下獄，戍金齒，尋赦還。有《武功集》等。

劉珏（1410～1472），字廷美。長洲人。宣德中補縣學生，領應天鄉薦，授刑部主事，遷山西按察僉事提督屯田，年甫五十懇乞致仕。有《完庵詩集》等。

沈周（1427～1509），字啓南，號石田、煮石生，晚號白石翁。長洲人。有《石田雜記》、《石田詩選》、《耕石齋石田集》等。

李應楨（1431～1493），一名𤤺，又名應熊，字貞伯。長洲人。中景泰四年（1453）鄉舉，成化間選爲中書舍人，弘治初歷太僕少卿。有《花庵集》、《李氏遺集》等。

王錡（1432～1499），字元禹，號葦菴，別號夢蘇道人。長州人。有《寓圃雜記》等。

史鑑（1434～1496），字明古，號西村。吳江人。有《西村集》等。

吳寬（1435～1504），字原博，號匏庵，諡文定。長洲人。成化八年（1472）會試廷試皆第一，授修撰，後遷左庶子，累遷掌詹事府，進禮部尚書，卒後贈太子太保。有《家藏集》、《平吳錄》等。

陸容（1436～1497），字文量，號式齋。崑山人。成化二年（1466）進士，官兵部職方郎中，累遷浙江右參政，後罷歸。有《式齋集》、《菽園雜記》等。

戴冠（1442～1512），字章甫。長洲人。弘治初以選貢授紹興府訓導，罷歸。有《戴學憲集》、《濯纓亭筆記》、《禮記集說辨疑》等。

朱存理（1444～1513），字性甫，號野航。長洲人。有《野航詩集》、《野航漫錄》、《樓居雜著》、《吳郡獻徵錄》等。

文林（1445～1499），字宗儒。長洲人。成化八年（1472）進士，歷知永嘉、博平，遷太僕司丞，告病歸，後復守溫州。有《文溫州集》、《瑯琊漫鈔》等。

桑悅（1447～1503），字民懌，號思玄子。常熟人。成化元年（1465）舉人，試春官，語多不倫被黜，除泰和訓導，遷柳州通判，丁外艱歸。有《思玄集》、《桑子庸言》等。

王鏊（1450～1524），字濟之，諡號文恪。吳縣人。成化十年（1474）應天府鄉試第一，次年試禮部亦第一，授修編。弘治時歷侍講學士，充講官。正德初累進戶部尚書、文淵閣大學士。有《震澤長語》、《震澤紀聞》、《震澤先生集》、《姑蘇志》等。

楊循吉（1458～1546），字君謙，號南峰。吳縣人。成化二十年（1484）進士，授禮部主事，弘治初致仕歸。武宗時曾因作賦稱意侍御前，後辭歸。有《松籌堂集》、《吳中往哲記》、《蘇談》等。

都穆（1459～1523），字玄敬。吳縣人。弘治十二年（1499）進士，授工部主事，歷禮部郎中，加太僕少卿致仕。有《南濠文略》、《南濠居士詩話》、《聽雨紀談》、《鐵網珊瑚》、《談纂》、《寓意編》等。

祝允明（1460～1526），字希哲，號枝山。長洲人。弘治五年（1492）舉人，會試不第，後以歲貢官廣東興寧知縣，遷應天府通判，謝病歸。有《懷星堂集》、《成化間蘇材小纂》、《祝子罪知錄》等。

文森（1462～1525），字宗平，文林弟。長州人。成化二十三年（1487）進士，授慶雲知縣，改郿城，擢御史，累官南京太僕寺少卿，正德十四年（1519）升右僉都御史巡撫南贛，以病未任，致仕歸。有《中丞集》等。

文徵明（1470～1559），初名壁，以字行，更字徵仲，別號衡山，私諡貞獻先生。長洲人。嘉靖二年（1523）以歲貢授翰林院待詔，後致仕歸。有《甫田集》等。

唐寅（1470～1523），字伯虎，一字子畏，自號六如居士、桃花庵主、逃禪仙史等。吳縣人。弘治十一年（1498）鄉試第一，會試因科場舞弊案被革黜。有《六如居士全集》等。

皇甫錄（1470～1540），字世庸，號近峰。長洲人。弘治九年（1496）進士授都水主事，出知順慶府，被劾歸。有《近峰聞略》、《皇明紀略》、《容臺集》、《進峰集》、《萍溪集》等。

錢同愛（1475～1549），字孔周，號野亭。長洲人。

顧璘（1476～1545），字華玉，號東橋居士。吳縣人，寓居上元。弘治九年（1496）進士，授廣平知縣，仕至南京刑部尚書。有《浮湘集》、《中山集》、《憑几集》、《息園詩文集》、《國寶新編》等。

朱應登（1477～1526），字升之。寶應人。弘治己未進士，除南京戶部主事，遷知延平府，以副使提學陝西，調雲南，尋升布政司，右參政。有《淩谿集》。

陸深（1477～1544），初名榮，字子淵，號儼山，卒謚文裕。上海人。弘治十八年（1505）進士，嘉靖時官至詹事。有《儼山集》、《南巡日錄》、《儼山外紀》等。

徐禎卿（1479～1511），字昌國，一字昌穀。吳縣人。弘治十八年（1505）進士，官國子博士。有《迪功集》、《談藝錄》、《翦勝野聞》等。

陳道復（1483～1544），名淳，後以字行，別號復甫，號白陽山人。長洲人。有《白陽集》等。

黃魯曾（1487～1561），字得之，人稱中南先生。吳縣人。正德十一年（1516）舉人。有《古閭詩集》、《得之詩集》等。

袁表（1488～1553），字邦正。長洲人。袁袞從兄弟。以太學生手西城兵馬司指揮，升臨江通判。有《江南春集》、《閩中十子詩》等。

黃省曾（1490～1540），字勉之，號五嶽。吳縣人。黃魯曾弟。舉嘉靖十年（1531）鄉試。有《五嶽山人集》、《擬詩外傳》、《騷苑》、《客問》等。

皇甫沖（1490～1558），字子濬。長洲人。皇甫錄子。嘉靖七年（1528）舉人。有《三峽山水記》、《枕戈雜言》、《畿策兵統》等。

王守，字履約。長洲人。嘉靖五年（1526）進士。有《履約集》等。

王寵（1494～1533），字履仁，後字履吉，號雅宜山人。長洲人。王守弟。以諸生貢太學。有《雅宜山人集》、《東泉子》等。

湯珍，字子重。長州人。以歲貢生除崇德縣丞，選唐府奉祀，不赴，致仕歸。有《小隱堂詩草》等。

蔡羽（約 1522 年前後在世），字九逵。吳縣人。以太學生赴選，授南京翰林孔目。有《林屋集》、《太藪外史》等。

邢參，字麗文。吳縣人。有《邢處士集》、《姓氏彙典》等。

陸粲（1494～1551），字子餘，一字濬明，號貞山。長洲人。嘉靖五年（1526）進士，選庶吉士，補工部給事中，後遷永新知縣。有《陸子餘集》、《春秋胡氏傳辨疑》等。

袁袠（1495～1560），字尙之。吳縣人。袁表弟。爲諸生，試應天不利，入太學。有《田舍集》、《奉天行賞錄》、《遊都三稿》等。

陸采（1497～1537），初名灼，字子玄，號天池山人。長州人。陸粲弟。少爲校官弟子。有《史餘》、《天池聲雋》等。

皇甫涍（1497～1546），字子安。長洲人。皇甫錄子，皇甫沖弟。嘉靖十一年（1532）進士，授禮部主事，官至浙江按察簽事。有《皇甫少元集》等。

皇甫汸（1498～1583），字子循。長洲人。皇甫涍弟。嘉靖八年（1529）進士，以吏部郎中左遷大名通判。有《皇甫司勳集》、《百泉子緒論》、《解頤新語》等。

文彭（1498～1573），字壽承，號三橋。長州人。文徵明長子。以明經廷試第一，爲國子博士。有《博士集》。

袁袞（1499～1548），字補之。吳縣人。嘉靖十七年（1538）進士，初任廬陵縣知縣，升禮部主事，歷郎中。有《禮部集》等。

袁褧（1499～1576），字與之，號臥雪。吳縣人。袁袠弟。太學生。有《東窗筆記》、《括囊稿》等。

文嘉（1501～1583），字休承，號文水。長州人。文彭弟。官和州學正。有《和州詩》等。

王穀祥（1501～1581），字祿之，號西室。長州人。嘉靖八年（1529）進士，選庶吉士，歷吏部員外郎，後左遷眞定通判歸。有《酉室集》等。

袁袠（1502～1547），字永之，號胥臺。吳縣人。袁褧弟。嘉靖五年（1526）進士，選庶吉士，改授刑部主事，調兵部。坐失火，下詔獄。謫戍湖州，用薦補南京兵部員外，出爲廣西提學簽事。有《胥臺集》、《世緯》、《皇明獻實》、《吳中先賢傳》等。

　　袁裘（1495～1560），字尚之。吳縣人。袁袞弟。諸生。有《田舍集》、《奉天刑賞錄》等。

　　彭年（1505～1566），字孔嘉，號隆池山樵。長洲人。有《隆池山樵集》等。

　　皇甫濂（1508～1564），字子約，皇甫汸弟。長洲人。嘉靖二十三（1544）年進士，任工部都水主事，尋謫外，歷興化府同知，後歸，不復出。有《水部集》、《逸民傳》等。

　　袁袞（1509～1558），字紹之。吳縣人。袁裘弟。諸生。有《志山詩集》等。

　　何良俊，字元朗，號拓湖居士。松江華亭人。與弟何良傅皆有俊才，時人以二陸方之。嘉靖中以歲貢生入國學，授南京翰林院孔目，後棄官歸家，復移居蘇州。有《何氏語林》、《清森閣集》、《拓湖集》等。

　　何良傅（1509～1562），字叔度，號大壑。松江華亭人。何良俊弟。嘉靖二十年（1541）進士，歷南京禮部郎中。

　　黃姬水（1509～1574），字淳父，黃省曾之子。吳縣人。有《高素齋集》、《白下集》、《貧士傳》等。

　　陸師道（1511～1574），字子傳，號元洲，更號五湖。長州人。嘉靖十七（1538）年進士，爲禮部主事，以養母告歸，後復起，累官尚寶少卿。有《五湖集》等。

　　周天球（1514～1595），字公瑕，號幼海。太倉人，後隨父徙吳。有《新城縣志》等。

　　錢穀，字叔寶。長州人。有《隱逸集》、《懸罄室詩》、《三國文類鈔》等。

　　袁尊尼（1523～1574），字魯望。吳縣人。袁袞子。嘉靖四十四年（1565）進士，授刑部主事，歷南吏部考工郎，擢南京提學副使致仕。有《禮部集正訛》等。

第四章　明中葉吳中文人集團的風貌

　　在不同的社會歷史時期，在不同的地域範圍內，士人精神、文學風貌都是有著一定的差異，譬如中原文風一向以其骨力的獨健而著稱，中原人士在性格及精神面貌上多較為剛直、健朗。對於一個文人集團來說，最能顯示其獨特特徵的，莫過於它的士人精神和文學風貌了，它們都可以最為直接地顯示出某一文人集團的精神文化風貌、人文底蘊、人文氣象、人文色彩。「這不僅因為在文人集團的活動方式中，文學創作無疑佔據著顯要的地位，也不僅因為文人集團的活動本身，常常決定或制約著一個時代的文學風貌；而且，這還因為中國古代文人集團的文化特徵和文學風貌的基本特徵，是陳倉暗渡，潛相交通的。」〔註1〕為此，我們不能不認真分析一下吳中文人集團的士人精神和文學風貌。在以下的分析中，我們把士人精神作為主要著眼點，對於文學風貌，此章中的分析是概括性的，詳細內容將在相關章節中具體說明。

　　明中葉，尤其是弘治時期，實際上是明王朝較為繁榮昌盛的時期。歷來的——當時的和後來的——人們對其時的政治統治都評價較高。《明史·憲宗本紀》的贊論是這樣評價憲宗時的統治的：「憲宗早正儲位，中更多故，而踐阼之後，上景帝尊號，恤于謙之冤，抑黎淳而招商輅，恢恢有人君之度矣。時際休明，朝多耆彥，帝能篤於用人，謹與天戒，蠲賦省刑，閭里日益充足。仁、宣之治於斯復見。」弘治時期被人稱為「弘治中興」，嘉靖時學者羅洪先在〈白潭詩集序〉中指出：「我朝孝廟時，最稱得人，議者擬之慶曆之盛。其人才力雖不同，大要寧為骯髒以窮，不欲以婟嫿而進，皎然出於清議之上，

〔註1〕　郭英德《中國古代文人集團與文學風貌》，北京師範大學出版社 1998 年版，第 5 頁。

若是者無不同也。」又說，「朝廷以敢諫爲賢，而士大夫未嘗以失言獲譴，優容成全之意，過於懲創之威。」〔註2〕這些評價難免有溢美的成分，但在當時，政治環境寬鬆，良臣賢才迭出，士風爲之一變卻是事實。在這樣的政治環境下，整個社會上文人的精神面貌是較爲昂揚向上的，參政議政的文人很多，人們對中央集權的信任有所增強。在全國範圍內，熱衷參政、向中央集權靠攏是普遍現象，但是，普遍不等於全部，在不同地域內，士人精神、士人風貌還是有差異的，而在此時期，吳中文人們即如萬綠叢中一點紅，顯示出較爲獨特的風貌。

第一節　吳中文人對科舉的態度

文人與傳統，向來是中國文化說不完的話題。在中國歷史上，文人是一個很有意思的群體，一般而言，他們幾乎是民族文化傳統的化身，或者說他們本身就是文化傳統的一部份。他們一方面是形成新傳統、傳承舊傳統的重要力量，但是另一方面，他們往往又是最先懷疑舊傳統、批判舊傳統進而摧毀舊傳統的重要力量。

隋唐以來極具生命力的科舉制度，唐代以來領盡文壇風騷的江南才子，二者之間的關係，可以成爲解說文人與傳統之間這種說不清、理還亂的關係的絕佳範例。本節集中討論明代中葉吳中文人對於科舉傳統的態度變化及其成因，藉此揭示文人懷疑、批判而又建設、推進傳統的某些歷史規律。

一、「蕉萃菱槁、詭談性理」：對科舉本身的懷疑

科舉制度是中國古代很長時間裏占絕對優勢的選官制度，朝廷通過分科舉人來選取人才、任用官吏，統治者以此加強中央集權，擴大政權的階級基礎。這一制度最初產生於隋朝，在隋文帝開皇（581～600）年間，文帝下詔以分科舉人取代了魏晉以來的九品中正制〔註3〕。隋煬帝時，又置明經、進士二科，以「試策」取士。科舉制度由此產生。此後，唐、宋的統治者沿用了這一選官制度，並不斷發展與完善。在元代，科舉制度有所中落，但從考試內容上看，朱熹的《四書集注》已佔有重要地位，這對後來

〔註2〕《念庵文集》卷十一，清文淵閣四庫全書本。
〔註3〕據（唐）杜佑《通典》卷十四「隋文帝開皇七年制」，中華書局 1988 年版，第 342 頁。

的科舉發生了深遠的影響。《明史》卷七十《選舉志》載，太祖朱元璋於開國之初即誥告天下：「自今年八月始，特設科舉，務取經明行修、博通古今、名實相稱者。朕將親策於廷，第其高下而任之以官。使中外文臣皆由進士而進，非科舉者，毋得與官。」雖然在明洪武六年（1373）至洪武十五年（1382）科舉曾暫停，而以薦舉代之，但洪武十五年後，又重新實行。洪武十七年（1384），朝廷定科舉程序，命禮部頒行各省，薦舉、科舉兩途並用。永樂（1403～1424）以後，科舉日重，薦舉日輕。能文之士，率由場屋進以爲榮〔註 4〕，薦舉一途，「久且廢不用矣」〔註 5〕。科舉制度由此在明代異常強化。政府規定「非科舉者，毋得與官」，那麼，不參加科舉考試，也就無法晉身，無法加入到統治階層之中，而科舉對於一般士子的誘惑，也遠遠超過其他時代。

　　吳中地區歷來是文人薈出，才士聚集之所。自唐代以來，作爲經濟文化重鎮的吳中地區，不僅在經濟上天下三分而居其二，吳中文人更成爲科舉考試的主力之一。

　　「據《登科記考》、《宋歷科狀元錄》、《文獻通考》、《明清進士題名碑錄索引》等文獻記載，自隋唐開創科舉後的 1300 餘年，全國共出文狀元 596 名，吳地光蘇州（含郊縣）就出文狀元 45 名，占總數的 7.55%」〔註 6〕。據朱保炯、謝沛霖編《明清進士題名碑錄索引》統計，有明一代共錄取進士 24866 人，蘇州府籍貫的進士就有 1025 人，占全國的 4.12%〔註 7〕，上述數據，足可見吳中讀書人在科舉傳統上的雄厚實力，亦可見其對科舉之熱衷與追求。

　　然而，到了明代中葉，亦即科舉制度風行千餘年之後，吳中文人對於科舉的態度卻由懷疑到批判，最終又開否定科舉制度的風氣之先，從而成爲江南才子反傳統的一個重要標誌。

　　在素稱學術之鄉的吳中，許多文人對於科舉不復當初的狂熱，而是開始表現出較爲游離的態度，如史鑑「守祖訓，不願仕進，隱居著書……」〔註 8〕；著名的才子唐寅，在祝允明勸說後倒是決定參加科考，但是他說：「諾，明年

〔註 4〕　《明史》卷七十一「選舉志三」，清文淵閣四庫全書本。
〔註 5〕　《明史》卷七十「選舉志二」，清文淵閣四庫全書本。
〔註 6〕　許伯明主編《吳文化概觀》，南京師範大學出版社 1996 年版，第 80 頁。
〔註 7〕　據范金民〈明清江南進士、地域分佈及其特色分析〉，載《南京大學學報（哲學、人文、社會科學版）》1997 年第 2 期所提供的數字統計。
〔註 8〕　（明）史鑑〈隱逸傳〉，《西村集》卷首，清文淵閣四庫全書本。

當大比，我試捐一年之力爲之，若弗集，一擲之耳。」〔註9〕漫不經心，彷彿視科舉爲兒戲。

在自己的各種文字中，吳中文人對科舉存在、考試內容的合理性等表現了一定的懷疑。史鑑、唐寅兩人背後，本地眾多文人開始對科舉內容、形式的全方位批評。

有的文人以科舉考試的內容爲切入點，對科舉制度進行了批判。桑悅在〈桂陽州新建儒學記〉中說：「後世以空言取士，蕪本弗治，樹的甚邇。士生其間，惟四子一經是鑴、是蠹，甚至章句初通而倫魁已得，並古之所謂末者亦不能糠秕其一二。」〔註10〕在桑悅看來，目前科舉考試在試題內容的要求上已經變得空泛、不切實際，早已遠遠脫離了現實，士子只要埋頭於四子一經，只要把四子一經記住、背熟，就有可能高中。由於朝廷明文規定的對科考內容的硬性限制，四子一經已經成爲學習的典章，除此之外，其他的各種知識在考試之中都派不上用場，於是，更多的功利者也就不再學習乃至不再瀏覽四子一經以外的任何書籍，這也就使得「章句初通而倫魁已得」不僅成爲可能，更成爲並非偶然發生的情況。桑悅敏銳地看到了科舉內容僵化所導致的惡性後果——許多士子的文章「並古之所謂末者亦不能糠秕具一二」。

吳寬〈舊文稿序〉：「寬年十一入鄉校習舉業，稍長有知識，竊疑場屋之文排比牽合，格律篇同，使人筆勢拘縶，不得馳騖以肆其所欲言，私心不喜。」〔註11〕吳寬以爲，場屋之文形式已陷入了僵化，以至於每篇應試之文的內容非常相同。格式的程序化、固定化使文章的內容毫無新意，思想也受到束縛，如此形式束縛內容，內容陷入僵化。

祝允明的批評則又進一步，從治學角度對科舉進行批評。其〈答張天賦秀才書〉〔註12〕云：

> ……古之爲學者何也？至於今蓋亦多變矣。其在於初，將明理修身以成己用。於時以立政安人。建之爲志，行之爲行，施之爲功業，宣之爲文章，充充如也，已而日以壞且浮，大較以爲人士以爲

〔註9〕 （明）祝允明〈唐子畏墓誌並銘〉，《懷星堂集》卷十七，清文淵閣四庫全書本。

〔註10〕 《思玄集》，明萬曆二年桑大協活字印本。

〔註11〕 （明）吳寬〈舊文稿序〉，《家藏集》卷四十一，清文淵閣四庫全書本。

〔註12〕 （明）祝允明〈答張天賦秀才書〉，《懷星堂集》卷十二，清文淵閣四庫全書本。

人期，其身世以爲人期，夫士繇是。徵辟舉聘之製作於上，徵辟舉聘之身起於下，其道乃是，而其實多非。自夫子之日已病之矣，逮乎□□（案：原文缺二字），以迄於茲，寧獨爲人而已乎？其間不能以縷計，波衝飆馳，顛汩繆迷，日不可支而壞焉。一壞於策對，又壞於科舉，終大壞於近時之科舉矣。且科舉者豈所謂學耶？如姑即以論其業，從隋唐以至乎杪宋則極靡矣。今觀晚宋所謂科舉之文者雖至爲獷澆，亦且獵涉繁廣，腐綺僞珍，紉綴扣鏤，眩曜滿眼，以視近時亦不侔矣。其不侔者愈益空歎，至於蕉萃萎槁，如不衣之男，不飾之女，甚若紙花土獸而更素之，無復氣采骨毛，豈壯夫語哉？而況古之文章本體哉？而又況乎聖賢才哲爲己之學之云哉？今爲士，高則詭談性理妄標道學以爲拔類，卑則絕意古學執誇舉業謂之本等，就使自成語錄富及百卷，精能程文試奪千魁，竟亦何用？鳴呼，以是謂學，誠所不解。吾犯眾而非之，然而非有知己有所爲焉，如足下之問焉，則何必語乎？是亦招尤之術也。

祝允明在此信中談到了古之學者與今之學者爲學目的的不同，古之學者學習是爲了「明理修身」，懂得爲人處世的道理，提高自己的修養；而今之學者爲學的目的卻是爲了應舉做官，爲了自身的榮華富貴。祝允明還一針見血地指出，造成目前這種學習不求明理、不求修身狀況的原因在於「一壞於對策，又壞於科舉，終大壞於近時之科舉」，可見祝允明對其時的科舉制度是深惡痛疾的，他還對科舉應試之文的形式內容進行了評價：從形式上講，「蕉萃萎槁，如不衣之男，不飾之女，甚若紙花土獸而更素之，無復氣采骨毛」，形式僵化、無文采、枯槁、無氣骨；從內容上講，「詭談性理，妄標道學」，對性理、道學的認識只是流於表層，並以之爲肆意炫耀的工具，其內容空泛、空洞、空虛。總之，此文從爲學目的的角度提出問題，分析對策、科舉、近時之科舉對爲學所造成的嚴重後果，對科舉制度從內容到形式上都給予了堅決地否定，批判涉及面較廣，也較爲深刻。

祝允明諸人分析對策、科舉、近時之科舉對爲學所造成的不良後果，涉及面廣，也較爲深刻，顯示出他們對於科舉傳統愈來愈強烈的懷疑。

二、「偏狹固滯、壞盡人材」：對科舉存在的批判

前述祝允明諸人的言論，已經開始由對科舉考試內容形式的懷疑，進而

觸及到科舉取士的合理性。認爲科舉不應成爲選取人才的唯一方式，逐漸成爲吳中文人的共識。許多政治地位不高的文人，更是敏銳而深刻地指出，科舉取士並不能起到統治者所希望的作用。這類批評實際上已經不是單獨地對八股文這一文體程式的批評，而是對時文所代表的科舉取士制度的批評了。

陸粲〈贈訓導嚴用文之官寧海序〉：

> 夫科目之不足以盡人材也久矣，今之仕者大抵重進士，得之者佟然若有餘，不得者歉然若不足。由君子觀之，直如博者之於棊。其中與否，有幸不幸耳，曾何足置欣戚於其間？而士顧以是自爲輕重，世亦從而輕重之也，非惑歟？士貴有諸己，誠有諸己也，彼在外之得喪吾何知焉？」〔註13〕

陸粲認爲科考取士並不能眞正發現人才，但由於社會上更廣大的平民階層對進士的趨同性認識，也由於歷史的原因，使得眾多士子受從眾心理的影響，也把中進士與否當作衡量人生價値的最重要的標準。這也就難怪「士子大抵重進士」了，而由此造成了「得之者佟然若有餘，不得者歉然若不足」，乃至「士顧以是自爲輕重」的局面。這無疑使科舉的功利性增強了。士人們爲了追求外在的東西而相對放鬆了內在的追求，爲了進士之名而放棄了對「有諸己」的追求，捨內在而求外在，舍本質而求表象。陸粲並沒有否定科舉制度，但他確實對把科舉制度作爲取才唯一方式的合理性提出了懷疑。科舉在最初實行之時，是用以選取人才、獲得人才的。但由於統治者乃至整個社會對這種方式的認可過於執著，使得科舉成爲一種形式大於內容的制度。

吳寬在〈容感堂記〉中指出：「今世以進士爲榮，榮之者何？蓋進士天子之所親策問而擢之者也，及授之官秩，勞績已著，則又進之階，頒之綸音以褒嘉之，而於其上有父母又必有恩典及之，人尤以爲榮。」〔註14〕吳寬的分析是具體的，有針對性的，他分析出了士子的普遍心理。在他看來，今世以科舉爲重，更多是爲得到皇帝的恩典、榮寵從而光宗耀祖。有傑出的才能可以得到統治者的認可，本身並無錯處，但如對之過份追求必然影響世風，實際上，其時之世風確有江河日下之象。

科舉取士作爲一項重大國策的影響，關涉社會生活甚廣，王鏊指出：「夫

〔註13〕 （明）陸粲〈贈訓導嚴用文之官寧海序〉，《陸子餘集》卷一，清文淵閣四庫全書本。
〔註14〕 （明）吳寬〈容感堂記〉，《家藏集》卷三十五，清文淵閣四庫全書本。

科目之設，天下之士群趨而奔嚮之，上意所向，風俗隨之，人才之高下，士風之醇漓，率由是出。」〔註15〕這項制度對士林風氣和士人心理的影響至爲深廣。

　　黃省曾也有多篇文章談及，如〈仕意篇〉、〈詰才篇〉、〈語問四十章〉等。在〈仕意篇上一首〉中，他說：「今之張科目設舉網而羅天下之士果爲何哉？今天下之士乳口而聲習，艸而操觚，長而依泮以求懸一名於越席之內者又何爲哉？予觀乎今之天下，求士者不明夫所以求之者而示之士也應，夫求者亦不知所以求之者而爲之應也。是以士日卑污而道日湮，求門愈辟而賢者不出，圭組軒符日授於人，而天下愈趨於不治也。所以然者，凡以仕意不明矣。」黃氏描述了其時士子「仕意不明」的普遍社會狀況及原因，以爲作爲唯一選官方式的科舉制度對世風士風開始產生極其不好的影響。黃省曾更在其有名的〈語問四十章〉中對上述問題進行了剖析，指出，官員應該爲民做事，而選取官員的標準也應該是看此人能否爲民做事，如果能澤照百姓，即使出身於草野也可被任爲公卿，如果其於民有害而無利，即使由科舉而入仕也應受斧鉞之刑，而眼前的情況則完全不是這樣，人們做官應試的目的變成了「思富其家者也」。指出當時朝廷在用人上存在著一種偏差，即錯誤地認爲「科進者始可用也」。

　　吳中文人中與黃省曾持論相同者大有人在，陸粲〈去積弊以振作人才疏〉也提出並非獨有進士可用的看法：「臣聞立賢無方古之常道，我祖宗朝用人初未嘗拘泥一途，近時典選者專守資格、偏狹固滯，壞盡人材，其弊已非一日矣。」他認爲累年的積弊有數事，「其一，選用行取及奏保旌異之類專重進士。賢材何往無之，豈獨進士可用？今由此途而仕者雖或治無善狀，在上者猶護持之。昔范仲淹有言，一家哭何如一路哭？今之當道曾不念此，其人進士也，則容養不問，使肆於民。上不惜一路哭而惜一家之哭。其人非進士也，則指謫瑕疵，動加摧抑。人情無所慕則不能有所勉，吾既薄之，彼寧不自棄？是驅之於不善而使民受其殃也。臣謂舉人、監生等出身者果有賢能，宜與進士兼取並用。」〔註16〕只重進士之名而不重其是否有才，只因進士名重而取之爲官，必會造成「一路哭」的局面，使百姓陷於水深火熱之中。當政者如果

〔註15〕　（明）王鏊〈擬皋言〉，《震澤集》卷三十三，清文淵閣四庫全書本。
〔註16〕　（明）陸粲〈去積弊以振作人才疏〉，《陸子餘集》卷五，清文淵閣四庫全書本。

對有名無實的進士護持、姑息，相應地自然就會對雖非進士而果有賢能的人採取輕質重名的錯誤態度，從而助長普通人只重求名而不思求實的不良傾向。陸粲將此列爲累年積弊之第一，可見當時此種現象是廣泛存在的，其影響也是不容忽視的。

以上，我們從明中葉部份吳中文人對科舉制度內容和形式的批評上，從他們對科舉取士是否爲取才唯一合理方式的看法上，從他們對科舉對其時世風的影響等三個方面考察了吳中文人對科舉乃至與之相關問題的認識。這些看法和認識有的是感知性的描述，有的是較爲理性的分析判斷。從這些吳中文人集團中主要文人的評論、描述中，我們可以看出吳中文人集團中的中堅力量對科舉持較爲明顯的批評和否定的態度，而這在明中葉是具有一定的超前性的。

科舉制度自隋代開始之後，以後歷朝各代幾乎都將其作爲主要的官吏選拔制度。從制度的意義上著眼，它並不是一種偶然的、孤立的東西，自有其系統性、必然性和強制性，在明代亦是如此。明之開科取士始於洪武三年（1370），此後或行或罷，至洪武十七年（1384）定爲永制。考試科目以四書五經爲主，其文字有一定程式，講究排偶，摩聖賢口吻寫作，據程朱注疏發揮，這種文體即所謂的時文、時藝，又稱八股、制藝。明初對制藝的格式要求並不十分嚴格，「不過敷衍傳注，或對或散，初無定式」〔註17〕，成化以後，要求則日益嚴密了。從某種意義上來說，這種限制性的規定其產生及形成的初衷是好的，或者說有許多合理成分在內。

孟森在《明清史講義‧明開國以後之制度》中說：「明代專用經義爲試文之體，實由重視宋儒之講學，欲得如朱陸大儒之師法，以矯古科目專尚詞賦之弊。」〔註18〕這種看法確爲灼見，在科舉制度初建的唐代，唐代統治者如漢代、曹魏等前代統治者一樣，把以詩賦爲主要標誌性代表的文學活動看作是人文政治的主要產物，並以詩賦作爲衡量士人的主要標準。這種內容上的規定實際上是爲統治者進行文德教化服務的。但是，以詩賦作爲科考的主要內容固然可促進文學事業的發展，卻難以在思想的權威上有所確立，並很可能威脅到統治者的權威，要使封建集權統治長治久安，樹立一種倫理道德的權威是非常必要的。「宋儒之講學」重新對儒家經典進行了闡述，並使儒學在

〔註17〕（清）顧炎武《日知錄》卷十六，清乾隆刻本
〔註18〕孟森《明清史講義》，中華書局 1983 年 3 月版，第 50 頁。

「修齊治平」等方式上有了更強的實用性和可操作性，更易於讓普通人遵守，自然而然地，明代統治者也就把經義作爲了考試的內容。同時，以八股定式作爲科考的文章形式也有其合理的一面，於考官而言，判定文章水平的高下有了一定的客觀尺度；於士子而言，日常準備時也有一定的套路可循。魯迅先生曾說過：「八股原是蠢笨的產物。一來是考官嫌麻煩——他們的頭腦大半是陰沉木做的，——甚麼起承轉合，文章氣韻，都沒有一定的標準，難以捉摸，因此，一股一股地定出來，算是合於功令的格式，用這種格式來『衡文』，一眼就看出多少輕重。二來，連應試的人也覺得又省力，又不費事了。」〔註19〕此話也可作爲八股文於考官士子有利的一個旁證。

八股取士有其利於考官和士子的一面，而且，一種文體在形成之初往往因形式上的新奇而讓人樂於倣仿，樂於創作。明代中葉的大多數士子對其是趨之若鶩的，歸有光〈送王汝康會試序〉云：「吳爲人材淵藪，文字之盛，甲於天下。其人恥爲他業，自齠齔以上，皆能誦習舉子應主司之試。居庠校中，有白首不能自己者。」〔註20〕此種文體之束縛人的手腳、壓抑人的精神似乎很少有人在當時就敏銳地看出、認識到乃至指出，乃至對之進行批評，但吳中文人集團中的許多文人卻看到了、指出了、批評了，那麼不能不說他們的眼光是敏銳的，他們的意識或多或少是超前的。當然，對於以經義作爲科考內容，前人並非沒有批評過，如較早時薛瑄即對科舉發難，說「道之不明，科舉之學害之也」〔註21〕，但這種批評並不是較爲普遍的。那麼，在「成弘間，師無異道，士無異學，程朱之書，立於掌故，稱大一統」〔註22〕的情況下，在「能文之士，率由場屋進以爲榮」的情況下，吳中文人們的這種超前是怎樣形成的呢？

三、「隱居蓽門、醫卜自給」：對科舉傳統的疏離

其實，恰恰是對於科舉傳統的熱心和投入，使得吳中文人才能夠更深切地最先體會到科舉制度的弊端。所謂如魚飲水，冷暖自知，吳中文人投身於科舉傳統，而最終又能夠不深陷局中，達到了旁觀者清的的境界。而吳中富

〔註19〕《魯迅全集》第五卷〈僞自由書〉，人民文學出版社 1981 年版第 103 頁。
〔註20〕《震川集》卷九〈送王汝康會試序〉，清文淵閣四庫全書本。
〔註21〕《讀書錄》卷八，清文淵閣四庫全書本。
〔註22〕（明）董其昌《容臺集》文集卷一〈合刻羅文莊公集序〉，明崇禎三年董庭刻本。

庶的經濟、多元的文化發展，又使得文人離開科舉之後，又有著充裕的謀生環境和條件，從而能夠形成比較深刻的科舉批判，並最終瀟灑地與之保持疏離，甚至最終試圖摧毀這一制度。

首先，個人自身的際遇以及身邊友人的際遇直接地引發了吳中文人對科舉、八股、世風、士風進行較爲深入的思考。以文徵明爲例，他十九歲即爲諸生，先後九次參加鄉試皆不舉，直至五十四歲時才經推薦任翰林院待詔，官秩僅爲從九品。正是這種多年科考的經歷，使他對科考取士有了自己的認識，他在〈三學上陸冢宰〉中從士子增多而錄取名額減少的角度提出單純以科舉取士的教條、僵化，並情不自禁地發問：「即今人才眾多，寬額舉之而不足，而又隘焉，幾何而不至於沉滯也？故有食廩三十年不得充貢，增附二十年不得升補者。其人豈庸劣駑下，不堪教養者哉？顧使白首青衫，羈窮潦倒，退無營業，進靡階梯，老死牖下，其不誠可痛念哉？」〔註23〕這種來自自身的詢問無疑是沉痛與蒼涼的。

吳中的許多文人士子都與文徵明有類似的不第經歷，王寵「凡八試，試輒斥」〔註24〕，錢孔周「凡六試應天，試輒不售」〔註25〕，桑悅「累試禮部不第」〔註26〕等等。這些人還僅僅是不第，有的吳中文人參加科考的遭遇則更爲悲慘，《懷星堂集》卷十九〈志謝可節墓幷銘〉記吳邑生員謝可節「嘉靖乙酉秋鄉試南京，群數百輩叢出棘垣扉外萬牛馬走，擁可節寸步反側行數十丈，跟及地曾不聯二三武，可節胸背扠塞，比能自展步而血結鬲臆固矣。強臥逆旅，同舍狂童亦姻子也，肆妄語自詫坐取名第。可節端直人，惡斥之。迨同舟，此狂益譸張不休，或繆侵可節，可節益疾憎且憤，氣鬱鬱，怒乘前溯，傷其肝，歸問醫竟不可捄，冬十月二十四日死。」因爲科考竟至喪命。唐寅雖高中解元，卻旋即在科場案中被累，「至於天子震赫，召捕詔獄，身貫三木，卒吏如虎，舉頭搶地，洟泗橫集，而後崑山焚如，玉石皆毀，下流難處，眾惡所歸。」〔註27〕這就使許多吳中文人對八股、對科舉的負面影響有了越來

〔註23〕《文徵明集》卷二十五，上海古籍出版社1987年版，第584頁。

〔註24〕〈王履吉墓誌銘〉，《文徵明集》卷三十一，上海古籍出版社1987年版，第714頁。

〔註25〕〈錢孔周墓誌銘〉，《文徵明集》卷三十三，上海古籍出版社1987年版，第757頁。

〔註26〕（明）楊循吉《蘇州府纂修識略》，四庫全書存目叢書本。

〔註27〕（明）唐寅〈與文徵明書〉，《唐伯虎全集》卷五，中國美術學院出版社2002年版，第221頁。

越深刻的認識。

　　其次，吳中文人自身所具有的文化素質使他們可以客觀而深刻地思考問題，認識問題。士子參加科考屢試不中者代不乏人，許多人堅持不懈地考下去，而不曾停下來思考科舉本身。但明中葉的吳中文人在整體上是一個素質較高的群體，他們大多出身於有一定文化背景的家庭，自小具有接觸優秀傳統文化遺產的便利條件，先秦諸子、秦漢史傳，都對他們的成長潛移默化。入學塾之後，吳中士子也開始了對時文的學習，但與他們最初所接觸到的傳統經典相比，優劣比較自然就產生了。所以，吳寬「爲諸生，蔚有望聞，偏讀左氏，班、馬、唐、宋大家之文，欲盡棄制舉業，從事古學。」〔註28〕文徵明選隸學官時，「稍稍以其間隙諷讀《左氏》、《史記》、兩漢書及古今人文集，若有所得，亦時時竊爲古文詞。」〔註29〕有了基於最直接感知而生的好惡，自然容易產生自己的思考。兼之展現在他們面前的天地本就浩瀚深廣，自己的經歷和他人的遭際，無疑又促成了他們對科舉本身的理性思考。

　　再次，明中葉這一特定歷史時期也使吳中文人對科舉的廣泛、深入批判成爲可能。科舉制度雖然存在已久，但它的僵化和弊大於利卻是在明中葉才開始初現端倪的。

　　明初對制藝的格式要求並不十分嚴格，「不過敷衍傳注，或對或散，初無定式」〔註30〕，八股文處於剛剛成型，體式尙不十分嚴格的階段。胡鳴玉《定訛雜錄》卷七〈八股文緣起〉云：「今之八股文，或謂始於王荊公，或謂始於明太祖，皆非也。案宋史寧熙四年罷詩賦及明經諸科，以經義論策試進士，命中書撰大義式頒行。所謂經大義，即今時文之祖。然初未定八股格，即明初百餘年，亦未有八股之名，故今日所見先輩八股文，成化以前，若天順、景泰、正統、宣德、洪熙、永樂、建文、洪武，百餘年中無一篇傳也。」顧炎武在《日知錄》中說「經義之文，流俗謂之八股，蓋始於成化以後。」〔註31〕陳登原《國史舊聞》第563條「八股文」引顧炎武語後加案語曰：「四書疑者，亦是敷衍傳注，初不限以對偶，然自洪武至成化，縱有經義，初非八股。……

〔註28〕　（清）錢謙益〈吳尚書寬〉，《列朝詩集小傳》丙集，上海古籍出版社1959年版，第275頁。

〔註29〕　《文徵明集》卷二十五〈上守溪先生書〉，上海古籍出版社1987年版，第581頁。

〔註30〕　（清）顧炎武《日知錄》卷十六，清文淵閣四庫全書本。

〔註31〕　（清）顧炎武《日知錄》卷十六，清文淵閣四庫全書本。

八股文要是漸次演變而來，即顧氏以爲始於憲宗成化，亦大體然耳。」可見，八股文的定式是在明代中葉形成的，此前，經義已要求用古人語氣，但尚未成爲定式。在此時期之前，人們對科舉考試並不十分排斥，畢竟它可以從一定程度上體現個人才學；此後，八股既已被命定爲科考的文章形式，並逐漸僵化，其弊端逐漸顯示。

最後，明中葉吳中文人對科舉制度的認識還有著深層的地域原因。明代中葉商品經濟的發展，尤其是江南地區商品經濟的發展，爲吳中文人自由選擇自己的人生道路、客觀看待周圍的一切提供了更大的可能性。經濟基礎影響意識形態，吳中地區是明代商品經濟發達的地區，大多數文人的物質生活比較有保障。以他們的自身修養，也很容易識別傳統經典和其時趨於僵化的時文的差別，相對寬鬆的經濟爲他們選擇科舉以外的道路又提供了可能，於是他們可以冷靜、客觀地看待科舉制度，並發表自己的看法。

如此，吳中特定的經濟環境和文化背景，使得明中葉的吳中文人比較前衛地對科舉進行懷疑、批判並最終採取了疏離態度。同樣，當年也正是這一群體，曾經是科舉制度的獨領風騷者和積極追求者。吳中文人對於科舉的態度的變遷，可以說是中國傳統文人對於中國傳統態度的縮影。而正是這種變遷，不斷推動者中國傳統革故鼎新，永遠保持著活力。

第二節　吳中文人的才士風度

才子怪誕、文人狂狷、士人放曠，自古以來就是頗爲常見之事。有時，在某一歷史時期，士人傲誕放曠狷狂較爲常見。「魏晉風度」爲人稱道，其中就有魏晉文人狂狷的一面。《世說新語》中有「任誕」、「簡傲」等門，從中可窺見士人放誕之一斑。不過，縱觀整個中國歷史，士人之狂狷、放誕比起循規蹈矩、平常本分來還是所佔比例較小的，但也唯其如此，才能顯示出深沉厚重的歷史文化中的幾筆活潑與俏皮，雖然這活潑與俏皮的亮色的底層未必也是那麼愉快和輕鬆。

明初至明中葉，才士放浪並不多見，僅是偶而有之，如《國史舊聞》中轉引《列朝詩集‧乙集》卷六所記王紱，「字孟端，無錫人，襟度蕭爽，工於繪事，然有以金幣購其片楮者，拂袖詬罵弗顧。在京師日，月下聞一商人吹笛。甚喜，明日往訪，且寫竹以贈曰，吾以簫材報也。其人甚不解事，隨以

紅氍毹爲饋，並企再寫一枝。孟端大笑，即並取前畫裂之。」王紱是洪武、永樂時人，在明中葉前，像他這樣的人較爲少見。明開國之初，統治者不喜歡放誕之士，像高啓、解縉那樣略呈放曠性情的人雖被統治者所用，但也都難免被殺身死的結局，而大批狂狷之士的出現是在明中葉及之後，趙翼《廿二史剳記》卷三十四有「明中葉才士傲誕之習」條，列舉了祝允明、文徵明、桑悅、王廷陳、康德涵、桑榛等六位才子傲誕的實例。陳登原《國史舊聞》卷四十八有「明才士橫放」條，亦列舉明代橫放之才士數人，「自明世一代言之，洪永之間已有王紱，此後即有桑悅、羅玘、劉俊、王廷陳、唐寅、祝允明、張靈、康海、盛時泰、袁景休等人，時非限於萬曆，人非限於李贄。」遍觀明代中後期，放誕、橫放之士的確較多，在吳中地區，此類才士更是屢見不鮮。明中葉，何以會在吳中地區大規模地出現才士放誕呢？吳中才士放誕的具體情況、具體表現又如何呢？

　　《廿二史剳記》、《國史舊聞》中所提及的明中葉吳中放誕、橫放之士有祝允明、文徵明、桑悅、唐寅、張靈五人，略觀史書、文集，還可以發現以下吳中文人也是怪誕放曠之士：錢同愛、蔡羽、陸深、袁袠、何良俊、皇甫汸、張獻翼、楊循吉、黃省曾、邢量、顧璘……所謂「放誕」、「橫放」是趙翼和陳登原所用的概括性詞語，趙翼將「明中葉才士傲誕之習」歸結爲「放誕不羈，每出於名教之外」，陳登原將「明才士橫放」具體描述爲「率直之性，矯奇之行，既非今人，又薄古人」（桑悅）；「疏狂率性，挾彈取鳥」，「接踵清談，目無禮教」（劉俊、王廷陳）；「以反常爲雅事，以矯俗爲高致」，「遺世而行，背俗而處」（唐寅、祝允明、張靈、康海、袁景休、盛時泰）；「譁眾之論，駭世之論」（李贄）。趙翼的歸結是概括性的，陳登原的描述是較爲具體的，以他們的歸結和描述作爲大致的參考標準，可將吳中文人之不拘一格、多種多樣的放誕和橫放歸納起來，大略分爲以下幾種。

　　一是恃才傲物，自視甚高。這一類人尤以桑悅、唐寅最爲突出。關於桑悅，《明史‧文苑傳》云：「時常熟有桑悅者，字民懌。尤怪妄，亦以才名吳中。書過目，輒焚棄，曰：『已在吾腹中矣。』敢爲大言，以孟子自況。或問翰林文章，曰：『虛無人。舉天下惟悅，其次祝允明，又次羅玘。』」朱彝尊《靜志居詩話》卷八對其恃才傲物的作風也有細緻的描述：「民懌說易，謂：『萬物莫逃乎數。』說詩謂：『刪後無《詩》。』率本堯夫之餘唾。其於律呂，亦拾蔡氏之陳言。才識平平爾。乃敢大言。述〈道統論〉，則曰：

『夫子傳之我。』作〈學以至聖人論〉，則曰：『我去而夫子來。』居然以
孟子自況。而非薄韓子，比其文於小兒號嗄。其在長沙，著《庸言》，自詡
窮究天人之際，非儒者所知。而曰：『吾詩根於太極，天以高之，地以下之，
山以峻之，水以流之，庶物以飛潛動植之。日月宣其明，雷霆發其震，雨
露播其潤澤，散之則同元氣流行。收之於心，發之於言，被之管絃，則可
感天地，動鬼神，乾坤毀，日月息，詩乃收聲，復歸太極。』其言大而誇
狂也，幾於悖矣。」雖然朱彝尊認為其才識平平，但看桑悅的話語，其恃
才放達、睨傲一世確非一般儒生可比。唐寅也是恃才傲物之人，初時祝允
明勸他參加科舉，他說：「諾，明年當大比，吾試捐一年力為之，若弗售，
一擲之耳。」〔註 32〕其自視甚高可見一斑。不過，退而言之，這種自傲也
是一個人極其自信的一種表現。桑悅、唐寅也的確是有才可「恃」之人。
楊循吉為桑悅寫墓誌銘，說「桑公少好詞賦，師司馬相如揚雄，以其長擅
名一時，至為他文章皆本是。其言雄深宏博，學者莫之匹。」〔註 33〕至於
唐寅，也是才華橫溢之士，他曾高中解元，閻秀卿《吳郡二科志》對其才
學也評價甚高：「有俊才，博習多識，駢驪尤絕，歌詩婉麗，學劉禹錫。」
桑悅、唐寅這類人物在吳中文人中並非少數，如袁袠「以高明踔越之才，
精神宏博之學，而輔以凌屬奮迅之氣。自其少時，已不肯碌碌後人。既起
高科，登膴仕，視天下事無不可為。」〔註 34〕又如錢孔周，「其所友比皆勝
己者，苟不當其意，雖富貴有勢力者，恒白眼視之，或取怪怒不恤也。」〔註
35〕此類文人多半富有才氣，當然，有才氣並非其傲物的唯一原因，個人氣
質等內在因素應該起著更大的作用。

二是跌宕不羈，怪異放蕩。以跌宕不羈、怪異放蕩的行為處世，在吳中
文人身上每每可見。他們的行為思想往往超出世俗禮教之外，如陸采「性豪
蕩不羈，困於場屋，日與所善客劇飲歌呼」〔註 36〕。王寵每與眾人品陟山水，
則「含醉作賦，倚席放歌」，都頗有魏晉名士的風範。朱存理也是如此，《四

〔註 32〕 《懷星堂集》卷十七〈唐伯虎墓誌並銘〉，清文淵閣四庫全書本。
〔註 33〕 《松籌堂集》卷六〈故柳州府通判桑公墓誌銘〉。
〔註 34〕 《文徵明集》卷三十三〈廣西提學僉事袁君墓誌銘〉，上海古籍出版社 1987
年版，第 759 頁。
〔註 35〕 《文徵明集》卷三十三〈錢孔周墓誌銘〉，上海古籍出版社 1987 年版，第 756
頁。
〔註 36〕 《列朝詩集小傳》丁集上〈陸秀才采〉，上海古籍出版社 1959 年版，第 396
頁。

友齋叢說》卷二十六載：「吳中舊事，其風流有致足樂詠者。朱野航乃葑門一老儒也，頗攻詩，在篠匾王氏教書。王亦吳中舊族。野航與主人晚酌罷，主人入內，適月上，野航得句云：『萬事不如杯在手，一生幾見月當頭。』喜極，發狂大叫，扣扉呼主人起，詠此二句，主人亦大加擊節，取酒更酌，至興盡而罷，明日遍請吳中善詩者賞之，大爲張具，徵戲樂，留連數日，此亦一時盛事也。」〔註37〕朱野航醉後得詩，發狂大叫，扣扉叫醒已經睡下的主人，可稱縱誕；而主人王氏竟也對之大加擊節，並於次日大肆宣揚，將此事演變爲「一時盛事」，更是頗有值得玩味之處。一方面可見吳中文人之跌盪不羈，一方面可見此種跌宕不羈在其時並沒有被人白眼相加，而是頗受激賞。大的社會環境無疑助長了吳中文人的不羈習氣。

如果說陸采、王寵、朱野航的放蕩不羈更多的帶有風流自賞意味的話，另外一些人的有些行爲則顯然是要有意超出名教之外了。唐寅、張靈兩人「赤立泮池中，以手激水相鬥，謂之水戰，不可以蘇狂趙邪比也」〔註38〕。泮池乃泮宮之池，泮宮是學宮所在地，兩人居然在這種莊嚴神聖的地方赤立、激水爲戲，多少是有些駭人聽聞的味道了。唐寅還曾經對著朱宸濠差來饋物的使者「倮形箕踞，以手弄其人道」，此種做法固然事出有因，但也確非一般文人能夠放膽去做的。

放蕩不羈、沉溺酒色的行爲在吳中文人中也不少見，王世貞記祝允明「爲人好酒色、六博，不修行檢，償傅粉黛，從優伶酒間度新聲。俠少年好慕之，多資金遊，允明甚洽」〔註39〕。《列朝詩集小傳·丙集》亦有相似的記載：「（祝允明）好酒色六博，善度新聲，少年習歌之，間傅粉墨登場，梨園子弟相顧弗如也。」其沉溺酒色、縱情作樂幾乎到了令人瞠目結舌的地步。

三是狷介耿直，不容俗物。吳中文人之橫放不僅表現在上述兩點上，還表現在狷介與耿直上。人們常把狂狷並稱，吳中文人也是既有狂者，也有狷者。如邢量，《長洲縣志》卷十四「人物」即稱其「性狷」；文徵明「家居，郡國守相連車騎，富商賈人珍寶填溢於門外，不能博先生一赫蹏。而先生所最慎者藩邸。其所絕不肯往還者中貴人，曰：『此國家法也。』前是，周王以古鼎古鏡，徽王以金寶甌他珍貨值數百鎰。使者曰：『王無所求於先生，慕先

〔註37〕《四友齋叢說》卷二十六，中華書局1959年4月版，第236頁。
〔註38〕《吳中故實記》，引自（明）唐寅《唐伯虎先生集》外編卷四，明萬曆刻本。
〔註39〕《弇州四部稿》卷一百四十九，清文淵閣四庫全書本。

生耳，盍爲一啓封？』先生遜謝曰：『王賜也，啓之而後辭，不恭。』竟弗啓。
四夷貢道吳門者，望先生里而拜，以不得見先生爲恨」〔註40〕。以結交達官
貴人爲貴者，代不乏人，而文徵明卻不願、不屑與權貴交往，其狷介耿直亦
可見一斑。彭年「家徒壁立，所交多賢豪長者，不肯一言干乞。人有所饋，
雖升斗粟，非文字交，峻辭若浼，卒以貧死」〔註41〕。彭年寧可貧寒到骨也
不願輕易受人斗粟，自是狷介之人。即如唐伯虎跌宕不羈、放言傲視、沉溺
於聲色，其性格中也有更深層的狷介色彩，《四友齋叢說》卷十五載：「六如
晚年亦寡出，與衡山雖交款甚厚，後亦不甚相見。家住吳趨坊，常坐臨街一
小樓，惟求畫者攜酒造之，則酣暢竟日，雖任適誕放，而一毫無所苟，其詩
有『閒來寫幅青山賣，不使人間作業錢』之句，風流概可想見矣。」〔註42〕

　　吳中文人之放誕、橫放大致有以上三種表現，實可用狂、狷兩字來表述。
狂的表述是多種多樣的：誇誕，輕浮，放蕩，使酒罵座，放浪形骸，放言無
忌等，但狂者在本質上是進取的，孔子即言「狂者進取」，因爲只有狂者精神，
做事才可毫無顧忌。如果說狂者是有所爲的，那麼狷者就是有所不爲的，孔
子說：「不得中行而與之，必也狂狷乎？狂者進取，狷者有所不爲。」〔註43〕
狷者的有所不爲看似是消極被動的對外界的抵制、抵抗，但唯其內心保持著
操守，有進取精神和自己的取捨標準，才可以有所不爲。進取也好，有所不
爲也好，實際上都是積極的勇或稍有些被動的消極的勇，但無論如何，這些
都是勇，都是吳中文人超出世俗的一面。

　　科舉多次不第是造成某些吳中文人狂狷的最直接的原因。前此，我們談
到過吳中文人對科舉的態度，談到過他們對科舉批判的深刻和超前，不過，
這只是問題的一個方面，在另一個方面，他們之中一面對科舉批判不已，一
面對科考堅持不懈的人也不在少數，他們雖然對當時科舉方方面面的不合理
之處有著非常清醒的認識，但大多很難逃脫大傳統的束縛，還是希望可以憑
一第來取得社會的認同。吳中文人中的大多數都有參加科舉考試的經歷，但
除了少數人成功外，都是屢試屢敗。才華橫溢的自我評價和屢試屢敗的現實
之間的巨大反差往往使一部份人心理極不平衡，他們就通過一種外在行爲的
放浪將這種不平衡發洩出來。

〔註40〕《弇州四部稿》卷八十三〈文先生傳〉，清文淵閣四庫全書本。
〔註41〕《列朝詩集小傳》丁集中〈彭布衣年〉上海古籍出版社1959年版，第475頁。
〔註42〕《四友齋叢說》卷十五，中華書局1959年版，第133頁。
〔註43〕《論語》卷七〈子路第十三〉。

第三節　吳中文人的隱觀念

一、吳中文人的「隱」

　　吳中很早就有隱逸傳統，宋代范成大所編《吳郡志》「人物」「方技」等欄目中就收有一些隱士。考查吳中文人集團中的主要成員，可以發現大多數文人存有甘老林泉之下的隱士精神，而不喜歡投身於風險莫測的政治生涯。翻檢吳中文人的作品以及關於吳中的文獻，可以發現大批隱逸之士：

　　「城有沈氏獨好隱，蓋自絅庵徵士已有詩名於江南，二子貞吉、恒吉繼之，至吾友啓南資更秀穎，雖得乎父祖之教自能接乎宋元之派以上遡魯望。」〔註44〕

　　史鑑「守祖訓，不願仕進，隱居著書，吉凶之亂，動遵古法，論事慷慨，人莫能屈，錢穀水利無不周知。」〔註45〕

　　「隱居子邢氏，名量，字用理，號蠹齋，學者稱蠹齋先生。自少以疾不娶，居巷中，蕭然室廬，讀書樂道以終。」〔註46〕

　　「東原先生杜氏，諱瓊，字用嘉，家吳城之樂圃里，孝友退讓，爲鄉人表率，於時同志則有陳先生孟賢二人，皆好爲詩，孟賢詩清婉有風致。先生特沉著高古，間喜畫山水人物，故其詩於評畫尤深，詩多他散佚不傳。……先生及孟賢，深衣幅巾，曳杖履革，所至人望之若綺皓，郡將縣大夫延禮賓致恐後，縉紳之行過吳下者必造請其廬。」〔註47〕

　　錢穀「父早卒，事母有孝行，家無儋石儲，因號磬室以自況。夫原憲環居非病，馬卿壁立晏如，奚戚焉？性木強敦厚，謝卻紛華，恥蒙滋垢，嗜學耽藝，晝夜誦覽不輟，將修秘書永嘉之業以繩其祖。尤攻繪事，既善山水，兼精人物，圖花卉則管下生枝，寫羽毛則屛間飛去，至題詠亦閒婉可玩，由是馳譽丹青，卿士大夫得其寸楮尺幅，愈於百鎰千縑。高車結駟，日枉其門，居士每長揖不爲屈；又不樂曳裾懷刺以通，曰：『吾食吾力足矣，何假縣令給肝、王公貸粟也。』其概如此，而母氏亦有介山偕隱之風焉，所交遊非文苑佳士，則俠客酒人。」〔註48〕

〔註44〕　《家藏集》卷四十三〈沈石田詩稿序〉，清文淵閣四庫全書本。
〔註45〕　《吳江縣志‧隱逸傳》，《西村集》卷首，清文淵閣四庫全書本。
〔註46〕　《野航文稿‧蠹齋先生傳》，清文淵閣四庫全書本。
〔註47〕　《震澤集》卷十〈東原詩集序〉，清文淵閣四庫全書本。
〔註48〕　《皇甫司勳集》卷五十一〈錢居士傳〉，清文淵閣四庫全書本。

　　當然，吳中地區的隱士並不限於上邊所舉，實際人數要多得多，我們所列舉的隱士也多是隱居著書的。

　　關於隱士的類型，古人有多種說法。東方朔早已提出隱於朝市為大隱的觀念。東晉王康琚〈反招隱〉詩中有「小隱隱陵藪，大隱隱朝市」之句；《梁書》作者唐代姚思廉說：「古之隱者，或恥聞禪代，高讓帝王，以萬乘為垢辱，之死亡而無悔，此則輕生重道，希世間出，隱之上者也；或託仕監門，寄臣柱下，居易而以求其志，處污污而不愧其色，此所謂大隱隱於市朝，又其次也；或裸體佯狂，盲瘖絕世，棄禮樂以反道，忍孝慈而不恤，此全身遠害，得大雅之道，又其次也。」〔註49〕他把隱士分為居於山林、隱於市朝、佯狂絕世三類，其中第三類與前兩類並列，似乎並不合適。而王康琚、姚思廉都以為隱者有隱於山林、有隱於市朝者，雖然王康琚以隱於朝市為大隱，而姚思廉更推崇隱於山林者，但兩人實際上都是從隱者的居住環境這一角度來劃分隱士類型的。

　　白居易有〈中隱〉詩：「大隱住朝市，小隱入丘樊。丘樊太冷落，朝市太囂喧。不如作中隱，隱在留司官。似出復似處，非忙亦非閒。不勞心與力，又免饑與寒。」他在王康琚的基礎上提到了「隱在留司官」的中隱，這應該是指在京師以外為官又有隱士志向者吧。吳中文人並非隱於山林者，並非耕田而食，鑿井而飲」，因為當時的吳地雖然還是農業經濟區域，但是工商業比重較大，已經是經濟比較發達的工商業類型的城市了。所謂「居貨執藝，比屋而是，四方商人，輻輳其地，而蜀艫越舵，晝夜上下於門」〔註50〕，處身於這樣環境中的吳中文人，無論怎樣稱為隱士，似乎皆非「隱於山林」，他們之「隱」，應該是隱於「市」。其實，我們前邊所列舉的，也大多是隱於城市的文人，他們一般沒有什麼官職，但是有才學、有膽識，在「列巷通衢，華區錦肆，坊市綦列，橋樑櫛比」的鬧市中過著恬淡的生活：讀書，著說，勤攻繪事。

　　當然，吳中文人中的隱士並不僅限於隱於市，還有一些是隱於「司官」的，即身為官員而心存隱志者，這類隱者也為數不少：

　　楊循吉，「成化甲辰進士，授禮部主事，居曹事簡，日惟矻矻讀書，每讀書得意，則手足狂舞不自禁，以是得顛主事之名，而最不喜人者，人間酬

〔註49〕《梁書》卷五十一〈處士列傳〉，清文淵閣四庫全書本。
〔註50〕《家藏集》卷七十五〈贈徵仕郎戶科給事中楊公墓表〉，清文淵閣四庫全書本。

應」〔註51〕。徐禎卿，「既以乙丑成進士，居閒曹，益務切磨，其學愈古，其格益愈變而上，於是中原諸子咸推先生主齊盟。」〔註52〕

　　文徵明「先生為待詔可二年，修國史侍經筵，歲時上尊餼幣，所以慰賜甚厚，然居恒邑邑不自得，上疏乞歸，寢不報。又一年，當滿考，先生逡巡弗肯往，再上疏乞歸，又不報。亞相張公者，溫州公所取士也，用議禮驟貴，諷先生主之，先生辭。而上相楊公以召入，先生見獨後，楊公呴謂曰：『生不知而父之與我友耶？而後見我？』先生毅然曰：『先君子棄不肖三十餘年，而以一字及者，不肖不敢忘也，故不知相公之與先君子友也。』竟立不肯謝。楊公悵然久之，曰：『老悖甚愧見生，幸寬我至是。』楊公與張公謀欲遷先生；而先生愈迫欲歸，至三上疏，得致仕，御史鄭洛請留先生為翰林，重朝論韙之。先生歸，杜門不復與世事，以翰墨自娛，諸造請戶外屢常滿，然先生所與從請，獨書生、故人子屬、為姻黨而窶者，雖強之，竟日不倦。其他即郡國守相連車騎、富商賈人珍寶填溢於里門外，不能博先生一赫蹏。」〔註53〕

　　這一類吳中文人跟我們最初談到的那部份隱士不同，後者在政治身份上是平民，沒有任何官職，即使其中一些人在文學或其他方面聲望很高，乃至引得官員富商們仰慕、拜訪，但其平民身份卻是不變的。而上述這部份文人則出入於仕途，在一定時間段內他們的身份就是朝廷官員，在官員職位上的人應該安於其職，專心於政事。但是他們卻或「未嘗一走要地請謁」，或「日惟矻矻讀書」，或「居閒曹，益務切磨，其學愈古」，可以說是身在官署，而心在書齋、山林，彷彿無官一身輕的平民，這不能不說他們是「隱於司官」的隱者。

　　吳中文人有隱於鬧市者，有隱於司官者，也有隱於朝市的大隱。隱於司官者雖有官秩，但是畢竟很難談得上是身居要職，而吳中文人中那些身居要職的大隱者，其表現與隱於鬧市、隱於司官者竟也出奇地相似，如吳寬，「公好古力學，至老不倦，於權勢榮利則退避如畏然。在翰林時，於所居之東治園亭，雜蒔花木，退朝執一卷，日哦其中；每良辰佳節，為具，召客分題聯句為樂，若不知有官者。」〔註54〕那麼，吳中文人對於自身的這種「隱」的

<hr>

〔註51〕《姑蘇名賢小紀》卷上〈楊儀部南峰先生〉，明萬曆四十二年文氏竺塢刻本。
〔註52〕《姑蘇名賢小紀》卷下〈徐迪功先生〉，明萬曆四十二年文氏竺塢刻本。
〔註53〕《弇州四部稿》卷八十三〈文先生傳〉，清文淵閣四庫全書本。
〔註54〕《震澤集》卷二十二〈資善大夫禮部尚書兼翰林院學士贈太子太保諡文定吳公神道碑〉，清文淵閣四庫全書本。

行爲又是如何看待的呢？這可以從他們的作品中略窺一二。

都穆《聽雨紀談》中的數篇文章，如〈隱說〉、〈呂洞賓〉、〈曹植未知道〉等，都對「隱」這一問題進行了思考，其中〈隱說〉一則談得最爲詳細：

> 隱一也，昔之人謂有天隱、有地隱、有人隱、有名隱；又有所謂充隱、通隱、仕隱，其說各異。天隱者，無往而不適，如嚴子陵之類是也；地隱者，避地而隱，如伯夷太公之類是也；人隱者，蹤跡泯俗，不異眾人，如東方朔之類是也；名隱者，不求名而隱，如劉遺民之類是也。他如晉皇甫希之人稱充隱，梁何點人稱通隱，唐唐暢爲江西從事，不親公務，人稱仕隱。然予觀白樂天詩云：「大隱住朝市，小隱入丘樊。丘樊太冷落，朝市太囂諠。不如作中隱，隱在留司官」，則隱又有三者之不同矣。〔註55〕

這裡談的是對於隱的比較系統的認識。對隱這一問題、對其分類談到如此細緻的地步，足見其時「隱」已經成爲一種重要的社會現象，而都穆也已經開始對於「隱」進行了深入思考。這類思考不僅見於都穆筆下，也見於其他吳中文人筆下。如果說都穆這段話還比較宏觀的話，那麼文徵明在〈顧春潛先生傳〉中則對「市隱」現象進行了集中闡述：

> 或謂之隱者，必林棲野處，滅跡城市。而春潛既仕有官，且嘗宣力於時；而隨緣里井，未始異於人人，而以爲潛，得微有戾乎？雖然，此其跡也。苟以其跡，則淵明固常爲建始參軍，爲彭澤令矣，而千載之下，不廢爲處士，其志有在也。淵明在晉名元亮，在宋名潛，朱子於《綱目》書曰：「晉處士陶潛」，與其志也。余於春潛亦云。〔註56〕

這一段話談到隱於仕、隱於市的問題，針對性很強。在文徵明看來，潛隱的最關鍵問題在於「志」，而不在於「跡」，只要心存隱志，「仕有官」也好，「宣力於時」也罷，都不影響其爲「處士」，爲「隱者」，文氏甚至還上溯至陶淵明的實例，並用朱熹的話來作佐證。如此，既已定下不必拘於「跡」的基調，則只要心志所向，於山林是隱，於城市是隱，於司官是隱，著書是隱，業醫是隱，攻繪事是隱，嗜學耽藝是隱。由此看來，前節所談到的吳中文人之狂

〔註55〕《聽雨紀談‧隱說》，明嘉靖十八年顧氏大石山房刻本。

〔註56〕《文徵明集》卷二十七〈顧春潛先生傳〉，上海古籍出版社1987年版，第654～655頁。

狷、放曠也未必不可以視之爲隱。

　　吳中文人不僅對隱的類型、隱的實質進行了闡述，而且對於隱的行爲方式也提出了自己的看法，在他們看來，與顯相對，隱是更高一層的行爲和處世方式。桑悅在他的〈異鳥賦〉中描述了荒煙野水之際的一隻野鳥，作者感歎道：

　　　　歎飛鳥之迅速，知微生之非永。安得不以入谷爲安居，遷喬爲
　　幻景也哉？嗚呼！飾以雕籠，樂以鼓鐘，主人寓目，春光融融，爰
　　嗤其音，爰瘠其容，用違所樂，與棄同宮，吾又安知何者爲塞？何
　　者爲通？何者爲達？何者爲窮？崔瑞漢兮同神，鵩飛宋兮何凶？轉
　　千古以爲今，合眾異以爲同，庶物我之兩忘，寄得喪於虛空。〔註57〕

從表面上看，此賦是見異鳥之迅飛而發生感歎：何種生活對於鳥類來說才是最好的呢？「飾以雕籠，樂以鼓鐘，主人寓目，春光融融」的生活看似雍容華貴，令人豔羨，但在美麗的外衣之下，異鳥身心憔悴，「爰嗤其音，爰瘠其容」。這樣的生活又有什麼意義？而窮達通塞的界限到底是什麼呢？作者在思考中得出了自己的答案：不必拘泥於世俗的眼光，守住一方心靈的淨土才是最重要的。把這篇賦看作桑悅對於隱的含蓄的認識，應該不算是牽強附會吧。

　　王寵則有一首題爲〈隱〉的詩：「心與跡俱隱，且隨雲恣行。江湖元自闊，籠檻任須爭。山意猶含雪，林歌稍滅鶯。天涯望春色，醉倚越王城。」王寵所寫的「隱」顯然是一隱於山林丘壑者，隱者所面對的是山、雪、林、鶯、天涯春色，全詩充溢著內心與自然環境的愜意融合，這同樣反映出王寵本人對於隱的看法。

　　吳中文人頻頻談及隱，可見他們對於這一問題非常留意，也進行了深入思考。在其所獨有的隱士觀念之下，他們中許多人也確實不拘身份形跡地過著所謂「心隱」的生活。而他們的生活，無疑也具有著出世者和入世者的雙重特徵，從而形成吳中文人獨特的精神風貌。

二、吳中文人對政治的態度

　　吳中文人多爲追求「隱」之人，一般說來，作爲隱士似乎應該作政治的旁觀者，遠離政治，但前此已經談過，文徵明已經有過隱不必拘於形跡的提法，則在廣義的「隱」的概念下，隱者既可以在內心保持一己個性、作風之

─────────────

〔註57〕《思玄集》，明萬曆二年桑大協活字印本。

獨立，又可以各種各樣的身份進入或干預政治生活，也可以以不在其位不謀其政的超然身份觀照、評議政治生活。蔣星煜《中國隱士與中國文化》中〈隱士的政治生活〉一篇中曾總結隱士的政治生活內容為三個方面：以在野之身應在朝之命，以在野之名務在朝之實，以在野之法求在朝之位。不過，蔣氏此篇所言的隱士概念與本文所論及的吳中文人的隱士概念又有所不同，蔣氏似乎以為隱士必須是在野者，他說「隱士既一旦從政，即失去隱士身份」，而忽略了「隱於市朝」的那一部份，這也與本文所持的吳中文人的隱不必拘於形跡的觀念並不完全一致。

他們當中那些無官無職、隱於市井者並非對於政治漠不關心，其中一部份甚至對於政治有著相當的熱情，儘管他們並不願意投身於複雜的政治，但在很多時候在關心著政治以及社會生活的方方面面，並表現出自己或主觀或客觀、或冷靜或激烈、或讚美或鄙棄的態度。

沈周是以隱逸為家法的吳中名士，他有〈和友人冬日自遣韻〉詩：「干時盡笑吹竽拙，傲世猶嫌荷篠狂。非是是非無定口，老夫須信自行藏。」〔註58〕詩中頗沉醉於避世藏身的人生境界。但是他對社會現實卻一直非常關注。他的詩作如〈堤決行〉、〈低田婦〉、〈割稻〉等都是對吳中地區民間疾苦的反映。在〈十八鄰〉中，他對大水中吳中百姓的悲慘處境有深刻細緻的描寫：

> 田中不生穀，辟術無所傳。嚼草草亦盡，仰面呼高天。惟食累於世，不如枝上蟬。渾舍相抱哭，淚行間餓涎。日夜立水中，濁浪排胸肩。大兒換斗粟，女小不論錢。驅妻亦從人，減口日苟延。風雨尋塌屋，各各易為船。憂厄久不解，豈免疾疫纏。死者隨河流，沉骨魚龍淵。生者乞四方……

詩人對這人間慘劇悲慨不已，不禁發出杜甫一樣欲苦身濟人的呼號：「老夫廩無米，亦無廣廈千。對眼不忍見，衷腸惟火然。便欲吐我哺，納彼止一咽。眾口相嗷嗷，欲足理莫全。故好成乖隔，載聚何因緣。」〔註59〕這種感慨與呼號體現了他的熱腸，寄託著他對塵世的關懷，對普通民眾的同情。同樣，他對廟堂大事也時時留心，當然他所關心的不是上層統治者的宮闈秘事、流言傳聞，以及統治者之間的爭鬥，而是關係到國計民生的大事，《石田先生集》七言律一有一首〈己巳秋興〉：

〔註58〕《石田先生詩鈔》卷六，《沈周集》，上海古籍出版社 2013 年版，第 148 頁。
〔註59〕《石田先生詩鈔》卷三，《沈周集》，上海古籍出版社 2013 年版，第 92 頁。

　　　　燈火郊居耿暮秋，北風迢遞入邊愁。三更珠斗隨天轉，萬里銀

河接海流。籌筆簡書何日見，新亭冠蓋幾人遊。側身自信江湖遠，

一夜哀吟白頭。

這首詩沉鬱頓挫，頗存憂國傷時之思，有杜甫的風格。《沈周年譜》認爲該詩
作於正統十四年己巳（1449），其時正值對明代政治、社會生活各方面發生重
大影響的「土木堡之變」，明英宗出師攻打瓦剌，兵敗被俘。沈周此詩正是聞
「土木堡之變」後所作，詩人對時局的關心顯示出他並非不問世事。沈周這
類詩文爲數不少，這足資證明他雖然身隱，但是依舊心懷憂國憂民之情，對
社會並沒有失去應有的熱情和關注。

　　人雖退隱卻對社會難以忘懷，心懷隱志卻又不乏關注現實的熱情，在吳
中文人中沈周並不是唯一的，也不是特例。又如楊循吉「在郎署，每稱病不
出。浹歲中促數移病，長官厭而訶之，即疏請致仕。年才三十有一」〔註60〕。
表面看來，這類人物做官時尚不能專心政務，致仕後當更不會留意於此。然
而事實並非如此，借文章看心影，楊循吉對於現實政治其實十分關心。他撰
有《吳中故語》，記敘的就是有明一代吳中地區發生的影響較大的歷史事件，
如「太傅守城」、「魏守改郡治」、「況侯抑中官」、「三學罵王敬」等等，雖爲
記史，但從其材料的選擇、語句的斟酌，乃至敘述語氣、態度的變化，都可
以看出作者對於事件並不是冷漠和無動於衷的，而是充滿了關心、熱情，甚
至可以說是激情，他在記敘了「三學罵王敬」的過程之後，評述道：「初，敬
出時氣焰薰天，諸生以士子罵之，與古人烈烈者何異？惜其後更無挺然自當
敢出數語與此輩辨曲直者，俯首貼耳反敗儕輩之事，抑何前後之不類乎？惜
哉！」能對這件事做出如此熱血沸騰評論的人，怎麼可能是一個除了讀書而
萬事不關心的人呢？

　　史鑑的情況與此相類。成化十六年（1480），憲宗下徵聘詔，遣使史鑑赴
用，但他未應〔註61〕，他的不應徵並不意味著他對政治不關心，在其《西村
集》中，我們可以看到諸如〈論郡政利病書上太守孟公淩〉、〈上中丞侶相公
書〉、〈與陳黃門玉汝書〉、〈上少保王三原書〉、〈與葉黃門廷縉書〉等等，其
中所談內容多關涉現實：除盜，抑豪強，推薦官員等等。由此看來，他也不

〔註60〕　《列朝詩集小傳》丙集〈楊儀部循吉〉，上海古籍出版社 1959 年版，第 280
　　　　頁。

〔註61〕　參見陳正宏著《沈周年譜》，復旦大學出版社 1993 年版。

是一個惟求獨善其身的隱者。

吳中文人具有隱逸的精神和思想，但又不乏關心社會與現實政治的熱情，乍一看這是矛盾的，但究其實質，這實則是一個問題的兩個方面。吳中文人的高明就在於他們可以把看似矛盾的兩種觀念和諧地統一起來，在現實中他們更願意保持身心的自由，以一種超然的姿態，來觀照、干預關係國計民生、關係現實政治的一系列嚴肅、沉重的話題。

以一種狂狷不羈的作風，既存隱逸的觀念與思想、又對現實政治保持著相當的熱情，是吳中士人精神風貌的突出特徵。與同一時期其他地區的士人相比，吳中文人精神風貌中的這種個性色彩更為鮮明。這種情況的形成，有著深層的時代和地域原因，以下試詳論之。

明代中葉商品經濟的發展，尤其江南地區，商品經濟的發展為吳中文人自由選擇自己的人生道路提供了更大的可能性。任何時候、任何情況下，經濟基礎都在很大程度上影響乃至決定著意識形態，吳中地區是明代商品經濟發達的地區，文人在謀生上也有更多的方式和可能性，大多數文人的物質生活也比較有保障。這樣，人們的視野和心理空間也就更為廣闊，從而具有更大的自由度來安排、追求自己理想的生活；在日常生活用度相對有保障的前提下，在精神領域也就具有了更高的自由度。傅衣凌曾經把中國封建社會的城市分為兩大類，一類是開封等靠大量的封建地租而興起的城市，一類是蘇州等工商業發達的城市，後一類城市有著「清新、活潑、開朗的氣息」〔註62〕。吳中地區的經濟在元末明初由於戰亂曾經一度大受影響，但是到了明中葉，已經完全復蘇並得到了大幅度發展，成為東南一帶的經濟中心。王錡《寓圃雜記》曾經談到這一歷史變化：

> 吳中素號繁華，自張氏之據，天兵所臨，雖不被屠戮，人民遷徙實三都、戍遠方者相繼，至營籍亦隸教坊。邑里蕭然，生計鮮薄，過者增感。正統、天順間，余嘗入城，咸謂稍復其舊，然猶未盛也。迨成化間，余恒三、四年一入，則見其迥若異境，以至於今，愈益繁盛，閭簷輻輳，萬瓦甃鱗，城隅濠股，亭館布列，略無隙地。輿馬從蓋，壺觴罍盒，交馳於通衢。永巷中，光彩耀目，遊山之舫，載妓之舟，魚貫於綠波朱閣之間，絲竹謳舞與市聲相雜。凡上供錦衣、文具、花果、珍饈奇異之物，歲有所增，若刻絲累漆之屬，自

〔註62〕詳參傅衣凌《明清社會變遷論》，人民出版社1989年版，第156～158頁。

浙宋以來，其藝久廢，今皆精妙。人性益巧而產物益多。至於人才
輩出，尤爲冠絕。〔註63〕

當時作爲吳中中心的蘇州的格局爲「城中與長洲東西分治，西較東爲喧鬧，
居民大半工技。金閶一帶比戶貿易，負郭則牙儈輳集。胥盤之內密邇府縣治，
多衙役廝養，詩書之家聚廬錯處，近閶尤多。」〔註64〕此時的吳中經濟，已
經和傳統的農業經濟有了很大差別，帶有濃厚的商品經濟色彩，這樣的環境
與其他地區相比是不同的，與此前吳中的環境相比也是不同的。商品經濟既
然活躍，市民、平民階層的地位也相對提高。較之生活在經濟發展遲緩、封
建統治相對強化的時代和地區，生活在這種環境的人們，物質生活和精神生
活必然相對豐富，個性更加張揚，也更具活力，人的主觀自由度也更大。這
應該說是明中葉吳中文人精神風貌不同於其他地區和時代的一個重要原因。

　　事實上，在這樣一個經濟發達的大背景之下，吳中文人多數保持著個體
的獨立，他們大多數靠自己的一技之長過著自我放任的閑暇生活。如邢量，「隱
居封門之東，以醫卜自給」〔註65〕；錢穀，工於繪事，「人得其寸楮尺幅，愈
於百鎰千練」〔註66〕。文徵明、沈周、唐寅等吳門畫派中的人物，也都可以
憑藉其聲譽和高超的畫技來維持生計而不必有求於人，從而使自己可以過著
一種從容不迫的生活。費孝通《論知識階級》中也曾指出：「沒有長期的閑暇，
不必打算做讀書人。閑暇在中國傳統的匱乏經濟中並不是大家都可以享有
的。」吳中文人精神風貌形成的物質基礎即在於此。

　　社會大環境對吳中文人的人生選擇、處事方式的認同甚至推崇，也是吳
中放曠的才士精神和隱逸的人生觀念的推動力和催化劑。實質上，那種放曠
不羈的才士精神和行爲出於名教之外。而隱逸精神，就傳統的儒家觀念看來，
是「天下有道則見，無道則隱」。在號稱「中興」的弘正年間，「隱逸」顯然
是與「有道則見」原則相悖的選擇，但它卻在吳中地區得到了相當程度的張
揚和認同，不但不爲人所摒棄，反而成爲風流所尙，得到推崇。趙翼《廿二

〔註63〕《寓圃雜記》卷五「吳中近年之盛」條，中華書局1984年6月版，張德信點
　　　　校，第42頁。
〔註64〕（清）陳夢雷《古今圖書集成方輿彙編職方典》「職方典」第六百七十六卷，
　　　　清雍正銅活字本。
〔註65〕（明）王鏊撰《家藏集》卷四十八〈書隱者邢用理遺文後〉，清文淵閣四庫全
　　　　書本。
〔註66〕（明）皇甫汸撰《皇甫司勳集》卷五十一〈錢居士傳〉，清文淵閣四庫全書本。

史札記》言及吳中祝允明、唐寅的放誕風流，道：「此等恃才傲物，足斥馳不羈，亦足以取禍，乃聲光所及，到處逢迎，不特達官貴人傾接恐後，即諸王亦以得交為幸，若惟恐失之，可見世運昇平，物力豐裕，故文人學士得意跌蕩於詞場酒海間，亦一時盛事也。」〔註 67〕當時情況的確如此，何良俊《四友齋叢說》卷十五「史十一」亦載：「王南岷為蘇州太守日，一月中常三四次造見衡山，每至巷口，即屏去騶從及門，下轎，換巾服，徑至衡山書室中，坐必竟日，衡山亦只是常飯相款，南岷雖蔬食菜羹未嘗不飽，談文論藝至日暮乃去，今亦不見有此等事矣。」

吳中諸子每個人的具體情況也大致如此。杜東原一生隱逸不仕，但其門前同樣不是車馬冷落，王鏊《震澤集・東原詩集序》回憶道：「予猶及見先生及孟賢深衣服巾曳杖履革，所至人望之若綺皓，郡將縣大夫延禮賓之恐後，縉紳之行過吳下者必造請其廬。」桑悅一直以狂放不羈著稱，他自視甚高，負氣不屈人下。但即便他個性如此，人們對他還是非常欣賞，乃至於「士有聞風自遠至者，於是楚粵間皆為道學，悅抵掌為之笑，滑稽亂世，傍若無人。」〔註 68〕祝允明因生活放蕩，「晚益困，每出，追呼索逋者相隨於後，允明益自喜」，自喜的原因更多的倒在於「求文及書者踵至」，「戶外之廳常滿」。這樣，達官貴人、普通平民，為了求近賢之名也好，為了附庸風雅也罷，總歸造成了一種揄揚、推崇文人精神風範的社會風氣，這在一定程度上助長了文人們個性的張揚。

吳中文人放曠隱逸的作風，同樣有其歷史原因。從某種程度上說，放曠、隱逸是對傳統政治生活的背離，與封建統治者對士子的價值期望是相違的。雖然弘治時期堪稱中興，但是它相對於明初到明中葉這段時間來說，畢竟是短暫的。歷史的陣痛留下的回音倒往往比現實的亮色更為長久，吳寬《匏翁家藏集》卷五十七〈先世事略〉中說：「洪武之世，鄉人多被謫徙，或死於刑，鄰里殆空。」楊循吉《吳中故語》載，徐達攻打蘇州張士誠時，「以城久不克，怒，曰：城下之後，三歲小兒亦當斫為三段」，至其「引兵從葑門入，遇城中士女必處以軍法。……故葑門以信國之入，至今百載，

〔註67〕 （清）趙翼《廿二史札記》卷三十四〈明中葉才士傲誕之習〉，遼寧教育出版社 2001 年 1 月版，第 631 頁。

〔註68〕 （明）楊循吉撰，陳其弟點注〈蘇州府纂修識略〉，《蘇州史志資料選輯 2000年刊》，第 43 頁。

人猶蕭然」〔註69〕。

以吳人來回憶那段血腥的歷史，時代雖然有些久遠，敘述雖然比較簡單，但是那種沉痛的情緒依舊約略可見。徐禎卿《剪勝野聞》言吳人入明以後還私稱張士誠為「張王」，陸容《菽園雜記》認為張士誠以「全城歸附，蘇人不受兵戈之苦」〔註70〕。吳人對其也是念念不忘，「吳民於七月晦點地燈，為祭弔無主孤魂張士誠所設」〔註71〕。而朱明王朝在滅張相當長一段時間內，對吳地採取了較其他地區苛刻得多的政策：「三吳賦稅之重，甲於天下，一縣可敵江北一大郡，破家亡身者往往有之。」〔註72〕明初以來吳地較有才名文士，無論窮達，也多不得善終。如明初四傑，當日興論比唐之四傑，張習〈靜居集後志〉云：「故老言，不惟文才之似，而其收終亦不相遠，眉庵、盈川令終如一；太史存心無疵，而斃則同乎賓王；北郭雖不溺海，僅全要領，而非首邱；先生（徐賁）竄嶺表，尋召還，以對內政之不協，恐禍及己，遽投龍江以沒，又與照鄰無異。」〔註73〕歷史的血痕並非百年時光就可以撫平，這也許就是像王鏊、吳寬這類身居要職的吳中文士也要在隱逸中尋求一個精神家園的原因吧。

然而，說吳中文人放曠也好，隱逸也罷，傳統儒家兼濟天下的精神其實在他們身上從來也沒有泯滅過。談及隱逸與放曠，人們往往會先想到老莊哲學，其實它們也是儒家文化的一部份。孔子一生孜孜以求，希望其政治主張得到推行，但他同時也有自己的一套關於隱的說法：「天下有道則見，無道則隱。」「賢者避世，其次避地，其次避色，其次避言。」〔註74〕「隱居以求其志，行義以達其道。」〔註75〕可以說，吳中文人作為知識階層，在更深層次上，與孔子的這種用世之志是相通的。

〔註69〕（清）俞樾《茶香室叢鈔》茶香室續鈔卷十六「明初克蘇州城紀載之異」，清光緒二十五年刻春在堂全書本。

〔註70〕（明）陸容《菽園雜記》卷三，清文淵閣四庫全書本

〔註71〕（清）袁景瀾撰；甘蘭經，吳琴校點《吳郡歲華紀麗》卷七〈七月晦日地燈〉，江蘇古籍出版社1998年版，第252頁。

〔註72〕（明）謝肇淛《五雜組》卷三，明萬曆四十四年潘膺祉如韋館刻本。

〔註73〕《吳都文粹續集》卷五十五〈靜居集後志〉，清文淵閣四庫全書本。

〔註74〕《論語·憲問第十四》。

〔註75〕《論語·季氏第十六》。

第五章　明中葉吳中文人集團的
文學風貌

第一節　吳中文人「古文辭」運動狀態之描述

　　明初從洪武至成化百餘年間，統治者在政治上一直採取高壓政策，許多文人心懷恐懼，極力壓制真實的自我以適應嚴酷的社會政治環境，明初的士風由元末的剛健一度變得低迷，文學的正常發展被政治扭曲了。在官方政治力量的推動下，洪武至永樂間，宋濂、方孝孺等人站在道學家的立場上提倡所謂道統文學，強調「文者，非道不立，非道不充，非道不行」〔註1〕，「文外無道，道外無文」〔註2〕。約永樂至成化年間，以解縉、楊士奇、楊榮、楊溥為代表的上層官僚所創作「臺閣體」作品被作為典範廣泛影響著文壇，這類作品思想情趣雅正平和，為應制唱和之作，「歌頌聖德，施之詔誥典冊以申命行事」〔註3〕。到明中葉，中國古典詩文的創作幾乎可稱是到了「極鄙極靡、極鄙極濫」的地步，不過，物極必反，成化弘治年間，隨著政治環境的鬆動，思想方面的統治也開始有所放鬆，文人士大夫的主體精神開始復甦。

　　成化弘治年間，以李東陽（1447～1516）為首的茶陵派在文壇上盛極一時。李東陽宗唐崇宋，言「漢唐及宋，格與代殊。逮乎元季，則愈雜矣。今

〔註1〕　（明）宋濂撰〈白雲稿序〉，《白雲稿》卷前序言，清文淵閣四庫全書本。
〔註2〕　（明）宋濂《文憲集》卷七〈徐教授文集序〉，清文淵閣四庫全書本。
〔註3〕　（明）王直為楊榮《文敏集》所作序，《文敏集・原序》，清文淵閣四庫全書本。

之為詩者，能軼宋窺唐，已為極致。兩漢之體，已不復講。」〔註4〕茶陵派的另一代表人物何孟春在《餘冬敘錄》中也論說道：「後世言文者至西漢而止，言詩者至魏而止。何也？後世文趨對偶而文不古，詩拘聲律而詩不古也。文不古而有宮體焉，文益病矣。詩不古而有崑體焉，詩益病矣。復古之作，是有望於大家。」至弘治、正德、嘉靖年間，前七子的文學復古活動盛行，並在整個文壇上產生了強烈的反響，而這一時期在吳中地區也興起了「古文辭」運動。

從時間先後上看，吳中地區古文辭運動的提出早於在京師的前七子的復古口號的提出，在弘治、正德、嘉靖時期，吳中地區的古文辭運動與京師的復古運動都以向古人學習為落腳點，但又呈現出不盡相同的風貌。

吳中文人集團的文人們大都喜愛古文並熱衷於對古文的學習，他們的文學創作也相應地受前代文人的影響，呈現出與古人相近的風格面貌。

徐有貞在吳中文人集團中屬於長輩性的人物，「公之學，自經傳子史、百家小說，以至天文地理、醫卜釋老之說，無所不通。其為文古雅雄奇，有唐宋大家風致，晚歲文筆益老。」〔註5〕

吳寬「為諸生，蔚有望聞，偏讀左氏，班、馬、唐、宋大家之文，欲盡棄制舉業，從事古學。」〔註6〕其「志趣超卓，涵養端正，筆力雄健，賦詩屬文即能鄙遠塵俗，追蹤古人。」〔註7〕史鑑稱其「屢見老兄高作雄深渾厚，直追古作者，異日負一世文名者將有在矣！」〔註8〕

祝允明「少為名家子，天質穎絕，讀書目數行下。於古載籍，靡所不該洽。自其為博士弟子，則已力攻古文辭。深沉棘奧，吳中文體為之一變。」〔註9〕

戴冠「長洲人，博通多識，刻意為古文辭」〔註10〕，「為文必以古人為師，奮迅陵轢，務出人意。」〔註11〕

〔註4〕 《懷麓堂集》卷二十八〈鏡川先生詩集序〉，清文淵閣四庫全書本。
〔註5〕 《家藏集》卷五十八〈天全先生徐公行狀〉，清文淵閣四庫全書本。
〔註6〕 《列朝詩集小傳》丙集〈吳尚書寬〉，上海古籍出版社1959年版，第275頁。
〔註7〕 （明）徐源撰〈家藏集後序〉，《家藏集》，清文淵閣四庫全書本。
〔註8〕 《西村集》卷五〈與吳原博修撰〉，清文淵閣四庫全書本。
〔註9〕 （明）文震孟《姑蘇名賢小記》卷上〈祝京兆先生〉，明萬曆四十二年文氏竺塢刻本。
〔註10〕 （清）查繼佐《罪惟錄》列朝逸傳卷之三十二，四部叢刊三編景手稿本
〔註11〕 《列朝詩集小傳》丙集〈戴訓導冠〉，上海古籍出版社1959年版，第294頁。

史鑑「西村才名，亞於石田。然以詩論，刻意學古，似當勝沈一籌。」〔註12〕「爲文章紀事有法，醇雅如漢人語，詩則不屑爲近體，興至吟聲咿咿，冥搜苦索，欲追魏晉而及之。」〔註13〕

朱存理「居常無他過從，惟聞人有奇書，輒從以求，以必得爲志。或手自繕錄，動盈笥，群經諸史，下逮裨官小說山經地志無所不有，亦無所不窺，而悉資以爲詩。其詩精工雅潔，務出新意，得意處追躡古人。」〔註14〕

顧璘「爲文不事險刻，而鑄詞發藻，必古人爲師。見諸論著，雄深爾雅，足自名家，詩尤雋永，雖矩矱唐人而劃芟陳爛，時出奇峭，樂府歌詞不失漢魏風格。」〔註15〕

唐寅「幼小聰明絕殊，凡作選詩，肖古人之風雅，然性則曠遠不羈。」〔註16〕

徐禎卿「爲諸生則已工詩歌，有聲儕偶，而其語高者出入齊梁間，又著《談藝錄》，一時操觚士爭賞，爲帳中秘書，既已，乙丑成進士，居閒曹，益務切磨，其學愈古，其格益愈變而上。」〔註17〕

……

以上所列的喜愛乃至熱愛古文辭的吳中文人其生年都在1480年（成化十六年）之前，即都是我們所定義的成化至弘治間處於吳中文人集團發展第一二階段的文人們，當然，出生於1480年以後的吳中文人們對古文辭的熱愛與出於1480年前的文人們是不分伯仲的，如

黃魯曾，「弱冠並充弟子員，竊鄙時義，博綜群籍，探古文辭，好奇縱譎，爲文閎衍，莫能加焉。」〔註18〕

王寵，「自綺歲從經師遊，即厭棄時義，耽嗜古文，博綜九流，研味四始，

〔註12〕《靜志居詩話》卷九〈史鑑〉，人民文學出版社1998年版，第233頁。
〔註13〕《家藏集》卷七十四〈隱士史明古墓表〉，清文淵閣四庫全書本。
〔註14〕《文徵明集》卷二十九〈朱性甫先生墓誌銘〉，上海古籍出版社1987年版，678～680頁。
〔註15〕《文徵明集》卷三十二〈故資善大夫南京刑部尚書顧公墓誌銘〉，上海古籍出版社1987年版，第743頁。
〔註16〕（明）黃魯曾《吳中故實記》，引自（明）唐寅《唐伯虎先生集》外編卷四，明萬曆刻本
〔註17〕（明）文震孟《姑蘇名賢小記》卷下〈徐迪功先生〉，明萬曆四十二年文氏竺塢刻本。
〔註18〕《皇甫司勳集》卷五十四〈黃先生墓誌銘〉，清文淵閣四庫全書本。

兼抱濟物。」〔註19〕

　　彭年，「年少穎卓，嗜讀書，讀多六經諸子史漢古金石言，而不喜齷齪習舉子業。」〔註20〕

　　周天球，「爲諸生，篤志古學，善大小篆、隸、行、草，從文待詔遊，待詔賞異之。」〔註21〕

　　皇甫涍，「韶秀異常，……遂有名世之志……，作《續高士傳》以著志。居嘗問學之外，他無所事。群經子史，莫不貫綜，而酷喜左氏。」〔註22〕
　　……

　　之所以先以出生於 1480（成化十六年）年前的吳中文人爲例是爲了進一步說明吳中地區的古文辭運動實際上在時間上稍先於在京師地區興起的以前七子倡導爲首的復古運動，以 1480 年爲界或是一種追求整飭的一刀切，有些毛糙，畢竟歷史乃至文學的發展像一條奔騰不息的河流，無論從哪裏將其切斷都有欠穩妥。

　　吳中地區興起的古文辭運動，引起了當時人們的廣泛注意。葉盛《水東日記》卷二十六〈錄諸子論詩序文〉稱：「我朝詩道之昌，追復古昔，而閩、浙、吳中尤爲極盛。」稍於其後的王琦在《寓圃雜記》卷五「蘇學之盛」稱「吾蘇學宮，制度宏壯，爲天下第一。人材輩出，歲奪魁首，近來尤尚古文，非他郡可及。」從前面舉例中可以看出實際情況確實如此。吳中文人多數對古文辭有著偏愛，而正是這種個人志趣上的相似、相近、一致，促使吳中文人們彼此走近，相互學習，相互唱和，從而使較爲分散的個人聚合在一起，開始了吳中地區的古文辭運動。

　　關於吳中地區的古文辭運動的初始情況，某些吳中文人的文集中有所記載，這一運動的領袖人物主要是祝允明、都穆等。

　　文徵明《甫田集》卷二十五〈上守溪先生書〉記，「頃者恭侍燕閒，獲承緒論，領教實深。又承命獻其所爲文，竊念某自髫歲即有志於是。侍先君宦

〔註19〕《皇甫司勳集》卷三十六〈何翰林集序〉，清文淵閣四庫全書本。
〔註20〕（明）王世貞《弇州史料》後集卷二十一〈彭徵士隆池先生志略〉，明萬曆四十二年刻本。
〔註21〕《列朝詩集小傳》丁集中〈周秀才天球〉，上海古籍出版社1959年版，第486頁。
〔註22〕《文徵明集》卷三十三〈浙江按察司僉事皇甫君墓誌銘〉，上海古籍出版社1987年版，第753、755頁。

遊四方，既無師承，終鮮麗澤，俒俒數年，靡所成就。年十九還吳，得同志者數人，相與賦詩綴文。於時年盛氣銳，不自量度，僩然欲追古人及之」，可見文徵明早年即熱愛古文辭，後在十九歲時回吳中始得與吳中文人唱和，文氏生於 1470 年，其十九歲時時間當爲 1489 年，即弘治二年，這也就是說在弘治二年，吳中地區的文人們開始由個人走向群體，開始群體性地專注於對古文辭的提倡。文徵明所言的「同志者數人」，主要指都穆、祝允明、唐寅等，他在〈大川遺稿序〉中具體介紹，「弘治初，余爲諸生，與都君元敬，祝君希哲，唐君子畏，倡爲古文辭。爭懸金購書，探奇摘異，窮日力不休，儼然皆自以爲有得。」可見當時確實形成了以他們幾個人爲主要代表的古文辭運動，而他們個人的創作也在當時形成了一股較有聲勢的潮流，起到了導引吳中地區文風的作用，後來袁袠在〈袁永之集序〉中描述吳中地區在孝宗朝時「力追古作」的文學創作情況：「吾郡則有南峰楊公、南濠都公、枝山祝公、迪功徐公、東橋顧公、六如唐公、林屋蔡公，較之他方作者多猗盛矣。」

　　吳中地區的古文辭運動是弘治二年（1489）開始的，從時間上看，京師地區的以李夢陽爲首的復古運動則稍後於此。廖可斌在他的《明代文學復古運動研究》一書中，將明代的復古運動大致劃分了幾個階段，「其中從弘治六年到弘治十五年，是復古運動第一次高潮的醞釀期。」〔註23〕按這此種說法，吳中地區古文辭運動的展開要早於京師地區的復古運動的展開，但京師地區的復古運動後來在全國範圍內有了較大的聲勢，而吳中地區的古文辭運動則並未引起大範圍的注意，其原因何在呢？自然，倡導運動的文人的地位、身份之不同是一個非常重要的原因。明代是一個特重科舉的朝代，文人的升降沉浮幾乎都取決於是否一第，京師地區復古運動的倡導者李夢陽於弘治五年（1492）中陝西鄉試第一名，弘治六年（1493）中進士，從而走上仕途之路，在京師爲官的身份無疑有力地促進了他的文學主張的傳播。而吳中文人們不第者甚多，即或一第也多爲沉淪下僚的小官，他們的身份地位遠不如在京師爲官的文人顯赫，這在很大程度上影響了吳中文人們文學主張的廣泛傳播。此外，京師地區復古運動的倡導者提出了旗幟鮮明的「文必秦漢，詩必盛唐」的較爲統一的文學主張，而吳中文人們的文學主張並不像復古運動者提出的那樣旗幟鮮明，他們學古的觀點分散在個人的文集中，雖然他們在大的方向上談的都是學習古文辭，但個人對古文辭的理解並不相同，在具體含義上存

〔註23〕廖可斌《明代文學復古運動研究》，上海古籍出版社 1994 年版，第 67 頁。

在一定差異，而他們的文學創作也並非眞正向古文辭的風格靠攏，更多的倒是具有新鮮活潑的時代氣息。這也可以說是吳中地區的古文辭運動不能像京師地區的復古運動那樣彰顯的一個原因。

對於吳中文人來說，他們所倡導的古文辭運動的內容是什麼呢？他們所定義的古文辭的所指是什麼呢？這就需要我們對之進行較爲詳細、全面的分析。

翻檢吳中文人的文集，大略看一下他們所認同的古文辭的定義是什麼。

文徵明在〈上守溪先生書〉中說，「稍稍以其間隙諷讀左氏、史記、兩漢書及古今人文集，若有所得，亦時時竊爲古文詞。」〔註24〕可見，在文徵明眼中，古文辭主要指《左氏》、《史記》、兩漢書一類先秦兩漢之文，即秦漢散文。

吳寬〈鄉貢進士徐君墓誌銘〉記徐元獻「稍長，習舉業，勤劬刻厲，終日矻矻不自休。其父爲人更嚴毅，數延良師教之，暮則躬造學舍，督責其業，往往至夜分始去。然君所習，不但如今世舉子而已，凡它經諸子及漢唐以來古文詞，悉務記覽，故其下筆沛然若不可禦。」〔註25〕從中可見人們所認同的古文辭是先秦至唐代的文學創作。

桑悅在《思玄集》卷五〈唐詩分韻精選後序〉中說，「詩猶海也，『三百篇』爲其蓬島，漢、魏、晉爲其弱流，而唐則猶其中之亶夷諸洲。學操舟之士至海門而震疊，苟望洲之畔岸，心意俱飽，復何有希翼者乎？呂侯之選此詩，蓋剪其荊棘去其旁歧，誘人至止是洲，而予申以是言，又欲過此而往，直溯弱流而至蓬島也。況我朝治隆唐、虞，尚何古之不可復哉！」可見他認可的「古」是先秦、漢、魏、晉、唐時期。

吳寬在〈舊文稿序〉中稱自己不喜時文，「幸先君好購書，始得《文選》，讀之，知古人乃自有文，及讀《史記》《漢書》與唐宋諸家集，益知古文乃自有人，意頗屬之。」〔註26〕他所說的古文則指的是先秦兩漢之文乃至唐宋之文。

朱存理在給史鑑的一封信中談及雙方喜愛的文集時說，「所論《中散集》曾於友人家借閱，不及抄本。今奉去《宣城集》《玉山名勝集》計二冊以塞來

〔註24〕《文徵明集》卷二十五〈上守溪先生書〉，上海古籍出版社1987年版，第581頁。
〔註25〕《家藏集》卷六十三，清文淵閣四庫全書本。
〔註26〕《家藏集》卷四十一，清文淵閣四庫全書本。

命。」〔註27〕可見二人喜歡的是晉嵇康、南北朝謝朓、元顧瑛的作品，從時代概念上看，他們喜愛的古人是魏晉、南北朝、元代的，這就不僅僅是先秦兩漢之文，而且包括了魏晉六朝、元代的文學。

可見，吳中文人們所談的古文辭的概念十分寬泛，可以說從先秦至元（即明以前）的優秀文學作品都被他們歸入了古文辭的範圍，當然，他們每個人的具體確認也許並不相同，但從整個文人集團的大範圍上看，情況確實如此。

吳中文人們古文辭概念的寬泛自有其合理的意義，他們不像前後七子那樣僅僅高標秦漢之文、盛唐之詩，而排斥並否認其他時代也有優秀的文學作品。同前後七子在復古時矯枉過正的絕對化相比，吳中文人們的學古更客觀、更公允，他們並不因時代的原因而排斥、否認優秀作品，但也許就是因為如此，他們不可能有那種鮮明到振聲醒聵的主張，也就很難在當時起到可以大範圍轟動的效果。

第二節　吳中文人的文學理論

「明代復古運動，實質上就是一場力圖恢復古典審美理想及古典文學特別是古典詩歌的審美特徵的文學運動。」〔註28〕吳中文人集團的文人們力倡古文辭，強調學古，但他們的學古並不屬於明代復古運動的大範疇。復古者推崇和追求的是先秦至六朝至盛唐詩歌的比興感發、富有意境、文字典雅古樸，「所追慕的是詩的概念、體制、格套形成之前的那種原初的狀態，那種純粹的自然運作，那種很容易達到的『氣象渾沌』、天然入妙的境界。」〔註29〕復古派推尊漢魏與推尊盛唐，其目標是一致的，都是對「氣象渾沌」、天然入妙的境界的追尋。他們在尊漢唐的同時對宋人的作品尤其是宋詩極為排斥。宋詩尚議論、說理，理性化、技巧化、議論化較強，這與復古派所追求的境界和詩歌精神顯然大相徑庭。而吳中文人們與復古派相比，他們對古文辭的喜愛，並非著重於「古典審美理想及古典文學特別是古典詩歌的審美特徵」，而是更強調古代優秀文學作品的思想性、情感性、辭采性，更為重要的是，他們不僅推崇先秦至六朝至盛唐詩文，同時也推崇宋人的優秀作品，吳中文

〔註27〕《樓居雜著·答史明古》，清文淵閣四庫全書本。
〔註28〕廖可斌《明代文學復古運動研究》，上海古籍出版社1994年版，第90頁。
〔註29〕劉紹瑾《復古與復元古》，中國社會科學出版社2001年版，第292頁。

人們對文學作品的各種認識散見於個人的詩文集中。

吳中文人們特別強調詩歌的思想內容。祝允明在〈野航詩稿原序〉中談及他對古詩的認識:「古人爲詩,趨適既卓而涵量又充,其命題發思類有所主,雖微篇短句未嘗無片語新特。」認爲古詩之佳即在於其有自己的思想內容,其思想總是有所指並有自己的新意的,這種對古詩的推崇顯然是從古人作詩時追求新意、追求有涵量的思想內容這一方面著眼的。

至於何種內容才算得上有新意、有涵量的內容,吳中文人亦有進一步的論述,楊循吉〈朱先生詩序〉說:「予觀書不以格律體裁爲論,惟求能直吐胸懷、實敘景象,讀之可以諭婦人小子,皆曉所謂者,斯定爲好詩。其他餖飣攢簇、拘拘拾古人涕唾以欺新學生者,雖千篇百卷粉飾備至,亦木偶之假線索以舉動者耳,吾無取焉。大抵景物不窮,人事隨變,位置遷易,在在成狀,古人豈能道盡不復可置語?清篇新句目中競列,特患吟哦不到耳!」在吳中文人集團中,楊南峰是一位「力追古作」的人物,但是他在詩歌創作上並非完全奉古人爲圭臬,亦步亦趨地摹擬古人。他認爲眞正的好詩應該是與現實生活、身邊事物相聯繫的,就內容而言,應該是「直吐胸懷、實敘景象」,應該寫出自己內心眞實的感受,寫出現實存在的眞實景象,而這種感受、情感與景象應該是「婦人小子皆曉所謂者」,而不僅僅只是讓與自己學識相差無多的讀書人知道,楊氏反對作詩餖飣古人,因襲古人,他認爲世事在變化,人事物象也在發生變化,古人不可能知道今人的一些事情,也不可能把今人才有的思想感情在古時就表達殆盡。可見楊氏學習古詩,所注重的並不是古詩的形式而是其內容精神的實質,而古文精神的精髓在他看來就是抒發來自內心的自然而然的情感。

徐禎卿是吳中文人中對詩歌理論用力甚勤的人物,其《談藝錄》一書已經構建起相當完整的理論體系〔註30〕。《談藝錄》同樣注重詩歌的內容:「由質升文,古詩所以擅巧;由文求質,晉格所以爲衰。」對於詩歌如何能談得上是有充實的「質」,徐禎卿認爲情感是詩歌有充實思想內容的主要來源。他認爲詩歌是緣於情而作的,他對於這一問題的闡述顯然要比其他吳中文人具體一些:「夫情能動物,故詩足以感人。荊軻變徵,壯士瞋目;延年婉歌,漢

〔註30〕徐同林〈徐禎卿《談藝錄》作年新探〉(《蘇州大學學報》1993年第4期)考證《談藝錄》是徐禎卿進士及第之前的作品,也就是說是他進入前七子陣營之前所作。

武慕歟。凡厥含生，情本一貫，所以同憂相瘁，同樂相傾者也。故詩者風也，風之所至，草必偃焉。……若乃歔欷無涕，行路必不爲之興哀；愬難不膚，聞者必不爲之變色。故夫直憨之詞，譬之無音之弦耳，何所取聞於人哉？至於陳采以眩目，裁虛以蕩心，抑又末矣。」〔註31〕詩歌因情而生，又通過引起他人的共鳴而體現其存在和價值——行路者爲之興哀，聞者爲之變色。至於一味地以華麗辭藻來令人眩目蕩心，徐禎卿以爲乃是詩歌之「末」。如此從情感的眞實充沛和感發作用來強調詩歌的內容特質，這又是吳中文人詩歌理論的一個特色。

都穆則更強調「眞實」、「天然」，這具體體現在他的《南濠詩話》中，如：「切莫嘔心並剔肺，須知妙語出天然。」爲了這一點，甚至可以不顧一切：「但寫眞情與實境，任他埋沒與流傳。」在他看來，眞情與實境才是詩歌應該抒寫的唯一內容。基於此，他對於時人一味推崇盛唐詩歌並不以爲然，而認爲抒寫眞情實感的宋詩亦有可稱道之處：「予觀歐、梅、蘇、黃、二陳至石湖、放翁諸公，其詩視唐末便可謂之過，然眞無愧色者也。」

吳寬〈中園四興詩集序〉說：「古詩人之作，凡以寫其志之所之者耳。或有所感遇，或有所觸發，或有所懷思，或有所憂喜，或有所美刺，類此始作之。故〈詩大序〉曰：『詩者，志之所之。在心爲志，發言爲詩。』後世固有擬古作者，然往往以應人之求而已。嗟夫！詩可以求而作哉？吾志未嘗有所之也，何有於言？吾言未嘗有所發也，何有於詩？於是其詩之出一如醫家所謂狂感譫語，莫知其所之所發者也。」〔註32〕吳寬強調的是詩歌來自於人自然而然的興發感懷。他指出詩歌本是來自人內心深處的情感的抒發，也即前人所說的「在心爲志，發言爲詩」，但今人創作詩歌大多是應人要求而寫，並非是自己情感的自然流露，在這種情況下，是不可能寫出好的作品的。吳寬的看法實際上只是對《詩大序》的再次強調，不過，在當時人們率意爲詩的情況下，還是有較強的針對性的。

吳寬在《家藏集》卷四十四〈完庵詩集序〉也談到對詩歌創作的情感性的認識：

> 夫詩自魏晉以下，莫盛於唐。唐之詩，如李杜二家不可及已，
> 其餘誦其詞，亦莫不清婉和暢，蕭然有出塵之意，其體裁不越乎當

〔註31〕 《談藝錄》，《迪功集》，清文淵閣四庫全書本。
〔註32〕 《家藏集》卷四十，清文淵閣四庫全書本。

時，而世似相隔，其情景皆在乎目前而人不能道。是以家傳其集，論詩者必曰唐人唐人云，抑唐人何以能此？由其蓄於胸中者有高趣，故寫之筆下往往出於自然，無雕琢之病，如韋、柳又其首稱也。世傳應物所至焚香掃地，而子厚雖在遷謫中，能窮山水之樂，其高趣如此，詩其有不妙者乎？

吳寬的這段話與蘇軾在〈書黃子思詩集後〉中所說的十分相似。蘇軾說：

予嘗論書，以謂鍾、王之跡，蕭散簡遠，妙在筆劃之外。至唐顏、柳，始集古今筆法而盡發之，極書之變，天下翕然以爲宗師。而鍾、王之法益微。

至於詩亦然。蘇、李之天成，曹、劉之自得，陶、謝之超然，蓋亦至矣。而李太白、杜子美以英瑋絕世之姿，凌跨百代，古今詩人盡廢；然魏晉以來，高風絕塵，亦少衰矣。李、杜之後，詩人繼作，雖間有遠韻，而才不逮意。獨韋應物、柳宗元，發纖穠於簡古，寄至味於淡泊，非餘子所及也。唐末司空圖崎嶇兵亂之間，而詩文高雅，猶有承平之遺風。其論詩曰：「梅止於酸，鹽止於鹹，飲食不可無鹽梅，而其美常在鹹酸之外。」蓋自列其詩之有得於文字之表者二十四韻，恨當時不識其妙，予三復其言而悲之。〔註33〕

蘇軾和吳寬都談到了自己對唐詩的認識，也都提到了李白、杜甫、韋應物、柳宗元，並對四人評價甚高。但從實質上說，兩人對唐人的推崇並非出於相同的原因。蘇軾對唐人，尤其是李、杜、韋、柳的讚賞是從他們的詩歌的藝術風格、藝術造詣這一角度著眼的。「自得」、「超然」、「纖穠」、「簡古」、「至味」、「淡泊」……這些詞語都是針對藝術風格而言的。而吳寬對他們的推崇則並非僅從藝術風格著眼，他認爲唐人能「清婉和暢，蕭然有出塵之意」的最根本原因是「由其蓄於胸中者有高趣」，在他看來唐詩之所以成爲古典詩歌的高峰與典範，即在於作者們對於世界物象的獨特體認，有充沛的感情，有來自內心深處的高遠情懷，有獨特的情趣。正因爲內心有了東西，這一切都自然而然自筆端流出，從而使詩歌具有了獨特的魅力。吳寬特別強調指出，韋應物、柳宗元之所以成爲詩人之首，詩歌沒有雕琢之病，就在於胸中自有丘壑。這些其實也是在強調詩歌的情感性特徵。

從以上吳中文人的觀點、看法中我們明顯看出，吳中文人特別注重文學

〔註33〕《東坡全集》卷九十三，清文淵閣四庫全書本。

作品的思想內容的充實性，而尤其強調作品應來自作者的眞情實感，應是其情懷和情趣的自然流露。是否抒寫眞情是吳中文人評價文學作品的最爲重要的尺度，是他們最爲關心的問題，而文學作品創作於哪一個朝代在他們看來是無關緊要的。與復古派相比，他們的著重點並不僅僅在於對詩歌境界的強調，而是更注重內容的分析。

應該說，吳中文人的文學理論主要集中在對作品思想內容的論述上，不過，他們也注重對學養儲備的強調，如楊循吉在〈蘇氏滇遊吟集序〉中說，「作詩用古人法，說自己意，命所見事，如此而後詩道備矣。然是三能無先後次第，得則皆得之，如華嚴樓閣，一啓局鑰，斯重重悉見也，此在學者著力讀書聚材積料，如恒人務衣食，日日不忘而又能不以揠助成功，聽其自化，則其至境界不難也。至則縱橫變化，皆得三昧，無一事非詩，所謂我欲詩，斯詩至矣。於是乎或自成一家，或幻爲諸家，出口觸筆豈欲不隨我者哉？」〔註34〕楊氏在此序中提到作詩應該遵循的三原則：「用古人法」、「說自己意」、「命所見事」，雖然他並沒有具體指出「用古人法」的具體內容是什麼，但是在他看來「古人法」顯然是詩歌作得好的一個重要方面而並非全部方面，寫出好詩的一個重要條件倒在於著力讀書積累材料。

吳中文人們強調詩歌寫作的情感性，注重寫作前的知識積累，但對於較爲具體的應如何寫作詩歌談論的不多，唐寅的〈作詩三法序〉一文，言及字法、句法、章法，詳細而具體。他說：

> 詩有三法，章、句、字也。三者爲法，又各有三。章之爲法：一曰氣韻宏壯，二曰意思精到，三曰詞旨高古。詞以寫意，意以達氣；氣壯則思精，思精則詞古，而章句備矣。爲句之法，在模寫，在鍛鍊，在剪裁。立議論以序一事，隨聲容以狀一物，因遊以寫一景。模寫之欲如傳神，必得其似；鍛鍊之欲如製藥，必極其精；剪裁之欲如縫衣，必稱其體，是爲句法。而用字之法，實行乎其中。妝點之如舞人，潤色之如畫工，變化之如神仙。字以成句，句以成章，爲詩之法盡矣。吾故曰：詩之爲法有三，曰章、句、字；而章句字之法，又各有三也。閒讀詩，列章法於其題下；又摘其句，以句法字法標之。蓋畫虎之用心，而破碎滅裂之罪，不可免矣。觀者

<hr>

〔註34〕《松籌堂集》卷四，清金氏文瑞樓抄本。

幸恕其無知，而諒其愚蒙也。〔註35〕

這段話主要是從詩歌創作的形式上著眼，談到詩歌寫作應注意有一定的章法、句法、字法。章、句、字在唐寅看來是詩文的基本要素。章法應注意氣韻豪壯，表意準確，詞義古雅；句法應注意模寫，鍛鍊，剪裁；字法應注意裝飾、潤色、變化。章、句、字之間又緊密聯繫，互相影響，共同構成一個有機的整體。

從以上的文字材料中，我們可以看到，吳中文人特別注重文學作品的思想內容，強調情感在文學創作中的重要作用，而這些都關係到文學的本質，可見，他們的提倡學古是重實質而不泥於形式的學古，他們的提倡古文辭更多是對文學本質的強調。

第三節　文學創作的情況

作為一個主要基於地域因素而形成的文人集團，吳中文人集團有自己較為獨特的藝術風貌，這種藝術風貌的形成基於吳中文人集團成員之間的相互交往、相互切磋的平等的、融洽的關係，也基於文人集團中各成員在生活態度、文化修養、審美趣味、文學觀點等方面的契合，而他們的文學創作也都洋溢著吳中文人特有的個性精神。

前此我們一直以吳中文人集團的古文辭運動狀態為中心在談論明中葉成化至正德時期吳中文人的活動，在論述文學創作時，我們依舊以這些文人的文學創作為重點，而時間稍後的文人們的文學創作在此暫且不論——時間稍後於此時期的吳中文人們的創作在風格上大致還是與前一時期的風格一脈相承的。

一、以學養濟創作

吳中地區自古以來即有悠久的文化傳統，特別是對學術的熱愛是其地的文人共有的，前此我們在有關章節中談到對雜學的喜愛是吳中文人的一個特徵，這種「雜」是廣泛駁雜之意，而並非是淺嘗輒止的「雜」，是在專精的基礎上的恢宏開闊。吳中文人集團的成員涉獵廣泛，又對某一方面的學術有著

〔註35〕《唐伯虎全集》卷五，中國美術學院出版社 2002 年版，第 229～230 頁。

深厚的興趣，如桑悅「力探群經，自《易》《春秋》《周禮》皆有義釋」〔註36〕，史鑑「於書無所不讀，卓然舉大義，不掇拾以爲文辭而尤攻於史學，於古今治亂之端、官府政事、名物數紀，縱橫上下，指掌論說，莫不有肯綮歸宿，以爲學者宜如是」〔註37〕，王錡「自經傳百氏，務徧覽，尤熟於史」〔註38〕，沈周「書過目即能默識，凡經、傳、子、史、百家、山經、地志、醫方、卜筮、稗官、傳奇，下至浮屠、老子，亦皆涉其要，掇其英華」〔註39〕。專精和廣博對他們的文學創作起到了很好的推動作用。——當然，學術造詣的深厚未必等同於文學創作會有所成就，但吳中文人們在對史學、經學、卜筮等「學」專力的同時也同樣把「文」作爲一種專門性的用功所在，作爲興趣而並非消遣性的事物。這樣，吳中文人集團的文人們也就在有不薄的學術根基的基礎上使其文學創作顯示出特有的風格特色。

　　吳中文人集團文人們的創作得益於他們學識的恢宏廣博之處很多，最爲突出地表現在他們的說理論辯之文的寫作上。這些文章的立意深刻，論述精到，從材料的運用、觀點的論述、思維模式的採用、謀篇遣詞等等方面體現著吳中文人集團的文人們之取精用博，目光縱橫。這一點在祝允明身上尤有明顯的體現。

　　祝允明「貫綜群籍，稗官、雜家、幽遐鬼瑣之言，皆入記覽。」〔註40〕在此基礎上，他的文章亦涉及面較廣，「發爲文章，崇深鉅麗，橫縱開闔，茹涵古今，無所不有。」〔註41〕他的一些雜論性文章有很強的批判鋒芒，如〈學壞於宋論〉言學術在宋代盡變，批評宋人的「厚誣之甚」，揭示了宋學空疏的本質；〈諷政〉以古今爲政的情況作對比，批評其時君臣上下相責，舉善懲惡皆以爲私，遷官之頻有失民望等當時爲政上的失誤、黑暗之處。這些都是在古今對比、不同時期的對比中，佔有史料，並使史料成爲表達自己思想的媒介、材料。祝允明的《祝子罪知錄》一書在此一點上表現得最爲明顯。全書有「舉」、「刺」、「說」、「演」、「係」五種形式，其〈刺湯武〉言湯武非聖人，

〔註36〕　《吳都文粹續集》卷四十四〈故柳州府通判桑公墓誌銘〉，清文淵閣四庫全書本。

〔註37〕　（明）周用撰〈西村集原序〉，《西村集》，清文淵閣四庫全書本。

〔註38〕　《家藏集》卷七十四〈王葦庵處士墓表〉，清文淵閣四庫全書本。

〔註39〕　《震澤集》卷二十九〈石田先生墓誌銘〉，清文淵閣四庫全書本。

〔註40〕　《陸子餘集》卷三〈祝先生墓誌銘〉，清文淵閣四庫全書本。

〔註41〕　《陸子餘集》卷三〈祝先生墓誌銘〉，清文淵閣四庫全書本。

〈予莊子〉言莊子爲孔子後第一人，〈奪鄧攸〉謂鄧攸爲子不孝。這些在當時驚世駭俗的說法也都是在前人基礎上的發揚——祝允明先把前人對某人某事的看法、評價抄錄於上，再在此基礎上於自己的觀點變本加屬，其認識深刻有力，評判性強，而這無疑都得益於祝允明學術上的博識。

王鏊是明中葉吳中文人集團中的成員，成化十年（1474）中舉，後一年試禮部，得中，授修編，此後一直在朝爲官，是吳中文人中不長期居於吳地但一直與吳地文人保持緊密聯繫的一員。他對於六籍百家亦無所不覽，學術修養十分深厚。他的不少文章基於他的學術修養，基於他對歷史現實的深刻認識，頗有大家風範。他的〈相論〉一文，駁斥南人不可爲相的觀點，有秦漢文章的風采；〈擬皋言〉一文談言路開塞的問題，指出塞言固不可取，而開言語亦未必佳，孝宗時以好惡雜其間，劉瑾時塞言路，實乃前日開言路之過。〈讀宋史〉寫他讀宋史後的感覺，「今觀之宋世權奸誤國覆轍相尋，以至於亡。我朝不立宰相豈非以宋爲鑒乎？雖然，非相之罪也，任相者之罪也。語曰：臨亂之君各賢其臣。而顛倒錯亂未有如宋之甚者。」〔註42〕這類文章都是溝通古今，思路開闊之文。他的〈讀墨〉一文更是思辯色彩濃鬱，論述客觀。孟子非墨，韓愈進墨，兩人的觀點似應有一是一非，而王鏊很有見地地指出兩人的說法都有道理，他說明了二者皆有道理的原因，又指出孟子之慮更遠，其說令人耳目一新且細思之不無道理。他的〈河源考〉一文旁徵博引，頗見其學識之廣博，四庫館臣對此文評價說，「其〈河源考〉一篇能不信篤什所言，似爲有見；而雜引佛典道書以駁崑崙之說，則考證殊爲疎舛，此由明代幅員至嘉峪關而止，軺車不到之地，徒執故籍以推測之，其形響揣摩固亦不足怪矣。」〔註43〕這個評價雖皆是貶詞，但從中看見王鏊此文引佛典、道書，都從古籍中來，亦可說是其博學的直接成果。

桑悅的《庸言》一書，收其數條論辯性文字，或言「古之君子任人，今之君子任己」，或言「今之吏不能解人言，聽人言不能通其志」，亦都是溝通古今，辯說有力的文字。楊循吉的〈吾衍子論〉以吾衍投水而死寫起，論述人應能屈能伸，不應因一時小辱小忿而死，而其〈吳中水利議〉一文言吳中依太湖，平日乃得其利，而一旦有害則爲大害，不如引水入海，都可見楊循吉重實學，崇實用的風範。另如史鑑「留心經世之務。三原王恕巡撫江南時，

〔註42〕《震澤集》卷三十三，清文淵閣四庫全書本。
〔註43〕《四庫全書總目》卷一百七十一〈震澤集提要〉，清文淵閣四庫全書本。

聞其名延見之，訪以時政。鑒指陳利病。恕深服其才，以爲可以當一面。所著詩四卷，文四卷，……其文究悉物情，練達時勢，多關於國計民生，而於吳中水利言之尤詳」〔註44〕。知識的廣博對他們的爲文起到了良好的促進作用。憑藉較好的學術修養，溝通古今，縱橫於歷史與現實，其文章立意往往高遠而深刻，這是吳中文人集團成員創作的一個特色，而從某種意義上說，這是他們專力於古文辭的直接成果。

二、詞采神韻兩相間

吳中地區的傳統文風即有趨於華豔的傾向，元末明初，高啓、楊基、徐賁等最富代表性的吳中文人的創作即顯示出風流婉轉的面貌。明中葉吳中文人集團的創作也有趨於神采藻飾的一面，這在他們駢文、辭賦的創作中表現得尤爲突出。

駢文、辭賦可以說是各種文學體裁中最爲講究文采、藻飾和氣勢的，要很好地駕馭這種體裁對個體的才情要求是很高的，而富於才情的吳中文人對此種文體特別偏愛，這種偏愛首先可以從他們對《文選》的愛好中表現出來。

弘治年間，吳中文人每以文競，《文選》成爲他們學習古文辭的良好教科書，明汪砢玉撰《珊瑚網》卷十六收錄了兩篇吳中文人的《文選》跋文，其一爲祝允明所作：

> 自士以經術梯名，昭明之選與醫瓿覆久矣。然或有以著者，必事乎此者也。吳中數年來以文競，茲編始貴，余向蓄三五種，亦皆舊刻，錢秀才高本尤佳。秀才既力文甚，競助以佳本，尤當增翰藻，不可涯爾。丁巳祝允明筆。門人張靈時侍筆硯。
>
> ——〈枝山文選跋書後〉

其一爲楊循吉的跋文：

> 文選自隋唐以來，莫不習之，余昔遊南都，求監本，率多漏缺，不可讀。偶閱書肆，獲部之半，又非全書也。其後赴試京師，今少宰洞庭王公出其前帙見示，儼然合璧，遂留而成之。孔周何從得此？精好倍予所藏，好學之篤，又有好書濟其求，宜有以慶賞。楊循吉跋。
>
> ——〈枝山文選跋書後〉

這兩則跋後有「徐禎卿觀」、「唐寅披玩」字樣，從以上文字中可知，弘治丁

〔註44〕《四庫全書總目》卷一百七十一〈西村集提要〉，清文淵閣四庫全書本。

巳十年（1497）時，吳中地區的文人已經開始以文采相競，由此，很久以來被作爲覆蓋醬瓿之物的《文選》被人冷落的境遇改變了，成爲文人們爭相購求的文章坻本。顯然，由於久無人讀，《文選》翻刻的數量也少，乃至「率多漏缺，不可讀」，楊循吉在書肆中偶然得到半本就已經喜不自禁了，而錢孔周得到了一本精好的《文選》，則讓人豔羨不已，祝允明、楊循吉、徐禎卿、唐寅，張靈等人紛紛前來觀看，祝、楊二人還寫了跋文，足見《文選》在當時吳中文人心目中地位之高。

《文選》在明初淹沒已久，但在明中葉的吳中地區卻大放異彩，被吳中文人們所推崇、喜愛，這一現象之中大有深意。從吳中文人對《文選》的青眼有加中，大可看出他們對古文辭的態度，乃至對古文辭的喜愛之下的較爲具體的愛好取向。

《文選》是齊梁時期梁昭明太子蕭統組織文士對前代詩文進行編撰的一部文學作品選集，這一選集對後代的文學創作影響相當深遠。《文選》全書共六十卷，選錄了一百三十位作家的七百多篇作品，時代上自先秦，下至梁代普通元年，計有七八百年的時間，入選了許多作家如屈原、宋玉、班固、曹植、潘岳、陶淵明、鮑照、謝靈運等人的作品，詳近略遠，分體凡三十有八。蕭統對前代文學作品的選擇有一定的標準，他在〈文選序〉中一方面強調文學「增華」的趨勢是歷史的必然，一方面又強調儒家詩教的「風雅之道」，總起來說是要求文學作品「事出於沉思，義歸乎翰藻」。較爲重視文章的文學特色，注重文章的形式美、詞藻美，故而《文選》中辭賦所佔比重較大，以至後來許多學者逕稱《文選》爲現存最早的駢文選本。蕭統選文又講究典雅，對輕浮華豔之文一概排斥，因而《文選》中的文章大多爲華美、典雅之作，它們往往成爲後人寫作的典範。歷代許多著名文人都從《文選》中獲益匪淺，唐代杜甫曾說「熟讀《文選》理」，宋代則有「《文選》爛，秀才半」的諺語，可見宋代以前，文人們多是將《文選》作爲必備之品置於案頭桌上的，但從前面所引的祝允明、楊循吉的《文選》跋文中可知，在明中葉以前相當長的時間內，《文選》不再被視爲必讀書目，而是被文人們冷落了。

《文選》的被冷落主要就是由於祝允明所講的原因：「自士以經術梯名，昭明之選與醬瓿覆久矣。」元代蒙古貴族入主中原，一度對漢族原有的規章制度十分排斥，終止了科舉考試。元代讀書人地位十分低下，諺語即有九儒、十丐之說，許多讀書人只好放棄了對讀書仕進的追求，他們既已無心於經史

子集的閱讀，自也不會熱衷於《文選》。明中葉以前，讀書人的地位大有提高，但作為最主要的選官方式的科舉考試其內容又限於四書五經的範圍，「上有所好，下必甚焉」，下層文人也即把學習的對象限制在四書五經的範圍之內，而《文選》的整體風格帶有趨於華豔的色彩，這種色彩與科舉文學的色彩是大相逕庭的，從明初至明中葉，《文選》自然也就被廣大文士所冷落了，自然就在士人之中基本銷聲匿跡了。

吳中地區的文學傳統一向趨於華豔、華麗，就這一點上講，與《文選》的風格自有契合之處。明代成化、弘治年間，吳中文壇由明初吳中四傑被迫害致死的長期沈寂漸漸轉入繁榮，除了由於功利上的要求文人們要學習八股經義之外，吳中好尚華豔之作的傳統又一次抬頭，文士們每以文競，而《文選》無疑就成為了文人們學習華豔形式風格的最佳選擇，重刊《文選》也就成為風會所趨，而並非只是由於某幾個人的愛好。

可見，吳中文人集團的成員尊重《文選》的傳統，自動接受《文選》的浸漬，而其駢文、辭賦的創作也頗見風采，文采與韻味時時交錯，富於氣勢之美、才情之美。當然，這種整體性的風格還是要通過個體的創作具體表現出來的。

以大賦為例，吳中文人創作頗豐。大賦的體制特點是「鋪采摛文」，要求「麗詞雅義，符采相勝，如組織之品朱紫，畫繪之著玄黃」。吳中文人集團文人們的創作很好地體現了這一點。

史鑑的《望泮樓賦》即是文采與神韻兼長之作：

> 會稽名邦，新昌望邑。沃州前陳，天姥左翼。奕奕學宮，多士斯集。猗歟先生，世家其側。其側伊何，夏屋渠渠。於寢之西，爰樓以居。匠石掄材，史皇畫圖。因揆地之不足，乃借天之有餘。重簷瀉注，八窗洞虛。外靡飾乎丹艧，中惟藏乎簡書……月課其成，歲獻其良。巍科甲第，後先相望。器之為瑚璉，才之為棟樑。任方隅者為岳牧，贊政化者為公卿。罔不由此宮而出，豈不為賢才之大方也哉。……迨昇歌之一出，眾音比而低昂。是皆宣中和而感神人，窮幽渺而調陰陽。又若華冠紛羽鑰，入行八風舞六佾。或俯或仰，或徐或疾，奮褎翩翩，頓趾秩秩。泛而不浮，沉而不窒。張而不縱，翕而不抑。氣洽形和，神暢志得。於是神具醉止，祝告利成。祭之明日，尋繹於祊。維道原之不已，求神在之無方。是知聖朝之所以

　　尊師重道，豈徵一時之福，報一世之功也……〔註45〕

此賦寫的是學官之盛，描寫了泮樓的富麗堂皇，描寫了泮樓的昇歌之盛，而寫泮樓之盛，也就是寫朝廷對教育的重視，寫人們對教育的重視，這是此賦作的主旨所在。這一篇賦作結構宏偉，氣魄雄大，寫泮樓的盛景一浪高過一浪，一層壓倒一層，洋洋灑灑，極盡鋪陳描繪之能事，其誇飾瑰奇，想像豐富，語言奧博，描寫細密，反映了其時吳地對文化教育的看重，反映了吳地文化的繁榮發達，從中也可窺見作者對此的自豪。

　　祝允明的〈大遊賦〉是他的詩文集《祝氏集略》中的第一篇，也是《祝氏集略》第一卷的全部，此賦字數極多，在形式上鋪張揚厲，汪洋恣肆，在內容上神遊萬里，頗見作者神思的飛動。桑悅作賦也數量頗多，其中宏篇大製有〈南都賦〉、〈北都賦〉等，二賦的主旨是讚美帝京之宏大、帝政之清明，全篇洋洋數萬言，氣勢恢弘。翻檢吳中文人的詩文集，它們大多數都是在首幾卷爲賦作，大多數都是辭采與神韻相間之作。

三、以日常之語寫眞實之情

　　吳中文人集團的文人們創作最多的體裁還是最爲傳統的詩歌，其詩歌創作的整體風格有趨同的一面。鄭振鐸在他的《插圖本中國文學史》中說，「成化到正德間的許多吳中文人，其作風別成一派，不受何、李的影響，他們以抒寫性情爲第一義，每傷綺靡，亦時雜俗語，卻處處見出他們的天眞來。在群趨於虛僞的擬古運動之際，而有他們的挺生於期間，實在可算是沙漠中的綠洲。這些吳中詩人們，以唐寅爲中心，祝允明、文徵明、張靈附和之，獨往獨來，不復以世間的毀譽爲意。在他們之間，有沈周，已獨樹一幟，不雜群流。」〔註46〕鄭振鐸所說的「許多吳中文人」即是我們所說的吳中文人集團的一個子集。

　　與詩歌抒發一己感情的作用相契合，吳中文人集團文人們的詩歌創作大多書寫了他們的性情，而這種性情的抒寫是輕快的，是自然而然的興發感動。他們的創作洋溢著詩人的主觀情思和懷抱，帶著靈動、飛躍的情感，顯示出作者認同自我、肯定自我、追求自我個性張揚的精神。許多成員在詩歌中描繪了自我的狂放、曠達的形象，表現出他們對於自我的驕傲和肯定。我們先

〔註45〕《西村集》卷一，清文淵閣四庫全書本。
〔註46〕鄭振鐸《插圖本中國文學史》，北京出版社 1998 年版，第 838 頁。

看一下唐寅的〈桃花庵歌〉：

> 桃花塢裏桃花庵，桃花庵裏桃花仙；桃花仙人種桃樹，又摘桃
> 花換酒錢。酒醒只在花間坐，酒醉還來花下眠；半醒半醉日復日，
> 花開花落年復年。但願老死花酒間，不願鞠躬車馬前；車塵馬足貴
> 者趣，酒盞花枝貧者緣。若將富貴比貧者，一在平地一在天；若將
> 貧賤比車馬，他得驅馳我得閒。別人笑我太瘋癲，我笑他人看不穿；
> 不見五陵豪傑墓，無花無酒鋤作田。

這個「桃花仙」是一個重視人生最為實在的快樂的人物形象，他不願為官，
但他的「不願鞠躬車馬前」並非之出於「不願為五斗米折腰」的清高，而是
因為他追求與酒盞花枝相伴的閒散生活。他追求現時的快樂，無意於富貴的
生活，富貴而趨馳奔忙比不上貧賤而閒散更加適意。他不在乎別人的看法，
不在乎別人說他風騷。這種生活實際上就是作者的理想生活，這個終日沉溺
於花酒之樂、自由自在，不受傳統儒家人生觀羈絆的形象就是作者在現實生
活中的寫照，疏懶而隨己所欲。

祝允明在許多詩歌中也寫出了他自己的真性情，他的〈口號三首〉寫出
了他沉迷於內心世界，不在乎外在一切的滿足感：

> 枝山老子鬢蒼浪，萬事遺來剩得狂。從此日和先友對，十年漢
> 晉十年唐。
>
> 不裳不袡不梳頭，百遍迴廊獨步遊。步到中庭仰天臥，便如魚
> 子轉瀛洲。
>
> 蓬頭赤腳勘書忙，頂不籠巾腿不裳。日日飲醇聊弄婦，登床步
> 入大槐鄉。

和唐寅、祝允明同樣，桑悅在他的詩歌中也描寫了自己狂放的形象，抒
寫著自己的個性與尊嚴，他的詩作〈南山舒嘯〉塑造了一個簡傲高人的形象，
這個形象可看作是他對自己的真實寫照。

值得注意的是吳中文人在書寫性情、描寫生活時，在語言的運用上除了
注意向古人學習外，還非常喜歡用日常口語、俚語入詩。這看似與他們所倡
導的古文辭學習相矛盾，實際上二者在本質上是統一的。前面我們談到過吳
中文人們對古文辭的概念界定，他們所說的古文辭幾乎包括了所有前代的優
秀文學作品，這其中自然也就包括了《詩經》、漢樂府等作品之中的優秀民歌
等作品。吳中文人們在自己的詩歌理論中又特別強調詩歌的情感作用，強調

詩歌的「直吐胸懷、實敘景象」〔註47〕，認為只要做到了這一點就不失為好的文學作品。他們強調的原本就是情感而並非語言，而以他們的通脫，自然不會拘泥於形式的束縛。

吳中文人們在詩歌創作中所用的語言往往充滿了生活情趣和世俗生活的鮮亮活潑。

史鑑在《西村集》卷四中有多首民歌性質的詩作：

> 君家湖北頭，門前湖水流。水流似儂意，日夜不曾休。
>
> ——〈湖上曲〉
>
> 朝飲前溪水，暮泛前溪舟。溪頭有明月，照見古今愁。
>
> ——〈前溪曲〉
>
> 郎向塞北遊，妾在江南住。願為防身劍，與郎作伴去。
>
> ——〈懊儂曲〉
>
> 行路莫行遠，看花莫看遲。花遲少顏色，路遠長別離。
>
> ——〈懊儂曲·又〉
>
> 高浪蹴天浮，停橈且灣泊。寄語後來人，前途風更惡。
>
> ——〈題扇〉
>
> 堂背萱花好，慈親日舉觴。南風吹緩帶，比葉一般長。
>
> ——〈題萱〉
>
> 試問萱花道，慈親壽若何。一叢千萬葉，計數未為多。
>
> ——〈題萱·其二〉
>
> 昨夜宿江南，今朝過江北。愁聽子規聲，欲歸歸未得。
>
> ——〈泊瓜步口號〉
>
> 君去我獨留，持杯勸君酒。明日虎跑泉，還來看山否。
>
> ——〈冷泉亭口號與劉邦彥別〉

這些詩都是偏向於南朝民歌風格的作品，其所用之詞都是極為清新、淺白、平實的口語，詩句隨口而來，不加雕飾，毫不做作，生活情趣濃鬱，寫女子對男子的思念，寫子女對父母的牽掛，寫友人對友人的情懷，描寫天真生動，

〔註47〕 （明）楊循吉〈朱先生詩序〉，《明文海》卷二百六十一，清文淵閣四庫全書本。

情感表現熱烈又不失細膩，民歌風格特別濃鬱。

其他吳中文人中也多喜愛用口語、俗語入詩，如朱存理的「一帆風便到吳江，江上飛來白鳥雙。舟子飯時吾夢覺，起看新月坐篷窻。」〔註48〕桑悅的「開口幸逢今日笑，移家忘卻去年愁。杏花春雨江南醉，誰似先生尚黑頭。」〔註49〕等，朱詩中的「舟子」，桑詩中的「黑頭」都不是正統文人願意用的詞語，但卻是人們日常生活中習見的。可見，吳中文人們作詩擬古但並不排斥口語。

如果說上面所談及的詩歌還多是在詩句中間用口語的話，那麼還有一些吳中文人創作的詩歌則是大量使用口語、俗語，使得全篇顯出一種濃烈的近代化色彩。如沈周的詩作：

> 一陣接一陣，一朝連一朝。官仍追舊賦，天又沒新苗。白日不相照，浮雲那得消。君休問饑飽，且看沈郎腰。

> 新雨似舊雨，今年即去年。只愁沉壘土，或喜夢青天。頓頓黃虀甕，家家白鷺田。惟應五穀地，改納水衡錢。

—— 〈苦雨寄城中諸友二首〉〔註50〕

如桑悅的詩作：

> 昔年老杜歌偪側，只有兩言堪歎息。日騎官馬送還官，道路難行澀如棘。我修州志蒙官愛，坊長每日輪一疋。居閒坐臥牽在前，緊要欲行何處覓。東家有馬性惡劣，雙足掔空向人立。家僮拚命據其背，振地一跌加兩踢。……

—— 〈劣馬行〉

如祝允明的詩作：

> 生世投閒四十年，瘴江班頂試鳴弦。今朝也是爲官日，白日青天閉戶眠。

—— 〈廣州戲題〉〔註51〕

如文徵明的詩作：

> 七試無成只自憐，束歸還逐下江船。向來罪業無人識，虛占時

〔註48〕《野航詩稿·泛吳江》，清文淵閣四庫全書本。
〔註49〕《吳都文粹續集》卷二十四〈秋日同李尚書錢正郎廷瓚弟遊西山下尚湖次韻〉，清文淵閣四庫全書本。
〔註50〕《石田稿》，上海古籍出版社2013年版，第466頁。
〔註51〕《懷星堂集》卷六，清文淵閣四庫全書本。

名二十年。

——〈失解東歸口占〉

如唐寅的詩作：

富貴榮華莫強求，強求不成反成羞；有伸腳處須伸腳，得縮頭
時且縮頭。地宅方圓人不在，兒孫長大我難留；皇天老早安排定，
不用憂煎不用愁。

——〈歎世〉

如張靈的詩作：

一枚蟬蛻榻當中，命也難辭付大空。垂死尚思元墓麓，滿山寒
雪一林松。

彷彿飛魂亂哭聲，多情於此轉多情。欲將眾淚澆心火，何日張
家再託生。〔註52〕

以上的這些詩作在格律上基本不合平仄，用語上特別通俗，顯示出平民化的
風格，這可以看作是創作上的不成熟，但也可以看作是情動於衷時情感的自
然流露，不假雕飾，任性而為，誰又能說這些作品不優秀呢？胡適在他的《白
話文學史》中說，「白話文學既不能求實利，又不能得虛名，而那無數的白話
文學作家只因為實在忍不住那文學的衝動，只因為實在瞧不起那不中用的古
文，寧可犧牲功名富貴，寧可犧牲一時的榮譽，勤勤肯肯的替中國創作了許
多的國語文學作品。政府的權力，科第的誘惑，文人的毀譽，都壓不住這一
點國語文學的衝動。」〔註53〕對吳中文人來講，也是這樣——他們雖然並不
反對古文，但也壓不住運用口語的衝動。

〔註52〕《歷代詩話》卷七十六，清文淵閣四庫全書本。
〔註53〕胡適《白話文學史》，東方出版社1996年3月版，第5～6頁。

第六章　沈周

　　沈周是吳中文人集團在弘治前期中期的核心性人物，他是諸多文人活動的參與者組織者，作爲吳中朝官吳寬、王鏊等人的莫逆交，作爲吳中文人史鑑、文林等人的好友，作爲文徵明、唐寅等人的老師，在與吳中文人極爲廣泛、持久的交往中，他的人品、繪畫創作、詩文創作得到了人們的讚揚和推崇，憑藉性格、繪畫、詩文創作等諸多原因，他不僅成爲早期吳中文人群體的中心，也在全國範圍內有著不低的社會地位。

第一節　沈周生平

　　沈周，字啓南，號石田，晚號石田翁，宣德二年（1427）十一月二十一日出生於長洲，他的家族具有豐富的物質基礎和深厚的文化基礎，他的曾祖父良琛，「規模正大，善於理家，遠近咸器重之，由是名譽隆然甲於鄉閭矣」〔註1〕。曾祖母徐道寧「治理家務，辛勤不恤，每役心代力，贊夫營計經生，創植門戶」〔註2〕。祖父沈澄，「雅善詩，尤好客，海內知名之士無不造之，所居曰西莊，日與治具燕賓客，詩酒爲樂，人以顧仲瑛擬之」〔註3〕。祖母朱氏，喜好佛典。父親沈恒，平生好容，頗有沈良琛風範，又善於繪畫，他曾

〔註1〕　見林樹中〈從新出土沈氏墓誌談沈周的家世與家學〉一文中所收〈故良琛沈公墓誌銘〉，《東南文化》（第一輯），江蘇古籍出版社 1985 年 10 月版，第 142頁。
〔註2〕　《相城小志》卷二冢墓金石引張宜〈徐孺人墓誌銘〉，陳惟岻、施兆麟等編《相城小志》，成文出版社 1983 年影印本，第 100 頁。
〔註3〕　《〔正德〕姑蘇志》卷十五「薦舉」，清文淵閣四庫全書本。

在宣德六年（1431）至正統七年（1442）擔任糧長。沈周一家，既富足，又重視詩文書畫素養的培養，家人常聚一堂，「商榷古今，情發於詩，有倡有和。儀度文章，雍容詳雅，四方賢大夫聞風踵門，請觀其禮，殆無虛日。三吳間一時論盛族，咸稱相城沈氏爲之最焉。」〔註4〕在這樣一個富裕和睦、有著廣泛人際交往的家庭中長大，沈周潛移默化地受到了家風的薰陶，他的個性中帶有寬厚、儒雅、重禮儀、謙讓平和等特質。

沈周天資聰穎，過目不忘，很小就跟從陳寬讀書學習，陳寬工詩善畫，文才亦高，人品端方。十餘歲後，沈周開始向伯父學習繪畫，後來又跟隨杜瓊學習，此後，繪畫成爲沈周一生不懈的愛好與追求，並取得了極高的藝術成就，最終成爲吳門畫派的代表人物。《國朝吳郡丹青志》將其列入「神品」。李東陽稱其「石田寄意林壑，博涉古今圖籍，以毫素自名，筆勢橫絕，復出蹊徑，片楮匹練，流傳遍天下」〔註5〕。沈周學習繪畫，十分注重臨摹前人的優秀作品，杜瓊對他的要求是對古畫「不可不師」。李日華《六研齋筆記》記「石田繪事，初得法於父、叔，於諸家無不爛漫，中年以子久爲宗，晚年醉心梅道人」。子久即黃公望，梅道人即吳鎮。沈周早期在繪畫學習上的師法前人，師法多人，博涉古今圖籍，而並非只以一人一種畫風爲宗，這使得他在反覆的模習中獲得了多位畫家、多種畫風的精髓之處，而非專宗一人一種風格，能夠眼界開闊，高屋建瓴，在轉益多師的基礎上，最終形成屬於自己的風格，使具有蘇州地區特色的畫風趨向成熟，使文人畫重新成爲畫壇的主流。

宣德六年（1431），沈周五歲之時，其父沈恒被點爲糧長，不得已主鄉賦之事，而沈周也由此經常跟從父親往來城鄉之間。沈恒至正統六年（1441）才得以蠲去糧長之役，十年間，沈周跟隨父親經常在蘇州與長洲間往來，認識了不少父輩與同齡人，他的善於與人交往和文采的出色很快展示出來。沈周在十三歲時，就因父親以糧租事被縣令所窘而上書辯白，得到了世人的看重。至正統六年（1441），十五歲的沈周代父聽宣南京，因作〈鳳凰臺賦〉得到戶部主事崔恭的賞識，「曰王子安才也，即日檄下有司，蠲其（指沈恒）役」〔註6〕。少年沈周的文采和膽識已經十分出眾，被比之爲唐代的王勃，並且憑

〔註4〕（明）陳頎撰〈同齋沈君墓誌銘〉，《吳都文粹續集》卷四十，文淵閣四庫全書本。

〔註5〕〈書沈石田詩稿後〉，《李東陽集》，嶽麓書社2008年版，第1114頁。

〔註6〕文徵明《莆田集》卷二十五〈沈先生行狀〉，文淵閣四庫全書本。

藉自己的能力使父親脫去了糧長一職，已經開始成為一家之中可以依靠的力量了。景泰元年（1450），沈周長子雲鴻出生前後，他開始承擔起生活的重擔，景泰六年（1455），他充任糧長，直到天順五年（1461）才得釋此役，這之後，生活才變得相對閒適，與吳中文人們的交往也日益增多。

雖然在十五歲聽宣南京時就初露才華，但與許多吳中文人不同的是，終其一生，沈周都沒有參加科舉考試。景泰年間（1450～1456），郡守汪滸欲以賢良推舉，沈周問卜於筮，得「遯之九五曰『嘉遯』」〔註7〕，沈周按卜言沒有應徵，此後更是遠避了任何與仕途有關的可能，後來再面對入仕的機會，也都是毫不猶豫地選擇了謝絕。成化十六年（1480），沈周五十四歲，憲宗下徵聘詔書，他沒有應徵。後來又有纂修國史之徵，也是稱病沒有參與，並為此寫下了〈因病不預纂修之徵用呈館中諸公〉一詩，稱「纂局冠裳濟濟然，白頭多病後諸賢。聖功大滿先皇紀，庶政分參列國編。老穎何能出毛遂，後堂今合讓彭宣。夜來夢秉江淹筆，猶在鸞停鵠□邊。」〔註8〕雖然不應徵，但以病為辭，表現出謙恭和謝意。

沈周終身未仕，但對世事頗為關心，寫下了不少詩句。他一生交遊廣泛，熱愛出遊，留下了大量描寫出遊景色和與人交往的文字，同時繪有很多關於風景、雅集的畫卷。正德四年（1509）五月，八十三歲的他繪下了〈壩橋詩思圖〉卷，並填辭述畫意，留下最後一幅畫作。七月末，書寫絕句，對問候病情的王鏊表示感謝，留下最後一篇文字，隨即於八月初病逝。他的一生，與繪畫、文學創作相伴，直至生命的最後歲月。

第二節　自然與友愛

沈周除了早年曾代父為糧長以及稍後自己也曾為糧長，勉強可算是涉及官場一下外，終其一生都始終是布衣平民。他從來都不曾主動尋求過與仕途之間的任何瓜葛，從沒有參加過任何一次科舉考試，這一點在吳中文人集團中是比較稀見的——祝允明、文徵明、唐寅等人都參加過科考，並且不止一次，都有過入仕之思——沈周一直都在有意識地將自己的身份定義為布衣，並自覺地將自己的人生與自然、丹青、師友緊密結合在一起。

〔註7〕　文徵明《莆田集》卷二十五〈沈先生行狀〉，文淵閣四庫全書本。
〔註8〕　《石田詩選》卷七，《沈周集》，上海古籍出版社2013年版，第655頁。

自然無處不在，與生命聯繫，有著它無比巨大的魅力。然而，自然之美的獨特韻味往往也是需要人運用全部感官體會的，身處同一片森林，在不同的時間，人的感受也應該是不一樣的：鳥語花香的春季，人們需要仔細聆聽鳥鳴，觀察花開；蒼翠茂盛的夏季，在相對安靜之中，有心人可以看到蕨類和地衣的茂盛；秋季漿果、種子落地，落葉紛飛，落葉分解會產生腐爛的氣味；冬季有些動物進入了冬眠，鳥類在一些安全的區域游蕩……這些變化，在季節輪迴中發生著，然而又不是每一個人能夠注意到的。只有熱愛自然的人，才能看到這些細微的變化，才能觸摸、聽到、聞到、感受到，乃至可以訴諸筆端，或行諸文字，或繪為圖畫。而沈周無疑就是熱愛自然、能夠在每天的一點一滴的日常生活中，在別人司空見慣的景象中發現美並自動自覺地記錄美的人。

沈周對自然，一直保持著十分敏銳細微的觀察力，他對自然界中各種物態，都有著深入的契合，深得天籟之趣。其〈記雪月之觀〉寫於明孝宗弘治元年（1488），江南少雪，這一年正月連下了兩天雪，這時的沈周已經是六十二歲的高齡，但他依舊不顧嚴寒，不怕雪涼地滑來到戶外，登上小樓細賞雪景，靜靜地感受著自然之美。

> 丁未之歲，冬暖無雪。戊申正月之三日始作，五日始霽。風寒沍而不消，至十日猶故在也。是夜月出，月與雪爭爛，坐紙窗下，覺明徹異常，遂添衣起，登溪西小樓。樓臨水，下皆虛澄，又四圍於雪，若塗銀，若潑冰，騰光炤人，骨肉相瑩。月映清波間，樹影溷漾，又若鏡中見疏髮，離離然可愛，寒浹肌膚，清入肺腑，因憑欄楯上，仰而茫然，俯而恍然，呀而莫禁，眒而莫收，神與物融，人觀兩奇。蓋天將致我於太素之鄉，殆不可以筆畫追狀、文字敷說以傳信於不能從者，顧所得不亦多矣？尚思若時天下名山川，宜大乎此也，其雪與月當有神矣！我思挾之以飛遨八表而返，其懷汗漫，雖未易平，然老氣衰颯，有不勝其冷者，乃浩歌下樓，夜已過二鼓矣。仍歸窗間，兀坐若失。念平生此景亦不屢遇，而健忘，日尋改，數日則又荒荒不知其所云，因筆之。〔註9〕

全文描寫月夜觀雪的情景，沈周全身心地沉浸在自然之中，雪落滿地，樓下的水面如塗上了銀色，如結上了一片薄冰，一派澄澈。月照清波，樹影晃動，

〔註9〕 《石田先生詩抄》卷九，《沈周集》，上海古籍出版社 2013 年版，第 226 頁。

清冷的空氣沁人心脾。對面此時此景，沈周自覺語言無味，不知如何形容才好。一片清冷、曠遠、寧靜之中，景是自然之景，人也達到了表裏俱澄澈的與天合一的境界。

沈周對於任何自然之物，都以一雙單純的孩童之眼，以一顆純淨的孩童之心，觀察、記錄、思考、探究。在〈聽蕉記〉中，他寫雨中之蕉：

> 動靜戛摩而成聲，聲與耳又能相入也，迨若匝匝瀍瀍，剝剝滂滂，索索淅淅，床床浪浪，如僧諷堂，如漁鳴榔，如珠傾，如馬驤，得而象之，又屬聽者之妙矣。〔註10〕

能把毫不起眼、十分尋常的雨打芭蕉之聲，用如此多的詞彙來形容，寫得如此豐富多姿，只能因為作者本人就有一顆善於聆聽的心，有一雙願意聆聽的耳。這種傾聽的能力在大多數成年人當中已經是完全消失了的，而沈周則一直十分可貴地保持著這種能力。

沈周在遊覽張公洞時，看到洞中的乳石，他用自己的眼分辨出了這些礦物的不同，同時也用多個詞語進行了非常詳細具體的描繪：「巨者、么者、長者、縮者、銳者、截然而平者、菡萏者、螺旋者，參差不侔，一一皆倒懸，儼乎怒猊掀吻，廉牙利齒，欲嚙而未合，殊令人悚悚。乳末餘膏溜地，積為石榴數，長軀離立兀兀，色揉青綠可愛。」〔註11〕他對乳石的觀察十分仔細，不僅看形狀，辨顏色，還把它們和植物、動物的形象相聯繫，這些生動形象的文字，來自於他對自然事物的喜愛。對自然的熱愛發自內心，並能達到見到自然，心中有自然這種境界的人，內心應該是寧靜平和的。

自然之美無處不在，沈周熱愛自然，甘願將身心浸於自然，他的一生，多在吳地度過，對於吳中的自然山水，他百看不厭，他眼中看到的是「楓葉點秋屋，蘆花白夜門」，「鷗趁撐舟尾，蟹行穿壁根」〔註12〕等美麗動人：飛舞在空中漸漸飄落的火紅楓葉；可以高達三米的蘆葦在瑟瑟風中飄蕩；鷗鳥在水上盤旋，追隨在漁舟的尾部……這些都是自然的獨特之處，沈周以他的文筆記述了自然營造出的一幅幅神奇的圖畫，從少年到青年到中年到老年，他從未停止過對吳中風光的描繪與熱愛，這是他對自然的由衷熱愛。

〔註10〕《石田先生詩鈔》卷九，《沈周集》，上海古籍出版社 2013 年版，第 210 頁，

〔註11〕《石田詩鈔》卷四〈遊張公洞並引〉，《沈周集》，上海古籍出版社 2013 年版，第 108 頁。

〔註12〕〈漁村〉，《石田先生詩鈔》卷六，《沈周集》，上海古籍出版社 2013 年版，第 161 頁。

　　沈周對繪畫的熱愛，也是源於對自然的熱愛，自然而然發諸內心。美國波斯頓大學藏有沈周的〈蕉鶴圖〉，爲沈周七十八歲時所作，他的自跋云：「弘治甲子冬日，偶過玉汝齋中，見庭蕉帶雪，尚有嫩色，玉汝蓄一鶴幾十年，而頂紅如渥丹，眞奇觀也，遂作此圖並繫一絕聊記一時之興雲。」〔註13〕，可見，他的落筆爲畫，主要在於乘興和寄興，「山水之勝得目，寓諸心，而形於筆墨之間者，無非興而已矣」〔註14〕。

　　沈周對自然的熱愛、與自然的契合，與他對繪畫的追求是緊密聯繫在一起的，他十幾歲時就開始學習畫畫，一生都致力於藝術創作並樂此不彼。他不專繪一類事物，而是入眼者幾乎都可入筆。他畫吳中山水全景，有《蘇州山水全圖》《萬壽吳江圖》《江南景圖卷》；他畫具體的景觀，有《姑蘇州十景圖冊》《虎丘十二景圖冊》《東莊圖冊》等。這些景物中，有閶門城、有溪水、有山岩，有田野，有灌木、有蘆荻、有群峰，有茅屋，有修竹。他的畫作中，有柳、桑、櫻等各種樹木，有高士、漁父，女子、侍童等各色人物，有梅、蘭、玉簪等多種花卉，有喜鵲、鴝鵒、八哥等禽鳥，有狗、驢、河蟹、鴨等動物，有葡萄、枇杷、石榴、茄子等蔬果，幾乎包括了生活中可觸及到的所有淡雅清新的事物。其畫作，無論描山水還是繪人物，抑或畫花鳥魚蟲等動物，都能契合自然，一派生氣，一片天眞浪漫。當然，我們也可以發現，生活在繁華的吳中，沈周筆下的人和景很少涉及都市生活，這固然與他長期的鄉野生活有關，但也應該是他有意的選擇，他更注重的是自然風光，而非世俗生活。

　　需要提到的一點是，沈周學習繪畫，在起步階段比較注重臨摹古人的作品，就現有資料統計，他曾摹習 50 餘位古人畫作〔註15〕，僅就倪瓚作品而言，沈周八十歲時，曾在倪氏《水竹居圖》上題云：「予生平最喜先生筆法，寓目幾四十餘幅」〔註16〕，寓目既多，摹畫當也不在少數。臨摹優秀畫家的優秀作品，是臨摹，更是歷練，在熟能生巧之後，提高豐富自己，從而將古人的筆法與鮮活的自然合爲一體，用自己的筆繪出自然界的山山水水，花花鳥鳥。中國歷史上的書法家、畫家爲數不少，但獲得大成就的不多，沈周成爲吳門

〔註13〕阮春榮《沈周》，吉林美術出版社 1996 年版，第 171 頁。
〔註14〕汪珂玉《珊瑚網》卷三十八〈石田自題畫卷〉，清文淵閣四庫全書本。
〔註15〕詳見阮春榮《沈周》，吉林美術出版社 1996 年版，第 101 頁。
〔註16〕（清）張照等撰《石渠寶笈》卷六，清文淵閣四庫全書本。

畫派代表人物，無異與他既博采眾人之長又能不囿於前人而形成自己的風格有關，這兩點說起來容易簡單，而做到則十分困難。師古往往重在臨摹，常又囿於臨摹，既師古人畫法，又融會貫通，高屋建瓴，更上一層樓，這更難以做到，而沈周無疑做得非常之好，這也可以看出，他的對自然、對文學、對繪畫，固然是自然而然地熱愛，但也並非完全出於感性，而是具有理性的努力和選擇的。一般認為，沈周 45 歲至 70 歲之間是繪畫藝術成就最高的時期。「沈周在逐漸追求一種自然的煙嵐之氣，和靜逸的筆墨意境。作品的取意、筆法、墨法及章法，變化不可端倪」〔註17〕。這個從熱愛到師古到可以隨心而動的過程，也是就所謂「見山是山、見水是水」到「見山不是山、見水不是水」，再到「見山是山、見水是水」的過程。

　　沈周的一生，是熱愛自然，以文字與繪畫記錄自然的一生，也是不拒絕友誼、有著廣泛社會交往的一生。沈周對自然的熱愛，是通過有意識的遠離世俗和仕途而實現的。與此同時，他關心國計民生，有不少詩作都寫了吳中地區民眾生活的實況，指責了統治者對民眾的壓榨；也有相當數量描寫國家大事的作品，對朝廷政策、人事變動都十分留意，如曾對糧長等制度有過批判，並對朝廷賦稅苛重發過感歎，「近年民家有田二三百者，官師報作糧長、解戶、馬頭，百畝上下亦有他差，致彼賠賬不繼，以田典賣輸納。再不敷者，必至監迫。限期比較，往往累死者有之。往年田值銀數兩者有之，今止一二兩人尚不願售者。其低窪官田願給與人承種辦糧，不用價人尚不欲售者。其奈朝廷供需歲增月益而皆取於民，民以奉上，民賴資以養生。今民不堪命，以致傷生破業。……嗚呼，惜哉！」〔註18〕但他對社會的關注與同情也僅僅止於關懷而已。他關心，他呼吁，但同時一直冷靜而理性地與政治保持了合理的距離，一直遠觀，而不參與其中，也許因為早年代父為糧長的經歷使他有了切身的感受，認為一旦涉足仕途，必將受到各種牽累，需要處理各種瑣碎，這是熱愛自然、喜歡隨心的沈周不願意面對的。不過，沈周雖然一直有意保持著與政治仕途的距離，但他並不想做與世隔絕的隱士，而是一直通過交遊、雅聚等方式與眾多師友親朋保持著密切的聯繫。

　　沈周一直與吳中乃至朝廷的諸人有著十分密切的聯繫與持續不斷的交往。他與很多朝廷官員都有交往，如與吳寬（1435～1504）的交往。沈周長

〔註17〕阮榮春《沈周》，吉林美術出版社 1996 年版，第 124 頁。
〔註18〕《石田翁客座新聞》卷三，《沈周集》，上海古籍出版社 2013 年版，第 898 頁。

吳寬八歲，二人少時已經相識並唱酬甚多，吳寬出仕後，他們一直互通詩作，聯繫不斷。與王鏊（1450～1524），也常有畫作相寄。與王恕（1416～1508）、李東陽（1443～1513），楊一清（1454～1524）等這些並非吳中出生的官員也有一定的交往。與這些官員的交往，多是以文會友或以畫相寄，不管這些官員與沈周的交往出於何種原因，沈周都以謙恭、積極的態度來應對，或出於對清正廉潔的官員的敬重，或出於對知己舊友的深情，或因爲對禮尚往來的遵從，或由於對以己爲友者的回應。沈周與吳中本地的文人交往更多，除了以文相寄、詩畫酬答的方式，更多採用的是會友、雅集等直接會面的方式。他以詩歌和繪畫記錄下了與吳中人之間的交往，如作於成化三年（1467）的《有竹居圖》，是徐有貞、劉珏來訪時所做，上有題跋與和詩；作於成化二十一年（1485）的《雪館情話圖》，上有當時沈周生日時在座諸人的倡和詩多首；作於弘治二年（1489）的〈記詩會聯句〉，記述與沈璨、朱存理等人倡和情景。

關於沈周與人們交往的詳細情況，徐慧的《雅聚：沈周文人圈研究》一書有十分詳細的敘述和分析，書中對沈周交往的人員和方式等進行了詳細的考訂，最後指出：「沈氏家族的家學、家風以及廣泛的名流之交、望族名門之姻親最初促成了沈周文人圈的基本雛形，有竹居得力於豐富的蓄藏和文藝之盛又成爲吳中文人雅集的根據地，沈周由此結識並交厚了無數詩書畫藏盟友。雅集交遊是沈周的生活方式，也是文人圈的創作模式，以及詩人創作靈感的來源和主要的創作主題。而這一切，無不體現著明顯的群體特徵，在其自身聲名漸長的過程中，由沈周所吸引和聚集的文人圈的界限亦在不斷地膨脹和清晰。雖然沈周文人圈中存在生物學上不同代（大概 30 年一代）的成員，但由於沈周作爲代的領導作用，使得不同代位置上的成員無形中或轉移或壓抑了不同代的特徵和性格，而保持了這一文人圈性質的趨同性，進而成爲吳中時代精神的主體（代單位），吸收和含納著這一時代中某些疏離的人群，不斷壯大著這一非實存性社會群體，從而擴大了它的社會歷史影響力。又由於沈周文人圈中成員的日益成熟，尤其是諸多友人開始爲宦京師、執掌政權，詩名、文名、聲望日漸顯赫，這一文人圈在吳中地區所具有的輻射性和影響力也漸漸凸顯。」〔註19〕總結得十分客觀準確。

〔註19〕《雅聚：沈周文人圈研究》，國家圖書館出版社 2015 年版，第 88 頁。

第三節　沈周的文學創作

沈周所做的集稿甚多，有《石田稿》《石田先生集》《石田詩選》《石田先生詩鈔》《文鈔》等。在明代就有不少作品傳本發行，如明弘治十六年（1503）黃淮集義堂刻本《石田稿》、明正德安國刻本《石田詩選》、明萬曆四十三年（1615）陳仁錫刻本《石田先生詩選》，稍晚又有明崇禎十七年（1644）瞿式耜刻本《石田先生詩鈔》《文鈔》等。除了別集之外，沈周還寫有《石田翁客座新聞》《沈氏客譚》《石田雜記》《杜東原先生年譜》《石田詠史補忘錄》《續千金方》《沈氏交徵錄》等。從這些尚存及只見於著錄的作品內容、書名可知，沈周的學識涉及多個領域，除了繪畫、書法、文學，還包括醫學、地理、歷史等多個領域，只是由於畫名太盛，人們對沈周的印象還是以吳門畫派的代表人物爲先。

沈周作爲其時在吳中一個影響力極大的人物，眾人對他的推崇是有多方面原因的。平易近人、忠厚曠達、眞心助人的個性是一方面，繪畫藝術高超，藝術成就卓越是一方面，而身處文人集團中，出色的文學創作更是十分重要的一方面。雖然現當代的多種古代文學史對沈周文學的評價多爲一筆帶過，但在明清時期，人們對他的文學創作有著不低的評價。吳寬認爲沈周詩文「談笑之際，落筆成篇，隨物賦形，緣情敘事，古今諸體各臻其妙，溪風渚月，谷靄岫雲，形跡若空，恣態倏變，玩之愈佳，攬之而無盡，所謂清婉和平高亢超絕者兼有之，故其名大播，不特江南而已。」〔註 20〕時人楊循吉曾跋石田畫曰：「石田先生，蓋文章大家，其山水樹石，特其餘事耳，而世乃專以此稱之，豈非冤哉？同時諸老如李文正、吳文定輩，俱惜先生以畫掩其詩，獨君謙斷以爲文章大家，當時知先生者未有如君謙之卓然者也。今讀先生集中之文，君謙信可爲具眼矣。」〔註 21〕可見在當時，吳寬等人對沈周的詩文就已經有很高的評價，指出其成就不在繪畫之下——繪畫既已爲畫派之首，詩文當也是當時吳中文人之翹楚。到了清代，四庫館臣更是對其評價甚高，「詩亦揮灑淋漓，自寫天趣，蓋不以字句取工，徒以棲心丘壑，名利兩忘，風月往還，煙雲供養。其胸次本無塵累，故所作亦不琱不琢，自然拔俗，寄興於町畦外，可以意會而不可加以繩削。其於詩也，亦可謂教外別傳矣。」〔註 22〕。

〔註 20〕　〈石田稿序〉，《匏翁家藏集》卷四十三，四部叢刊影明正德本。
〔註 21〕　《石田先生詩鈔》卷九，《沈周集》，上海古籍出版社 2013 年版，第 238 頁。
〔註 22〕　《四庫全書總目》卷一百七十〈石田詩選提要〉，清武英殿刻本。

寫景之作

沈周詩作中寫得最多也是最好的是描寫景物的作品，主要包括寫實景之作、題畫之作、詠物之作……他的這些作品，都是由眼中所見，即生出心中所想，而後隨手而寫，筆到景至，景到情生。

沈周熱愛自然，對自然的觀察十分細膩，每有所見則滿心歡喜。相應地，他的寫景之作注重細節的描寫，清新淡雅，開闊自如，給人俯首即是、著手成春的溫暖之感。他詩作中的景物都鮮活靈動，流動而非靜止，是帶著溫度的情與景的交融，而非冷冰冰的靜物寫生。

> 塵累茫茫有鬱襟，思鄉就晚發城陰。潮來頓長溝渠量，船過平
> 穿市井心。僕子促程雙奉櫓，人家臨水亂鳴砧。柴門高想慈親倚，
> 新月疏星恐夜深。　　　　　　　　——〈城中夜歸〉〔註23〕

這首詩是一首輕快活潑之作，景物、人物與情感自然交融，意象互相生發。思鄉之情突起，沈周不及細想，不做時間規劃，興致所至，立即乘船起程。向晚潮水漸起，船在因潮而漲的流水中穿行。僕人為了快些趕路，奮力搖櫓，船槳擊打水面，水聲不斷。與船槳聲音相應和的是岸邊洗衣人的擊砧之聲，也是一下一下響起。擊水聲、擊砧聲，宛如打擊樂的合演，加速了回鄉的節奏。這邊聲響清婉，而盼望自己回鄉的親人那一邊，則是寂靜無音的倚門而望。夜色如水，月未滿，星疏淡，在這靜靜的清冷孤寂中隱藏著的是炙熱的盼歸之心。整首詩動靜相融，情景交生，行船之動，望月之靜，夜行舟之景，盼歸之情，交雜融合，暖意融融。

> 幾家成聚落，雞犬夕陽時。人影臨流揖，帆梢拂樹移。積禾高
> 屋脊，落葉厚茆茨。鄰並尤醇厚，常通無有私。
> 　　　　　　　　　　　　——〈過湖村〉〔註24〕

這首寫景之作頗有陶淵明田園詩風範，詩作也是景情相融，暖意叢生。幾戶人家聚在一處，就形成了小小的村落。夕陽之下，日光柔和，雞犬歸屋，留下美麗剪影。除了動物之影，還有人之身影，歸舟的帆影，樹之水中倒影。沈周此詩應該寫的是秋收時節，堆積的收成高過房屋，落下的秋葉使得茅屋看起來也變厚了。在這美景之下，鄰里之間無私相處，感情醇厚。

〔註23〕《石田詩選》卷三，《沈周集》，上海古籍出版社2013年版，第601頁。
〔註24〕《石田詩選》卷三，《沈周集》，上海古籍出版社2013年版，第601頁。

擅長繪畫的沈周，對身邊的景物有著敏銳的感受。作爲畫家，他對色彩的認識和對畫面整體的把握十分準確，他既能看到繽紛的色彩，又能大處著眼，視野開闊，縱橫自如，相應的詩作也繽紛滿紙，活色生香。

> 嫩黃楊柳未藏鴉，隔岸紅桃半著花。開眼欄杆接平楚，夾洲亭館跂長沙。悠悠魚泳知人樂，故故鷗飛照鬢華。如此風光眞如畫，自然吾亦愛吾家。　　　　　　　——〈題畫〉〔註25〕

詩的前兩句色彩鮮麗：河岸這一邊，楊柳剛剛泛出了嫩黃的小芽，遙望河岸的另一邊，是粉紅色的桃花，桃花並非全部綻放，而是只開了半樹。這兩句包含了多種顏色，嫩黃、桃紅、淺褐。接下來的兩句，鏡頭從嫩芽剛綻的桃花推開，直到廣闊的楚地和長沙，又從廣闊的天地推移到其中最爲常見的事物：遊魚和飛鳥。

這樣繽紛的色彩在沈周筆下爲數不少，如〈賞玉樓春牡丹〉中的「春粉膩霞微著暈，露紅漸淡玉生痕」〔註26〕，〈落花詩五十首〉中的「魚沫欱恩殘粉在，蛛絲牽愛小紅留」〔註27〕，「一園桃李只須臾，白白朱朱徹樹無。庭怪草玄加舊白，摠嫌點易亂新朱」〔註28〕。〈杏花燕子〉中的「杏花初破處，新燕正來時。紅雨裏飛去，烏衣濕不知」〔註29〕，〈棉花〉中的「薄含紫附簇，雪蘊碧鈴深」〔註30〕等等，皆色彩滿眼，繽紛滿紙，不愧爲繪者之詩。

作爲畫家，沈周除了對色彩的感知十分敏銳外，對光與影、虛與實的關係處理也十分高超，寫景之作很注意光影的協調搭配與變化。

> 微陽下西麓，山容初迫昏，忽忽燈火候，林幽先閉門，掃地款石室，清茗間濁尊。謖謖松間風，靈響流前軒。知與城市遠，冥契煙霞心。酬此一宿惠，因之留短吟。　　——〈夜投覺海〉〔註31〕

這首詩非常眞切地寫出了黃昏時分暮色的變化。太陽漸漸西斜，墜入山麓，天色慢慢地由明亮接近昏黃，半明半暗，朦朧恍惚。突然之間，有突然點亮的燈光穿透灰暗，而山林則在燈光的對比中顯得更爲幽暗，人感知到天色已

〔註25〕《石田詩選》卷七，《沈周集》，上海古籍出版社 2013 年版，第 689 頁。
〔註26〕《石田詩選》卷九，《沈周集》，上海古籍出版社 2013 年版，第 702 頁。
〔註27〕《石田詩選》卷九，《沈周集》，上海古籍出版社 2013 年版，第 707 頁。
〔註28〕《石田詩選》卷九，《沈周集》，上海古籍出版社 2013 年版，第 708 頁。
〔註29〕《石田詩選》卷九，《沈周集》，上海古籍出版社 2013 年版，第 716 頁。
〔註30〕《石田詩選》卷九，《沈周集》，上海古籍出版社 2013 年版，第 720 頁。
〔註31〕《石田稿》，《沈周集》，上海古籍出版社 2013 年版，第 439 頁。

晚，趕緊關上門扉，準備度過夜晚。這幾句所描寫的日色山色變化的情境，宛如電影中的空鏡頭和延時鏡頭，讓人如在其中，身臨其境地看到由明到暗，由暗到明的光影變化。

> 高春暝色動，北坨返輕舟。古木辭群葉，微波映遠洲。涼雲啼一雁，夕榜拂雙鷗。酒散襟裾爽，琴清徽玉秋。因之寫高致，得似晉風流。 　　　　　——〈題畫〉〔註32〕

> 南湖盡是君家物，今代風流賀季眞。青草扁舟落吾手，白鷗萬里屬何人。玻璃倒見波心月，翡翠平開雨裏春。我唱竹枝三十首，明朝相約伴垂綸。 　　——〈南湖爲華文熹賦〉〔註33〕

在這兩首詩作中，沈周都寫及物象在水中的倒影。寫景的詩作，一般人多是對實景進行描繪，而沈周不僅看到了實景，還看到了虛景，並把虛景寫入筆端。在第一首詩中，實景是水面的小舟、紋路粗糙的樹木、高飛的大雁和鷗鳥，手可以觸及，耳可以聽到。而遠洲在微波中的倒影，虛幻而不可觸及，微波晃動，遠洲呈現不同的形狀、深淺、質感，有時完整，有時細碎，千變萬化。在第二首詩中，天上的月亮倒映在水中，成了水中月，天上之月只是移動，水中之月還隨著波紋晃動，也是心靈直接觀照的倒影。

　　身爲畫家，沈周對色彩和光影的把握十分精到，在詩作中有相應表現，詩作呈現出繪畫之風。他更是熱愛自然之人，在觀察景物時會全身心侵入，因而他的寫景之作不僅能讓人感受到色彩和光影、實景和虛景，在視覺上體會到景色之美，還能調動讀者的其他感覺器官，讓讀者和他一同聽到景物中的聲音，體會到景物中的情感。

> 扁舟繫纜清溪側，步入雲山路欲迷。林靜跫然足音響，藤花零落竹雞啼。 　　——〈沈啓南自題畫冊〉（其十一）〔註34〕

> 百疊春山白疊溪，人家分住水東西。賣魚鼓響日未落，一對野禽穿竹啼。 　　　　——〈題畫〉〔註35〕

> 畫裏蠶叢國，亦知行路難。峽流一貫水，雲出萬殊山。鳥道愁

〔註32〕《石田稿》，《沈周集》，上海古籍出版社 2013 年版，423 頁。
〔註33〕《石田稿》，《沈周集》，上海古籍出版社 2013 年版，442 頁。
〔註34〕《珊瑚網》卷四十五，清文淵閣四庫全書本。
〔註35〕《石田稿》，《沈周集》，上海古籍出版社 2013 年版，第 468 頁。

人際，猿聲墜淚間。寄危憐匠意，深可誡安閒。

——〈蜀山圖〉〔註36〕

第一首詩中，一葉扁舟，停泊在清淺溪流的一邊，溪流向上是環繞的山路，山路盤旋，雲霧繚繞。遠處的景致是模糊的，而近處的景致是清晰的。在近處舟溪和遠處雲山之間的，是樹林、藤蔓、竹雞。沈周在這樣的圖畫之中，感覺到了山林的安靜，聽到了人行走其間的足音聲聲和雞鳴錯落。這些聲音，是山林中很容易聽到的自然之聲。在描繪溪邊小叢林的山水畫冊中，沈周聽到的是竹雞之聲、賣魚人的鼓聲、野禽的鳴叫，而在描繪蜀地的《蜀國圖》中，沈周看到了夾在山峽之間的流水、各不相同的山峰，看著以難攀援而聞名的蜀山狹窄的山路，彷彿聽到了哀鳴的猿聲，這聲音哀愁、悲傷、悲涼、淒清，更加重了蜀山山峰給人的艱險之感。

　　沈周的寫景之作主要分為兩部份，一是面對真實景物的描繪，一是題景物畫之作。對實景進行描寫，相當於無命題作文，可以隨心所欲，隨意生發；對畫作中的景物進行描寫，則相當於命題作文，範圍有所限定，相對來說，難度要稍大。不過，熱愛自然的沈周，總能在有限的畫面中看出現實生活中的圖景，在有限的紙張方寸中，聽到聲音，看見人心，體會到感情，進而相應地表現出聲音、味覺、情感等等。沈周還寫過「雪裏一樓高萬竹，樓中人與竹俱清。默然天地憑欄處，人言不能假鶴鳴」〔註37〕、「空聞百鳥群，啁啾度寒暑。何似枝頭鳩，聲聲能喚雨」〔註38〕等，這都能讓讀者在無聲的畫作中聆聽到最本真的自然之聲。

詠物之詩

　　詠物詩是沈周詩歌創作中很有特色的一種。沈周的寫景之作鮮活空靈，意象俱佳，互相生發。他的詠物之作則傳神，生動，深刻，題材豐富。都穆在其《詩話》中特別提到：「沈先生啓南，以詩名海內，而其詠物尤妙。予少嘗學詩於先生，記其數聯。如〈詠錢〉云：『有堪使鬼原非謬，無任呼兄亦不來。』〈門神〉云：『簡爾功名惟故紙，傍誰門戶有長情？』〈詠簾〉云：『外面令人倍惆悵，裏邊容眼自分明。』〈混堂〉云：『未能潔己嗟先亂，亦復隨

〔註36〕《石田稿》，《沈周集》，上海古籍出版社 2013 年版，第 540 頁。
〔註37〕〈題畫〉，《石田詩選》卷八，上海古籍出版社 2013 年版，第 694 頁。
〔註38〕〈鳩聲喚雨圖〉，《沈周集》，上海古籍出版社 2013 年版，第 1126 頁。

波惜眾同。』〈楊花〉云:『借風爲力終無賴,與水何緣卻託生?』先生又嘗作〈落花詩〉,其警聯云:『無方漂泊關游子,如此衰殘類老夫。』『送雨送春長壽寺,飛來飛去洛陽城。』『美人天遠無家別,逐客春深盡族行。』『懊惱夜生聽雨枕,浮沉朝入送春杯。』『萬物死生寧離土,一場恩怨本同風。』皆清新雄健,不拘拘題目,而亦不離乎題目,茲其所以爲妙也。」〔註39〕給予了沈周詠物詩極高的評價,認爲不拘於題目,清新雄健,言深意遠,是其最具特色之處。

　　文人詠物之作的題材,多集中常見花卉飛鳥等少數事物上,沈周的詠物詩,也寫花卉飛鳥,但並不只限於常見的花卉飛鳥,而是更爲廣泛,如都穆評價中提及的錢、門神,如藏於北京故宮博物院的《臥遊圖》十七開冊頁中的小雞、秋蟬、枇杷、石榴、莧菜題詩等。大自然中的事物,都可以作爲他描摹的對象,而且更具神韻,更讓人耳目一新。

　　沈周擅長山水花鳥畫,總能抓住事物的絕妙之處,對事物物性進行客觀描述,不但形似,而且神似。晚明王世貞稱沈周畫作:「五代徐黃而下至宣和主寫花鳥,妙在設色粉繪,隱起如粟,精工之極微若生肖。石田氏及能以淺色淡墨作之,而神采更自翩翩。吾家三歲兒一一指呼不惧,所謂妙而眞者也。」〔註40〕以這一評價,尤其是「妙而眞」這三個字,關照沈周的部份詠物詩,也十分貼切。

　　　　有果產西蜀,做花凌早寒。樹繁碧玉葉,柯疊黃金丸。

　　　　　　　　　　　　　　　　　　──〈枇杷圖〉〔註41〕

這是一首題寫枇杷之作,沈周在短短二十字中,非常準確和全面地把枇杷這一水果的產地、開花時間、顏色、形狀等客觀情況都做了眞實描繪,尤以妙筆寫出了豔麗色彩和可愛形貌:枇杷產自蜀地,開花時間較早,就在初春時節;樹上所結的果實顏色金黃,形態較爲小巧。這種水果並非吳地所產,在當時當地不是常見之物,因此沈周特別地介紹了它的產地等具體情況,詩作側重於寫生物學的眞實。

　　與之不同,沈周的〈蜀葵圖〉和〈薔葡〉中所寫之物,則是吳地較爲常見的事物,因爲常見,所以沈周在這兩首詩作中對蜀葵和薔葡的生物學屬性

〔註39〕《沈周集》,上海古籍出版社 2013 年版,第 1069〜1070 頁。

〔註40〕〈題石田寫生冊〉,《弇州四部稿》卷一百三十八,明萬曆刻本。

〔註41〕《沈周集》,上海古籍出版社 2013 年版,第 1129 頁。

介紹不多，而是既寫了物性，也寫了個人感受，有物原本的眞實，同時也有沈周本人的情感眞實。

> 五月庭前挺此枝，有陽心事有誰知？南風昨夜軟吹破，朵朵仙
> 霞始出奇。　　　　　　　　　　　　——〈蜀葵圖〉〔註42〕
> 雪魄冰花涼氣清，曲闌深處豔精神。一鈎新月風牽影，暗送嬌
> 香入畫亭。　　　　　　　　　　　　——〈薝蔔〉〔註43〕

蜀葵是十分常見的庭院花卉，花枝挺立，株高一般較可有兩米多。這在沈周看來，是因爲它想靠近太陽，親近陽光。蜀葵花株其貌不揚，沒有特別的顏色和形態，而它的花朵則十分美麗，有粉紅、紅、水紅、紫、墨紫、白、黃等多種顏色，在沈周看來，這些在清晨突然綻放的花朵，是被南風帶著陽光的溫暖吹開的，一旦吹開，則如朵朵雲霞，色彩繽紛，只有在仙境才能看見。沈周客觀寫出了蜀葵枝莖挺拔、五月開花的生物屬性，也寫出了他豐富獨特的個人眞實感受：向陽不止，宛如仙霞。薝蔔是梔子的別名，宋陶穀《清異錄·薝蔔館》「按：《本草》，梔子一名木丹，一名越桃，正是西域薝蔔」，在明代的吳中地區，梔子花並不稀見，白梔子花在炎熱的盛夏開放，白日帶給人清涼，夜晚花香令人心曠神怡，沈周既寫出了普遍的共識，同時也寫出了屬於他個人的感受：梔子花帶給他的是「雪魄冰花」般的清涼和純淨。另如在〈詠雪〉中，他寫到「五味令口爽，六花應不妨。淡中吾得有，旨外舌難嘗」，在他看來，雪花固然是六角形狀，但也是潔白的食鹽，有著獨特的味道。這份獨特感受，似乎未曾出現在其他詩人的筆下。

　　詠物之作，描摹形態是一個方面，聯想生發、言深意遠也一個方面。沈周的詠物之作往往不止於對物的描摹，還聯想到歷史、傳說、人生世態等等。如〈金粟晚香圖〉「一樹黃金粟，秋風吹晚香。姮娥親折得，贈與少年郎」。〔註44〕由桂花想到月中的桂樹，想到嫦娥，想到青春年少、風姿倜儻的少年郎。〈枯木鴝鵒圖〉之「寒臯獨立處，細雨濕玄冠。故故做人語，難同凡鳥看。」〔註45〕既摹寫了八哥具有特色的黑色冠羽，又寫到了此鳥鳴近似人聲的特點，以擬人的手法來看待鳥兒的天性，說它的叫聲不同一般鳥類的鳴叫，就如同人有不凡的志向一樣。他的〈詠雪〉全詩如下：

〔註42〕《沈周集》，上海古籍出版社2013年版，第1127頁。
〔註43〕《沈周集》，上海古籍出版社2013年版，1086頁。
〔註44〕《沈周集》，上海古籍出版社2013年版，1127頁。
〔註45〕《沈周集》，上海古籍出版社2013年版，1127頁。

> 五味令口爽，六花應不妨。淡中吾得有，旨外舌難嘗。調黠鹽
> 梅手，餐追玉石方。袁安保清氣，勝食太官羊。〔註46〕

雪花在他看來是潔白的食鹽，應該有著獨特的味道，詩人甚至想用舌來好好
品嘗。接著他又由食鹽想到各種調味品，想到如果能夠吃下雪花這樣的晶瑩
食物，大概就可以像東漢的袁安一樣節行素高，即使天寒被大雪所困，也能
固守清貧，不失操守。作品從雪花到食鹽，再到歷史人物，再到人格操守，
縱橫開闊，浮想聯翩，但又自然而然，沒有絲毫違和之感。

〈詠錢五首〉是都穆曾經論及的沈周詠物詩代表作，它們也常被當代的
研究者提及，這一組詩作不表現事物的美感，也較少歷史關聯，它們重點闡
述的是沈周所認知的生活道理。

> 個許微軀萬事任，似泉流動利源深。平章市物無偏價，氾濫兒
> 童有愛心。一飽莫充輸白粟，五財同用愧黃金。可憐別號為賕賂，
> 多少英雄就此沈。

> 區區團團銅作胎，能貧能富亦神哉。有堪使鬼原非謬，無任呼
> 兄亦不束。總爾苞苴莫漫臭，終然撲滿要遭槌。寒儒也辦生涯地，
> 四壁春苔綠萬枚。

> 輕盈薄質具陰陽，乏足能行乏翅翔。聚散本繇冥數定，有無阿
> 著老夫忙。一緡牽欲人人逐，四字編年代代詳。昨日賣文留短陌，
> 免教愚虜誚空囊。

> 存亡未了覆亡存，欲火難燒此利根。生化有涯真子母，圓方為
> 象小乾坤。指揮悉聽何須耳，患難能排豈藉言。自嘯白頭窮措大，
> 不妨明月夜開門。

> 土老難誇濟世才，亦能為福亦為災。舉枚慧眼觀窮達，具片虛
> 心攝去來。數減至三無足陌，銖輕惟五尚稱財。祇除義士並廉吏，
> 萬貫填門不易開。〔註47〕

金錢以微小的軀體在市場中流動換取實物，有自己的用途，卻也使一些英雄做
出賄賂之事，以致身敗名裂。扁扁圓圓的形狀，能決定人的貧富和某些人際關
係，使神鬼和至親的行為在其驅使下變得不同於尋常。它並沒有翅膀，卻能輕

〔註46〕《石田稿》，《沈周集》，上海古籍出版社 2013 年版，528 頁。
〔註47〕《石田先生詩鈔》卷八，《沈周集》，上海古籍出版社 2013 年版，191 頁。

易聚散，讓人追逐不止，寫著生產時間，代代流傳。錢幣流轉不已，宛如乾坤世界的運行，也能替人排除患難。它決定著多數人的災福窮通，只有少數義士或清廉的官吏可以不被它所左右。在沈周之前，似乎未見如此專門描寫金錢的組詩，前人所做的大多是對金錢的譴責。沈周之作，則不僅有爲錢的不平之鳴：「可憐別號爲賕賂」，更有高屋建瓴的認識：從金錢的作用、形狀、外觀、使用方法、流通性質等各方面、各個角度探究金錢的性質和對人的影響。這種高屋建瓴、不同以往，應該才是沈周詠物詩超出他人的最根本原因。

書寫民生

　　沈周主要生活在明代中期，當時的吳中雖然是全國經濟十分發達的地區，但人民的生活在大多數時間是比較艱難的，翻開《明史》，可見吳中地區一直受困於各種自然災害。面對這些頻發的自然災害給人民生活造成的苦難，沈周如同唐代的杜甫一樣，用自己的詩作記下了民生種種艱難。他這類詩作的最大特點是既有敘述描寫，又有揭露評判，同時有更多更爲深入的對形成這種狀況的原因的探求：通過形象的描寫，客觀地展現生活生命的狀況；通過原因的探究，或揭露指責，或冷靜分析，試圖尋求解決的方法。

　　〈水鄉孛子十首〉是沈周寫於成化十五年（1479）的一組詩，以連排的十首寫出了孛子艱難的生活。

　　　　水鄉孛子難存活，半去神堂學打吹。吹笛會時還打鼓，學如不會趁捷旂。

　　　　水鄉孛子求魚沽，辛苦求來賣又強。今歲水多魚卻少，空籃歸去雨床床。

　　　　水鄉孛子無衣著，手腳皮皴要忍寒。見欠戶傭三千貫，阿爺領去賣還官。

　　　　水鄉孛子田無麥，趁伴高鄉拾穗頭。爛是麵條乾是餅，看他人吃口涎流。

　　　　…………

　　　　水鄉孛子瘦堅堅，趁使能行便顧錢。饑飽趁人顚倒臥，也無娘惜與爹憐。

　　　　…………〔註48〕

───────────────

〔註48〕《石田先生詩鈔》卷六，《沈周集》，上海古籍出版社 2013 年版，137 頁。

孥子，是吳地方言，指兒童。成化十五年（1479）吳中水災氾濫，受災的人們無衣無食，想盡各種辦法求生，而本應愉快無憂地生活的兒童也成爲了身擔重負之人，或是去神堂學打吹，或是捕魚賣魚，或是地頭拾穗。這些事情本不應該他們來做，由於年紀尙小，他們也做得不好。沈周滿懷同情，以淺顯明瞭的語言眞實地寫出了這些孩子的苦難生活狀況，並表露出強烈的同情。在詩前，沈周還寫了一段序言，「〈水鄉孥子十首〉言鄙而淺，其意則深矣。吾鄉以水爲害者接歲，饑民多委溝壑，否亦轉徙，牧民者不知加恤，而以戶庸井稅，概於膏腴之鄉，故其害益甚。爲孥子者固無苦，爲父母者固有愛，今者反是，因舉孥子所歷言之，則孥子之父之母，不言而可知已。亦猶頌〈麟趾〉以識文王子孫之善也。」〔註49〕深深地爲在災難面前流失的人倫之愛發出歎息，並探求造成這種情況的原因。另如〈苦雨寄城中諸友二首〉之一「一陣接一陣，一朝連一朝。官仍追舊賦，天又沒新苗。白日不相照，浮雲那得消。君休問饑飽，且看沈郎腰。」〔註50〕直指政府官員的不作爲。〈憫菑行送劉侍御〉「號妻啼子口無嚼，鞭撲威後仍租庸。行臺多吏耳獨聰，未待告訴情先通」〔註51〕等，都是直接揭露官吏的昏瞶。

沈周以詩歌書寫民生疾苦，兼濟蒼生，他看到貧窮和弊端，但也對前途滿懷信心和希望，作品不止於揭露批評，也提出建議，看到光明，充滿信心和嚮往。弘治元年（1388），面對春雨的降落，新朝的改元，他欣喜地寫下了〈弘治改元元旦遇雨〉一詩：

> 元旦未及春，東風意先蘇。風來繼零雨，和潤物皆濡。助我新天子，沛澤彌九區。河流亦傳清，天與聖德符。賢俊日拔庸，治道務精圖。堯舜不異人，政化無兩途。我衰在畎畝，感激舞蹈俱。告戒各努力，勤耕備公租。黍穰多充禽，淵靜無驚魚。上下信影響，餘生幸于于。〔註52〕

對朝廷的未來充滿了希望，對農耕幹勁十足。他對民生艱難有認識，對統治者有建議有期盼，能夠以客觀冷靜的赤子之心，全面發展地看待社會，看待統治者，這是很多隱於世外的人所做不到的。

〔註49〕 《石田先生詩鈔》卷六，《沈周集》，上海古籍出版社 2013 年版，137 頁。
〔註50〕 《石田稿》，《沈周集》，上海古籍出版社 2013 年版，466 頁。
〔註51〕 《石田稿》，《沈周集》，上海古籍出版社 2013 年版，512 頁。
〔註52〕 《石田先生詩鈔》卷三，《沈周集》，上海古籍出版社 2013 年版，第 76 頁。

在〈洪水中得陳允德史明古書問有作〉中，他寫道：

> 永樂歲乙酉，洪水流湯湯。成化甫一周，山陵亦懷襄。……雖
> 然不聊生，苟幸風化良。頗聞川廣民，民平苦流亡。我有賢大府，
> 慈惠也不可當。所以墊溺民，糠覈保故鄉。賤子猶慰□，百憂行相
> 忘。……〔註53〕

沈周看到了洪災對人民生活的破壞，也看到了吳中地方官為災民做出的堅持，他的心態是客觀平和的。

沈周的作品不僅僅是揭露批評和希望，他對天災與人禍一直有著清醒的認識，能夠實事求是、客觀冷靜地進行分析，在〈淫雨〉中他寫道：

> 淫霖積春夏，未曾間昏晝。淒颸群陰交，潝動二氣湊。飛電互
> 揮霍，轟霆迭訶詬。羲和奪昭明，屏翳務馳騖。……俊惟仁君德，
> 盍被真宰祐。懷襄固為割，宵旰必自愁。驗壞訕歲酉，命灶盧日戊。
> 天澤不為惠，庶徵亦怨候。湯且致七慳，堯亦成九富。古聖攸未免，
> 吾人奚敢恆。但慮橫潦前，尋召疫癘後。流離正爾使，剽竊以此狃。
> 團辭志所愉，何暇顧菲陋。〔註54〕

既生動形象地描寫了大雨連綿的惡劣天氣給人民造成的災害，又指出面對不可避免的天災，朝廷應採用合理的賑災措施，同時也提醒人們水後亦有疫癘，要注意防範，一片婆心切切寫於筆端。

成化元年（1465）沈周年三十九歲所作的〈堤塊行〉，記述其時水災，湖田堤防塌開，人們急於補救的情景。

> 湖田築堤低且狹，潦深土疏還易塌。奟然有勢若崩崖，詠耳作
> 聲同決閘。愴惶陻塞無取泥，少補東塌仍缺西。呼兒撾鼓報鄰里，
> 乍斷乍連聲不齊。江風衝潮江雨大，白波指向人頭過。老農袖手不
> 可攔，歎息還來屋中臥。〔註55〕

這首描寫決堤的詩作，關注的著眼點不僅僅是惡劣的天氣帶來的自然災害，還有客觀的敘述分析，指出隄決的原因在於湖田築堤過低過狹，水深且土質疏鬆，容易塌陷，而一旦塌陷，又因地處湖田無法及時取得充足的泥土來對

〔註53〕《石田稿》，《沈周集》，上海古籍出版社2013年版，第336頁

〔註54〕《石田先生詩鈔》卷一，《沈周集》，上海古籍出版社 2013 年版，第 32～33
頁。

〔註55〕《石田先生詩抄》卷一，《沈周集》，上海古籍出版社 2013 年版，第 31 頁。

堤岸進行彌補，在這種情況下，一旦有了大風雨，決堤自然是無法避免的了。由於自然災害、擔任糧長等原因，沈周的生活也曾一度十分艱難，在爲亡妻寫墓誌銘時，他回想景泰年間情景，「食薦不繼，又長鄉賦，累償者數，（妻）則盡脫簪珥以應，無吝色」〔註56〕。在這樣的經歷中，沈周不僅僅品味自己的痛苦，更由己推人，體會別人的痛苦，而且能夠不溺於痛苦，探尋造成痛苦的原因，尋求解決之途，這樣的胸懷和眼光是十分難得的。

　　沈周一生生活在吳地，見證了不少自然災害的發生以及災害發生後百姓生活的艱辛、政府相應採取的對策，他在相應的詩作進行了書寫。我們可以看到沈周的客觀態度：對天災的產生有客觀的認識，不僅怨天，也反省人在平時沒有防範意識，不能很好建設基礎設施；對人禍有直接的揭露和批判，毫不留情，幾乎就是直接痛斥。對面客觀事實，他不僅建言獻策，也做輿論監督。既批評政府的不作爲，也讚揚官員的作爲。他的這一類作品反映了廣闊的社會現實，從程度上來說相近於杜甫的「詩史」。

　　沈周關心政治，但一直沒有涉足政治，除了其父的家規外，主要與他早年經歷有關。《明史》卷七十八〈食貨志二〉云：「糧長者，太祖時令田多者爲之，督其鄉賦稅。」糧長屬於被硬性指定的職務。沈周五歲時，其父被指定爲糧長，當年即以糧長身份被捲入被逼誣陷況鍾案，從此被糧長之累達十年之久。沈周二十九歲時也被指定爲糧長，妻子不得已賣首飾籌集糧食，直到他三十五歲，才擺脫徭役，其時滿心歡喜，寫下「鴻鵠逃網羅，高秋正冥冥」、「城府日已遠，人事日已稀」、「聊此不爲惡，逍遙忘鼠肝」〔註57〕等詩句。這兩段經歷，應該是沈周一生不願回顧的，應當是他不願涉足政治的主要原因。

書寫友情與親情

　　沈周詩作中占比例很大的是他與人交往時所作的作品，寫師長，寫朋友，寫家人，進行詩文倡和。沈周在年紀尚小時，就已經開始跟隨時爲糧長的父親往來於城鄉，結實了不少師長、友人。他在七歲時就師從陳寬，並認識了陳寬的長子陳儀，交誼漸厚。十二歲左右認識了長洲縣丞邵昕，十三歲時得

〔註56〕〈沈啓南妻陳氏墓誌銘〉，蘇州博物館編著《蘇州博物館藏歷代碑誌》，第165頁。

〔註57〕〈息役即興〉，《石田稿》，《沈周集》，上海古籍出版社2013年版，323頁。

到知縣郭琮的賞識。十四歲時，隨父入蘇州城，與寺僧明公相識。……翻看
《沈周年譜》〔註58〕，我們可以看到，沈周終其一生都是一位樂於交友並朋
友眾多的人。而他與友人們的交往、友情也總是在他的詩歌中自然而然地表
露和流淌出來。他有《石田詩選》十卷，不標體制、創作時間，分爲「天文」
「時令」等三十一類，其中卷四「宗族」「雜流」「僧道」，卷六中的「慶壽」
「會晤」，卷七中的「投贈」「謝答」「送別」「傷悼」類作品，都是寫人之作。
這類題材的作品很容易落入俗套，但沈周之作眞情流露，情眞意摯，即使是
應和也寫得應景妥帖，具有較高的文學價值。

　　他設身處地爲友人著想，在〈送劉憲之歸遼東〉中，他寫道。

　　　　三韓之地今遼東，阻山絕海疑天窮。……朝廷宿兵三百萬，群
　　醜不敢南彎弓。……羨君飽學二十載，如女未嫁誰爲容。衣巾楚楚
　　步武閒，骨相磊落鬚芃芃。雄談信宿一何健，玉屑不盡蘭缸空。……
　　吳山楊梅如血紅，吳門酒色琥珀濃。楊梅百丸酒百鍾，與君爛醉消
　　離悰。……〔註59〕

遼東一貫爲苦寒之地，有著與吳地不同的自然風光。此詩從異於江南的自然
風光寫起，邊地之苦寒盡在筆下，並無隱匿與美化。同時突出朝廷軍事力量
之強大，令人自豪。這種自豪也是因爲友人劉憲之是邊地將士中的一員。沈
周羨慕友人的飽學，羨慕友人能在異地展現自己的才能。他對友人的感情是
具體的，帶著自己的人生感受，從友人的角度去理解對方，貼心而非流離。
整首詩色彩斑斕，輕快疾健，多想前途，少敘離情，表現出的是「天下誰人
不識君」式的離別。

　　沈周對人的感情是具體、妥貼、眞誠的，同時，他對現實有著獨到和清
醒的認識，即使是勸慰，也是從一定的角度入手，設身處地，各有不同。同
是送友人赴試，他對人的贈語是不相同的。

　　　　新科拔隱淪，蓬蓽不勝春。經術必用世，山林還有人。九苞看
　　舉鳳，三浪促潛鱗。仙桂凡千樹，扳花要認眞。

　　　　　　　　　　　　　　　　　——〈送都元敬赴試〉〔註60〕

　　　　春闈指日忙忙去，躡凍開途歲尚餘。拂面風塵寒送酒，臨關霜

〔註58〕陳正宏編《沈周年譜》，復旦大學出版社1993年版。
〔註59〕《石田先生詩鈔》卷二，《沈周集》，上海古籍出版社2013年版，第56頁。
〔註60〕《石田詩選》卷七，《沈周集》，上海古籍出版社2013年版，第674頁。

月曉催車。牓頭要著渴睡漢，闕下當知行秘書。五十功名休謂晚，
老成還聽首傳臚。　　　　　　　　——〈送錢士弘會試〉〔註61〕

第一首作品是送給都元敬的。都元敬，即都穆（1459～1525），字玄敬，弘治
八年（1495）應天鄉薦，再試於弘治十二年（1499）中進士。沈周此詩應寫
於都穆參加弘治十二年會試之前，其時都穆得以鄉薦，沈周一方面欣喜他展
露才華，一方面也語重心長地提醒：「仙桂凡千樹，扳花要認眞」。同是送去
參加會試的錢士弘，沈周的贈語則沒有絲毫的提醒和告誡。錢士弘（1446
～？），名仁夫，字士弘，號東湖居士，常熟人，於弘治二年（1489）中鄉試，
之後參加過弘治三年（1490）、六年（1493）、九年（1496）的會試，連續三
次十餘年都沒有得中，此次他又以五十三歲之齡去參加會試。沈周面對多次
失利的半百之人，只是鼓勵與祝福：即使是路上寒風苦雨，也不要對自己喪
失信心，成功是指日可待的。從這兩首詩中，可知沈周深知世道人心，也確
實感受身受，眞心爲人。

　　沈周樂於出遊，經常酌酒會友，參加雅集。交友的廣泛，是他名滿天下、
在吳中乃至在明廷都獲得美名的原因之一。但這只是外在原因，而他在與人
交往中表現出來的內心的情與意、豁達與仁心，才是最具有決定意義的內在
原因。不論對任何人，沈周都是一片婆心，總能設身處地爲人著想，在〈詠
妓失環〉中，他寫到：「三月花飛江上春，扁舟愁殺度江人。就中心事知多少，
暗脫明璠贈水神。」〔註62〕春天渡船中，妓女玉環落水，焦急愁悶——江上
行舟，手鐲一旦落入水中，就很難尋到了。沈周理解妓女的焦急，他在同情
之餘並不是一味惋惜，而是面對大概已經無法挽回的損失，從另一個角度著
意開解妓女：這是把玉環贈與了水神啊！——既然是給了水神，也就不算是
無意的遺失了，既然是給了水神，也就沒什麼惋惜的了。失環者聽到如此解
說，當不僅不會再煩惱，反而會心有寬慰了吧。

　　沈周的仁心對親人更是有過之而無不及。〈懷張允成表弟〉：

欺歲逋租力莫償，一家十口趁流亡。小兒膽大輕官事，老者年
衰重故鄉。落籜西風何處跡，啼螿寒雨幾迴腸。封書欲寄愁難達，
空倚江干數雁行。〔註63〕

〔註61〕《石田詩選》卷七，《沈周集》，上海古籍出版社2013年版，第675頁。
〔註62〕《石田稿》，《沈周集》，上海古籍出版社2013年版，第353頁。
〔註63〕《石田詩選》卷五，《沈周集》，上海古籍出版社2013年版，第658頁。

作品真切地描述了張允成表弟一家因為無力償還租稅而被迫遠走他鄉的遭際，在對小兒和老者心態的描寫中，深深浸透了作者人生的體會和感受。少年人看到眼前困境，可以以逃離故鄉的方式尋求解脫。而老者年事已衰，又對故鄉深深眷戀，雖然不得不隨著兒孫遠走，但在流亡途中，面對落葉西風，不由得愁腸百結。沈周設身處地，感同身受，也讓讀者看到他對表弟的真摯感情。

他敬重父母，十分孝順，「先生奉母寢膳不少離，母有所往，輒冀輿刺舟，挈甘旨以從」〔註64〕。看見亡父的手澤，觸目感懷，「先人手寫宜兒草，綠葉黃葩盡可憐。我莫宜男真不肖，傷心青得浩天邊」〔註65〕。他愛護弟弟，「與君今為老兄弟，我已將衰弟正強」、「躬耕力食我不厭，辛苦讀書君自安」〔註66〕，寧願自己辛苦，也希望弟弟安心讀書。在《石田詩選》卷四「宗族」中，我們可以看到〈憶弟妹〉〈悼內〉〈哭母〉〈示覆兒〉〈十二月一日亡兒附主於祠〉等，無一不是對親情的抒寫。

對於世俗眼中崇高的、重要的、有價值的那些所謂的宏大、莊嚴，充滿誘惑的名利，沈周是豁達的，並不在意，在他眼中，它們不過是浮雲而已。而他對師友，對親人、身邊的僕人、妓女則充滿了深情厚誼，他用心維護著平凡的人生百態，這份仁心善念使沈周成為吳中人集團的核心人物。

古今諸體　各臻其妙

沈周的詩歌創作，從題材上看，十分豐富，涉及了生活中的方方面面，寫時事，寫山水，題寫畫作，記錄與友人燕集酬唱等等，是其日常生活的實錄。從形式上看，也是多樣的，古體今體皆有。以《石田先生詩鈔》為例，此書八卷，其中一至四卷為古體詩，五至八卷為今體詩，諸體兼有的。誠如吳寬在書前的序言中所言「古今諸體，各臻其妙」〔註67〕。從風格上看，也是多樣的，「少壯模仿唐人，間擬長吉，分刊比度，守而未化。晚而出入於少陵、香山、眉山、劍南之間。踔厲頓挫，沉鬱蒼老，文章之老境盡，而作者

〔註64〕　（清）錢謙益輯〈石田先生事略〉，《沈周集》，上海古籍出版社 2013 年版，第 237 頁。

〔註65〕　〈畫萱〉，《石田稿》，《沈周集》，上海古籍出版社 2013 年版，第 539 頁。

〔註66〕　《石田稿》，《沈周集》，上海古籍出版社 2013 年版，《書扇三絕壽繼南》327頁。

〔註67〕　〈石田稿序〉，《沈周集》，上海古籍出版社 2013 年版，第 25 頁。

之能事畢」〔註68〕，甚至還有一些詩歌，「其或沿襲宋元，沉浸理學，典而近腐，質而近俚，則斷爛朝報與村夫子《兔園冊》，亦時所不免」〔註69〕。這種詩兼眾體，風格多樣，應是沈周兼容並包而學習創作的結果。

《石田先生詩鈔》所收詩作依據創作時間排列，前四卷為古體詩，是從天順初年至正德元年（1506）所作。後四卷的今體未標注最初所作時間，截至時間也是正德元年，可見沈周的古今體創作時間基本是平行的，或古體詩寫作最初稍早於今體詩。

古體詩與今體詩是兩種不同的詩歌體裁，古體詩格律自由，不拘對仗平仄，押韻較寬，篇幅長短不限，這種自由的形式，便於無拘無束地表達思想感情，以情致或氣勢取勝的詩人對這種形式有著極大的偏愛。沈周的古體詩創作佔據了他作品的半數之多，這些古體大多才情勃發。

沈周的古體詩擬古特色濃鬱，如其《廬山高》圖卷中所題詩作〈廬山高為醒庵安陳先生壽〉：

> 廬山高，高乎哉！鬱然二百五十里之盤踞，岌乎二千三百丈之龍嵷。謂即敷淺原，賠嶁何敢爭其雄。西來天塹濯其足，雲霞日夕吞吐乎其胸。回崖沓嶂鬼手擘，碉道千丈開鴻蒙。瀑流淙淙泄不極，雷霆般地聞者耳欲聾。時有落葉於其間，直下彭蠡流霜紅。金膏水碧不可覓，石林幽黑號綠熊。其陽諸峰五老人，或疑緯星之精墮自空。陳夫子，今仲弓，世家廬之下，有元厥祖遷江東。尚知廬靈有默契，不遠千里鍾於公。公亦西望懷故都，便欲往依五老巢雲松。昔聞紫陽妃六老，不妨添公相與成七翁。我嘗遊公門，仰公彌高廬不崇。丘園肥遯七十祺，著作撝撝白髮如秋蓬。文能合墳詩合雅，自得樂地於其中。榮名利祿雲過眼，上不作書自薦下，不公相通。
>
> 公乎浩蕩在物表，黃鶴高舉凌天風。〔註70〕

整首詩一氣呵成，流轉自如，類似李白之〈夢遊天姥詠留別〉。

沈周的詩歌不只是才情勃發的古體和在當時被推崇的唐詩格調，還有習宋或習白、蘇、陸等人風格的作品，這類作品更趨於平易、淺白，乃至顯得

〔註68〕　（清）錢謙益〈石田詩鈔序〉，《沈周集》，上海古籍出版社2013年版，第28頁。

〔註69〕　（清）錢謙益〈石田詩鈔序〉，《沈周集》，上海古籍出版社2013年版，第28頁。

〔註70〕　《石田先生詩鈔》卷一，《沈周集》，上海古籍出版社2013年版，32頁。

俚俗。

沈周有數首關於牙齒的詩作，其題材、風格都顯得十分俚俗。

> 當唇一齒齲，將脫根槎枒。棘舌妨嚼食，致憂豈云些。動搖苦
> 浮危，軼出奈參差。疑口嘗沮枚，比眼如礙沙。山水失嘯歌，日夕
> 人歎嗟…… ——〈齒搖〉〔註71〕

> 齒蚛已脫三，又一搖根株。雖存做虩虩，中空外色盧。剝芡偶
> 相擊，迸落如跳珠。…… ——〈理折齒〉〔註72〕

這首詩作中的「豈云些」、「疑口嘗沮枚，比眼如礙沙」、「齒蚛已脫三，又一
搖根株」，都是俚俗之語，詩作很有王梵志詩歌的風味。

詩歌創作多種風格並行，其實也是與沈周對事物的一貫態度相一致的，
之前談及他的繪畫是在臨摹多家的基礎上形成自己的風格，顯而易見，在文
學創作上，他也並非專宗一家、風格單一，而是轉益多師，並相應地呈現出
不同的風格。雖然有時人和後人對他的俚俗表示不滿，如王世貞之「沈啓南
如老農老圃，無非實際，但多俚辭」〔註73〕，錢謙益之「其或沿襲宋元，沉
浸理學，典而近腐，質而近俚，則斷爛朝報與村夫子《兔園冊》，亦時所不免」
〔註74〕。但正如陳田在《明詩紀事》中所說：「（沈周）白詩則不受拘束，吐
詞天拔而頹然自放，俚詞讕言亦時攬入，然其奇警之處，亦非拘拘繩墨者所
能夢見也。」〔註75〕他這類作品奇警之處的自有價值，也得到了吳中文人的
認同，劉鳳在《續吳先賢贊》卷十三之〈沈周傳〉中言：「間爲詩，亦如與兒
女子語耕稼織衽事，雖俚甚，而頗切於人情。」從吳中本地人對他的認可中，
我們也看到了這一地區文人們一貫的兼容並蓄，無疑，這就是明中葉吳中文
人集團的蓬勃發展的重要原因之一。

沈周以繪畫和詩作聞名，但他的成就並不限於繪畫和詩文創作。「書過目
即能默識，凡經史子集百家、山經地志、醫方卜筮、稗官傳奇，下至浮屠老
子，亦皆涉其要」〔註76〕。這並非溢美之詞，除了有別集傳世之外，沈周還

〔註71〕 《石田先生詩鈔》卷二，《沈周集》，上海古籍出版社2013年版，第64～65
頁。
〔註72〕 《石田先生詩鈔》卷三，《沈周集》，上海古籍出版社2013年版，第88頁。
〔註73〕 《弇州四部稿》卷一百四十八，清文淵閣四庫全書本。
〔註74〕 （清）錢謙益〈石田詩鈔序〉，《沈周集》，上海古籍出版社2013年版，第28
頁。
〔註75〕 《明詩紀事》，上海古籍出版社1993年版，第1298頁。
〔註76〕 （明）王鏊〈石田先生墓誌銘〉，《震澤集》卷二十九，清文淵閣四庫全書本。

寫有《客座新聞》《石田雜記》記載傳聞，如《客座新語》卷三之「雞鳴枕」記瓦枕可隨鼓鳴而擂，卷三之「畜類相制」，記獅子、吼、鴻的物類相剋，卷十之「雷擊石」，記被雷擊中的奇石斷紋處有「玉立」二字，新奇有趣，可見沈周對這些事一直保持了好奇之心。《石田雜記》卷三之「劉子賢孝友」，記劉子賢葬父，責己；卷三之「余子俊收莆四」，記余子俊出征蒲四之事；卷六之「尤物害人」記沈萬三、李銘田因貪而致禍等等，都記述平實，多為描述，而少做評價，或者評價僅為隻言片語。雖為雜史，頗有冷靜的史家之筆的意味。

沈周的詩歌內容寬泛，題材多樣，並把題畫詩推向高峰；他師法多宗，詩歌形式多樣，同時又有自己的特色，總體呈現清新淡雅的詩風。他為人平易低調，不為盛名所累，一直把自己的關注點放在最在乎的事物之上，熱愛自然、專心繪畫、樂於交往、隨性抒寫，對自然世界、藝術世界和友誼世界保持著不變的感性熱愛，踐行著自己的準則，遠離仕途，保持著人格的獨立與尊嚴，並以諸種魅力成為吳中文人集團的核心性人物之一。

第七章　祝允明

祝允明在明中葉吳中文人集團中有較爲特殊的地位，他不僅是古文辭運動的有力倡導者，也是這一文人集團中最富有哲學家氣質的人物，他的深邃的思想、超前的認識，兼通多門學問的廣博，都使他名副其實地成爲吳中文人集團中極富代表性的人物。

第一節　祝允明生平

祝允明，字希哲，天順四年十二月六日（1460 年 1 月 17 日）生於長洲。和少時不甚了了的文徵明不同，祝允明天生即特別聰穎，陸粲記其「先生少穎敏，五歲作徑尺書，讀書一目數行下。」〔註1〕吳寬回憶「祝生允明年七八歲時，其大父參政公一日適爲文成請客書之，予時亦在坐，見生侍案旁，嘿然竟日，竊異之。因指文中難字以問，無弗識者，益奇之，且料其他日必能事此也。」〔註2〕天資聰穎的人若無良好的教育未必能有所成就，而祝允明是幸運的，他的祖父祝顥、外祖父徐有貞是他最早的老師，祝顥文章以縟麗自喜，詩歌典瞻有情致，徐有貞「自經傳子史、百家小說以至天文地理、醫卜釋老之說無所不通，其爲文古雅雄奇，有唐宋大家風致」〔註3〕，且是在政治上頗有建樹之人。祝允明少時在讀書、學字上都得到過二人的指點，他後來詩文的有思致、愛好的廣博以及對許多事情的通脫應該都與兩位長輩對他的

〔註1〕　《陸子餘集》卷三〈祝先生墓誌銘〉，清文淵閣四庫全書本。
〔註2〕　《家藏集》卷五十一〈跋祝生文稿〉，清文淵閣四庫全書本。
〔註3〕　《家藏集》卷五十八〈天全先生徐公行狀〉，清文淵閣四庫全書本。

潛移默化有關。祝允明在晚年回憶自己童年時從外祖父遊的情景,「外祖武功公爲此遊此詞時,允明以垂髫在側,於斯僅五十年矣。當時縉紳之盛、合併之契、談論之雅、遊衍之適,五十年中,予所結遇皆不復見有相似者,眞可浩歎。」〔註4〕可見所受父輩影響之深。

　　受徐有貞的影響,也受吳中文人普遍的知識廣博的影響,從少年時起,祝允明即涉獵廣泛,雜學對祝允明的影響非常大,它使得祝允明對許多事物都有了不同尋常的思考,使得他在文人、書法家之外也成爲一個哲學思考者,對各種問題的深入思考幾可說是貫穿了祝允明的一生。

　　青年時期的祝允明,專力於古文辭的寫作和參加科舉考試是他生活的兩個主要方面。祝允明少時即接觸到古文辭並以之爲目標進行詩歌的寫作。他曾回憶少年時學詩的情景,「九歲出胎瘍,……命起,就外傳。經籍之外,因俾專誦楊伯謙《唐音》。漸旁觀諸詩法,雌黃滿眼,性情爲之移。雖未能抉擇,然久而流通泮融矣。」〔註5〕《唐音》是元代楊伯謙即楊士弘所編的唐詩選集,分始音一卷、正音六卷、遺響七卷,楊士弘積十年之力而成此書,「蓋其所錄必也有風雅之遺、騷些之變,漢魏以來樂府之盛,其合作者則錄之,不合乎此者雖多弗取,是以若是其嚴也。」〔註6〕也是比較出色的唐詩選本。祝允明從九歲開始即被這「雌黃滿眼」的唐人之作所吸引,發自內心地產生了喜好,加之他本身聰穎,自是進步較著。到他二十歲於成化十五年(1489)入學爲生員時,他的古文辭寫作已經相當出色,並因此而頗受賞識。其「初在郡學,御史山陰司馬垔按直隸,檄郡學又博學能爲古文辭者,免課書,更殊禮遇。郡以允明當。垔按吳,允明從諸生中擢行相見禮。侍郎徐公貫嘗讀允明所爲文,數加存問。由是延遇兩都,知與不知,莫不曰允明天下士也。」〔註7〕另外,從上段文字中我們還可以知道,當時朝廷官員對古文辭的喜愛也對吳中文人的學習古文辭起到了一定推動作用。司馬垔、徐貫以朝廷官員的身份對祝允明的獎掖自有不同於平常人的意義所在。祝允明未必看重爲官之人對自己的褒揚,但對方所讚揚的恰是自己的喜好,還是會心生歡喜的吧。

〔註4〕　《懷星堂集》卷二十六〈跋爲葛汝敬書武功遊靈巖山詞後〉,清文淵閣四庫全書本。

〔註5〕　搨本《清歡閣藏帖》中〈祝枝山與謝元和論詩書〉,轉引自《祝允明年譜》第19頁。

〔註6〕　(元)虞集〈唐音原序〉,《唐音》,清文淵閣四庫全書本。

〔註7〕　《吳郡二科志·文苑·祝允明》,中華書局1985年版叢書集成初編本。

從成化十六年（1480）開始，祝允明一直參加科舉考試，五次赴鄉試，直至弘治五年（1492）舉於鄉，時間長達十二年。至少從行動上看，他是有意一舉的，但他在中舉之後並沒有立即參加會試，他在〈感記〉中寫自己沒有立即赴試的原因，「說日者曰余三十四更造運，則達矣。以是多望新焉。壬子，先一年而成名。癸丑則入新矣。援漆雕氏旨，不北試。」〔註8〕此中倒頗有些宿命的味道。

青年時期的祝允明除了參加科舉考試、不綴對古文辭的熱愛外，他還創作了大量富有他個人特色的作品。王錡《寓圃雜記》卷五〈祝希哲作文〉中記祝允明其時的創作情況，「文出豐縟精潔，隱顯抑揚，變化機樞，神鬼莫測，而卒皆歸於正道，真高出古人者也。自著有《蠶衣》、《浮物》、《心影》、《吳材小纂》、《南遊錄》等書，共百餘卷。所尊而援引者，五經、孔氏。所喜者，左氏、莊生、班、馬數人而已。下視歐、曾諸公，蔑然也。余聞，評之：『秦漢之文，濂洛之理』。自謂頗富。希哲方二十九歲，他日庸可量乎？」祝允明在二十九歲時就寫出了《讀書筆記》、《浮物》、《蠶衣》、《心影》等書，這些書中尤以《讀書筆記》、《浮物》最可見青年祝允明的卓絕之處。《讀書筆記》作於成化二十一年（1585），也即作於祝允明二十六歲之時，他在此書序中寫道，「歲乙巳，允明居憂，弗能肄力讀書。於事物之理偶有所見，隨筆筆記，俟就有道而正焉。」這本隨筆筆記之書雖只有一卷，但其內容無不是祝允明思想的光片，閃耀著智慧的光芒。《浮物》乃祝允明次年所作，同《讀書筆記》相似，也是祝氏思想的記錄，只是在正統者看來，此書的內容要較《讀書筆記》更為過份，四庫館臣對此書的評價是，「是編取韓愈『文，浮物也；氣，猶水也』之義命名，皆務為新奇之論，甚至以《詩》三百篇、《春秋》二萬言為聖人之煩，則放言無忌可知矣。蓋允明平生以晉人故誕自負，故持論矯激未能悉軌於正云。」〔註9〕然而，正是這部書所體現的思想，已顯出思想家的光芒——祝允明思想的深邃廣博、他看待事物的不同凡響、其思緒的縱橫四溢，實是明中葉其他文人所不及。俗語說「三十而立」，而不到三十歲，祝允明就已顯現出其卓絕之處。

從弘治九年（1476）開始，祝允明七次參加會試，終不見用，正德九年（1514）會試不第之後，祝允明欲放棄會試而就謁選。其時有友人對其進行

〔註8〕 《枝山文集》卷一，清同治十三年元和祝氏刻本。
〔註9〕 《四庫全書總目》卷一百二十四〈浮物提要〉，清文淵閣四庫全書本。

勸阻，祝允明答曰：「勞而罔功，何必強勉？此所謂求之之無方也。故求而弗得弗若弗求。」但他表示他不願放棄爲官的機會：「夫不仕無義，度力而趨。乘田委吏，莫非王臣。如曰徇放逸之曲懷，獵高尙之浮譽，豈吾心哉？……僕也上不敢如鬻熊，次不能爲嵇康，下又不得如袁甫者乎哉？」〔註10〕袁甫是晉人，有才，自言爲縣宰，並說「人各有能有不能，譬繪中之好莫過錦，錦不可以爲帽；穀中之美莫過稻，稻不可以爲薑。是以聖王使人必先以器，苟非周材，何能悉長黃霸、馳名於州郡而息譽於京邑？廷尉之材不爲三公，自昔然也。」〔註11〕可見祝允明是以袁甫自比，認爲自己才學不高，同時亦表示自己願意依才能而爲官。正德九年（1514）祝允明赴京就選，得授廣東興寧知縣。

　　祝允明在個人生活中是放蕩而不拘禮法之士，早年如此，後期亦性格不改。但他並沒有把性格的放浪帶到爲官之上。在興寧縣令一職上，他可稱是一個非常稱職的好官，爲民做了許多好事。「興寧民尙嘩訐，訟牒傍午。公至，懲其一二尤無良者，奸黠斂跡。故多盜，竄處山谷，時出焚劫，爲民害。公設方略捕之，一旦，獲三十餘輩，桴鼓不警。土俗婚姻喪祭多違禮，疾不迎醫而尙祈禱，公皆爲條約禁止。暇則親蒞學宮，進諸生，課試講解。嶺之南，彬彬響風矣。……丙子、己卯再試，公皆參典文衡。得士之盛，於有勞焉。」〔註12〕他所作之事都是於民有利之事，正德十一年（1516）冬，「上司以拙於催科，秋稅後期，停給俸米」〔註13〕。他的被奪俸顯然是由於不願催科加重當地民眾的負擔。正德十六年（1521），祝允明「以當道剡薦，階應天府通判，專督財賦。公悉力經總，民不擾而事集。居無何，乞身歸，築室吳城日華里。」〔註14〕祝允明辛苦三十四年連續參加科舉考試，在科考不中的情況下又甘願以舉人身份就謁選之職，足見其始終沒有放棄爲官的願望，哪怕這官只是一個僻遠而貧窮的縣份的一個小小縣令。在這個職位上他又著實做得不錯，且由僻遠之地陞官到離自己家鄉較近之處，自是美事，而祝允明卻乞歸了。祝

〔註10〕《懷星堂集》卷十二〈答友人勸試甲科書〉，清文淵閣四庫全書本。
〔註11〕《晉書》卷五十二〈袁甫列傳〉，清文淵閣四庫全書本。
〔註12〕《雅宜山人集》卷十〈明故承直郎應天府通判祝公行狀〉，清文淵閣四庫全書本。
〔註13〕《祝氏集略》卷六〈歸興〉，清文淵閣四庫全書本。
〔註14〕《雅宜山人集》卷十〈明故承直郎應天府通判祝公行狀〉，清文淵閣四庫全書本。

允明在興寧爲縣令時曾在〈將歸行〉、〈歸興〉、〈己卯春日偶作韓致光體〉等多首詩作中描寫了自己渴望回歸故里的心情，但並沒有乞歸，此時的乞歸或許是因爲他自覺年齡已大，或許是因爲應天府通判之職所管之事較爲瑣屑，或許是歸隱之志已十分堅決。祝允明之爲官，大力治理興寧縣，平寇，破除迷信思想，爲諸生講解等等都可看作是他力圖一展才能爲民做事的努力，既已做了自己想做之事，乞歸應該沒有什麼遺憾吧，乞歸也應該是自然之舉吧。

祝允明回到吳地後，「益事著述，洞觀天人。或放浪山水間，悠然樂也。」〔註15〕嘉靖五年（1526），他寫了〈懷知詩〉一組，緬懷平生詩友，也許在那時即已預感到來日無多了。同年十二月二十七日，祝允明病亡，因爲晚年生活放浪，家貧如洗，身後蕭條。

第二節　祝允明的思想

祝允明同吳中文人集團中的其他文人相比，有較爲獨特的一面。如與唐寅、張靈等人相比，他同樣放曠、不拘形跡，但他的行爲又不像唐寅、張靈的「赤立泮池」那樣過於驚世駭俗；同文徵明相比，他同樣有著文人的「學而優則仕」的一般認識，也曾累試南宮，也曾就選赴任，但他又不像文徵明那樣十分恪守儒家的行爲道德規範，而是更像戰國時期尚未儒化的士。更爲值得一提的是，祝允明既是一個文人，又是有著哲學家頭腦、善於深思並力求洞察天人的思想者。黑格爾說：「思想的自由是哲學和哲學史起始的條件」，一個人成爲哲學家的首要條件是「思想必須獨立，必須達到自由的存在。」〔註16〕而祝允明就是一個有著哲學家頭腦和思想的文人，他的許多想法和觀點都體現出他不同於一般傳統文人的地方。可以說在思想的深邃上，其他吳中文人很難與之相比，他對事物的認識往往達到了一種很高的層次。

從文學觀上來看，古文辭的含義及如何學習古文辭是吳中文人們普遍關心的問題，祝允明在此問題上的見解就很有他的個人特色。

祝允明與友人論詩曰：

> 故僕嘗序友人朱君詩，其略曰：「古人爲詩，趨適既卓，而齊量

〔註15〕《雅宜山人集》卷十〈明故承直郎應天府通判祝公行狀〉，清文淵閣四庫全書本。
〔註16〕《哲學史講演錄》第一卷，三聯書店1956年版，第93頁。

又充。其命題發思，類有所主。雖微篇短句，未嘗無意新。特今人之詩，自數大家外，能者甚眾，佳篇亦未嘗乏。而求其合作者，則殊鮮焉。余嘗究之，蓋其有二等，而其病之所在，則有四。其率也，守分者多疲辭腐韻，無天然之態，如東鄰乞一裾，北舍覓一領，錯雜裹綴。識者可指而目之曰：此東家裾也，此北戶領也，是可謂之陋。絢質者多儇唇，利口無敵，如丹青塗花，伶人裝女，苟悅俗目，不勝研核，是可謂之浮。陋也浮也，皆非詩道。……至其所謂四病，則趣識凡近，蹇步苟止，望不出簷外，行不越戶限。篇句之就，如貨券公牒，顒顒焉不敢超夐常狀之一二，抑又齊量寒薄，一取便竭，言梅必著和羹，道鶴不脫九皋。至其命題發思，往往苟欲娛人，不由己主。且多為俚題惡目之所縈繞，號別縱橫，居扁齟齬；慶生挽死，妄頌繆哀。大抵生紐性情，趁人道路。況其摹仿師法，泄邇忘遠，只知繩武雲仍，不肯想像宗祖。嗚呼！以二率為之岐途而四海根乎其衷，則何怪乎古詩之不復見哉。」大抵僕之性情，喜流動，便舒放，而惡懔接，故所契於古者亦然。微自所得，亦有以驗者，故得之漢魏如〈絡緯吟〉、〈庭中有奇樹〉等數十篇而已。循是以觀，則詩之本於情，豈不然哉？〔註17〕

祝允明所說的友人朱君指的是朱存理，他為朱存理的《樓居雜著》作序時談到了自己在學習古文辭上的看法。〈祝枝山與謝元和論詩書〉中序友人朱君詩的文字與四庫本《樓居雜著》之〈野航詩稿原序〉文字略有差異，但意思是完全相同的。從以上文字中可以看出，作為古文辭運動的主要倡導者，祝允明的學習古文辭並不是盲目地照搬古人，尺尺寸寸於古人，而是對於如何學習古文辭有著十分清醒的認識，他冷靜地看到了在學習古文辭這一問題上人們最容易犯的錯誤：為了守所謂古人的本份，僵化地進行拼湊；為了追求悅人耳目，刻意雕章琢句；為了形式與古人相似，亦步亦趨，不敢越雷池半步，不敢有自己的思想……這些都是造成今人之仿古之作不如古人的根本原因。祝允明還認為，自己所作的〈絡緯吟〉、〈庭中有奇樹〉等數十篇之所以有漢魏風格，其根本原因在於這些詩是發之於情，其思想感情的內核是他自己的，是天然之態。可見，作為古文辭運動發起者的祝允明既主張學習古文辭，又

〔註17〕 拓本《清歡閣藏帖》中〈祝枝山與謝元和論詩書〉，轉引自《祝允明年譜》第85～86頁。與《吳都文粹續編》卷五十六中〈朱性父詩序〉文字有異。

反對盲目地囿於古文藩籬，這無疑是十分客觀的。

　　祝允明一直非常注重文學本身的價值，他在作於弘治四年（1491）八月一日的〈容庵集序〉中說：

> 士之在世，要以建志爲重，而聲業後之。今國家以經術取士，或以爲尚文藝、異德行之科。不知所以取之者特假筆箚以代其口陳之義，所主在經術耳，非文藝也。然其名也，遂視經術文藝爲二道。夫場屋之習，固可以爲用世之業矣，而文藝之云，則又何物？其果無當於茲道邪？國家又豈嘗錮手殲筆，使不得一申其遐衷散抱於情性議論邪？有人於此知所從事，則所謂能建志者非歟？〔註18〕

從這段文字可見，祝允明非常看重文藝的價值，他認爲人生之要義應以立志爲第一，而文學可以很好地「一申其遐衷散抱於情性議論」，非常直接地體現出個人的「志」，可見祝允明看重的是文藝表達個人情志的作用，是文學自身的價值而並非功利性的用途。

　　從學術觀上看，宋學的優劣問題是明代及明代以後的學者們經常爭論的一個問題，而祝允明對這一問題亦有自己獨到的見解：

> 凡學術盡變於宋。變輒壞之經業。自漢儒訖於唐，或師弟子授受，或朋友講習，或閉戶窮討敷布演繹難疑訂訛，益久益著。宋人都掩廢之。或用爲己說，或稍援它人，皆當時黨類，吾不如果無先人一義一理乎，亦可謂厚誣之甚矣。其謀深而力悍，能令學者盡棄祖宗隨其步趨，迄數百年不寤不疑而愈固。〔註19〕

祝允明指出漢唐學術是學者們授受、講習、敷布、訂訛的成果，其精密博深自不待言，而宋人之治學則態度有失嚴謹，往往自己不肯付出較爲實際性的勞動，而是隨便提出一種看法、一個觀點，援引他人的成果來加以說明，看似言之有物，實際空虛輕浮。祝允明的這種觀點是弘通精到的。在明中葉，在士人們熱衷於科舉時文，多推崇宋學的時候，祝允明卻能看到宋學之空疏，實是難能可貴。

　　從個人精神自由度的取得上來說，祝允明比其他人更講求追求精神世界的自由。他喜歡心遊玄遠，喜歡作深湛之思。自然，這一點若放在先秦時期的士人身上遠談不上是特異之處，但在明中葉，在儒家文化幾乎占絕對統治

〔註18〕《吳都文粹續集》卷五十六，清文淵閣四庫全書本。
〔註19〕《懷星堂集》卷十〈學壞於宋論〉，清文淵閣四庫全書本。

地位的封建社會中後期，這種品質實是難能可貴的。人類文明在進步的同時也往往孕育著某些方面的退步，物質文明的發展有時會帶來精神文明的失落，而精神文明的發展有時也會造成內部的不平衡。當個體受到的文明教育過多時，文明也許會成為壓抑個性與真實情感的包袱；當某些事物成為約定俗成的、司空見慣的東西被潛移默化地接受下來時，人的創造性就減少了，神性和靈性就減少了。康德曾說過：「有兩種東西，我們愈時常、愈反覆加以思維，它們就給人心灌注了時時在翻新、有加無已的讚歎和敬畏。這就是頭上的星空和內心的道德法則。」〔註20〕在明代中葉，絕大多數文人對頭上的星空沒有了興趣，已經失去了初民飛動的神思，而祝允明則不同。

祝允明特別追求「靜觀」、「玄覽」式的直覺主義的認識路線，希望通過玄思冥想去知覺事物，讓心靈遨遊於自由的國度。他的〈口號三首〉寫出了他沉迷於內心世界的滿足感。

> 枝山老子鬢蒼浪，萬事遺來剩得狂。從此日和先友對，十年漢晉十年唐。
>
> 不裳不袾不梳頭，百遍迴廊獨步遊。步到中庭仰天臥，便如魚子轉瀛洲。
>
> 蓬頭赤腳勘書忙，頂不籠巾腿不裳。日日飲醇聊弄婦，登床步入大槐鄉。

他把自己的精神看作獨立於肉體之外，不受身體形骸束縛的存在。他想保持內心世界的清明澄澈，拋開身外的一切束縛，心靈在自由、空靈的境界遨遊，進入「便如魚子轉瀛洲」的人生境界。

在〈樓清賦〉中，祝允明說，「玩四聖之幽文，研六編之遺經，尋曼倩十洲之詮，覽伯禹山海之形。遞鍾一鼓，商歌數賡，煙霞為之飛動，日月助其光晶。既對聖賢，亦多賓客，玉麈時揮，厄言日出。」在〈笑齋求志賦〉中，他又說：「拊百氏兮獨步，攬萬化兮棲臆，操三才兮在馭。於是謝將迎，遺倡和，任簡傲，安晏惰。九域蠛蠓，萬類澒唾。」在〈偶然書〉中，他說，「秋日與客午食罷，客去，席地而臥，既交關未息，喜怒互懷，寐去易境，情隨見遷，寤而更追昔事，以為真喜怒，亦能知其妄矣。時仰視庭下，木陰過半，日加申矣。內外寂謐，悅懌無限，謂境加美加惡，咸不是適焉。世何負於人哉？廓然感荷，第未及坐忘耳。」這些都是祝允明對精神自由遨遊的抒寫。

〔註20〕（德）康德《實踐理性批判》，關文運譯，商務印書館1960年版，第164頁。

　　從思想來源來看，祝允明的思想主要是道家的思想。如果說沈周的天性親近自然；文徵明是一個深受儒家思想影響的儒者；唐寅曾希望以立言傳世，後來則享樂主義傾向頗濃；祝允明則更多地受到了道家思想的影響。道家思想倫理體系中的許多東西都與祝允明的個性、性格非常期契合，祝允明在他的文章中並沒有直接標明自己的思想認識更多地來源於道家，但這一點從他的行文做事中不難看出。

　　祝允明是一個注重思考，沉迷於冥想的哲學家式的文人，他對於世間事物的存在和發展有自己的較為獨特、深入的思考，認為世間萬物都是自然而然地存在著，自然界有自然界的規律，應該依照自然界的規律行動。他在《浮物》中談到自己對事物變化的認識，「夫四氣之運，時溫溫，時炎炎，時冽冽，變亦煩矣。山石之定，巨如許，細如許，古如許，今如許，定亦膠矣。運曷不和暫定釋其煩乎？定曷不時變通其膠乎？天地不能推，聖人莫能移，物數如是哉，其如是數也，而所以如是有非數者存。」認為事物有變有定，其本身的發展變化是有「物數」的。他在《讀書筆記》中說，「視聽持行耳，耳目四肢，自然之功也。聰明運動，耳目四肢，自然之效也。人惟其自然也，是以功不亂而效自著。至於心乃不任自然而憂之，欲其虛靈而功效之得也，難矣。」指出人的耳目四肢的功效都出自於自然，人應該任於自然的變化。祝允明還說，世界萬物都有自己運行的規律，不會因外在的原因而受到影響，所謂「雞鳴而旦，雞不鳴則天不旦乎？天不以雞不鳴而不旦，雞不以天自能旦而不鳴，皆自然而已矣。且者，天也；鳴者，人也。人委數於人而不修其人，非矣哉。」這些對於四氣、山石、視聽、耳目四肢、雞鳴、天旦的認識都明顯地表明了祝允明對於自然界事物存在規律的認識，而他的認識與道家對自然界事物存在規律的認識是非常契合的。道家特別強調認識自然規律，即所謂的「知常」。老子說，「夫物芸芸，各復歸其根，歸根曰靜，是謂覆命。覆命曰常，知常曰明。不知常，妄作，凶。」〔註21〕莊子亦發展了老子的思想，認為宇宙間萬事萬物都有自己的常規，他說，「天地固有常矣，日月固有明矣，星辰固有列矣，禽獸固有群矣，樹木固有立矣。」〔註22〕「天之自高，地之自厚，日月之自明。」〔註23〕在道家看來，自然萬物均有自己的盛衰消長的規律，而這些固有的規律都不是人為可以改變的。祝允明對自然的認識與道家有契合之

〔註21〕　《老子道德經・歸根第十六》。
〔註22〕　《莊子・天道第十三》。
〔註23〕　《莊子・田子方第二十一》。

處，應可看作是他受道家影響的一個方面。

道家不僅認爲自然是一個有機的系統，同時也強調人對自然的順應。祝允明也是如此，他所強調的對自然的順應既表現在他對自然萬物自在的認識上，也表現在他對順應自然的養生方法的認同上。祝允明曾因都穆不願吃飯、不按時吃飯而寫了〈與都穆論卻飯書〉來勸告都穆應該按時進餐，他指出至愚不辨菽麥者、心恙不計死生者、嬰子愚婦、善人君子聖人都未嘗卻飯，即使都穆是想從神仙者流，但「不得其方而且爲之，則不獨效不可收，且更有害，而其方則不可戶得而人習之，故其言卒歸之冥茫空虛繆悠而亡徵。」〔註24〕祝允明還曾寫過〈與連博士勸勿食牛飲水書〉，對連博士「啖牛脯後脹懣，因復飲水，遂至大下」的行爲給以忠告和勸誡，大書特書不可食牛肉，不可無端漫飲水的養生之道，指出人應該遵循自然，起居飲食，生活衛生都應該合乎自然，這是祝允明在談及養生時特別強調的，而這種以遵循自然爲主的養生方法也正是道家所大力提倡的。

「對現實倫理道德的不滿以及對儒家所推崇的倫理道德觀念的猛烈抨擊與批判，是道家倫理思想的一個突出特徵。」〔註25〕而祝允明對於儒家所推崇的倫理道德觀念一直是持批判態度的，而且他對儒家所推崇的倫理道德觀念的批判往往與道家對之的批判有異曲同工的契合之處。祝允明對儒家所推崇的倫理道德思想的批判集中體現在他的《罪知錄》和《讀書筆記》中。《罪知錄》和《讀書筆記》都是他早年所作，兩書中的許多內容都是對儒家倫理道德的批判。如《罪知錄》專門是非前人，自商湯、周武、伊尹、周公、孟柯直至於程頤、朱熹、許衡、吳澄等，都大力抨擊。對於理學家，他主要揭露了他們的虛僞狡詐，「道學之名甚尊，僞學之利甚厚，莫不小禍於初，而大獲於後。官不峻而勢益張，權愈失而力轉重，時君通國莫敢攖其鋒，以是黠子從之如狂。自古以來，竊名利者，無若此徒之捷也。」批評得特別深刻，這在明中葉，幾可稱是震天之雷。

第三節　祝允明的文學創作

在吳中文人集團中，祝允明和唐寅一樣，對於自己的文集都不甚留意，

〔註24〕《懷星堂集》卷十三，清文淵閣四庫全書本。
〔註25〕王澤應《自然與道德——道家倫理道德精華》，湖南大學出版社 1999 年 3 月版，第 67 頁。

兩人生平創作不少，但許多都隨手散佚，他們的作品得以流傳多是由於後人的搜集。就祝允明而言，他的撰著數量頗豐，且種類不少，據《蘇州府志‧藝文志》、《明史‧藝文志》、《千頃堂書目》《靜志居詩話》、《列朝詩集小傳》、《續文獻通考‧經籍考》、《國史‧經籍志》等載：祝氏一生著述三十餘種，其詩文集有《祝氏集略》三十卷，《懷星堂集》三十卷，《祝氏小集》七卷，《枝山文集》十卷等；雜著類著作有《蠶衣》一卷，《讀書筆記》一卷，《浮物》一卷，《祝子罪知錄》十卷等；野史小說類著作有《野記》一卷，《志怪錄》一卷，《語怪》一卷等；另有與他人合作的《正德姑蘇志》六十卷，《正德興寧志》五卷等。其餘的多已散佚而不能得見，即如祝允明最為著名的詩文集《祝氏集略》也是其子在其亡故後整理的，其最初的刻本完成於嘉靖九年（1560），此時距祝允明去世已三十四年。不過，僅從現存的作品來看，祝允明的創作在數量和質量上都是極為可觀的。

祝允明的創作在藝術上的主要特色之一是艱深古奧，對此前人頗有評價。文震孟稱祝允明「於古載籍，靡所不該洽。自其為博士弟子，則已力攻古文詞。深湛棘奧，吳中文體為之一變。」〔註26〕文徵明〈題祝希哲手稿〉記「右應天倅祝君希哲手稿一軸，詩賦雜文共六十三首，皆癸卯甲辰歲作。於時君年甫二十有四，同時有都君元敬者與君並以古文名吳中，其年相若，聲名亦略相下上，而祝君尤古邃奇奧為時所重。」〔註27〕文徵明還曾跋祝允明〈沈氏良惠堂敘銘〉曰：「古奧艱棘，讀不能句，蓋揚子雲、樊紹述之流，非昌黎子莫能賞識，真奇作也。」〔註28〕祝允明作為吳中古文辭運動的主要倡導者，他對古文辭的熱愛不僅是發之於言，而且是付諸於行，而他的付諸於行的一個主要做法就是在寫作上力追古人的古奧，使自己在文學創作的風格上顯示出古奧之處。

祝允明的古奧之作可以前所言及的〈沈氏良惠堂敘銘〉為一個代表，此種風格也多見於其賦作之中。如〈秋聽賦〉是祝允明賦作中字數居中的一篇，狀寫秋日中自己所聽到的秋聲、所感受到的秋意，全文不足三百字，但奇字、拗字甚多，僅就開篇部份而言：

〔註26〕　《姑蘇名賢小紀》卷上〈祝京兆先生〉，明萬曆刻清順治重修本。
〔註27〕　《莆田集》卷二十三，清文淵閣四庫全書本。
〔註28〕　（明）文徵明著，周道振輯校《文徵明集（增訂本）》上海古籍出版社 2014年版，第 1309 頁。

詹旻天之沉瀏兮，旋素皇之金驪。楚百生以入機兮，憭慄慄而半愁。映巘嶒以噫嗋兮，吹萬籟以戚虩。槁柯戍削兮，廢葉隕投。濫泉湛縮兮，寒漸咽流。沙礫碟碟兮，城郭不周。松檜苦篔兮，寒鷙以摯。空岩唳鶴兮猿狄嘯，金石爭觸兮鏦戈矛。顥商吐響兮悲音咽，啾群喙奪息兮噤嗄以伏。紛吾耳兮離騷。

其中「沉瀏」、「楚」、「憭慄」、「映」、「噫嗋」、「碟碟」、「蹇鷙」、「噤嗄」等字都極爲古奧，這些字在明中葉的文人創作中極爲少見。當然，最爲重要的是祝允明不僅用了奇字、拗字，而且還用得恰到好處，貼切妥當，並不顯得突兀。以「沉瀏」形容天之蕭條無雲貌，用「楚」表秋踐踏生物使其進入蕭瑟之狀的無情，以「憭慄」狀悽愴之貌，用「巘嶒」寫山谷陡峭幽深之貌，都準確而精到。——當時乃至稍後一些以復古爲主旨的文人在他們的文學創作中也用了古奧艱深之字，但往往用得支離破碎，就如祝允明所言「東鄰乞一裾，北舍覓一領」，僅知古文辭的皮毛，祝允明與他們相比，自是高者與末流不可同日而語。

祝允明之學古不僅只限於對古奧之字的妙用上，在創作中，他也運用了藻麗、古樸之詞。他有〈述行言情詩〉三首，其中之一曰：

高閎眾祥集，泰日百美具。豐屋陵飛霄，崇樓臨大路。高齋敞華器，芳皇羅嘉樹。良疇經邐郭，麗舫泛妍渶。紳杖旦日臨，星曜時夕聚。群公邕威儀，百彥盡能賦。圖書恣儳核，琴瑟鏗在御。崇議每徵今，幽求競稽古。厄言藹蘭馥，雄辯激水怒。觴詠富章什，弦吹暢情素。西園繼清夜，何愁白日暮。

王夫之對祝氏此作有過評點，其言：「結語一句總一篇，又止半句，其宛縟密藻，則自顏延年出，其命意養局，又非延年所逮，直從《十九首》來。弘、正間希哲、子畏、九逵，領袖大雅，起唐、宋之衰，一掃韓、蘇淫詖之響，千秋絕學，一縷繫之。北地、信陽尚欲赤頰而爭，誠何爲邪。」〔註29〕王夫之論詩推崇唐前之詩而排斥宋詩，其看法不免偏頗，但亦有啓發人意的深識卓見。他看出此詩之宛縟密藻與北朝顏延年風格相同，乃是學習北朝詩歌的結果，同時又指出祝允明的命意布局遠高於顏延年，而此詩之用詞華麗雖學古人，但立意布局則出於己意，此一點即遠遠勝於也同樣提倡復古但又在立意上泥古的李夢陽、何景明。王夫之的評價看到了祝允明學古的高明之處，

〔註29〕《明詩評選》卷四，文化藝術出版社 1997 年 3 月版，第 130 頁。

就此來說，確爲的評。當然，我們在此引用王夫之的評價主要還是爲了說明祝允明作詩用詞也有藻麗之處，另如其〈宿茅峰〉中「丹伏砂床金焰短，術穿崖竇紫雲肥。神方能詠不能遇，一夜爽靈峰頂飛」，其〈詠禁省〉之「彤華耀芝蓋，初旭浮絳繢。紫殿切五雲，螭表雙嶙峋」，都堪稱用字「宛縟密藻」。

祝允明在文學創作上講求古奧、力求接近古意自然並不僅僅限於他對古字、奧字、奇字的運用上，還表現在他的大多數詩歌與古風的接近上。他的許多詩作頗有古風，其最爲主要的詩文集《祝氏集略》共有三十卷，前九卷爲詩賦，其中前五卷爲賦、樂府、古調、歌行等古體詩作，卷九到卷三十爲文，而放在散文前面的卷九亦是古體之作，不管這一順序是祝允明排列的還是他的兒子排列的，都可以看出古體作在祝允明創作中的重要位置。

祝允明之學古風格多樣，不拘於對某一人或某一時代詩歌的學習。他有的詩作體現出漢魏詩歌之風，如其〈秋懷〉一詩：

> 時運無長榮，清商多悲音。悲音一何苦，壯士有遠心。蕭蕭風篁亂，琴瑟蚰蛷吟。寄言眷萬古，託之千霜林。潯陽有餘波，涯岸倘能尋。

意境高遠，有建安文學的風貌。《文心雕龍·時序》稱建安詩歌「觀其時文，雅好慷慨，良由世積亂離，風衰俗怨，並志深而筆長，故梗概而多氣也。」而看祝允明之〈秋懷〉確有「志深而筆長，梗概而多氣」的明朗剛健的風格，情緒悲涼而不低沉，反而表現出昂揚向上的精神，頗有建安風骨。

其〈別唐寅〉一詩：

> 長河堅冰至，此風吹衣涼。戶庭不可出，送子上河梁。握手三數語，禮不及壺觴。前轅有征夫，同行竟異鄉。人生豈有定，日月亦代光。毛裘忽中卷，先風欲飛翔。南北各轉首，登途勿徊徨。

寫與友人唐寅分別時的情景，並抒寫離別之情，情誼深厚纏綿，意境優美醇樸，辭句雋永無華。再試看「蘇李詩」中的「攜手上河梁，游子暮何之。徘徊蹊路側，悢悢不得辭。行人難久留，各言長相思。安知非日月，弦望自有時。」二詩從風格、用字、音節、意境上都頗爲相近，這無疑是祝允明學古的成功。王夫之評價此詩「一味從情上寫，更不入事，此謂實其所虛。蘇武、李陵，不期被祝生奪卻項下珠也。」〔註30〕正是看到祝允明此詩在風格上的與「蘇李詩」之相近，但在情味上又遠勝於「蘇李詩」之處。

〔註30〕《明詩評選》卷四，文化藝術出版社 1997 年 3 月版，第 132 頁。

有的詩歌體現出盛唐詩歌之風，其〈日觀〉一詩尤爲出色：

> 我昔聞日觀，想像當雄哉。君今登日觀，眞從日邊來。君言日觀高踞山之東，左有天門，右有絕崖，從中突起一片石，不知千丈萬丈。上撥浮雲開，扶攜石傍東面坐，但見東方無際畔，盡在茫蒼滄茫間。上不辨穹霄，下不分人寰，八極總一景，焉知別華蠻！忽聞天雞鳴一聲，恍惚紅光射破青冥端，龍宮煆火齊琢爲太陽丸，海波激激玻璃翻，搏桑脩脩掃三山，衛霞從霧紛爛漫，五彩錯亂多朱殷。龍車不須轂，踆烏不須翰，奮迅昇天關，遊天衢兮循天環，開闔六合，天尊地卑萬物出，作咸乂安，日觀之日乃如此，亙古不息正天紀，蒼生仰照宣重光，吾能言之自此始。

此詩氣勢磅礡，句無定字，全靠感情的流動爲脈絡，跌宕起伏，痛快淋漓，有江河一瀉千里之勢，與李白詩風可堪伯仲，應是祝允明學習唐詩所得。而他的另一首〈春日醉臥戲效太白〉也是傚李白之作，末二句「攜手觀大鴻，高揖辭虞唐。人生若無夢，終世無鴻荒」，一派英雄豪情，在氣度的恢弘闊大上與李白相比毫不遜色。如果說學古文辭、學用詞的古奧、學用語的宛縟密藻、學用字的質樸古拙尚可稱相對簡單的話，學李白的詩風則是相當困難的，李白的詩幾乎可稱是無人可以傚仿的天才之作，其詩往往來源於靈感，一蹴而就，無法用一般的規則去規範，而祝允明之作效李白之豪壯、峭拔幾乎可達到出神入化的地步，實在是難能可貴。幾可稱是其學古的最高境界。

當然，祝允明的詩歌也並非都是擬古之作，風格也不拘於上面所言的擬古一派，他有些詩歌意淺語俗，幾乎可稱是隨手而爲之作，王世貞在他的《藝苑卮言》中說，「如盲賈人張肆，頗有珍玩，位置總雜不堪。」對其詩歌創作的不措意頗爲不屑。其實，祝允明有些詩歌的語言清淺、明白，多用白話口語，頗有諧趣，而在有諧趣的同時並不缺少眞趣，倒有自由灑脫之感，近乎白居易、劉禹錫的風格。

其作〈癸丑臘月二十四夜送灶〉頗有眞趣：

> 豆芽糖餅薦行蹤，拜祝佯癡且詐聾。只有一般休閑口，煩君奏我一年窮。

祝允明活脫地寫出了臘月二十四這一夜送灶神時人們的行爲與心態：忙著爲灶神供上豆芽糖，拜祝灶神向玉帝上奏時佯癡詐聾，不要說人們的壞話，只上奏說家裏一年的貧窮，以便玉帝降福於人間。這種風俗在民間廣泛流傳卻

很少爲文人以詩歌的形式記述。因爲這一風俗本身即具有諧趣，作者又是以俗字常語寫風俗俗事，因而全詩顯得生動活潑，富有生活氣息，顯示出世俗之樂、生活之眞趣。

再如他的〈嘲雨〉一詩：

> 我儂貪花已特甚，你儂貪花又過之；無明徹夜恣淋灑，教他紅綠盡離披；明年花時再如此，定喚花王訟雨師。

祝允明運用擬人化的手法把雨當成一個貪花之人，以日常生活中人與人之間的調侃口吻嘲弄雨的貪花，嘲笑他徹夜不停地淋濕花朵，又以戲謔的口吻嗔怪並威脅似地告誡他：「明年你要是再這樣貪花，我就讓花王責怪雨師！」全詩幽默、風趣、俚俗，天趣盎然。值得注意的是，祝允明在此詩中運用了大量的方言口語，如他將方言「儂」字入詩，「儂」字是吳方言，用於人稱之後，吳人日常生活中交往時常用而文人將其入詩的很少。祝允明不僅用了這個字，還用了另外三個人稱代詞：「你」、「我」、「他」，這三個人稱代詞也是日常生活中常用但於文人詩中並不多見的──在文人詩中「余」、「爾」、「汝」這類詞與它們相比更爲常見。此詩中的「已特甚」、「又過之」、「再如此」也都是較爲口語化的詞語。這些口語化詞語的運用使全詩顯示出濃鬱的通俗風格，詼諧意味。

上面提到的兩首詩都是有正式標題的詩作，都應該是一番斟酌之後所寫，此類詩作在祝允明創作尤其是後期創作中爲數不少。可見祝允明在復古的同時也有意注意貼近現實生活，有意用日常口語進行創作。祝允明寫過不少〈口號〉詩，口號是古體詩的題名，表示詩作是不經起草而隨口成文的。梁代蕭綱、南北朝庾肩吾、唐代李白、杜甫等都有口號詩。祝允明的這一類詩最能體現他的淡泊、不甚措意。他的〈口號〉詩在《祝氏集略》中有 6 首，《枝山文集》中有 17 首，這些詩信手爲之，最可見祝允明對俗字、俗詞、俗語的運用，而與此同時，這些隨口成文而又大量運用口語的詩歌，其思想內容和藝術價值並未因急就和用語俚俗而有所降低。明代中葉人們日常生活所用的語言已經較文人語言有了很大的不同，語言的變化也要求有新的文學形式與之相適應，這導致了非典雅語言寫作的產生，而詩歌也應該應用新的俗字、俗詞、俗語來適應時代的變化。祝允明在堅持古典審美理想的同時也注意到了文學創作應有的新變，他的這一類詩作雖因此而受到排斥，但這實際上正是他進步的一面的顯現。

祝允明的詩文創作在藝術上的另一個主要特色是「尤縹緲奇變，乃如風行水上，自然成文。」〔註31〕此語本是劉熙載用來描寫莊子文風的文字，但用於祝允明身上也比較妥帖。前人對祝允明在文學創作上的流動飛揚也有所評價，袁裒《胥臺先生集》卷四〈四悼亡〉其二〈祝京兆希哲〉談及祝允明的文風「覃思更深博，沉志揚雄玄。虞稗漁厥流，丘墳掘其源。武庫森矛戟，腹笥傾淵泉。詼諧識歲星，辯議駭談天」，即注意到祝允明在詩文創作上所體現的奇詭、新鮮、活潑的文風。

祝允明之文汪洋闓闓，儀態萬方，頗有先秦諸子散文的風格，他的這一創作特點最爲集中地體現在其寓言與賦作中。「寓言」一詞最早見於《莊子》的〈寓言〉篇，「寓」乃寄託之意，乃所謂「寓眞於誕，寓實於玄。」〔註32〕它往往借助於對某個小故事的描述、擬人化的譬喻闡發哲理，印證概念。寓言曾被先秦諸子在寫作時廣泛採用，但由於寓言要求語帶雙關，託喻巧妙，要富於想像和誇張，後來，隨著社會的發展，人類整體的想像力的下降，寓言的創作越來越少了，唐代的柳宗元尙有一些寓言性質的小品文較爲著名，而至明代，寓言的創作者就已經廖若晨星了，而祝允明就是其中較爲明亮的一顆星。

祝允明在一些文章中採用了寓言來表達他新鮮活潑的思想。他的《浮物》一書有一則「通目者典嗅」的故事，講的是五官相爭，「通目者典嗅，忽耳者職聞，瞭童者司瞻，宣啄者知言，靈君者務思」，五官各言自己職位的高下優劣，不得決斷，就共同前去問太眞，但太眞「察而無言」。他們又前往問元始，元始回答五官，「各司其職，均自然亦，優劣可也，無優劣亦可也。」五官聽後，退而各司其職，終身再無爭執。祝允明最後結語說，「故《淮南子》曰：『不知乃知，知乃不知。』若元始乃眞知也。」祝允明借五官相爭彼此的優劣，而元始以自然造化無優劣這一寓言性故事說明自然萬物本自造化天然，彼此沒有優劣之分這一道理。他借用了虛擬人物的對話和活動，用富有詼諧意味的情節、生動活潑的描寫，表現了自己豐富深邃的哲學思想，使全文顯得神奇變幻，豐富多彩。

祝允明的《枝山文集》首卷首篇是名爲《五后小紀》的寓言性故事，從字面意義上看文章是介紹帝的五位后妃：東方萌、南融、西門收、北宮元冥，

〔註31〕《藝概》卷一「文概」，清同治刻古桐書屋六種本。
〔註32〕《藝概》卷一「文概」，清同治刻古桐書屋六種本。

中黃泰元后各自的姓名、出生地、外貌、性情等個人情況，並談及多人因五后而亡，但此並非五后為人之過，「五后者以生人，而人失其制以自殺也，五后何其過焉？」實際上這所謂的五后即像〈毛穎傳〉中的毛穎一樣，──毛穎既是姓毛名穎的一個人，又是毛筆的化身──五后既是帝的五個后妃，亦是五種對人有誘惑性、人合理用之有益而不合理用之有害的事物。如南融，「南氏，融字，居朱明之鄉，帝宮之為禮師。其性翕翕，善凌人。行大，赤而輕揚，託物引類以自達。然克受制，能熟物之生，而熙其寒，其通明整齊人也。至失制，則大狂逸；童山林宮車，殘人之生並其軀。」這個性情善凌人的帝后實際上也就是火，火受制時於人有益，助人熟食、驅寒、照明，失去控制時會毀壞萬物。這篇文章所謂的五后即是木、火、金、水、土，這既是五種事物，又是傳統的五行，而祝允明用擬人化的手法說明了這五種事物給人類帶來的影響和人類應該以何種態度對待這五種事物。全文構思巧妙，體現出作者對自然、人心的高度洞察力，顯現出他的「覃思深博」，在明代小品文中實屬少見。

祝允明類似的作品還有〈畸崖記〉、〈蠍之螫物也〉等，都是借助於寓言形式來表達思想，都無一例外地體現了祝允明神思的流動飛揚。

除了傳統的詩文創作之外，祝允明還有一定數量的詞作。由於祝氏作品多有散佚，其現存詞作為數不多，《枝山文集》收其詞 36 首。祝允明詞作的特點是意淺、語俗、曲子化，與他的白話詩一樣，讀起來自由灑脫，頗有諧趣。

祝允明有〈賀新郎〉一詞：

> 老子真癡子。算人間、真有個癡如此。萬事把來拋掉了，吃酒看花而已。另自是、一般滋味。不是要和人廝拗，也非關、不愛名和利；大概是，一癡耳。　　思量癡好真無比。者其間，無頭腦，一團妙理。既是世人須世法，胡亂做些張志。但不必、多勞多事。對了阿公都一笑，老山中、多少無名鬼。你醉否？我須醉。

這首詞淺俗直白，語句幾乎都是口語，「算人間真有個癡如此？」「但不必多勞多事」都是不必思考而可以脫口而出的語言，全詞幾乎不合韻律，平仄也多不合，與其說是詞倒更像一篇字數不多的散文，如果說它還勉強可以稱作詞的話，也僅僅是表現在題目的曲調上。當然，率意成篇或是不可取的，但詞的散文化未必不可取。

祝允明的另一首詞〈鵲橋仙〉則可說是以曲爲詞的代表：

　　　　雲師鶻突，雨師頑劣，連春不歇。看看弄得沒來由，都不管，
好時好節。　　兒童沒興，老人愁結，怕又把江南魚鱉。想天也會
弔忠臣，直哭到，今朝不歇。

這首詞從語體風格到審美個性都是近於曲而遠於詞，看作是以曲爲詞或藉詞
調寫散曲也並無大不可。此詞雖淺俗卻頗有深致，它的創作時間已無從考證，
但就內容上看顯然是慨歎忠臣之亡，天亦爲之連綿陰雨多日不停，頗有深沉
的感慨之意。

　　祝允明的創作除了詩、文、詞之外還有野史及小說，這一類作品完全出
自祝允明興趣所在。《野記》是祝允明於正德六年（1511）八月完筆的一部野
史類著作，他在〈野記小敘〉中說；「允明幼存內外二祖之懷膝，長侍婦甕之
杖几，師門友席，崇論煉聞，洋洋乎盈耳矣。坐志弗勇，即條述，新故溷仍，
久益迷落，比暇，因慨然追憶胸鬲，獲之輒書，大概網一已漏九。或眾所通
識，部具他策，無更綴陳焉，蓋孔子曰質則野，文則史，余於是亡所簡校，
小大萃雜錯然，亡必可勸懲爲也，大略意不欲侵於史焉。」可見《野記》所
記史事出於他父輩、師友輩所言，應具有相當的眞實可信性，而祝允明對他
的所聞幾乎是實錄式的，並沒有加以過多文飾。《野記》所記多爲朝廷政事或
上層統治者之間的微妙關係，如其「李至剛嘗以罪褫冠」、「正統末王振語三
楊朝廷事」、「太宗既久不見皇儲」等，此類記事眞實性最高。另有一些則顯
然屬於眞實性不高的傳聞，但這並不影響它有一定的文獻價值。而祝允明的
《前聞記》、《成化間蘇材小纂》一爲野史，一爲人物傳記，尤以後者的文獻
價值最高。

　　如果說《野記》、《前聞記》是祝允明姑妄聽之，姑妄記之，那麼他的《志
怪錄》則是有意爲之之作。祝允明曾手書《夷堅志》，王世貞對此評價說，「《夷
堅志》在諸說家中尤爲卑猥庸雜，即刻本覽一過便捨之不足留，何至作此不
急事耶？京兆任誕好怪與景盧臭味合宜其爾也。」〔註33〕可見祝允明對志怪
是頗爲喜愛的，他本人也在〈志怪錄敘〉中稱，「志怪雖不若志常之爲益，然
幽詭之事，固宇宙之不能無，而變異之來，非人尋常念慮所及。今苟得其實
而紀之，則卒然之傾而值之者，固知所以趨避，所以勸懲，是亦不能爲無益

〔註33〕　《弇州四部稿‧續稿》卷一百六十三〈祝京兆書夷堅志〉，清文淵閣四庫全書
　　　　　本。

矣。況恍語惚談，奪目警耳，又吾儕之所以喜談而樂聞之者。昔洪野處《夷堅志》至於四百二十卷之富，彼其非有眞樂在，則胡不爲終綴而能勉強於許久哉？吾是以知吾書雖蕪鄙，不敢班洪，亦故從吾所好耳。若有高論者罪其繆悠而一委之以不語常之失，則洪書當先吾書而廢，吾何優哉？」可見他作《志怪錄》是要追隨洪邁的，而其書中的「天墮草船」、「腹裂生子」、「蓮花和尙」等怪誕意味頗濃。此書文字較簡單，有意創作的痕跡不多，可看作是行文較爲簡潔的志怪類小說。

祝允明才華橫溢，文學作品富有創造力，但他對文集並不很重視，身後蕭條，作品散失了大半。這些尙存的或古奧或華麗或瀟灑的詩歌，或汪洋恣肆或託喻巧妙的散文，或淺白詼趣的詞作，或驚世駭俗的雜論，以及其中展現出來的茹涵古今的學識、獨特深入的哲思和切中肯綮的批判，顯出吳中文人集團最富色彩的一面，使祝允明成爲吳中文人集團中獨具特色的絢麗風景。

第八章　唐寅

　　唐寅不僅在明中葉吳中文人集團中是一個非常有特色的人物，而且在明代歷史上也是一個頗為受人關注的文人。這更多的是因為他狂放的行為作風和其獨特的詩文風格。他的狂放不羈在明中葉文人中極為突出，可稱是代表性人物。他的詩文創作前期與後期風格差異較大，顯示出學古與抒寫真實自我的不同，前期創作有古人風格，後期創作用語俚俗，顯現出平民文學的風格。這種以俚俗之語寫真實性情也是吳中文人集團創作的突出之處。

第一節　唐寅生平

一、少年才氣放浪不羈

　　唐寅，生於明成化六年（1470），字子畏，號伯虎，後來又自號六如、六如居士、桃花庵主、逃禪仙史、魯國唐生、江南第一風流才子等。唐寅在作畫時又常稱己為晉昌唐寅，表明其籍出晉昌。清嘉慶六年（1801）唐仲冕重刊《六如居士集》時在序中稱：「吾宗以國為氏，自前涼陵江將軍輝徙居晉昌，其曾孫瑤、諮皆為晉昌守。諮子揣，瑤孫褒，皆封晉昌公。褒來孫儉，從唐太宗起晉陽，封莒國公，圖象淩煙。後世或郡晉昌，或郡晉陽，皆莒公後。迄宋皇祐為侍御史介以直諫謫渡淮；至明為兵部車駕主事泰，死土木之難；

子孫分居白下檇李間。……子畏先生蓋白下檇李間近派。」〔註1〕由此可見，唐寅的祖上是十分煊赫的，而他常自稱爲「晉昌唐寅」，則無疑頗爲有這樣的家世而感到驕傲自豪，儘管他的父親地位不高，但煊赫的祖上難免讓唐寅心中有了或多或少的榮耀感。

唐寅之父廣德「賈業而士行」〔註2〕，唐寅回憶他少年時的情景，「昔僕穿土擊革，纏雞握雉，身雜於隸屠販之中」〔註3〕，「計僕少年，居身屠酤，鼓刀滌血」〔註4〕，其父顯然並非廣有錢財的大商大賈。祖上的顯赫功業與父親的身爲小商小販要操持商業比起來，後者在實際生活中對唐寅的影響顯然要更大。唐寅從小雖在父親的要求下讀書，但往往「縱酒，不事諸生業」〔註5〕，而在吳中文人中，他的個性也顯然比其他文人更加張揚、放縱，在吳中四子中，他與溫文爾雅的文徵明可成鮮明的對比，即使與同樣可稱狂放的祝允明相比，也要超出祝氏一籌，家庭環境的影響實是十分重要的原因。

唐寅的聰慧也是絕大多數人無法可比的。在個人條件上，他遠遠超出其他的吳中文人，《明史‧文苑‧唐寅傳》稱其「性穎利」，客觀的敘述中也可看出讚賞之意。年長於唐寅的祝允明對他的才氣更是讚歎不已，「子畏天授奇穎，才鋒無前，百俊千傑，式當其選」〔註6〕，曹寅伯刊刻《唐伯虎先生彙集》時作序稱，「三吳自公遊闠藻，代有異才。而輕豪之致，無遜隴右者，獨伯虎唐先生。先生幼奇穎，豪宕不羈，有專季風，落筆雲煙，不加點綴。」〔註7〕可見，唐寅之聰慧絕非常人可比，因而，他雖於科舉並不用心，但一旦眞的用起心來，「閉戶經年，取解首如反掌耳。」〔註8〕的確並非狂妄之言，倒可說是對自己能力的自信，或者說是較爲客觀的評價。

個性放浪又天資聰穎的人難免會有些自負的傾向，唐寅的自視甚高、不

〔註1〕 《唐伯虎全集》附錄一〈重刊六如居士集序〉，中國美術學院出版社2002年3月版，第531頁。

〔註2〕 《懷星堂集》卷十七〈唐子畏墓誌並銘〉，清文淵閣四庫全書本。

〔註3〕 《唐伯虎全集》卷五〈答文徵明書〉，中國美術學院出版社2002年版，第213頁。

〔註4〕 《唐伯虎全集》卷五〈與文徵明書〉，中國美術學院出版社2002年版，第220頁。

〔註5〕 《明史》卷二八六《文苑二》，清文淵閣四庫全書本。

〔註6〕 《懷星堂集》卷二十七〈夢墨亭記〉，清文淵閣四庫全書本。

〔註7〕 《唐伯虎全集》附錄一〈唐伯虎先生彙集序〉，中國美術學院出版社2002年版，第528頁。

〔註8〕 （清）錢謙益《列朝詩集》丙集卷九，清順治九年毛氏汲古閣刻本。

屑與人交往也表現得相當明顯。他的友人張靈與他個性相近，靈「性聰慧，文思便敏，好交遊，任俠嗜酒。」〔註9〕而於其他人，唐寅則多是「不或友一人」〔註10〕。年長於唐寅且早有文名的祝允明曾「訪之再，亦不答」〔註11〕，兩個人後來的相契，倒在於詩文酬答之後有了瞭解，唐寅始以爲與祝允明相交爲可。

應該說唐寅與祝允明、文徵明等人的交往是他以後人生發展的一個契機，對於科舉時文的厭惡和對於古文辭的喜愛、模仿、學習使他們漸行漸近，彼此間的詩文書畫的交流無疑會對唐寅文學素養的提高有很大幫助，當然，更爲重要的是，這些人對唐寅的行爲方式、思想行爲等方面的不認同對唐寅的一生起到了一定影響。如果他不和這些人交往，他可能會一直混跡於市井，而不會成爲後來的以書畫聞名的唐寅。唐寅自己曾回憶少時從文林處的收益：「（文）壁家君太僕先生，時以過勤居鄉。一聞寅縱失，輒痛切督訓，不爲少假。寅故戒栗強恕，日請益隅坐，幸得遠不齒之流。然後先生復贊拔譽揚，略不置口；先後於幫閭考老、於有司無不極至，若引跛鼈，策駑駴然。」〔註12〕眾人對唐寅的批評、規勸乃至諭揚使出生於商賈之家、混跡於市井之中的唐寅漸漸在思想取向、行爲方式等方面與士大夫有所趨同。他雖然依舊有自己獨特的縱酒、放浪的行爲方式，但在思想上已不完全是市井氣濃厚了。唐廣德去世後，唐寅一度依舊落落難與人合，祝允明對其進行了規勸：「子欲成先志，當且事時業；若必從己願，便可褫襕襆，燒科策。今徒籍名泮廬，目不接其冊子，則取捨奈何？」〔註13〕正是祝允明的規勸使唐寅決心參加科考，一試自己的能力。或許從內心深處來說，唐寅是不屑於科舉的，他一直熱愛古文辭而並非時藝。不過，唐寅對科考也是輕視的，他自信如果自己參加科考，必會中式，否則他不會說這樣的話：「諾，明年當大比，吾試捐一年力爲之，若弗售，一擲之耳。」〔註14〕弘治戊午年（1498），唐寅參加鄉試，錄爲第一，當時主持應天府試的太子洗馬梁儲因爲唐寅橫溢的才華而對其青

〔註9〕　《（民國）吳縣志》卷第六十六上，民國二十二年鉛印本。
〔註10〕　《懷星堂集》卷十七〈唐子畏墓誌並銘〉，清文淵閣四庫全書本。
〔註11〕　《懷星堂集》卷十七〈唐子畏墓誌並銘〉，清文淵閣四庫全書本。
〔註12〕　《唐伯虎全集》卷五〈送文溫州序〉，中國美術學院出版社2002年版，第227頁。
〔註13〕　《懷星堂集》卷十七〈唐子畏墓誌並銘〉，清文淵閣四庫全書本。
〔註14〕　《懷星堂集》卷十七〈唐子畏墓誌並銘〉，清文淵閣四庫全書本。

眼有加。在此之前，唐寅在吳中已是頗有文名，有的朝廷官員也於此有所耳聞、有所知曉，刺史新蔡曹鳳就曾看過唐寅寫給文林的書信並對之大加讚揚：「此龍門燃尾之魚，不久將化去。」〔註15〕以唐寅的才華和朝廷中某些官員對他的評價，他大概可以很順利地走上仕途，然而，緊接著的科場案使許多東西發生了改變。

二、科場一案無辜得罪

弘治十二年（1499），唐寅參加會試，其時少詹事程敏政做主考官。在錄取名額已定但尚未揭曉時，給事中華昶彈劾程敏政鬻題，唐寅與另一位考生徐經受到牽涉，由此入獄，最終，唐寅被落籍。此次科場案，《明史》卷二八六《文苑傳》、《吳郡二科志》、《吳中故實記》、《制義科瑣記》、《治世餘聞》等都頗有敘述，但並不一致。

《吳中故實記》記唐寅「會試遇江陰富人徐姓者，有賣題之毀。君與徐則舊交也，徐以三四題丐君代作，而君不知其文衡，泄之。」秦酉岩《遊石湖紀事》記曰：「子畏少英邁不羈，與南濠都君穆遊，雅稱莫逆。江陰有徐生名經者，豪富而好事，結交吳中諸公，間與六如友善。徐故太學生，弘治戊午歲大比，徐通官得關節。徐亦能文，念非唐生莫可與同事者，遂以關節一事語唐。唐德之，更以語穆。是歲，唐舉第一人，而徐與穆亦得同榜。徐德唐甚，相與計偕。徐更通考官程敏政家奴，先期得場中試目，復以語唐。唐為人洞見底裏，無城府，如前語穆。未揭榜前，穆飲於馬侍郎（失其名）邸寓，與給諫華昶俱。會有要官謁馬，馬出接之，與談會試事。宦云：『唐寅又舉一第矣。』穆從隔壁耳之。宦去，馬入與穆語，喜盈於色。穆輒起嫉妒心，遂語馬以故，昶亦與聞之，一日而偏傳都下矣。昶遂論程，並連唐、徐。至廷鞫，二人者俱獲罪，程辦落職。是歲，凡取前列者，皆得名。都以名在後，反得雋；而唐先生遂終身落魄矣。」秦酉岩自言此事乃聽王雅宜子龍岡即唐寅之婿所言，似乎較為可靠，而《吳中故實記》是黃省曾所作的地方性文獻，可信性也不算低。依二書所述，唐寅在弘治己未年會試中確有作弊行為，但仔細考察，科場案中，唐寅確為清白受誣。

記載明代孝宗朝史事可信度幾可稱最高的《明孝宗實錄》卷一四七至卷

〔註15〕（明）閻秀卿〈唐伯虎傳〉，《文章辨體彙選》卷五百三十七，清文淵閣四庫全書本。

一五一共有四次提到科場案，並對之所錄甚詳。《孝宗實錄》卷一四七記弘治十二年（1499）二月戶科給事中劾「翰林學士程敏政假手文場」，有鬻題之嫌，請求「令李東陽會同五經問考試官將場中砂卷凡經程敏政看中者重加翻閱，從公去取，以息物議，開榜日期亦乞改移本月二十九日或三月初二日。」「上從之，命以三月初二日開榜。」《孝宗實錄》卷一四八第二次提到科場案是弘治十二年丙寅三月，記載了李東陽等的上奏：「臣等重加翻閱去取，其時考校已定，按彌封號籍，二卷俱不在取中，正榜之數有同考官批語可稽。」此事至此似乎已有了了結，可說真相已經非常明白了。然而，「章下禮部看詳，尚書徐瓊等以前後閱卷去取之間及查二人砂卷未審有弊與否俱內簾之事，本部無從定奪，請仍移原考試官逕自具奏，別白是非以息橫議。得旨，華昹、徐經、唐寅錦衣衛執送鎮撫司對問明白以聞，不許徇情。」

《孝宗實錄》卷一四九對科場案的記載較多，其中頗可見案件的起伏，在弘治十二年辛亥四月，

> 下禮部右侍郎兼翰林院學士程敏政於獄，華昹等既係錦衣衛鎮撫司。工科給事中林廷玉以嘗為同考試官與知內簾事，歷陳敏政出題閱卷取人有可疑者六，且言：「臣於敏政非無一日之雅，但朝廷公道所在，既知之不敢不言，且諫官得風聞言事，昹言雖不當，不為身家計也。今所劾之官晏然如故，而身先就獄。後復有事，誰復肯言之者？但茲事體大，勢難兩全，就使究竟，得實於風化何補？莫若將言官、舉人釋而不問，敏政罷歸田里。如此處之似為包荒，但業已舉行又難中止，若朋比迴護顛倒是非，則聖明之世，理所必無也。」既而給事中尚衡、監察御史王綬皆請釋昹而逮敏政。徐經亦奏昹挾私証指。敏政復屢奏自辯且求放歸。及置封鎮撫司，以經昹等獄詞多異，請取自宸斷，上命三法司及錦衣衛廷鞫之，經即自言敏政嘗受其金幣。於是左都御史閔珪等請逮敏政對問。走六十日乃當中。

從弘治十二年辛亥四月的實錄中可以看出，一些官員對李東陽關於程敏政本無鬻題之行為的上奏並不認可——其實事情應該是十分清楚的：如果真是程敏政鬻題給徐經和唐寅，二人必會在錄取之列。但事實是二人的「二卷俱不在取中」，可見鬻題一事確為風聞。就在已然可說是十分清楚的事情面前，繼尚書徐瓊之後，工科給事中林廷玉又上疏陳述程敏政之失，並認為言官即使

所言不實也不應得罪。——言官所言不實卻對之置之不問,考官本無污行卻要被罷歸鄉里,這是任何明白事理的人都不能認同的。然而,奇怪的是——給事中尚衡、監察御史王綬也同意徐、林的觀點。僅從《孝宗實錄》的這段記載中,似乎人們可以推斷出出現這種情況的原因可能是一些人對程敏政不滿,頗有不令其致仕不肯罷休之意,也可能是給事中、監察御史同為監察官員,林廷玉、尚衡、王綬對華昶的迴護是出於自身利益的考慮。

在科場案中,徐經、唐寅的證言無疑對此案的最後判決起著至關重要的作用。徐經初始說華昶是誣指,後來卻又言程敏政曾受其金幣,這種前後互異應該是有一定的原因的。

徐經、唐寅其時在繫錦衣衛鎮撫司,二人受詢問的情況外人無從得知,不過在出獄後,唐寅在一篇幾可稱是充滿血淚、頗有司馬遷〈報任安書〉風格的文章中提及他在獄中的情景:「至於天子震赫,召捕詔獄。身貫三木,卒吏如虎;舉頭搶地,洟泗橫集。」〔註16〕這裡的描述應該是相當真實的。明太祖朱元璋在洪武十五年(1382)時設立了錦衣衛,錦衣衛內部的鎮撫司掌管緝捕、審訊和一般行政事務,審訊時手段極為殘酷,「身貫三木」、「舉頭搶地」不過是較為一般的審訊。畢竟,唐寅和徐經自出生以來雖並非嬌生慣養但總還是衣食無憂,他們終日接觸的即或是性格怪異但還是講道理的文人,對他們這樣沒有經歷過多少人生風雨的人來說,鎮撫司的生活無疑就是人間地獄了。

弘治十二年六月的《明孝宗實錄》記錄了關於科場案的官方認可:「復拷問徐經,辭亦自異。謂來京之時,特慕敏政學問,以幣求從學問,講及三場題可出者,經因與唐寅擬作文字致揚於外。會敏政主試所出題有嘗言及者,故人疑其買題,而昶遂指之,實未嘗賂。敏政前懼拷治,故自誣服。」科場案的最後處理是,「敏政致仕,昶調南京太僕寺主簿,經、寅贖罪畢,送禮部奏處,皆黜,充吏役。」

《明孝宗實錄》四處記載了此次科場案的始末和最後處理結果,唐寅之清白而無辜受累是顯而易見的。以上不厭其煩地引用《明孝宗實錄》中的文字只是為了說明這一點。以往研究者在論及弘治己未年科場案時很少提及《明孝宗實錄》上的記載,其實《明實錄》記事應該說是客觀、真實的,它應該

〔註16〕《唐伯虎全集》卷五〈與文徵明書〉,中國美術學院出版社 2002 年版,第 222 ～221 頁。

可以作爲人們瞭解此次科場案的第一手資料。

　　人的一生可能會因爲一兩件事就改變了原來的軌跡，科場案於唐寅就是如此。恃才放曠、自視甚高、不拘小節、一度春風得意的唐寅在此事上受到的重創是十分深重的。他在後來的詩文中對此事曾十分激憤地述及科場案前的春風得意、科場案中的無辜受累、科場案後的困頓落魄，思前及後，往往令他意氣難平：

　　　　……猥以微名，冒東南文士之上。方斯時也，薦紳交遊，舉手相慶；將謂僕濫文筆之縱橫，執談論之户轍。歧舌而贊，並口而稱；牆高基下，遂爲禍的。側目在旁，而僕不知；從容晏笑，已在虎口。庭無雜桑，貝錦百尺；讒舌萬丈，飛章交加；至於天子震赫，召捕詔獄。身貫三木，卒吏如虎；舉頭搶地，洟泗橫集。而後崑山焚如，玉石俱毀；下流難處，眾惡所歸。轕絲成網羅，狼眾乃食人；馬氂切白玉，三言變慈母。海内遂以寅爲不齒之士，握拳張膽，若赴仇敵；知與不知，畢指而唾，辱亦甚矣！整冠李下，掇墨甗中；僕雖聾盲，亦知罪也。〔註17〕

雖然唐寅自言自己的某些行爲確有瓜田李下之嫌，不過這似乎並不意味著他在内心裏眞正認爲自己有錯，他對眾人的「讒舌萬丈，飛章交加」還是耿耿於懷的。他把自己比作崑山之白玉，比作立身清白的曾參，而稱那些給他羅織罪名的人是「側目在旁」的「眾惡」，是狼，是馬尾。清泉被唾爲污水，不管自身再怎樣地清白無辜都不可能再以最初的面目出現在他人面前了。想昔看今，唐寅對那些造成他此時境遇的人深惡痛疾，這種情感發之於文字，則詩文之孤憤、激越、沉鬱，自然就與他最初學古之文風大不相同了。

　　弘治十二年六月，唐寅被貶入吏役。也許對某些人來說，這尚不失是個「積勞補過，循資干祿」〔註18〕的機會。但唐寅認爲「蘧篨戚施，俯仰異態；士也可殺，不能再辱。」〔註19〕斷然放棄了爲吏的機會。從某種意義上講，

〔註17〕《唐伯虎全集》卷五〈與文徵明書〉，中國美術學院出版社2002年版，第221頁。

〔註18〕《唐伯虎全集》卷五〈與文徵明書〉，中國美術學院出版社2002年版，第221頁。

〔註19〕《唐伯虎全集》卷五〈與文徵明書〉，中國美術學院出版社2002年版，第221頁。

為吏亦是進入仕途,但值得注意的是,在明代,官與吏有著嚴格的區別。早在洪武四年(1371),朱元璋在第一次頒佈科舉考試條例時就明確規定:「凡詞理平順者,皆預選列。惟吏胥心術已壞,不許應試。」〔註20〕洪武十七年(1384),朱元璋對此再次加以申明,「其學校訓導專教生徒及罷閒官吏倡優之家與居父母喪者俱不許入試」。〔註21〕這也就是說,一旦為吏,就再也沒有機會參加科舉考試了。雖然吏員並非沒有升遷的機會,但在弘治年間,這種機會是非常之小的,邱濬就曾說過,「近年以來,吏員需選者人多缺少,計其資次,乃有老死不能得一官者。」〔註22〕唐寅最初參加科舉考試本為一第,一第後必然有機會為官,而一旦為吏,則再也不可能參加科舉考試,不能為官,而僅僅只能永為衙門中的具體辦事人員了,這應該遠非是心高氣傲的唐寅所能容忍的。此外,在明代懲罰已入仕或尚未入仕的文人違紀違法的一種主要手段就是罰充吏員,唐寅心中既已絕不認可自己有罪,又怎麼能甘心接受這種有罪者應受的懲罰呢?從唐寅拒絕為吏這一行為中,人們不難看到唐寅性格的剛烈、不容雜質、寧折而不彎。

三、幾番沉浮自號六如

唐寅入試,原非像一般士子在問學之初就把應舉為官當作重要的甚至是唯一的目的,他的參加科考是在祝允明的勸導之下,是為了證實自己的才華,實在談不上是發自內心,揚名的初衷應遠遠大於為官的目的。然而,科場一事無疑使他自覺於名聲有辱。這時的唐寅已不再是最初浪跡於屠販之中的人了,在與吳中文人的交往中,他身上已經有了較多的文人氣質,已經在某些方面對傳統文人的人生價值觀有所認同了。

科場案之後,唐寅再沒有回到最初決定應試之前的無所追求的狀態,他像許多在仕途上失意的文人一樣,開始尋求證實自己人生價值的途徑。從這一點上說,他一度和傳統的文人靠近了。此時,他渴求立身揚名的願望可以說達到了人生的頂點。與最初被勸入試時相比,此時的願望是發自內心的,是經歷了人生厄運後的由衷掙扎:

　　……竊窺古人:墨翟拘囚,乃有薄喪;孫子失足,爰著《兵法》;

〔註20〕《明會典》卷七十七「禮部」,清文淵閣四庫全書本。
〔註21〕《明史》卷七十「選舉二」,清文淵閣四庫全書本。
〔註22〕《大學衍義補》卷十「治國平天下之要」,清文淵閣四庫全書本。

馬遷腐歎，《史記》百篇；賈生流放，文詞卓落。不自揆測，願麗其
後，以和孔氏不以人廢言之志。亦將隱括舊聞，總疏百氏，敘述十
經，翶翔蘊奧，以成一家之言。傳之好事，記之高山。……僕素佚
俠，不能及德；欲振謀策，操低昂，功且廢矣。若不託筆札以自見，
將何成哉？……僕一日得完首領，就栢下見先君子，使後世亦知有
唐生者。歲月不久，人命飛霜；何能自戮塵中，屈身低眉，以竊衣
食？……〔註23〕

從這段文字中可以看出，唐寅一度希望通過著書立說以成一家之言，以實現
人生的價值。儒家提倡「太上有立德，其次有立功，其次有立言」〔註24〕，
對命運不濟的文人來說，立言往往是他們首先想到的選擇。上一段文字是唐
寅立言的一種宣言，充滿了激越乃至可說是激憤的感情，其中也明顯地反映
了唐寅的被棄的心理感受。墨子、孫子也好，司馬遷、賈誼也罷，都是文學
史上被棄的文人形象，他們都是有著高遠的理想而被棄不用的文人，他們的
被拘囚、臏腳、腐戮、流放並非由於自身行爲有失，而是君主對文士的廢棄
殘害，從形而上的意義上講是君主政權對文人精神的一種壓制。被政治中心
拋棄的文人在精神和肉體上承受著雙重的苦難，而往往通過「發憤而作」的
方式發洩自己被棄的哀怨。唐寅以被棄文人自比，顯然也透露出他被棄的哀
怨。科場案之後，唐寅遭受排擠打擊，有奇才而無顯遇的憂憤心理、怨棄情
緒非常明顯。他的不甘被棄，要反抗的人格精神極度張顯，此時，他的理想
顯然是順從著以儒家的價值觀爲支撐的主流社會的一種認同，這與他在初試
之前的價值取向顯然是不同的。

　　唐寅返回吳中之後，「其學務窮研造化，元蘊象數，尋究律曆，求揚馬
玄虛、邵氏聲音之理，而贊訂之。旁及風鳥、壬遁、太乙，出入天人之間，
將爲一家學。」〔註25〕唐寅的「一家學」顯然不是傳統的儒學可以涵蓋的，
或許可以用雜家之學來稱呼唐寅所言的「一家之言」，即從唐寅欲立言的「言」
的內容上看——雖然唐寅「未及成章而歿」〔註26〕，但祝允明畢竟對他的所
學有所描述，我們從中還是多少可以瞭解一些的——他的涉獵是極爲廣泛

〔註23〕《唐伯虎全集》卷五〈與文徵明書〉，中國美術學院出版社 2002 年版，第 221
　　　　～222 頁。
〔註24〕《左傳·襄公二十四年》。
〔註25〕《懷星堂集》卷十七〈唐子畏墓誌並銘〉，清文淵閣四庫全書本。
〔註26〕《懷星堂集》卷十七〈唐子畏墓誌並銘〉，清文淵閣四庫全書本。

的，而他所想立言的範圍也是與他的個人興趣相趨同的，頗有欲究天人之際的味道。

不過，唐寅於「將爲一家學」所作的工作並不多，雖然他「未及成章而歿」，但以其立言之志之早和訴諸文字之少顯然是不相稱的。周道振、張月尊輯校的《唐伯虎全集》收錄唐寅作品極爲完備，而其中勉強與象數、律曆、揚馬玄虛、邵氏聲音之理、風鳥、壬遁、太乙有關聯的非常少，這是因爲唐寅後來的心態和想法又有了變化。在寫〈與文徵明書〉時，他懷有的是被棄的屈辱感和由此被激發出的反抗精神，而後來這些又變成了棄世的情緒和心態，他不願通過立言來證明一己的價值，而是寧願遠離世俗的評價，拋棄世俗，離開世俗。

《袁永之集》卷下四〈唐伯虎集序〉中記述了唐寅自己說的一段話：

> 夫太上立德，其次立功，其次立言。寅遭青蠅之口，而蒙白璧之玷，爲世所棄。雖有顏冉之行，終無以取信於人；而夔龍之業，亦何以自致？徒欲垂空言，傳不朽，吾恐子雲劇秦，蔡邕附卓，李白永王之累，子厚叔文之譏，徒增垢辱而已。且人生貴適志，何用劌心鏤骨，以空言自苦乎？

從這段話中可以看出曾想以立言傳世的唐寅後來放棄了這個想法，一則他以爲身已被污，不論如何也無法再取信於人，即使是怎樣的潔白眞誠也只能是徒增污垢；一則是因爲他的價值取向發生了變化，不再想立身揚名了，反之，適意安然、隨心所欲已成爲他的人生追求——寄希望於身後的立言比起縱情於現世的歡樂來，畢竟是太過渺茫了。

唐寅的放浪適意可以說是對他青年時性格個性的一種回歸，只不過當初的任性不羈更多的是個人天性使然，而此時的放浪倒有些人生受挫後的哀怨、曠達了。閻秀卿《吳郡二科志》記唐寅「每謂所親曰：『枯木朽株，樹功名於時者，遭也。吾不能自持，使所建立，置之可憐，是無枯朽之遭，而傳世之休烏有矣』。後復感激曰：『大丈夫雖不成名，要當慷慨，何乃效楚囚？』」。也可看出唐寅的變化。《蕉窗雜錄》、《玉劍尊聞》記傳聞中的唐寅與秋香事，《磯園稗史》記唐寅唐突張中海事，雖都是野史雜記，但唐寅的日常生活較爲放浪，不實之名安到他頭上也並非偶然。

唐寅的縱情適意在弘治十六年（1503）已開始，也即在他決定放棄立志立言後不久，這一年文徵明曾寫信對唐寅的放浪進行規勸，唐寅回信的措詞

極不客氣，雖然口稱對文徵明的勸誡表示感謝，但字裏行間流露出來的卻是不以爲然乃至反感的情緒。

> ……比來癡叔未死，狂奴故若；遂至足下投素，甚愧甚愧！且操奇邪之行，駕孟浪之説，當誅當放，載在典籍，寅故知之。然山雀莫喧，林鵐夜眠；胡鷹聾翮於西風，越鳥附巢於南枝；性靈既異，屈從乃殊。……故陳張以俠正，而從斷金之好；溫荊以偏淳，而暢伐木之義。……寅束髮從事，二十年矣；不能翦飾，用觸尊怒。然牛順羊逆，願勿相異也。〔註27〕

此信可說是唐寅眞性情的流露，他雖與文徵明一直是詩文唱和的朋友，在書畫上也時時切磋，但在人生的價値取向上已有了不同，唐寅的信充滿了棄世者的我行我素、無所顧忌。唐寅於此後基本走上了一條與以往傳統文人有較大差異的道路，他憑藉一己的繪畫技巧而謀生，過著一種有時處境艱難而又自得其樂的人生。他曾在一首詩中寫道：「白板門扉紅槿籬，比鄰鵝鴨對妻兒。天然興趣難摹寫，三日無煙不覺饑。」〔註28〕這無疑是他後期生活的眞實寫照。

唐寅晚年自號六如居士，其號取自佛經中的「一切有爲法，如夢幻泡影，如露亦如電，應作如是觀」，此乃人生之一切如夢、如幻、如影、如露、如電，不可捉摸，不可掌握之意。的確，他的一生跌宕起伏，難免讓他有「如夢幻泡影，如露亦如電」之想。

第二節　唐寅的文學創作

唐寅的文學造詣談不上很高，他作辭賦、寫古文、寫制義之文、作詞、寫散曲，雖然他的制義之文寫得不錯，但在創作上最見其功力的還在於他自己喜愛的詩文。

廣義的詩文包括詩歌、散文、辭賦等文學樣式，它們在一個大的文體範疇之下，但各自的文體特徵並不相同，爲了較爲清晰、明確地分析唐寅詩文創作的具體情況，下面就擬以體裁分類，分別論述唐寅各種文體創作

〔註27〕 《唐伯虎全集》卷五〈答文徵明書〉，中國美術學院出版社 2002 年版，第 223 頁。

〔註28〕 《唐伯虎全集》卷三〈風雨洩旬廚煙不繼滌硯吮筆蕭條若僧因題絕句八首奉寄孫思和〉之四，中國美術學院出版社 2002 年版，第 109 頁。

的情況。

一、賦的創作

　　唐寅早期的辭賦流傳下來的並不多，有些較為出名的已然失傳，如何良俊在《四有齋叢說》卷二十三言及「東橋又稱六如〈廣志賦〉，即口誦其賦序數十許語。言賦甚長，不能舉其辭。序託意既高，而遣詞亦甚古，當是一佳作。」這篇〈廣志賦〉今日即已不可再見了。不過，從時人的記載及現在流傳下來的唐寅的辭賦中，依舊可看出唐寅在此方面是很有才華的，而這與他善於取法漢魏六朝的文學成就是分不開的。

　　唐寅的〈嬌女賦〉對前代作品有所承襲取資。從題材的選擇上看，此賦明顯受漢樂府〈陌上桑〉的影響。有些句子直接化用〈陌上桑〉中的詩句，讓人似曾相識，如「負者下擔，行者佇路」顯然是對〈陌上桑〉中「行者見羅敷，下擔捋髭鬚。少年見羅敷，脫帽著帩頭。耕者忘其犁，鋤者忘其鋤。」的化用。而其他一些句子如「來歸室中，嘖嘖怨怒」等也是如此。從敘事摹寫的方式、手段上看，這篇數字不多的賦作倒很鮮明地體現出了漢大賦極盡摹寫、恢弘絕麗的特點。摹寫嬌女外貌時頗有窮形盡相之感，從額至眉至齒、目、舌、髻、口、鼻、項，肩……幾乎無一不備，這也很明顯地顯現出唐寅博奧而富贍才情的一面。漢大賦特別崇尚用奇字、僻字，唐寅在此篇篇幅不長的〈嬌女賦〉中也用了許多較為奇僻的字，如「蟛蜎」、「菡萏」、「蝤蠐」、「琅玕」、「擘」等，這也可以說是唐寅努力追求的一種取向吧。除了以上的兩點繼承——吸取漢樂府和漢大賦的成就——唐寅還相當留心吸取古文創作的成就，而且雖有效法更有超越。〈嬌女賦〉從摹寫嬌女外貌處，即「蟛蜎夏蛻」一句始，在每句的句末都用「而」字，全文連用了 26 個，且一氣呵成，全無拖沓之感。這個「而」字的運用，應該是效法了歐陽修〈醉翁亭記〉的寫法。歐陽修〈醉翁亭記〉連用了 21 個「也」，可稱是開創了古文創作中的先河，而唐寅此賦顯然是模仿了歐陽修創作古文的手法，於句末連用 26 個「而」，既是繼承沿襲又有創新發展，以古文手法入賦，更顯獨特的文學生命力。

　　〈金粉福地賦〉是唐寅現存賦作中篇幅最長的，人們歷來對此作評價甚高，此賦當作於唐寅會試之前，《山樵暇語》記，「唐子畏僑居南京日，嘗宴集某侯家，即席為〈六朝金粉賦〉。時文士雲集，子畏賦先成，其警句云：『一

顧傾城兮再傾國，胡然而帝也胡然天。』侯大加賞。前句出李延年，後句出
《詩》〈君子偕老〉篇。由是稱其名愈著。」在這篇為急就章的大作中，唐寅
顯示了超凡的才華和嫻熟的技藝，氣勢之宏大和文才之華美可見一斑。此賦
為駢體賦，多為四六句，而四六的整體概念之下又有五、七、八的句式，整
齊之中富有變化，僅從形式上看就頗有靈動之感，其語言優美而富有韻味，
節奏婉轉流暢，無論是寫人還是寫景，都能曲盡其態。

　　除以上兩賦之外，唐寅現存賦作還有〈惜梅賦〉和〈南園賦〉，此二賦都
篇幅較短。〈南園賦〉屬於駢體賦，摹寫了南園中的景物及其在各個季節的變
化，以南園景致之美來凸現「功名忘世外之機，風月有山間之助」的精神主
旨。不過，此作乃唐寅應友之請所作，有應酬為文的一面，故其藝術特色並
不鮮明，倒是〈惜梅賦〉是來自作者靈魂深處的聲音。此賦為抒情小賦，作
者以象徵的手法表達了自己像梅花浪跡於俗物間的困境和苦悶，對梅的處境
給予了無限的同情，並表達了自己願意與梅相依相扶的思想感情。唐寅用簡
練之筆勾勒出梅的形象，「蔭一畝其疏疏，香數里其批批」，然而污濁的現實
卻不允許梅為人所用，既不允許它「薦嘉實於商鼎，效微勞於魏師」，又不允
許它安於平靜的生活，「又不得託孤根於竹間，遂野性於水涯」，加之於梅身
上的是「前胥吏之憤拏，後囚繫之嚶呷」。顯然，這是唐寅在科場案後對自己
的一種憐惜，只不過這種憐惜是通過對梅的憐惜表達出來罷了。袁宏道以「清
老」評價此賦，不過此賦在抒發感情時哀怨纏綿，對加於一己的摧殘怨而不
怒，既有「悲士不遇」的抒情主題，又流露出個人無法把握自己命運的惆悵，
似並非僅用「清老」就可以涵蓋的。

二、詩歌的創作

（一）早期詩歌創作

　　後人一般把唐寅的詩歌創作分為兩個階段，「先生之始為詩，奇麗自喜，
晚節稍放，格調俚俗，冀託於風人之旨；其和者尤能令人解頤。」〔註29〕，「初
年所作，頗宗六朝……少有雋才，……好古文辭，……尤工四六，藻思麗逸，
翩翩有奇氣。……」〔註30〕「博學有逸才，詩文多婉麗；為人放浪不羈，晚

〔註29〕　《弇州山人續稿》卷一四八。
〔註30〕　（明）袁袠〈唐伯虎集序〉，《明文海》卷二百四十四，清文淵閣四庫全書本。

年漫不經思，失之熟俗。」〔註31〕這樣的評價是針對其創作的整體風格而言，——唐寅早期詩文中亦有「熟俗」之作，晚期詩文中也有「多婉麗」之詩——這種分階段大體上是客觀而且可稱是必要的。不過，需要進一步說明的是，唐寅詩作早期趨向於摹擬古人，而後期則自成一格，具有了自己較爲獨特的風格，雖然這種風格並不被人們看好。

唐寅前期詩作的擬古色彩較濃，他是吳中古文辭運動較爲有力的倡導者與參與者，對古文辭有著濃厚的興趣，「曾幼讀書，不識門外街陌，其中屹屹，有一日千里氣。」〔註32〕在對古文辭的廣泛涉獵中，唐寅早期詩作在風格上是力圖向古文辭學習、靠近的。

我們談到過吳中文人對古文辭的界定比較寬泛，而唐寅對古文辭的學習、模仿更多地偏向於漢魏六朝的文風。

唐寅現存所見詩歌中，如就體裁而言，其擬古氣息最濃的當屬樂府詩。他所作樂府詩現存有〈短歌行〉、〈相逢行〉、〈紫騮馬〉等十一首，在其詩作中比重不大，基本上都是早期詩作。

樂府詩是兩漢與南北朝時期產生並漸趨定型的，而文人擬作樂府詩也開始得較早，張衡的〈同聲歌〉即爲較早的文人擬樂府之作，至建安時期，文人擬樂府風氣大開，此後歷代亦綿延不斷。後世文人擬作樂府主要是在創作精神、語言風格上對漢樂府的繼承，而唐寅的擬樂府之作除了對漢樂府的模仿外也有對魏晉南北朝文風的模仿。

〈短歌行〉是唐寅用古題做的擬樂府詩。〈短歌行〉是樂府相和歌辭平調曲名，晉崔豹《古今注·音樂》中，「長歌、短歌，言人生壽命長短分定，不可妄求也。」唐寅此作即是依古題寫相關內容：

> 尊酒前陳，欲舉不能；感念疇昔，氣結心冤。日月悠悠，我心告道；民言無欺，秉燭夜遊。昏期在房，蟋蟀登堂；伐絲比簧，庶永憂傷。憂來如絲，紛不可治；繪山布穀，欲出無歧。頲頲若穴，熒熒莫絕；無言不疾，鼠思泣血。霜落飄颻，鴉棲無巢；毛羽單薄，雌伏雄號。緣子素纓，灑掃中庭；躑躅躑躅，仰見華星。來日苦少，去日苦多；民生安樂，焉知其他。

此詩頗有漢魏風骨，意境上似取法曹操的〈短歌行〉（對酒當歌），只是曹詩

〔註31〕 （明）郎瑛《七修類稿》卷四十事物類「子畏詩讖」，明刻本。

〔註32〕 《懷星堂集》卷十七〈唐子畏墓誌並銘〉，清文淵閣四庫全書本。

在後半部份轉入對賢才之渴求，而唐寅之作則是對「來日苦少，去日苦多」
的反覆詠歎。其中各種顯示人生蕭瑟的意象排列在一起，加深了主旨的表達。
全詩就形式上講十分質樸，有渾然天成之妙。清人費錫璜在《漢詩總說》中
認爲：「三百篇後，漢人創爲五言，自是氣運結成，非人力所能爲。故古人論
曰：蘇、李天成，曹、劉自得。天成者，如天生花草，豈人剪裁點綴所能彷
彿？如鑄就鍾鏞，一絲增減不得。解此方可看漢詩。」〔註33〕其實也可以移
用此語來評價唐寅此詩，它亦如天生花草，雖是明人所作之詩，放在漢魏詩
歌中亦難以分辨並毫不遜色。

　　〈短歌行〉外，唐寅所作的其他樂府詩更趨於漢樂府風貌。〈相逢行〉中
「女弟新承寵，阿大李延年」、「女蘿與青松，本是當纏綿」，〈驄馬驅〉中「悠
悠驄馬驅，道阻歲云晚；豈無同裘士，念子不能飯」，〈紫騮馬〉中「夜趨期
門會，朝逐羽林郎；陰山烽火急，展策願超驤」，民歌特色濃重而不避習見的
成語，北地情趣濃鬱。就以上這些詩作而言，實是與王世貞、郎瑛所言唐寅
早期詩風的「奇麗自喜」、「多婉麗」有很大不同。可見，唐寅早期詩作單純
以婉麗是不能界定的。

　　如果說唐寅早期的擬樂府有沉鬱之氣的話，那麼其他古詩、律詩的風格
可以借用王世貞的「奇麗」一詞來描繪。〈題石田爲王鏊畫匏舟園圖〉是唐寅
寫於憲宗成化二十三年（1487）的詩作。其時唐寅年僅十八歲，但已與沈周、
祝允明等吳中文人交往較多，關係較好，題詩作畫，詩文唱和。唐寅此詩即
爲在沈周畫上所題：

　　　　一丘良自足，陸處仍無家；古昔曾有云，此道久可嗟。洞庭有
　　奇士，構室棲雲霞；窗楄類畫舫，山水清且嘉。移者固爲愚，負者
　　爲足誇。智力措身外，諷詠日增加。眷彼動靜心，爲樂安有涯。〔註
34〕

此詩就內容言自與拘於古題的擬樂府不同，乃自然興懷感發之作。它寫陸處
的洞庭奇士，寫奇士所處的環境乃山水清嘉之地，乃雲霞聚集之所，寫處於
這種寧靜環境中的人心胸卻蘊藏著高遠的志向。此詩屬於文人詩作中的題畫
詩一類，在敘事手法上屬於直錄式的寫實，但末句「眷彼動靜心，爲樂安有
涯」卻爲議論、抒情、點睛之筆，寫奇士的心胸，也寫出了作者的心胸，寫

〔註33〕　（清）費錫璜撰《漢詩總說》，清光緒刻本。
〔註34〕　《唐伯虎全集·補輯》卷一，中國美術學院出版社 2002 年版，第 347 頁。

奇士的志向，其實也寫出了少年唐寅的志向。這應是現見於記載的唐寅最早的詩作，已可見其志向，而他早期的許多詩作也表達了極為高遠的志向。

唐寅有〈對竹自題〉一詩，其詩曰：

> 簞瓢不厭久沉淪，投著虛懷好主人。榻上氊毹黃葉滿，清風日日坐陽春。此君少與契忘形，何獨相延厭客星。臺前四階人跡斷，百年相對眼青青。〔註35〕

此詩作於孝宗弘治三年（1490），乃對竹這一事物而作，其時沈周、黃雲、祝允明、文徵明、都穆等都有題詩，但他們的詩多寫竹之高格，如沈周之「一般清味醫今俗，千丈高標邁古人」，都穆之「雅持君子操，身接歲寒盟」，而唐寅之詩則別有新意，有以「簞瓢」自喻之意，有對沉淪已久的境遇的不滿，而末句營造的空階長滿了滑綠的青苔，清冷、孤寂、了無人跡、蕭蕭翠竹默然相對的意境，蘊含著作者高遠、豪邁、卓然不群的理想。此詩與前所述〈題石田為王鏊畫慳舟園圖〉都屬於題畫詩，但在題材已有限定的情況下，唐寅還是寫出了胸中的奇鬱不平之氣、不甘沉淪之思，實是心有所向、心有所感才可以總能於經意不經意之中流露出來。

如果說題畫詩因為題材所限，還無法淋漓盡致地表現出唐寅的奇氣、壯志的話，那麼在可以自由抒發一己情感的感懷詩中，唐寅則痛快淋漓地抒寫豪逸之氣，這類詩的「奇麗」已經不只限於內容，亦見於形式了。

> 悵悵莫怪少時年，百丈遊絲易惹牽；何歲逢春不惆悵？何處逢情不可憐？杜曲梨花杯上雪，灞陵芳草夢中煙。前程兩袖黃金淚，公案三生白骨禪。老我思量應不悔，衲衣持缽院門前。
>
> ——〈悵悵詞〉

> 壯心未肯逐樵漁，秦運咸思備掃除；劍責百金方折閱，玉遭三黜忽沽諸。紅陵敢望明年餅，黃絹深慚此日書；三策舉場非古賦，上天何以得吹噓。　　——〈領解後謝主司〉

此二詩皆為唐寅早年之作，前一首據閻秀卿《吳郡二科志》言乃唐寅為諸生時所作，後一首是唐寅於弘治十一年（1498）鄉試得中後所作，都是唐寅較有名氣的詩作。前一首頗有李賀、李商隱之風格，意象與意象之間的組合是跳躍的，彼此之間從形象上看沒有任何聯繫，聯繫它們的是作者情感的脈絡，是作者流動的神思。少年的情懷總是容易被細微的事物所觸動，敏感的心靈

〔註35〕《石渠寶笈》卷三十四，清文淵閣四庫全書本。

像遊絲一樣，總是很輕易地流連於某種讓自己心有所動的事物。杜曲梨花、灞陵芳草可遠觀不可近褻，杯上雪、夢中煙更是無可觸及，難以追尋，難以捉摸。黃金、白骨這兩件沒有任何聯繫的事物在色澤與實用價值上形成了鮮明的對照，俗世所認同的人生價值在人歸於黃泉之後已沒有任何意義。學者們評價唐寅後期詩歌受佛教影響較深，其實佛教思想在其早期創作中就已顯端倪了，此詩即可算是一個例證。此外，此詩在語言上可稱「婉麗」、「麗逸」，在節奏上跌宕起伏，韻律感較強，有一唱三歎之妙。〈領解後謝主司〉在意象組合、語言風格、節奏變化上與〈恨恨詞〉基本相同，在內容上則是寫唐寅在高中解元後撫今思昔並遙想未來的思緒種種，而其中的壯志、雄心用「奇麗」來形容並不爲過。

　　前人評價唐寅之詩頗宗六朝，這話應該是有特定含義的。其實六朝詩「身心主卉木，遠致極風雲」〔註36〕，「連篇累牘，不出月露之形；積案盈箱，唯是風雲之狀」〔註37〕，大多數都過於注重形式上的雕章琢句而忽視應有的內容，因此被稱爲「辭采競繁，而興寄都絕」。而唐寅之詩有注重辭采的一面，但在內容上顯然與六朝詩大多數的空洞無物不可同日而語。前人評價唐寅之詩頗宗六朝，應該指的是唐寅之詩形式、風格上的「翩翩有奇氣」與六朝詩文字上的華美、風格上的「風雲之狀」有相似之處，而並非指內容上的相似相像。評價唐寅早期詩作只注意到他注重辭采的一面而忽視其內容上的「奇氣」顯然有失偏頗。實際上，唐寅早期在詩文創作上確實表現了他學習古文辭並力圖在創作上有所建樹的努力，而且，客觀上講，這種努力的結果並不需要人們去刻意搜求，而是一目了然，顯而易見的。

（二）晚期的詩歌創作

　　科場案是唐寅一生中至關重要的一個轉折點，此前與此後，唐寅的心態是不相同的，人生閱歷使之產生的思想變化也必然在其詩文創作中有所表現。前此我們說過唐寅早期詩文創作擬古氣息濃厚，若單從擬古成功與否這一角度言，唐寅樂府詩之沉鬱、古體律詩之宛轉流暢自可稱是成功之作，但若從詩文創作的獨具特色及所顯現的個性來看，其詩歌創作顯然並不是特別成功。特別是其擬古之作因古題寫古事，實難看出唐寅本人的鮮明特色。

〔註36〕　（南朝）裴子野〈雕蟲論〉，見郭紹虞主編、王文生副主編的《中國歷代文論選》第一冊，上海古籍出版社 1979 年版，第 324 頁。
〔註37〕　《隋書》卷六十六，清文淵閣四庫全書本。

而唐寅後期詩歌創作的情況與前期相較則大不相同了。後人評價唐寅後期創作爲「所著述多不經思，語殊俚淺」〔註38〕。僅就語言上講，唐寅後期詩作就已與前期的不同了，而就詩作所反映的思想感情來看也是如此。「所著述多不經思，語殊俚淺」，「漫不經思，失之熟俗」，這樣的評價無疑是帶有貶義色彩的，但它們顯然是從維護古文語言也即書面語言的角度出發，有明顯的對口頭語言的輕視，而從事物的另一個方面來說，口頭語言在普通民眾生活中，尤其在明中葉普通市民生活中有著傳統書面語言無法相比的重要地位，唐寅以「俚淺」、「熟俗」之語入詩，無疑大有文體革新的色彩——雖然他本人未必意識到這一點。就唐寅後期詩歌所表現的個人性情和顯示的創作主體的個性精神而言，也比前期更爲出色，畢竟，他後期的創作多是心靈經過人生苦難歷練後的自然感發，是早期即有的才情和經過時間積澱下來的功力的結合，其後期創作其實已達到了以手寫心、揮灑自如的一種境界。

唐寅後期詩歌創作就表現內容而言較爲複雜，有的抒寫了他早年有過的建功立業的雄心壯志，有的是對科場案心有餘悸的回憶，有的抒發了他對一己人生遭際的不平、激憤之情，有的寫了其享樂主義的人生態度，有的寫了其人生如夢的幻滅感……這種種都是彼時彼地唐寅眞實思想感情的流露，都反映了唐寅的眞實——古人作詩時難免有立言的用心，先已定下了要給人看的目標，時有「語不驚人死不休」、「兩句三年得」的有意爲之，而唐寅的詩則無一不是其眞性情的流露，無一不是其眞感情的寫照。

1、對傳統儒家人生價值的否定

唐寅晚年自號六如居士，其號取自佛經中的「一切有爲法，如夢幻泡影，如露亦如電，應作如是觀」，此乃人生之一切如夢、如幻、如影、如露、如電，不可捉摸，不可掌握之意。從唐寅自取的號中可以看出他對人生、生命的一種認識：人生的價值和意義變幻多端、不可捉摸，有些東西倏忽而來，倏忽而去，無從把握，因而也不必過於計較，過於執著。唐寅的這種認識在他後期詩作中多有體現。

> 五陵昔日繁華地，今日漫天草蔓青；蔓草不除陵寢廢，當時一
> 寸與人爭。　　　　　　　　　　　　　　　　　　——〈五陵〉
> 還丹難煉藥，黏日苦無膠；沽酒衣頻典，催花鼓自敲。功名蝴

　　蝶夢，家計鷗鵷巢；世事燈前戲，人生水上泡。　　──〈偶成〉

　　　　坐對黃花舉一觴，醒時還憶醉時狂；丹砂豈是千年藥，白日難
　　消兩鬢霜。身後碑銘徒自好，眼前傀儡任渠忙；追思浮世眞成夢，
　　到底終須有散場。　　　　　　　　　　　　　　──〈歎世〉之三

古代的繁華之地，而今已變成蔓草瘋長之處，曾在這塊土地上爲了權勢爭奪
的人已經不見了蹤影，再想怎樣求得長生不老、再想怎樣地挽回時光的流逝
都是不可能的。功業到頭來只不過是漫天青草──功業於人而言是毫無意義
的；名聲像莊生夢蝶，如夢如幻──名聲於人而言是毫無意義的；眼前的東
西像傀儡戲一樣，無論怎樣熱鬧，終有散場的時候──世上的一切於人而言
是毫無意義的。

　　儒家講求「爲天地立心，爲生民立命，爲往聖繼絕學，爲萬世開太平」〔註
39〕，講求「窮則獨善其身，達則兼濟天下」，也即講求人應有明確的人生價值
追求，對「道」的追求。當然，這種被稱爲「道」的價值是形而上的東西，
在封建社會中往往通過具體的「立德」、「立功」、「立言」的方式表現出來。
而許多年來，功名也就成了爲人們趨之若鶩的事物，唐寅在他的詩歌中對「功
名」、「身後碑銘」給予了否定，也即對傳統儒家認可的人生價值作了相當程
度的否定，這在封建社會是比較難能可貴的。

　　2、對享樂、虛無的書寫

　　明末曹元亮記載，唐寅「日與祝希哲、文徵仲詩酒相狎。踏雪野寺，聯
句高山，縱遊平康妓家，或坐臨窗小樓，寫畫易酒。醉則岸幘浩歌，三江煙
樹，百二山河，盡拾桃花塢中。」當唐寅由於自身的原因背離了傳統的價值
取向之後，享樂在他的日常生活中已成爲重要的一部份，其後期詩歌中的享
樂觀念更是俯拾皆是，如其〈閑中歌〉「不將尊酒送歌舞，徒把鉛汞煉金丹。……
請君與我歌且舞，生死壽夭皆由他」，〈感懷〉中「萬場快樂千場醉，世上閑
人地上仙」，〈老少年〉中「年老少年都不管，且將詩酒醉花前」，都是其享樂
生活的寫照。

　　具體而言，唐寅的享樂生活主要體現在他對詩、酒、歌舞的喜愛上。他
對於飲酒有一種特別的喜好，對於歌舞聲色的生活也樂於沉溺於其中。

　　　　……畫樓綺閣臨朱陌，上有風光消未得。扇底歌喉窈窕聞，尊

─────────────

〔註39〕《四書蒙引》卷一，清文淵閣四庫全書本。

前舞態輕盈出。舞態歌喉各盡情，嬌癡索贈相逢行。典衣不惜重酪
酊，日落月初天未明。……　　　　　　　　　　——〈進酒歌〉

　　戒爾無貪酒與花，才貪花酒便忘家；多因酒浸花心動，大抵花
迷酒性斜。酒後看花情不見，花前酌酒興無涯；酒闌花謝黃金盡，
花不留人酒不賒。　　　　　　　　　　　　　　——〈花酒〉

前一首歌行體題名為〈進酒歌〉，顯然是勸酒之辭，其所描摹的歌舞飲酒場面
也較為豔麗動人，歌喉舞態之婉轉輕盈通過輕快婉轉的歌行體被表達得淋漓
盡致。後一首雖然首句即言「戒爾無貪酒與花」，勸誡人們不要貪戀聲色花酒，
但「花前酌酒興無涯」的淋漓酣暢的對飲酒之樂的描寫，客觀上起到的並非
是勸人戒酒的作用。而任情享樂，尋求精神和肉體的快意，「多愁多感多傷壽，
且酌深懷看月圓」（〈漫樂〉），「從今莫看惺惺眼，沉醉何妨枕麴糟」（〈歎世六
首〉之一），似乎更有實在的意義。

　　及時行樂的觀念其實由來已久，有著一定的思想根源。較早在東漢時期，
一些文人即已經在他們的詩作中提出人生應及時行樂的觀點，「為樂當及時，
何能待來茲」（〈生年不滿百〉），「服食求神仙，多為藥所誤。不如飲美酒，被
服紈與素」（〈驅車上東門行〉）。魏晉時期，嵇康在他的〈難自然好學論〉中
宣揚嗜酒縱樂，「六經以抑引為主，人性以縱慾為歡」，把享樂已看成是自然
人性的真實表現。東晉時張湛歲注的《列子》一書則從理論上宣揚了享樂主
義，「豐屋、美服、厚味、姣色，有此四者，何求於外」，認為人應該順從自
己的自然本性，「從性而遊，不逆萬物所好」〔註40〕。後來，這種情緒亦時時
出現於文人的筆端，盛唐李白的《將進酒》，「人生得意須盡歡，莫使金樽空
對月」，晚唐羅隱的〈自遣〉，「今朝有酒今朝醉，明日愁來明日愁」等等，都
可以說是唐寅享樂觀念的前源。唐寅自號六如，每每把世間一切看作是夢幻
泡影，思想中有濃厚的虛無主義觀念，並不在意儒家所講求的人生價值觀念，
而追求一己身心的放縱，這從實現自我之身心自由的角度講，無疑是對儒家
所認可的傳統價值觀的反駁，無疑具有個性解放的色彩，不過與之同時，享
樂也很容易使人走入消極頹廢的精神狀態中。

　　唐寅的享樂可以看作富有個性解放的色彩，但從深層次講，唐寅並非是
以享樂作為人生的宗旨，他的享樂是其追求自由適性的一種外在表現形式，
這種外在的表現倒並非是其內心對享樂的完全認同，並非是出於他以享樂為

〔註40〕《列子》卷七，清文淵閣四庫全書本。

人生要義的價值觀念。唐寅是因為感到人生之虛無而追求現實的享樂，是無奈於宿命之悲觀而追求眼前可暫時把握之事物。

綜觀唐寅描寫一己人生享樂的詩歌，可以發現與他的享樂生活緊密聯繫在一起的是他對人生的虛無的認識，是他的宿命論觀點。唐寅往往是在寫出他對人生如夢的認識之後才轉而寫他的對詩酒歌舞的沉醉，可以說前者是因，後者是果。在〈歎世〉之一中，唐寅寫出了自己縱情享樂的決定：「從今莫看惺惺眼，沉醉何妨枕麴糟」，而這種享樂的觀點是建立在他對人生意義的空幻、虛無的認識之上的：「一寸光陰不暫拋，徒為百計苦虛勞；觀生如客豈能久，信死有期安可逃？綠鬢易凋愁漸改，黃金雖富鑄難牢」。死亡是不可逃脫的，人生活在世界上，不過是一個匆匆過客，容顏易枯，年華易老，人在世上的一切都只是「苦虛勞」，既然如此，沉醉放飲又有何妨呢？在〈閒中歌〉中，唐寅也表達了與之相同的認識，因「白日昇天無此理，畢竟有生還有死；眼前富貴一桿秤，身後功名半張紙」，眼前的富貴和身後的功名到頭來都可稱可量，而這一切終將因死亡而變得毫無意義。死亡可以讓一切都變得無從把握，人生的各種價值意義也都會因死亡的存在而歸於虛無，所以唐寅才說，「請君與我歌且舞，生死壽夭皆由他」。

人生虛無、宿命前定的認識在不同的個性主體身上存在、產生的原因是不相同的，就唐寅而言，他少年時放縱、猖狂、銳意進取的精神在其個性中占主導地位，然而，後來他家遭變故，「哀亂相尋，父母妻子躪踵而沒」〔註41〕，科場一案又使類似其他士人的傳統的道路被堵死了，這種種經歷很容易讓在宇宙中渺小而力量卑微的個人產生宿命的認識，而如果個體的性格偏於敏感、高傲、狷介而並非寬宏、開闊，則人生虛無、凡事天定的宿命論很容易就滋生了，而唐寅的性格無疑是偏於敏感、高傲、狷介的。此外，唐寅晚年信奉佛教，而佛教典籍多有涉及對人生的認識。在大乘佛教的典籍中，把人生視為如夢如幻頗為常見，《說無垢稱經・聲聞品》云：「一切法性皆妄見，無夢如焰。」同經〈觀有情品〉云：「菩薩觀諸有情，如幻師觀所幻事，如觀水中月，觀鏡中像，觀芭蕉心。」《維摩詰經・方便品》中維摩詰「因以身疾廣為說法」，打了許多譬喻來說明人身的虛幻：「是身如芭蕉，中無有堅。是身如幻，從顛倒起。是身如夢，為虛妄見。是身如影，從業緣現。」都是把

〔註41〕　《唐伯虎全集》卷五〈與文徵明書〉，中國美術學院出版社2002年版，第221頁。

人生視爲夢幻。被禪門奉爲根本經典的《金剛經》更是以「有無雙遣」的方法來說明人生的虛妄不實:「如來說一切諸相,即是非相」,「如來說具足色身即非具足色身」。

3、爲市民寫心

適性自由其實只是一個人生活的一個側面,在沉甸甸的人生中,輕快的放縱畢竟只是其中的一部份。唐寅後期詩歌既酣暢淋漓地寫出了享樂、放縱,也客觀地反映了生活於都市中的文人、市民在凡俗的生活中所遭遇到的現實的煩惱以及在世俗生活的磨礪中產生的種種處世態度。世俗生活中世俗的一面對單純簡單的個性來說或許是歷練,或許是扭曲變形,但無論如何,許多東西畢竟真實地反映在唐寅的後期詩歌創作中了。

唐寅後期詩歌創作在反映現實生活這一點上勝於前期創作,許多詩作真實地反映了作爲普通市民的唐寅在吳地的生活狀態,其中,以〈風雨淡旬廚煙不繼滌硯吮筆蕭條若僧因題絕句八首奉寄孫思和〉寫得尤爲真實生動。

> 十朝風雨苦昏迷,八口妻孥並告饑;信是老天真戲我,無人來買扇頭詩。(其一)

> 荒村風雨雜雞鳴,燎釜朝廚愧老妻;謀爲一枝新竹賣,市中筍價賤如泥!(其二)

> 領解皇都第一名,猖披歸臥舊茅衡;立錐莫笑無餘地,萬里江山筆下生。(其五)

這組詩共有八首,寫的是因風雨連綿而無法賣出字畫、無法買米下廚時唐寅一家的生活狀況以及唐寅本人的心境。「十朝風雨苦昏迷,八口妻孥並告饑」無疑是詩人困窘交迫的日常生活的真實寫照。「荒村風雨雜雞鳴」的惡劣環境中,人生的艱難不易就顯得更爲突出了。身爲一家之主卻無力,不能爲家人提供應有的生活保障,唐寅愧對妻子的心境可以想見。不過即使如此,他並沒有完全沉溺於惡劣心緒之中,其「立錐莫笑無餘地,萬里江山筆下生」的心智並沒有在生活的重壓下低頭。

除了描寫自己身爲普通市民的生活狀態,唐寅的詩也寫出了中下層市民中常見的忍讓心理:

> 富貴榮華莫強求,強求不成反成羞;有伸腳處須伸腳,得縮頭時且縮頭。地宅方圓人不在,兒孫長大我難留;皇天老早安排定,不用憂煎不用愁。
> ——〈歎世〉

多憑乖巧討便宜，我討便宜便是癡；繫日無繩那得注？待天倚

杵是何時？隨緣冷暖開懷酒，懶算輸贏信手棋；七尺形骸一丘土，

任他評論是和非。　　　　　　　　　　　　　——〈避世〉

欺世和避世是處於底層的市民的普遍心理：榮華富貴是不可強求的東西，人
應該見機行事，凡事不可以奢求。人不應該處處只想到占別人的便宜，讓人
一步，敬人一尺才是海闊天高，隨遇而安才是人生活的原則與智慧，而遇到
紛爭時更應以忍讓爲先。

　　有些歷史學者認爲明中葉資本主義萌芽已經產生，如傅衣凌在《明清社
會經濟變遷論》中說，「在明代中葉以後，在經濟上產生了資本主義生產的萌
芽因素，……與此相對應的，即是社會風氣的變化，出現一股活潑、開朗、
新鮮的時代氣息。」〔註 42〕而在經濟有較大發展的明中葉，吳中地區的市民
社會也有了與以往不同的變化。在傳統的封建社會發展時期，士、農、工、
商階層較爲穩定，下層普通百姓受封建統治者的統治，而在經濟較爲發達的
明中葉，社會各階層之間相互流動、變換，流動比起固定來自然更爲進步，
但流動也增加了不穩定的因素，而對於中下層市民來說，生活的危機感加深
了，人際關係更複雜了。正德《姑蘇志》記「市井多機巧，繁華而趨時，應
求隨人意。指緇採銀■，相射於市，而亦多輕脆。始至交易，必先出其最廉
者。久叩之，然後得其眞，最下者視最上者，價相什百，而外飾殊不可辨。」
可知在正德時期吳地就頗有些世風不古了。「吳中薄俗奸宄百出，而所稱無天
理、沒人心，無如人命一事矣，刁頑好訟之徒，平時見有尩羸老弱之人，先
藏之密室，以爲奇貨可居。於是巨家富室，有釁可尋，有機可投，隨斃之以
爲爭端，烏合游手無籍數百人，先至其家，打搶一空，然後鳴之公庭。善良
受毒，已非一朝矣。」〔註 43〕而在這樣的環境之中生活的普通市民難免會有
如履薄冰之感。人生的艱辛與苦難加之於頭上時，人或者反抗，或者忍受，
而更多的市民無疑是趨於後者的，而唐寅也就相應地記載了市民中廣泛存在
的、以忍讓爲核心的自我安慰式的心理。

　　隨遇而安的性格特點並非市民獨有的，它其實也存在於其他普通民眾
之中。在民間廣泛流傳的《增廣賢文》云，「別人騎馬我騎驢，仔細思量我
不如。等我回頭看，還有挑腳漢。」古代社會的普通民眾對物質生活的要

〔註 42〕傅衣凌《明清社會經濟變遷論》，人民出版社 1989 年 1 月版，第 12 頁。
〔註 43〕（明）許自昌《樗齋漫錄》卷十二，明萬曆刻本。

求不高,對於人生道路和社會生活中所遇到的許多挫折和坎坷,往往有比較大的心理承受能力,他們既用隨遇而安來進行排解,自也就有文學作品的相應表現了。

(三)詞與散曲的創作

唐寅所作的詞數量不多,近人趙尊嶽的《明詞彙刊》收有六如居士詞三十餘闋,但有些不見於《唐伯虎集》、《唐伯虎先生外編》、《解元唐伯虎彙集》、《唐伯虎先生外編續刻》、《六如居士全集》等文集,不知其真偽,尚需進一步考證,現僅就周道振的《唐伯虎全集》中所收的 24 首詞略談唐寅詞的創作情況。

唐寅的 24 首詞中有 4 首是「題鶯鶯小像」,6 首是寫春情、閨情的,2 首壽詞,2 首寫春景,有明顯歎世感懷意味的 7 首(當然,其他詞作中也並非完全沒有歎世感懷的意味,只是此 7 首「有我之境」較為明顯),謝醫詞 1 首。從比例上看,以描寫女性的情態、心理等為主的幾乎占二分之一,歎世感懷之作占三分之一弱,可稱是唐寅詞作的主導內容。

唐寅於詞不甚措意,布局謀篇也多不經意,不過其以女性為主的詞作還是較為形象地表現了女子在相思時的種種情態和心理活動,可稱翩然有致。愚賢齋抄本《唐六如詩集》上眉批言唐寅「小詞直入畫境,人謂子畏畫筆之妙,余謂子畏詩詞中有幾十軸也,特少徐、吳輩覽賞之耳。」這一評價應當說是相當中肯的。

《明詞綜》選唐寅詞一首:

> 雨打梨花深閉門,孤負青春,虛負青春!賞心樂事共誰論?花下銷魂,月下銷魂。　　愁聚眉峰盡日顰,千點啼痕,萬點啼痕。曉看天色暮看雲,行也思君,坐也思君。　　　　——〈一翦梅〉

此詞寫了兩個畫境,以兩種鏡頭透視女主人公的相思之情。上闋是中景的鏡頭,陰雨綿綿的天氣,讓人無法離開家門一步,而青春的時光就被這樣辜負了,再美好的事情也因為陰雨的阻隔而無法找人訴說,看著美好的花月一類的事物,也只能是暗自傷心,獨自銷魂罷了。下闋開頭是面部特寫鏡頭:黛眉深顰,淚痕滿面。雙眼含淚看著窗外沉沉的天色和緩緩流動的行雲。無論是坐臥行走想的都是那個讓自己刻骨銘心的人。唐寅此詞較為自然流動,略有變化的疊句不僅加強了全詞的節奏感,也使情感的表述更進一層。可說是唐寅偏重於婉約詞風的詞作中最為出色的一首。

〈望湘人・春日花前詠懷〉是唐寅偏重於歎世的一首詞。

> 想盤鈴傀儡，寒食裏蒸，曾嘗少年滋味。凍勒花遲，香供酒醒，又算一番春計。鏡裏光陰，尊前明月，眼中時事。有許多閒是閒非，我說與君記。　　道是榮華富貴，恁揪天氣概，霎時搬戲。看今古英雄，多少葬身無地。名高惹謗，功高相忌。我且花前沉醉，管甚個兔走烏飛，白髮蒙頭容易。

此詞上闋由作者個人經歷、感受寫起，回憶少年時光，想及身邊之事。下闋則由瑣細的個人生活體驗聯繫到廣闊的歷史生活空間發生過的所謂閒是閒非，得出功名於人只是物累的結論，由此自己也寧願沉醉而不再希求有什麼揪天氣概。即使在這樣一首歎世之作中，唐寅所表現出來的情感色彩依舊是偏於婉約而非豪放的。這無疑也讓我們看到這一點：唐寅詞作之用語雖有時淺白俚俗，但其詞風依舊是偏於詞這一文體形成之初的風格取向的——即或談不上如晚唐五代詞那樣典雅柔媚，但依舊是偏於溫婉蘊藉的。明詞曲化的現象不少，但唐寅之詞多保持了詞體傳統的風格，頗有值得玩味之處。

與詞相比，唐寅散曲創作的數量和質量都不容小覷。王世貞曾說，「吾吳中以南曲名者，祝京兆希哲、唐解元伯虎、鄭山人若庸。希哲能為大套，富才情，而多駁雜。伯虎小詞，翩翩有致。鄭所作《玉玦記》尤佳，他未稱是。」〔註44〕這裡所說的伯虎小詞指的就是唐寅所作的散曲。說伯虎小詞翩然有致，可見其曲作有些詞化的傾向。

唐寅作曲似偏愛套數的寫作，其現存曲作中大半是套數，如〈步步嬌套數・怨別春夏秋冬四景〉、〈月兒高套數・閨情〉、〈榴花泣套數・情束青樓〉、〈亭前樓套數・夜思〉等。從所作套數多還是隻曲多的數量對比上看也許並不能說明什麼問題，但就寫作難度上講，套曲的寫作還是要難於隻曲的寫作——組成套曲的隻曲除了自身的意義外，還需要相互配合，相互銜接，二者又必須有機統一。偏愛於套數的作者本身在音樂感和文辭表達上應該是有些長處的。

〈步步嬌套數・怨別春夏秋冬四景〉是唐寅曲作中最長的，這一套數實際上是由四個套數組成的聯章體套數，每一個套數都由〔步步嬌〕、〔醉扶歸〕、〔皂羅袍〕、〔好姐姐〕、〔香柳娘〕、〔尾〕六支隻曲組成，而四個結構完全相同的套數又以聯章體的形式組成了一個大的套數。這種形式的套

〔註44〕《弇州四部稿》卷一百五十二，清文淵閣四庫全書本。

數在明人散曲中並不多見，但也就是借助於這種形式，唐寅淋漓盡致地表達出了女子對男子相思之情的深切。這種相思從「冷淒淒風雨清明到」開始，延續到「閣閣蛙聲池塘曉」，到「籬落黃花小」，到「霜繁潦水消」，綿延不絕。在一年四季之中，女子「無情挈伴踏春郊」，感歎「梧竹叢深冷鳳巢」，一次次「倦來剛睡，又被夢魂飄」，「浩氣長籲天地老」，相思之情充斥四季，浸漬於一年當中的每個日子。而唐寅寫盡了四季的相思，卻毫無重複、拖沓之感，實可見其寫作技藝之高超。

唐寅其他的幾首套數也多是寫傷春、恨別、秋思一類相思之情的，這些曲子在情感表達上多是細膩深邃的，在文辭上也比較雅致、婉媚，這在風格上就是近於詞而有些遠於曲了。他的〈榴花泣套數‧情束青樓〉是同類內容的套曲中最接近曲體之俗的本色的，用俗字，用俗語最多，如「急煎煎遺不去心頭悶」，「說與他，我絕不學王魁行；說與他，你莫學蘇小卿」，「想殺您，叫著小名低低應；想殺您，對蒼天共盟；想殺您，臨岐執手苦叮嚀。」文辭可稱是雅俗共濟，而且頗有些俗不避雅的味道，從這也可看出唐寅散曲的風格是近於詞的，俗化較淺，雅致婉媚是主要特色。

套曲之外，唐寅於其他曲作中主體風格也是雅致婉媚的，如其〈新水令〉（一從秋著）、〈江兒水〉（俛首沉吟久），即如有濃鬱志情色彩的〈折桂令〉（有時節）也在疏放中體現著婉媚。

唐寅少年天才，科場無辜得罪而無緣仕途。其文學創作早年以奇麗爲主，有古人之風；後期則以俚俗爲主，有平民之氣。唐寅最終以放浪適意、醫卜書畫自給的形象爲吳中文人確立了又一種人格範式，是明中葉吳中文人集團中的明麗之色。

第九章　文徵明

按照心理學的說法，人類心理性格大體上可以分爲「外傾」與「內傾」兩種基本類型，這兩種類型又稱爲「日神」與「酒神」類型。具有「外傾」型心理性格的人，一般反應敏銳，易於激動，富於進取性和獨立精神，但是心理波動幅度大而缺乏持久力；具有「內傾」型心理性格的人冷靜理智，自我克制力強，但是不易於改變對事物的已有看法，有些偏於保守。以此看來，在個性鮮明的吳中文人群體中，唐寅無疑是「外傾」型，而文徵明則應該屬於「內傾」型。他「生而少慧，八九歲語言猶不分明」，年長後，「性簡靜」，但是「古貌古心，言若不出口，遇事有不能決者，片言悉中肯綮」〔註1〕，性格趨於內斂，後來更是「臨組乍絻，旋憩丘園，隱跡矯時，秉操彌堅。閉心靜居，心耽其玄」〔註2〕。其實，文徵明的個性，在很大程度上決定了他爲人處世的態度，決定了他的藝術風格，也決定了他的詩文創作風貌。

文徵明對人寬容大度，處事冷靜客觀，吳中文人集團中性格各異的人都樂於與之相處。他的性格和作風，他的良好的個人修養，他的深厚的文化底蘊，他的頗有天年，這些因素共同作用，使他成爲吳中文人集團中較爲核心性的人物。而從他身上，也最能顯現吳中文人集團最具文化蘊涵的一面。

〔註1〕　《文徵明集》附錄〈先君行略〉，上海古籍出版社1987年版，第1622頁。
〔註2〕　（明）俞允文〈祭文內翰文〉，《文徵明集》附錄二，上海古籍出版社1987年版，第1635頁。

第一節　家世與生平

　　與吳中文人集團的其他成員相比，文徵明的家世算是比較高貴的。張昶《吳中人物志》卷五記其父文林的情況時說：「其先衡山人，世爲武胄。大父從其兄兵中，署散騎舍人來浙江，因家長洲。父洪，鄉薦授淶水教授，林舉成化壬辰進士，除永嘉令，有旌能。改知博平，召還朝，補南京太僕寺丞。」後來文林又任永嘉守，直至卒於任上。世代爲宦的文家，重視子弟的教育。文林對文徵明確也寄予厚望。文徵明八九歲時語言猶不分明，文林卻毫不氣餒，稱：「此兒他日必有所成，非乃兄所及也。」〔註3〕父親的悉心愛護，有利於文徵明的成長。文徵明曾說：「吾文氏自衡山徙蘇，家世武弁，我先大父諱洪始以文顯。」〔註4〕文氏家族從文洪開始從重武轉而業儒習文，顯然，到了文林，他對文徵明的教育自然更傾向於文章了。

　　當然，文徵明的祖父文洪、父親文林、叔父文森所任官職都談不上顯赫，但是他們都是通過科舉之途爲官，與其時朝中和吳中地區的許多文人、官員都有著密切的交往，這對文徵明的成長和發展有著一定的影響。文徵明通過父輩的關係自然而然結識了一些政要和文人，在與他們進行交往的過程中，耳濡目染，所受教益自然不少，這也爲他日後具備相當的政治眼光與文學素養打下了堅實的基礎。不過，從另一個方面來說，也爲後來他的屢試不第和雖有機會做官卻終不顯達埋下了伏筆。

　　人的性情、愛好一般形成於青年時期，但是少年時候接觸到的人、事、物往往也對人產生持久的影響。文徵明之熱愛古文辭，乃至在弘治時期成爲古文辭運動的倡導者、領袖，固然出於個人的喜好，但是也與青少年時期前輩、平輩人對他的影響分不開。《明史・文徵明傳》說他「學文於吳寬，學書於李應楨，學畫於沈周，皆父友也；又與祝允明、唐寅、徐禎卿輩相切劘，名日益著」。在文徵明之父文林的朋友中，沈周、吳寬、謝鐸、陳瓊、李東陽、張泰、陸容、莊昶等人都在古文辭上對文徵明產生了無形之助。沈周「文摹左氏，詩擬白居易、蘇軾、陸游，字仿黃庭堅，並爲世所愛重」〔註5〕。吳寬

〔註3〕　（明）黃佐《泰泉集》卷五十四〈將仕郎翰林院待詔衡山文公墓誌銘〉，《文徵明集》附錄二，上海古籍出版社1987年版，第1629頁。
〔註4〕　《文徵明集》卷三十〈俞母文碩人墓誌銘〉，上海古籍出版社1987年版，第700頁。
〔註5〕　《明史》卷二百九十八〈沈周傳〉，清文淵閣四庫全書本。

「好古力學，望實鬱茂，邅回不進，意泊如也」〔註6〕。張泰「文追古人，詩備諸體，長沙李侍講東陽序其《滄州集》，而以高太史擬之，爲天下惜也」〔註7〕。陸容「弱歲穎敏篤學，遊鄉校，不專治舉子業，日取諸經子史，程誦不輟」〔註8〕。莊昶，「自幼豪邁不群，嗜古博學。」〔註9〕這些人都對古文辭有著強烈的喜好，他們中的一些人雖然也以應制之文走上仕宦道路，但是對於古文辭的愛好卻貫穿了他們一生。他們作爲文徵明年齡和學業上的長輩，其對文徵明的影響是毋庸置疑。

而與文林交往的政要、文人，也多是頗具政治眼光之輩，他們或隱或顯，對世事都有著相當明徹的洞察力，對國計民生都有著獨特的關注，對政治生活也有著清醒的認識，因而也形成了自己的處事原則。如吳寬，「行履高潔，不爲激矯，而自守以正」〔註10〕，「歷官官詹，侍康陵東宮。……公侍講，閒雅詳明，意存規諷。至理亂安危，邪正之際，未嘗不反覆朗誦也」〔註11〕。張泰，「爲人坦易有風度，衣縷蕭散，恬靜寡言。然嫉惡甚，酒酣岸幘，輒憤烈」〔註12〕。謝鐸，「性介特，力學慕古，講求經世務」，「時塞上有警，條上備邊事宜，請養兵積粟，收復東勝、河套故疆」，「語皆切時弊」〔註13〕。陸容，「在兵部，勤於公事，邊報或急，奏疏日三四上，動輒數千言，皆出公手，而慮遠持正，士論歸之」〔註14〕。這些人的言行舉止，他們狷介耿直的爲人，清正廉潔的官聲以及敏銳的政治眼光，無疑對於文徵明的成長起著潛移默化的影響作用。張璁曾是文林守溫州時所取之士，「歲壬午，張在留都部曹遇公，即以大禮爲言，公唯唯而已。既而官京師，方柄用，公遂遠嫌不相往來。」〔註15〕文徵明多次科考不中，但他寧願老於林泉也不願請張璁薦舉，自是頗爲狷

〔註6〕　《姑蘇名賢小紀》卷上〈吳文定公〉，清文淵閣四庫全書本。
〔註7〕　（明）張昶《吳中人物志》卷七，明隆慶張鳳翼張燕翼刻本。
〔註8〕　《家藏集》卷七十六〈明故大中大夫浙江等處承宣布政使司右參政陸公墓碑銘〉，清文淵閣四庫全書本。
〔註9〕　《明史》卷一百七十九〈莊昶傳〉，清文淵閣四庫全書本。
〔註10〕　《明史》卷一百八十四〈吳寬傳〉，清文淵閣四庫全書本。
〔註11〕　《姑蘇名賢小紀》卷上〈吳文定公〉，清文淵閣四庫全書本。
〔註12〕　（清）王昶《〔嘉慶〕直隸太倉州志》卷二十六，清嘉慶七年刻本。
〔註13〕　《明史》卷一百六十三〈謝鐸傳〉，清文淵閣四庫全書本。
〔註14〕　《家藏集》卷七十六〈明故大中大夫浙江等處承宣布政使司右參政陸公墓碑銘〉，清文淵閣四庫全書本。
〔註15〕　《明文海》卷四百三十二〈將仕郎翰林院待詔衡山文徵仲先生墓誌銘〉，清文淵閣四庫全書本。

介。「寧藩宸濠嘗遣使召之，力辭而遯。使者求公弗得，案間書幣封識如故，乃持之而返。世皆稱公見機。然各王府以幣納交者，公悉卻不受。」〔註16〕文徵明的儒者風範、他在政治上的遠見、他對民生疾苦的關心，和他的先輩們如出一轍，顯然也是青少年時代所受影響的結果。

少年文徵明一直隨著做官的父親在南京等地居住，所接觸的也多是自己的長輩。一直到十九歲，他才返回吳中，結識了祝允明、唐寅等人，他們年紀相差不大，又都喜好古文辭，因此能夠自然而然聚在一起互相唱和。文徵明〈上守溪先生書〉曾回憶當時情景：「年十九還吳，得同志者數人，相與賦詩綴文。」〔註17〕他三十五歲時寫的〈孔周池亭小集〉中也有「物華迤邐侵年少，文才翩躚屬我曹」的句子。而在〈大川遺稿序〉中，對此記敘得更為詳細：「弘治初，余為諸生，與都君元敬、祝君希哲、唐君子畏倡為古文詞，爭懸金購書，探奇摘異，窮日力不休，儼然皆自以為有得，而眾咸笑之。杭君道卿來自宜興，顧獨喜余所為，遂捨其所業，而從余者四人遊。」這正是青年祝允明與吳中同好意氣風發、詩文唱和的寫照。

對古文辭的熱愛影響了文徵明文學創作風格的形成。他的詩歌「以超曠為神，妍秀為澤。高者足敵王、岑，下駟亦不減子瞻、魯直，大較在唐、宋之間」〔註18〕。但是這種對於古文辭的耽癖也在一定程度上導致了他科舉考試的屢試不第。

弘治八年乙卯（1495）秋，文徵明赴應天鄉試，自此開始，直至嘉靖元年（1522），十試不售。在〈謝李宮保書〉中，他無比沉痛地說：「自弘治乙卯抵今嘉靖壬午，凡十試有司，每試輒斥。年日以長，氣日益索，因循退託，志念日非。非獨朋友棄置，親戚不顧，雖某亦自疑之。所謂潦倒無成，齷齪自守，駸駸然將日尋矣。」那年他大病，幾乎斷絕了入仕的念頭。他在〈三學上陸冢宰書〉中曾談及吳中文人屢試不中的原因：「夫以往時人材鮮少，隘額舉之而有餘，顧寬其額。祖宗之意，誠不欲以此塞進賢之路也。及今人材眾多，寬額舉之而不足，而又隘焉，幾何而不至於沉滯也？」〔註19〕這可以

〔註16〕《明文海》卷四百三十二〈將仕郎翰林院待詔衡山文徵仲先生墓誌銘〉，清文淵閣四庫全書本。

〔註17〕《文徵明集》卷二十五，上海古籍出版社1987年版，第581頁。

〔註18〕《文徵明集》附錄〈文翰林甫詩引〉，上海古籍出版社1987年版，第1611～1612頁。

〔註19〕《文徵明集》卷二十五，上海古籍出版社1987年版，第585頁。

視爲文徵明對於科舉不第窘況的客觀分析。但是除此之外，更多的是文徵明
自身的主觀原因，這一點他自己也十分清楚，他在〈與守溪先生書〉中詳細
表述過自己對於古文辭的熱愛以及爲此而不願全心以赴於科舉的想法：

> 而某亦以親命選隸學官，於是有文法之拘，日惟章句是循，程
> 序之文是習，而中心竊鄙焉，稍稍以其間隙，諷讀《左氏》《史記》
> 兩《漢書》及古今人文集，若有所得，亦時時竊爲古文詞。一時曹
> 耦莫不非笑之以爲狂；其不以爲狂者，則以爲矯、爲迂。惟一二知
> 己憐之，謂「以子之才，爲程文無難者，盍精於是？俟他日得雋，
> 爲古文非晚。」某亦不以爲然。蓋程試之文有工拙，而人之性有能
> 有不能。若必求精詣，則魯鈍之資，無復是望。就而觀之，今之得
> 雋者，不皆然也，是殆有命焉。苟爲無命，終身不第，則亦將終身
> 不得爲古文，豈不負哉？用是排群議，爲之不顧；而志則分矣，緣
> 是彼此皆無所成。」〔註20〕

文徵明自己也很清楚，他「彼此皆無所成」的原因在於他不甘心放棄古文辭
而專心於程式之文以求搏得一第。他很清楚參加科舉是實現自己「有志當世」
〔註21〕願望的必由之路，因而數十年不輟，一再參加科舉；但是與之同時，
他對古文辭的熱愛又是發自內心，不願改變喜好屈從時尚，不願爲了自己不
喜歡的程試之文而對古文辭有所捨棄。因此，雖然文徵明既習程式之文，又
寫古文辭，但是他實際上是把古文辭置於科舉之上，即把對古文辭的追求放
到了對功名的追求之上，二十七年來，這種情況從未發生過改變，而這無疑
又是以二十七年的不第爲代價的。

　　二十七年的屢考屢敗實是一般人難以忍受的，急於名利的人在此種處境
下可能會連正常的心智都失去了，但文徵明一直樂觀而優游地生活著，這除
了個人心理的健康外，實也是由於他一直生活在吳中文人集團之中，一直與
吳中地區的文人們保持了緊密的聯繫，密切的交往。他們一同作畫，一同相
從談藝，一同遊於山水之間，而在與其他吳中文人交往時，文徵明又一直是
一個較爲核心性的人物，王世貞〈文先生傳〉記其時文徵明與其他吳中文人
的交往，「吳中文士秀異，祝允明、唐寅、徐禎卿日來遊。允明精八法，寅善

〔註20〕《文徵明集》卷二十五，上海古籍出版社 1987 年版，第 582 頁。
〔註21〕《文徵明集》卷二十五〈謝李宮保書〉，上海古籍出版社 1987 年版，第 588
　　　　頁。

丹青，禎卿詩奕奕有建安風。其人咸跅弛自喜，於曹偶亡所讓，獨嚴憚先生，不敢以狎進。先生與之異軌而齊尚，日歡然亡間也。」〔註22〕《皇明詩評》載「徵明生少後於允明，而與徐禎卿、唐寅齊名友善。又與蔡羽、王寵同傾一時。後來者倚以為重。徵明亦善接引，隨所長稱之。」文徵明在其詩文乃至書法繪畫中也為自己與吳中其他文人的交往留下了許多記錄，如：「乙丑（按，弘治十八年乙丑）人日，友人朱君性甫、吳君次明、錢君孔周、門生陳淳、淳弟津，集余停雲館，談燕甚歡，輒賦小詩樂客。是日，期不至者，邢君麗文，朱君守中，塾賓閣採蘭。」〔註23〕正德七年（1511），「三月既望，同吳次明、蔡九逵、陳道復、湯子重、王履約、履仁泛舟石湖，遂登治平，以天朗氣清、惠風和暢為韻，分得朗字。」〔註24〕當然，交往的形式多樣，內容也往往不拘一格：「徵明與徐迪功昌國閱此卷於潤卿家，各賦小詩其上，是歲，弘治十三年庚申也，及今嘉靖乙丑，恰三十年矣。追憶卷中諸君，若都太僕元敬、祝京兆希哲、黃郡博應龍、朱處士堯民、張文學夢晉、蔡太學九逵及昌國，時皆布衣，皆喜談郡中故實，每有所得，必互相品評以為樂。」〔註25〕

　　志同道合的友人間的詩文唱和與文藝聚會，無疑為文徵明和朋友們的生活增添了無窮的雅趣。文徵明雖然屢試不第，但是這二十七年間，他的詩文、繪畫創作得到了長足發展，他逐漸成為吳中文壇的領袖人物，「吳中自吳寬、王鏊以文章領袖館閣，一時名士沈周、祝允明輩與並馳騁，文風極盛。徵明及蔡羽、黃省曾、袁袠、皇甫沖兄弟稍後出。而徵明主風雅數十年，與之遊者王寵、陸師道、陳道復、王穀祥、彭年、周天球、錢穀之屬，亦皆以詞翰名於世。」〔註26〕有多少科舉中式之人在歷史長河中湮沒無聞？而文徵明雖然在科舉之途上坎坷不達，但卻最終在文壇、畫壇上名垂不朽，成為吳中藝術天空一顆耀眼的星辰，這也不失為一種補償吧。

〔註22〕《弇州四部稿》卷八十三，清文淵閣四庫全書本。
〔註23〕《中國古代書畫圖目》第二冊《明文徵明人日詩畫卷》，轉引自周道振、張月尊纂《文徵明年譜》，百家出版社 1998 年版，第 149 頁。
〔註24〕（明）文徵明《甫田集》卷四〈三月既望同吳次明蔡九逵陳道復湯子重王履約履仁泛舟石湖遂登治平以天朗氣清惠風和暢為韻分得朗字〉，清文淵閣四庫全書本。
〔註25〕《國光藝刊》第四期〈宋鄭所南國香圖卷〉，轉引自《文徵明年譜》百家出版社 1998 年版第 78 頁。
〔註26〕《明史》卷二百八十七「文苑傳三」，清文淵閣四庫全書本。

　　嘉靖二年癸未（1523），巡撫李充嗣薦文徵明於朝，督學欲越次而貢。
文徵明表示拒絕：「吾平生規守，豈既老而自棄耶？」〔註27〕其正直爲人在
仕宦和富貴面前並沒有發生絲毫變化。文徵明入京後任翰林院待詔，《明史》
卷七十三〈職官〉載：「翰林院待詔六人，從九品，不常設。待詔掌應對。」
以文徵明當時的文名與聲望，卻只得到一個從九品的小官，這種名與實之
間的反差自是十分巨大，而對於文徵明本人而言，可有可無的「從九品」
與他「有志當世」的夙願也相去甚遠，因此，文徵明居官不久就有了歸志，
他在〈潦倒〉詩中說：「北土豈堪張翰住？東山長繫謝公情。不虛禮樂論興
廢，畢竟輸他魯兩生。」他在翰林院的日子似乎也並不好過，《藝苑巵言‧
附錄》卷四說：「待詔以薦起，預修國史，北人同館者從待詔丐畫，不以禮，
多弗應，輒流言曰：『文某當從西殿供事，奈何辱我翰林爲？』待詔聞之，
益不樂，決歸矣。」

　　而這時，張璁和楊一清的「欲遷先生」〔註28〕又使文徵明歸志益堅。
張璁原本官職不高，但是因爲善於逢迎皇帝，故頗爲世宗寵信，「世宗初踐
阼，議追崇所生父興獻王，廷臣持之，議三上三卻，璁時在部觀政，以是
年七月朔上疏」，「帝方扼廷議，得璁疏大喜」，「亟下廷臣議」，「廷臣不得
已，合議尊孝宗曰皇考，興獻王曰『本生父興獻帝』，璁亦除南京刑部主事
以去」，「至嘉靖三年正月，帝得萼疏心動，復下廷議」，「璁乃復上疏」，「與
桂萼第二疏同上，帝益大喜，立召兩人赴京」，「抵都，復條上七事，眾洶
洶欲撲殺之」，「其年九月，卒用其議定尊稱，帝益眷倚璁、萼，璁萼益恃
寵仇廷臣，舉朝士大夫咸切齒此數人矣。」〔註29〕其時楊一清爲上相，以
文徵明之爲人，自不願趨炎附勢以求顯貴，所以當張、楊二人謀，「欲遷先
生」時，文徵明求歸之志反而更堅，他接連三次上疏，終得致仕，於嘉靖
五年（1526）十月離京。

　　歸家之後的文徵明從此擺脫了仕途的困擾和程試之文的羈絆，得以專力
於詩文繪畫創作，「晚年衣紅絨衣，戴卷簷帽，坐白紙窗下，擁爐曝背劇談亹
亹，坐客皆移日忘去」〔註30〕。他在吳中優游林泉，與朋友們談文論藝，直

〔註27〕　《文徵明集》附錄〈先君行略〉，上海古籍出版社1987年版，第1620頁。
〔註28〕　《弇州四部稿》卷八十三〈文先生傳〉，清文淵閣四庫全書本。
〔註29〕　《明史》卷一百九十六〈張璁傳〉，清文淵閣四庫全書本。
〔註30〕　《歷代詩話》卷七十八，清文淵閣四庫全書本。

至九十歲時無疾而終。

正直爲人是文徵明一生的追求，他曾說：「便宜於己者勿爲文，是即禮義廉恥也，循是而行，某雖不至於聖賢，亦可以寡過矣。」〔註31〕在創作上他始終鍾情於古文辭，曾言：「竊念自早歲即有志於是。……儼然欲追古人之文。」〔註32〕可以說，文徵明在這兩個方面都得到了相當程度的滿足。雖然他的濟世之志因爲仕途不達而未能實現，但是人生本就有得有失，求仁得仁，夫復何怨？

第二節　文徵明的思想

嚴格說來，文徵明是吳中文人中少見的儒者，此前我們講過吳中文人的放曠作風，這種作風從正統儒家觀點來看是頗有可議之處的，如唐寅的風流放誕，如祝允明的「爲人簡易不拘押，時時遊伶酒間」〔註33〕；楊循吉之「性狷隘，好持人短長，又好以學問窮人，至頰赤不顧」〔註34〕；張靈之「家本貧窶，佻達自恣，不爲鄉黨所禮」〔註35〕。而文徵明則不同，他是一個性情溫和、頗合儒家中庸之道和行爲規範的人物，「與人交，坦夷明白，始終不異。人有過，未嘗面加質責，然見之者輒惶愧汗下。絕口不談道學，而謹言潔行，未嘗一置身於有過之地」〔註36〕。文徵明不僅在外觀和舉止上具有儒者風範，在思想上也同樣符合儒家標準，這在他的詩文中表現得也更爲明顯。

傳統儒家對待政治生活的基本態度是從思想文化的角度來看待政治，主張尊重知識，對現實政治保持著高度的敏感，對現實中的陰暗面勇於批評勇於揭露，是文徵明一貫的態度。文徵明〈南京太常寺卿嘉禾呂公行狀〉記敘的是呂常心的生平。文章言及呂常心之不被朝廷重視：「先是，禮儀怠廢，春秋丁有事文廟，科道官多不與祭，公移文督之，有『知豺獺之報本，何笭蹄

〔註31〕（明）黃佐《泰泉集》卷五十四〈將仕郎翰林院待詔衡山文公墓誌〉，《文徵明集》附錄二，上海古籍出版社1987年版，第1629頁。

〔註32〕《文徵明集》卷二十五〈上守溪先生書〉，上海古籍出版社1987年版，第581頁。

〔註33〕（明）何喬遠《名山藏》卷九十六〈高道記〉，明崇禎刻本。

〔註34〕《明史》卷二百八十六〈楊循吉傳〉，清文淵閣四庫全書本。

〔註35〕（清）錢謙益《列朝詩集》丙集卷九〈張秀才靈〉，清順治九年毛氏汲古閣刻本。

〔註36〕《文徵明集》附錄〈先君行略〉，上海古籍出版社1987年版，第1623頁。

之遽忘』之語，會太廟時享不以新果，監察御史劾公不敬，公舉高皇敕旨復之，御史乃無言，然自是不悅於當路矣。」〔註37〕這段文字秉筆直書，其中的譴責之意顯而易見。在〈太傅王文恪公傳〉中，文徵明記王鏊「正德初，論時政四事，會去國不果上。今上登極，復進講學親政二篇，其他所著如國猷、如食貨、如儗皋言、如教太子，皆卓然經世遠圖，惜乎不究厥用。晚雖邂逅一奮，而適丁時艱，正言危行，幾以身殉，蓋方救過之不暇，又奚能有為哉？及今聖天子圖治方切，求賢如不及，而公則既老而逝矣。嗚呼！豈天不欲斯道之行邪？抑人事之罪耶？」〔註38〕敘述意猶未盡，繼之以議論、抒情，惋惜沉痛之情，畢露無遺，而對於造成王鏊不得其用的人事和社會因素，他也予以了無聲的抨擊。

　　明朝建國之初就禁止諸生言國事之利弊，文徵明雖然不能明言統治者之過失，但卻每每以微言大義顯示對政局的看法，對統治者的不滿。當然，他還有一些篇什直接揭露宦官政治的黑暗，那種揭露直接而堅決，並不像他對皇帝的不滿那樣含糊隱晦——這也許是文徵明「為長者諱」的儒家思想在起作用吧。

　　像大多數文人一樣，文徵明對於宦官的暴虐極為反感憎惡，言及宦官的殘暴行為時，文詞犀利，感情濃烈，如他的〈明故奉政大夫工部都水司郎中張公墓誌銘〉說，「正德初元，逆瑾始盜事權，翕張狡獪，思蹂踐士大夫，以恐嚇海內，鉤摭細瑣，橫肆羅織。都水郎中吾蘇張公，寔首罹其禍。」〔註39〕又如其〈故資善大夫南京刑部尚書顧公墓誌銘〉：「鎮守中官廖堂，恃逆瑾黨援，圍奪自恣，公摧抑捍蔽，每折其萌芽，不令得肆。瑾誅，廖罷去，而錢獷用事，群閹方熾，王宏者尤悖謾剽疾，繼廖出鎮，乘權席寵，氣焰嚇人，一時有司或屈節自容。」〔註40〕文徵明一向謙和平淡，但是在上述涉及宦官的文字中，卻幾乎出離憤怒，「翕張狡獪」、「橫肆羅織」、「圍奪自恣」、「氣焰嚇人」，這類尖刻無比、鋒芒畢露的語詞，毫不顧忌地展示出來，可見，他對宦官政治的揭露可以說是不遺餘力、無所顧忌，有時更是視其為邪惡之源，如〈太傅王文恪公傳〉中所揭露的宦官對於皇帝的負面影響：「時上（明武宗）

〔註37〕　《文徵明集》卷二十五，上海古籍出版社 1987 年版，第 600 頁。
〔註38〕　《文徵明集》，上海古籍出版社 1987 年版，第 664～665 頁。
〔註39〕　《文徵明集》卷二十九，上海古籍出版社 1987 年版，第 687 頁。
〔註40〕　《文徵明集》卷三十二，上海古籍出版社 1987 年版，第 744～745 頁。

沖年，頗事逸遊。中官馬永成等八人實從中導誘。」〔註41〕這足以見出文徵
明對於宦官的態度。文徵明在京城做翰林待詔時，或許並未親眼目睹宦官之
暴虐，但是至少應該有所耳聞，而以他爲人之明察練達以及對於政治之關心，
自是對於亂政之閹臣恨入骨髓。雖然以他的身份地位，無力也不可能作出實
際性的進諫行爲，但他還是口誅筆伐，做了在他的位置上所能夠做的事情，
體現出一個正直文人的道德良心。

　　與對最高統治者的微言大義式的批評，對宦官痛快淋漓的抨擊相對應，文
徵明對那些清正廉潔、爲君爲民鞠躬盡瘁的官員極力頌揚，表現出了深深的敬
意。在〈明故嘉議大夫都察院右副都御史沈公行狀〉中，他描寫長洲人沈林爲
官之深得民心：「辛丑登進士，授晉州知州。州在畿輔，民惰而貧，百務怠弛。
公至，首爲安集，繁絲橫賦，以次罷行，乃教之樹畜，民用充實；而誕章敷化，
俾即於理。一州三邑之民，尸而祝之曰：『吾乃今知有父母之愛也。』」在〈明
故嘉議大夫河南布政司右恭政吳公墓志銘〉中，他記敘崑山人吳愈在敘州爲官
的公正嚴明：「敘去京師萬里，俗獷喜訐，吏多並緣爲奸。公始至，判牘日以百
數，吏故矯列數事嘗之，公且判且閱，徐摘所矯數事訊吏，吏即叩頭具伏。公
既精敏善發摘，而濟以嚴重，有犯即繩以法，吏畏民懷，訟用衰鮮，尤愼刑獄，
每行縣錄囚，必有平反。慶符盜正晝劫縣，縣誣執二十七人，皆抵死，公審鞫
左驗，惟二人眞盜，乃悉縱遣二十五人，其後果獲餘盜。」〔註42〕

　　文徵明對於官員的關注與評價涉及到多個方面，在〈江西布政使司左恭
政贈光祿寺卿錢公墓志銘〉中，他記敘了雲江人錢泮以保家衛國爲己任，在
抗倭中以身殉職的壯烈事蹟：「自倭夷爲三吳患者數年，擄掠燒劫，多所殺傷，
兵不得休息，民不得安居。而常熟濱海帶湖，罹禍尤慘，雲江錢公以江西恭
政居憂邑中，謂邑宰王公鈇曰：『寇既得志，勢必復來，公有守土之責，而吾
父母之邑，墳墓親戚所在，忍坐視耶？』日與商略爲備禦計，練兵飭甲，部
份調遣。事甫就緒而寇猝至城下。即與乘城捍禦，悉眾急擊，連弩繼發，寇
乃遁去。又明日，寇自上湖北下，直指讓港，公謂王曰：『此可邀而擊也。』
部領民兵，抗旌出港，轉戰而前，殺傷相當，俄而賊大眾掩至，公麾下鳥獸
散，眾寡不敵，公身被數鎗，猶手刃三賊，遂與王公死焉。」〔註43〕

〔註41〕《文徵明集》卷二十八，上海古籍出版社1987年版，第658頁。
〔註42〕《文徵明集》卷三十，上海古籍出版社1987年版，第695頁。
〔註43〕《文徵明集》卷三十三，上海古籍出版社1987年版，第763頁。

文徵明為這些家鄉人作傳，往往對於他們利國利民的事蹟都進行了非常詳細地記錄，其中懷著深深的敬意。這實際上顯示出文徵明對於「民本」思想的認同，也是他儒家思想的一個重要方面。遠在上古，《尚書》中就已經提出「民為邦本」的思想，並把「民」置於「天」之上：「天視自我民視，天聽自我民聽。」「天聰明，自我民聰明；天明畏，自我民明畏。」後來的《左傳》、《國語》都發展了這一思想，認為天、神、國，乃至君主都是為民而存在的，即「民之所欲，天必從之」，「民，神之主也」，「民和，而後神降之福」。孟子更是儒家中大力強調民之價值與作用的人，他認為「民貴君輕」，政在得民，「得天下有道，得其民，斯得天下矣。得其民有道，得其心，斯得民矣。得其心有道，所欲與之聚之，所惡勿施爾也。」〔註44〕而得民心必須施仁政，「施仁政於民，省刑罰，薄稅斂，深耕易耨，壯者以暇日修其孝悌忠信，入以事其父兄，出以事其長上。」〔註45〕文徵明無疑深諳儒家政在得民、得民必須施仁政的傳統觀念，因而他才能夠對於一心為民的官員大力稱讚。

作為一個儒者，文徵明的思想不僅表現在對於政治生活、國計民生的關注上，還表現在對於儒家選材用人原則的崇信上。唯才是舉、任人唯賢是儒家的傳統觀念，從中國的歷史發展來看，這一觀念對於歷史進步和國家長治久安起了重要作用。漢代以後，統治者選拔人才不再按照世卿世祿的宗法用人原則，而是尚賢使能，宰相起於陋巷、大將出身布衣代不乏人；而隋唐以後的科舉取士，實際上是舉賢才的制度化。但是到了明代，八股取士已經遠遠不能真正達到唯才是舉、任人唯能的目的，對此，文徵明的認識是深刻的，他從任人唯賢的儒家用人原則出發，反對教條僵化的八股制度，並通過各種方式對其進行批評和揭露。

首先，文徵明的批評通過傳記類文字表現出來。在敘述人物生平時，文徵明突出了傳主的聰穎和博學以及多才多藝，記敘了其屢試不中的命運和坎坷的人生際遇，在讓人唏噓不已的同時，也揭示出八股取士的弊端和不合理性。如〈樂易先生墓誌銘〉中，文徵明記敘樂鎧「生而樸茂開朗，喜問學，少為修敬先生所愛，遣從明師授經。揚榷探竟，已卓見端緒。既選隸學官，益精進不怠。為程文明麗典則，時稱合作。然不利於有司，六舉應天始得解，

〔註44〕《孟子·離婁上》。
〔註45〕《孟子·梁惠王上》。

五舉禮部，迄無所成，人咸惜之」〔註46〕。在〈太學錢子中挽詞有敘〉中，文徵明寫錢子中「實俊郎明慧，特達士也。……故君於余雅篤世契，非獨場屋之舊而已。君去余百里而近，雖蹤跡胥疏，而清才令譽，日益有聞。謂且繼取高科，上踵諸父；而數試不利，竟以太學生終於家。嗚呼！豈不有命哉？」〔註47〕這些人物有著很高的才華，本來應該對社會有所貢獻，然而科舉的不順利使得他們報國無門，有才難展，鬱鬱而終，這無疑使人對於科舉制度的合理性產生了深深的懷疑。

敘述以外，文徵明對於科舉制度的懷疑和抗議也通過議論和抒情表現出來。如在〈戴先生傳〉中，他在敘述了長洲人戴冠的一生之後，以司馬遷「太史公曰」的筆法論道：「文子曰：『近時以科目取士，凡魁瑋傑特之士，胥此焉出？以余觀於戴先生，一第之資，豈其所不足哉？迄老不售，以一校官困頓死，殆有司之失耶？抑自有命耶？謂科目不足以得士者，固非也；而謂能盡天下之士，誰則信之？』」〔註48〕，已有叩問指責科舉制度之意。而在〈謝李公保書〉中則以自身的沉痛經歷爲例，寫道：「彼科舉之士，非有甚高難能者；業之三十年，曾不得一雋以自振發，其效亦可見矣。」〔註49〕，這裡已是直接指斥八股取士不符合實際情況，難以任人唯賢、唯才是舉了。

此外，文徵明更有一些言論深入揭示八股取士這一制度本身，指出其僵化的取士方式給士風所帶來的惡劣影響：「比歲督學南畿者，操其所謂主意以律士，而峻法臨之，謂必合於是而後可。學者至於摘抉經書，牽率詞義以習其說，而士習爲之一變，有識者嗤之。」〔註50〕他在〈侍御陳公石峰記〉又說：「今江南士習，以器業相高譽聞相取下，而切劘之功蓋寡。」〔註51〕可以看出，文徵明不僅看出八股制度的弊端，而且能夠透過這一弊端進一步認識到它在心理、文化上產生的深層次的影響，這在八股取士觀念幾乎佔據文人生活世界全部的時代，無疑具有相當的進步性，也可以看出文徵明的儒家思想觀念確實是得其精髓而非其皮毛。

〔註46〕《文徵明集·補輯》卷第三十一，上海古籍出版社 1987 年版，第 1546 頁。

〔註47〕《文徵明集·補輯》卷第二十一，上海古籍出版社 1987 年版，第 1301 頁。

〔註48〕《文徵明集》卷第二十七〈戴先生傳〉，上海古籍出版社 1987 年版，第 642 頁。

〔註49〕《文徵明集》卷第二十五，上海古籍出版社 1987 年版，第 589 頁。

〔註50〕《文徵明集》卷十六〈送提學黃公敘〉，上海古籍出版社 1987 年版，第 450 頁。

〔註51〕《文徵明集》卷第十八，上海古籍出版社 1987 年版，第 450 頁。

文徵明的儒者風範不僅表現在他對政治及其他外在事物的關注與熱情上，有儒者願濟天下的願望，也表現在他對自身獨善的嚴格要求上。前已經談過，在吳中文人集團中，他是性格內斂，行為舉止溫文爾雅的一個人，在日常的一舉一動中，他講求「慎獨」，自我要求非常之高，他在書於嘉靖壬寅夏五月十日的〈格言〉中寫道：

> 樂易以使人之親我。虛己以聽人之教我。恭己以取人之信我。自檢以杜人之議我。自反以息人之罪我。容忍以受人之欺我。警悟以脫人之陷我。奮發以破人之量我。遜言以免人之詈我。靜定以處人之擾我。從容以待人之迫我。遊藝以備人之棄我。直道以伸人之曲我。洞徹以解人之疑我。量力以濟人之求我。弊端切須勿始於我。凡事無但知私於我。聖賢每存心於無我。〔註52〕

〈格言〉可以看出文徵明的處世態度、處事方法，這其中小心翼翼、如履薄冰的「慎獨」姿態，充分顯示出文徵明內在的儒者風度，這在吳中文人群中頗有他自己的特點。

實際上，文徵明不僅將這些訴諸文字，在生活中也身體力行。《新倩籍》記載文徵明「性專執，不同於俗。不飾容儀，不近女妓，喜淡薄。儕類有小過，時見排抵。人有薄技，亦往往歎譽焉」，這實在可以與他〈格言〉中「自檢以杜人之議我」、「遜言以免人之詈我」的言詞相吻合。基於此，盡管文徵明與吳中文人群體中的許多人如祝允明、唐寅、徐禎卿等的個性差別很大，但卻能相處融洽，親密無間：「先生服除益自奮勵，下帷讀恒至丙夜不休。於文師故吳少宰寬，於書師故李太僕應禎，於畫師故沈周先生，咸自愧歎，以為不如也。吳中文士秀異，祝允明、唐寅、徐禎卿日來遊，允明精八法，寅善丹青，禎卿詩奕奕有建安風，其人咸跅弛自喜，於曹偶亡所讓，獨嚴憚先生，不敢以狎進。先生與之異軌而齊尚，日歡然亡間也。」〔註53〕這也可以說是「遊藝以備人之棄我」的體現。文嘉在〈先君行略〉中也說文徵明「平生最嚴於義利之辨」，此言不虛。當初文林在溫州任上病逝，文徵明前往奔喪，「府僚及縣大夫僉計議以銀千兩餞柩行，壁辭曰：『先君忝作府，曾未貨取一毫。不幸以疾卒，斃得其正。而使不肖受其贈，是欺死父也。且先君以正死，不肖可以不正生乎？』固不受」

〔註52〕《文徵明集·補輯》卷第二十一，上海古籍出版社1987年版，第1307頁。
〔註53〕《弇州四部稿》卷八十三〈文先生傳〉，清文淵閣四庫全書本。

〔註54〕。在這裡，他堅持的實則是「弊端切須勿始於我」。

文徵明是傳統儒家的信仰者和執行者，也是宋明理學的批判者。理學本是宋元明（後來延續至清）時期儒學的總稱，因其以闡釋義理、兼談性命爲主，主要討論理氣、心性等問題，故有此稱。它是以儒家倫理思想爲核心、吸收了佛道二教思想融合而成的新的儒學體系。文徵明在〈何氏語林敘〉中說：「宋之末季，學者習於性命之說，深中厚貌，端居無爲，謂足以涵養性眞，變化氣質，而究厥所存，多可議者。是雖師授淵源，惑於所見；亦惟簡便日趨，偷薄自畫，假美言以惑所不足，甘於面牆，而不自知其墮於庸劣焉爾。嗚呼！玩物喪志之一言，遂爲後學深痼，君子蓋嘗惜之。」〔註55〕他在〈長洲縣重修儒學記〉中也談到了對近時儒者的認識：「百餘年來，名卿鉅人，所以出而爲國家之用，其立言立事，與夫致身效命者，莫非學校之出；而出他途者，蓋鮮也。夫正學之效，章明較著如此。近時學者或厭其卑近，而游心高遠。於凡語言文字，禮樂刑政之屬，一切以爲支離靡爛，爲不足爲；而惟坐談名理、標示玄邈，以爲道在是矣。而推究厥用，不知其所以立言立事，與夫致身效用，於昔人何如也？」〔註56〕文徵明毫不掩飾自己對於「近時學者「游心高遠」「坐談名理」虛僞輕浮作風的反感，他實際上在這兒指出了理學的弊端所在。

理學當時一反漢唐訓詁治經的傳統，也失去了宋代「切於治理，周於實用」的經世致用的進取精神，轉而以經書爲指歸，從經術中闡發義理，內容上以「性與天道」爲中心，探討理氣、性、命、心、情、天理人欲、格物致知等問題，而以「窮理」「盡性」爲精髓，以「存天理、滅人欲」爲「存養」工夫，以「修身」爲根本，以「爲聖」爲最終目的。此時的理學雖然已經摒棄了訓詁治經傳統，不再死守章句，但是明儒在闡發經書義理時又往往流於空泛輕浮。文徵明看到了這一點，並對其進行了批評。

因此，文徵明堅定地維護儒家倫理道德傳統，應該屬于堅定而純粹的儒者。同時他又批評理學中的浮泛、空疏、虛僞之處，藉此維護儒學的純正，這在理學氣息相當濃厚的明代顯得尤爲難能可貴。在此基礎上，文徵明的文

〔註54〕（明）閻秀卿撰《吳郡二科志・文苑・文壁》，中華書局 1985 年叢書集成初編本，第 11〜12 頁。

〔註55〕《文徵明集》卷十七，上海古籍出版社 1987 年版，第 473〜474 頁。

〔註56〕《文徵明集》卷十九，上海古籍出版社 1987 年版，第 496 頁。

學創作也顯示出儒家理想的文學觀念，具備了相當的儒家文學特徵。

第三節　文徵明的詩文創作

　　明代吳中地區的文學一時呈彬彬之盛，《明史·文徵明傳》談到文徵明在其中的地位時，寫道：「吳中自吳寬、王鏊以文章領袖館閣，一時名士沈周、祝允明輩與並馳騁，文風極盛。徵明及蔡羽、黃省曾、袁袠、皇甫沖兄弟稍後出。而徵明主風雅數十年，與之遊者王寵、陸師道、陳道復、王穀祥、彭年、周天球、錢穀之屬，亦皆以詞翰名於世。」作為正史尚且對於文氏如此推崇，則他在彼時的地位以及為人所接受認同的程度，可以想見。黃佐〈將仕郎翰林院待詔衡山文徵仲先生墓志銘〉對此作過描述：「（文徵明）優游林壑三十餘年，四方文儒道吳者，莫不過從，亦有枉道至者。名士如彭年、陸師道、周天球文行並有顯聞，皆出其門。藝文布滿海內，家傳人誦。」

　　在人才濟濟的吳中，文徵明能夠成為領一代風騷的人物，這自然不僅僅是因為他的人格感召力，也因為他出色的文學創作。他可謂吳中文人壽命最長的一個，活了九十歲；而他的文學創作，也一直堅持到生命最後一刻：「壽屆九十，嘉靖己未二月二十日與嚴侍御傑書其母墓誌，執筆而逝，翛然若仙，人皆稱異。」〔註57〕他的長壽和勤於創作為他留下了數量頗豐的作品。《甫田集》是收其作品較全、流傳較廣的一種，是集凡詩十五卷，文二十卷，附錄行略一卷，其仲子文嘉所編，係其家集，但並非全集。今人周道振所輯《文徵明集》應該是目前收錄文徵明作品最為完備的一種。

一、詩歌創作

　　就詩歌體裁而言，文徵明作品幾乎囊括了古今各種詩體；在題材上，又涉及到文徵明生活的方方面面：記載時事、描寫山水風光、記錄友人燕集酬唱應答、書寫人生感悟慨歎、懷念友人親朋等等，在某種程度上，詩歌可以說是文徵明日常生活的實錄。

（一）對社會政治生活的關切

　　文徵明在他的〈病中遣懷〉中寫到：「心事悠悠那復識，白頭辛苦服儒科」，

〔註57〕（明）黃佐《泰泉集》卷五十四〈將仕郎翰林院待詔衡山文公墓志〉，《文徵明集》附錄二，上海古籍出版社 1987 年版，第 1629 頁。

這是他一生信仰的寫照，我們說過他是一個正統的儒者，他有著傳統儒者的社會人生政治理想，對社會生活有著真切的關注。在許多詩作當中他寫出了他對世道人心的關注，寫出了一個身在江湖，心存魏闕的文人的熱情。

文徵明生活的明中葉是明代政治生活相對穩定的時期，但即使在這樣的時期，朝廷中的各種鬥爭依然存在，文徵明作為一個普通的文人，無權參與政事的決策，也由於地域的原因，無法及時地瞭解政事的各種情況，但這並不影響他對政治有自己的看法。

文徵明曾有詩寫到對于謙的評價：

南遷議起共倉皇，一疏支傾萬弩強。既以安危繫天下，曾無羽翼悟君王。莫嫌久假非真有，只覺中興未耿光。淺薄晚生何敢異，百年公論自難忘。

老臣自處危疑地，天下遑遑尚握兵。千載計功真足掩，一時起事豈無名？未論時宰能生殺，須信天王自聖明。地下有知應不恨，萬人爭看墓門旌。　　　　——〈讀于肅愍旌功錄有感〉〔註58〕

于謙（1398～1457），明永樂十九年進士，曾任監察御史，兵部右侍郎，巡撫河南、山西，後升任兵部尚書。英宗正統十四年（1449），土木堡之變時，英宗被俘，侍講徐珵主張南遷，于謙堅決反對，並擁立英宗弟為景帝，主持軍務，擊退了也先。景泰元年（1450），也先請和，送返英宗。景泰八年（1457），徐有貞（即徐珵）、石亨等發動「奪門之變」，擁立英宗復位，後又誣陷于謙謀逆，將其處死。于謙後被追諡忠肅。于謙是明代歷史上少有的將才，臨危不亂，於私不顧，一心為國。但為國為民就未必會顧及自身，而政治生活中從來就有不能見及陽光的一面，文徵明對此的認識是深刻的。他對於于謙的力排眾議由衷讚歎，把議南遷眾人的「倉皇」、「遑遑」與于謙一個人的獨立支撐大局相對照，突出了于謙的臨危不懼和大智大勇，極力讚揚于謙的「以安危繫天下」和「天下惶惶尚掌兵」的無私、無畏。不過，文徵明顯然更著眼於于謙在政治鬥爭中的無謂犧牲，「曾無羽翼悟君王」，一個「悟」字，指出于謙的悲劇原因。他關心的只是國家、人民，而沒有意識到君王是當時國家的掌握者，君主的意志才是一般人所認同的國家意志。他沒有從君主的切身利益著想，沒有想過為國、為民、為君在實質上並不等同。「一時起事豈無

名？」，爲了君主的利益，犧牲一兩個個人的生命是無所謂的，即使這被犧牲的人是曾保全了國家利益、君主利益的人。文徵明的不平和於人性頗有瞭解於此可見一斑——「一時起事豈無名？」的質疑、不平、憤憤顯然已經遠遠超出了「百年公論自難忘」和「萬人爭看墓門旌」的榮譽，枉死的冤魂真的會因爲光耀的墓門旌而「不恨」嗎？

應該是與此二首作於一時的〈因讀旌功錄有感徐武功事再賦二首〉是文徵明對徐有貞的評價，徐有貞是吳地人，又是祝允明的外祖父，但這並不影響文徵明對他的客觀評價。「白璧微瑕尤惜者，當時無用議遷京」，「冤哉一掬江湖血，信史他年未必書」都可看出文徵明於政治事件的敏銳眼光，亦可看出他爲人耿介的一面。

文徵明寫于謙之功、徐有貞之過可看作是他對事隔不久的事件的評價，其中所隱含的批評是針對前代君主的，而在〈哭瓠庵先生〉四首中，他則對當朝統治者提出了批評，這是需要一定的勇氣的，這既可看作是史家秉筆直書的精神，也可看作是不平則鳴的顯現，這四首中最見力道的是其一：

　　　聞道連章欲引年，傷心一夕竟難砭。空令海內尊韓子，不見朝
　　廷相仲淹。沉厚坐消流輩巧，邅迴足印此心恬。哀榮終始公無恨，
　　獨是斯民失具瞻。

吳寬是明中葉人臣中業績較著的一個，雖談不上有赫赫功勳，但寬厚平和，知人善任，有太平宰相風範，其爲人正直、無私，凡事爲國爲民著想，在朝臣中有較高的聲譽。在弘治年間，「時詞臣望重者，寬爲最，謝遷次之。遷既入閣，嘗爲劉健言，欲引寬共政，健固不從。他日又曰：『吳公科第、年齒、聞望皆先於遷，遷實自愧，豈有私於吳公耶？』及遷引退，舉寬自代，亦不果用。」〔註 59〕文徵明此詩顯然是針對這段歷史所作。謝遷連章引薦吳寬，及自己引退時又推薦吳寬代替，頗有鮑叔牙舉薦管仲的真誠、無私，但因爲劉健的阻撓，吳寬最終沒有成爲閣臣。「流輩巧」顯然是文徵明對劉健等人的批評。「巧」字在這裡不是人們通常所見的技巧、技藝高明、美好之意，而是「虛僞不實」，是巧僞、巧詆、巧諛、巧言令色的「巧」。「韓子」、「仲淹」是把吳寬比之韓愈、范仲淹，是對他文學、政治成就的極大肯定，而「不令」、「空見」又是對吳寬所遇的極大不平。「獨是斯民失具瞻」則表現了吳寬不能被重用給百姓帶來的巨大損失。這都是對統治者用人決策的不認同，批評的

〔註 59〕《明史》卷一百八十四，清文淵閣四庫全書本。

意味十分濃鬱。

當然，文徵明關心時事、關心國計民生的儒者行徑並不只表現在他對國朝朝政的議論上，如他在〈採桑圖〉中寫採桑女「採桑日暮怕歸遲，室中箔寒蠶苦饑。只愁牆下桑葉稀，不知牆頭花亂飛」的辛苦，並對她們的生活表現出深深的同情：「一春辛苦只自知，百年能著幾羅衣？」他在〈題虢國夫人夜遊圖〉中對統治者的沉溺於聲色而誤國誤民十分痛恨，「豈知尤物禍之階，不獨傾城竟傾國？」這都是關心世事的文徵明。

（二）對隱逸和閒適的歌唱

在一些詩歌中，關心世道人心的文徵明表現的是「金剛怒目」的憤慨，不過，在更多的詩歌中，文徵明抒寫的是隱者的情懷，雖然他曾在一生中花費二十七年的時間汲汲於科舉，也一生都關心國家和百姓，但在更多的作品中，他還是深深地感慨著隱逸之樂、閒適之情，把隱逸和閒適作為值得讚揚和歌頌的行為方式和人生選擇。

> 甲第城中好，何如小隱家。蔪茅苫屋角，引蔓束籬笆。社動喧
> 村鼓，場乾響稻枷。誰言田舍苦，隨分有年華。
> ——〈陳以可近歲築室陳湖專理農業時以詩見寄誇其所得比來
> 秋成當益樂輒賦秋晚田家樂事十首寄之〉（其二）

在這一首詩中，文徵明所認同的「小隱家」是農夫的小小田舍。在他看來，農家的生活要優於都市的生活，苫蓋著白茅的小屋，纏繞著蔓藤的籬笆別有風味，社日裏鑼鼓喧天，豐收時稻枷響起，田舍的樂趣自在其中。城市的喧嘩和鄉村的喧嘩同是喧嘩，但鄉村中人的心是寧靜的，在這種寧靜這下，生活的清苦和煩勞也就不算什麼了。這就是文徵明所認同的小隱式的生活。

文徵明曾作過〈題漁隱圖〉一組四首，描寫以漁為生的隱者一年四季的生活，其一寫道：

> 漁翁老去頭如雪，短笠輕蓑舟一葉。百頃魚蝦足歲租，十隻鸕
> 鶿是家業。橫笛朝衝柳外風，浩歌夜弄波心月。不嫌湖上有風波，
> 世路風波今更多。〔註60〕

頭白如雪的漁翁是文徵明筆下的隱者形象。年紀雖不能等同於一個人的心智，但年老者的閱歷和經驗的豐富無疑會使其對人生有更明徹的認識，而這

〔註60〕《文徵明集》卷五，上海古籍出版社 1987 年版，第 89 頁。

個漁隱者的智慧應是較高的。他的所有家當數量不多：斗笠、蓑衣、小舟、一根橫笛、十對鸕鶿，簡單得已經不能再簡單，而他並不以這種簡單為苦，他把百頃魚蝦當作自己的歲租，把在江上吹笛當作人生的樂事。他生活在湖之畔，但即使湖水因天氣的變幻風濤迭起，他也絲毫不以之為苦，因為在他看來，在歷經過人生無數風波的他看來，這湖上的風波即使再多，又怎能比得上人世的風波多呢？顯然，文徵明在此提倡隱，是與對世上風波的逃避聯繫在一起的。

從以上兩首詩中可以看到，文徵明所提倡的隱有兩個特點，其一，隱有它的處所，他看重的是僻遠的鄉村；其二，他的隱是有相對的比較對象的，他看重的是內心寧靜的生活──以稻枷打穀雖然也是辛苦，但比起城市生活中的喧鬧和辛苦來，畢竟單純得多。他的另一首〈稻畦〉也是對此種生活的寫照，「平生隴畝心，歲晚欣有託。舍南春水生，農人競東作。涼風撫嘉苗，秋日看新獲。歲勤還有終，茲事良不惡。」〔註61〕

前此在「明中葉吳中文人的風貌」一章中，我們談到過吳中的隱士和他們的政治生活，談到他們在嚮往隱逸境界的同時對政治生活頗為關注。他們之中更多的人是隱於城市喧囂之中的人，沒有什麼官職，但有才學，有膽識，在鬧市中過著恬淡的生活：讀書、著說、功繪事等。文徵明也是這些文人中的一員，作為一時領袖文壇、畫壇的人物，他與人的交往是繁多的，生活不可能較為寧靜，但他筆下所書寫的隱的背景卻多是僻遠的鄉村，人跡不多的處所，這似應不能看作是單純的客觀的寫實，而應該是作者有意識的選擇。

在文徵明並非直接談到隱逸的一些詩作中，我們在景物描寫之中，在情懷的抒寫之中看到的是他對閒適生活的由衷的喜愛和嚮往。

> 小舟依渡不施橈，正似閒人遠世囂。滿徑綠陰初睡起，坐臨流水看春潮。　　　　　　　　　　　　　　　──〈閒舟圖寄葛汝敬〉
> 疎簾掩映物華鮮，睡起西窗思黯然。落日斷雲收宿雨，暖風纖草漲新煙。寂寥樂事燒燈後，懶慢情懷拄杖前。幽興不緣愁病減，時時覓紙寫新篇。　　　　　　　　　　　──〈初春書事三首〉

「滿徑綠陰初睡起」、「睡起西窗思黯然」，這兩首詩寫的是文徵明睡後初起的所見所感。初睡而起之時，心靈格外空寂，看窗外的小舟似遠離塵囂的閒人，自己也突然覺得悠閒散漫的心情充斥心懷，看窗外的春潮、綠徑、小舟、落

日、青煙，幽興漸生，不覺起身提筆，書寫新的詩篇。

類似的詩都是文徵明渴望隱逸的安寧，渴望日常生活的閒適的心靈寫照，我們談到過他在思想上是一個正統的儒者，他自始至終都對社會生活有極大的關注，但就以上詩歌而論，他個性中嚮往閒適恬淡的一面也十分明顯，這二者並不矛盾，它們是不同層面的問題。

（三）寫景之作

文徵明的詩歌創作當中，寫景之作佔了相當大的部份。他的寫景之作都較爲沖淡、平和，在對景物的描寫中表現出超然、淡遠的心懷，這超然、淡遠的心懷來自於作者內心的主觀，而沖淡、平和的景物則來自於他身邊客觀存在的吳中山水。

吳中地區的文人們一直對吳地有由衷的熱愛，這種熱愛包括對吳中山水的熱愛。吳地本是久負盛名的風景勝地，生活於其中的人尤能體會到其風景之美妙，如明初張簡曾寫〈題趙彥徵苕溪山水圖〉，即寫吳中山水之美，「吳興佳山水，遠近蓄清光。岑巖金蓋峰，秀色獨蒼蒼。煙雲互出沒，草木生風香。長橋接回溪，積石倚崇岡。樵漁識徑幽，於以樂深藏。擊鮮列魴鯉，啓翳理松篁」〔註62〕，而明中葉吳中文人對吳地山水的熱愛與其他時期的相比亦是有過之而無不及，文徵明就曾說過，「天下言人倫、物產、文章、政業者，必首吾吳；而言山川之秀，亦必以吳爲勝」〔註63〕。在〈題趙伯駒漢高祖入關圖〉中，他又說吳中山水之美是難以描述的，「吳中山水不可作，吳興山水含清輝」〔註64〕。而對吳中山水的描繪就成爲他筆下寫景之作中最爲常見的內容了。

文徵明的寫景之作，有的寫出了吳中山水的絢麗多彩、色彩斑斕，整體的色彩明豔、亮麗、動人，如其〈懷石湖〉：

> 茶磨山前宿雨晴，行春橋下綠波平。吳兒越女齊聲唱，菱葉荷花無數生。落日夷猶青雀舫，孤煙縹緲望湖亭。平生走馬聽雞處，殘夢依依是越城。

如其〈月夜登閶門西虹橋與子重同賦〉：

〔註62〕《元詩選》三集卷十五，清文淵閣四庫全書本。
〔註63〕《文徵明集·補輯》卷十九〈記震澤鍾靈寺庵西徐公〉，上海古籍出版社1987年版，第1264頁。
〔註64〕《文徵明集·補輯》卷二，上海古籍出版社1987年版，第821頁。

白霧浮空去渺然，西虹橋上月初圓。帶城燈火千家市，極目帆
檣萬里船。人語不分塵似海，夜寒初重水生煙。平生無限登臨興，
都落風欄露楯前。

這兩首詩寫的都是吳中地區的風景。一是寫石湖風光，一是寫西虹橋夜景，
都在逼眞形象的描寫中再現了其時吳地的風景和人情風貌。石湖是吳地風景
優勝之處，在蘇州西南，界吳縣吳江間，西南通太湖，北通橫塘，東入胥門
運河，相傳爲范蠡入五湖之口，它是吳中人引以爲驕傲的一處風景。宿雨過
後的石湖，景色變得十分清麗，行春橋下綠波平靜，像一面鏡子靜靜地呈現
在人們面前，但平靜的湖面上是一片喧囂，吳越兒女在青雀舫上，在望湖亭
中彼此唱和。菱葉和荷花也在這一片喧囂中悄然地生長。傍晚時分，落日也
因貪戀石湖的風光而不願沉入地面，一柱孤煙在湖上飄蕩、上升，傍晚時分
的石湖顯得如夢如幻。這樣的美景，這樣的風光，又怎能不讓遠離吳地的文
徵明念念不忘呢？西虹橋位於吳中最爲繁華的閶門地區，文徵明曾與友人夜
登此橋。滿城的燈火，滿城的帆檣，人在夜晚的集市中穿梭，叫賣聲、討價
還價聲、旅伴之間的嬉戲聲，各種聲音交雜在一起。人潮似海，水氣如煙。
水面上、空氣中飄蕩著人聲人語，越傳越遠。這就是文徵明筆下的吳中，也
是現實生活中眞實的吳中。

明中葉的吳中之富庶與繁華是其他地區難以望其項背的，所謂「居貨執
藝，比屋而是；四方商人，輻輳其地，而蜀艫越舵，晝夜上下於門」〔註65〕。
可見蘇州已是人口密集、工商業發達的城市了。而文徵明的「吳兒越女齊聲
唱」，「帶城燈火千家市，極目帆檣萬里船。人語不分塵似海，夜寒初重水生
煙」，無疑都是對蘇州繁華喧囂的日常生活景象的描繪。文徵明還在他的其他
詩作中描寫了蘇州繁華熱鬧的景象：「石湖雨歇山空濛，美人卻扇歌回風。歌
聲宛轉菱花裏，鴛鴦飛來天拍水」〔註66〕，「碧椀春盤存春筍，春晴江岸蘼蕪
靜。綠油畫舫雜歌聲，楊柳新波亂帆影。」〔註67〕不過，這類繁華喧囂的自
然和人物相交雜的景物描寫在文徵明的筆下出現得並不多，雖然他一生中絕
大部份時間都生活在吳中地區，雖然他是一時領袖吳中的人物，常常與友人

〔註65〕 《家藏集》卷七十五〈贈徵仕郎戶科給事中楊公墓表〉，清文淵閣四庫全書本。
〔註66〕 《文徵明集》卷五〈追和楊鐵崖石湖花遊曲〉，上海古籍出版社 1987 年版，
第 82 頁。
〔註67〕 《文徵明集‧補輯》卷三〈再和倪元鎮江南春〉，上海古籍出版社 1987 年版，
第 628 頁。

們詩文唱和，經常臨眺燕集，處在熱鬧繁華之中，但實際上，在他的筆下，更多的寫景之作是著眼於單純的自然景物而並非有人物雜於其中，其景物是冷清的、沖淡的、平和的，而並非熱鬧的、喧囂的。他在對景物進行描寫時有所取捨，而恬淡、自然、平和無疑是與文徵明個性中的主要方面，與他的內心相契合的。

文徵明的寫景之作中有許多是寫石湖風光的，前此我們就曾以其〈懷石湖〉爲例談他的人景交融的寫景之作。石湖是蘇州一帶較有風味的風景區，吸引著無數的遊人，是較爲繁華的旅遊勝地，但文徵明顯然更喜歡它的繁華之外的寧靜與恬淡。

> 橫塘西下水如油，拂岸垂楊翠欲流。落日誰歌桃葉渡，涼風徐
> 渡藕花洲。蕭然白雨醒煩暑，無賴青山破晚愁。滿目煙波情不極，
> 遊人還上木蘭舟。　　　　　　　　　——〈陪蒲澗諸公遊石湖〉

> 石湖煙水望中迷，湖上花深鳥亂啼。芳草自生茶磨嶺，畫橋橫
> 注越來溪。涼風嫋嫋青蘋末，往事悠悠白日西。依舊江波秋月墮，
> 傷心莫唱夜烏棲。　　　　　　　　　　　——〈石湖〉

前一首寫的是石湖的夏景，石湖的夏日自應是遊人最多的時候，但文徵明的詩作顯然並不側重於對遊人的描寫。橫塘中的水緩緩地向西流著，碧水如油，閃閃發光。垂楊樹低著頭，輕拂著湖堤，落日西下時，有嫋嫋的歌聲從桃花盛開的桃葉渡口響起，涼風徐徐吹過，歌聲越傳越遠，直至藕花深處。夏日的石湖因爲有著蕭蕭小雨並不顯得過份炎熱，青山在雨中愈加顯得青翠，翠綠的色彩讓濛濛煙雨帶給人的蕭瑟心情變得輕淡了。即使是在煙雨迷朦的情況下，石湖的風光仍舊讓遊人難以割捨，遊人寧可冒雨也要登上木蘭舟一快眼目。夏日的石湖籠罩在溫柔、迷離的氣氛之中。雖然有「落日誰歌桃葉渡」和「遊人還上木蘭舟」的寧靜之外的不寧靜，但這種不寧靜顯然是淡淡的，至少在這首詩中，它們已經被其他的寧靜化解了，消融了。後一首〈石湖〉寫的也是石湖的寧靜、柔美、煙水迷迷、芳草萋萋、涼風嫋嫋，雖有「鳥亂啼」的熱鬧，但有沒有打破全詩的寧靜與和諧。

文徵明描寫景物的詩作多是如此，寧靜、柔曼、和緩、清麗，如「綠樹敷陰翠荇香，方舟十里下回塘。白鷗飛去青山暮，落日唱歌煙水長」〔註68〕；「空

〔註68〕《文徵明集》卷十五〈題畫〉，上海古籍出版社 1987 年版，第 412 頁。

庭草色映簾明，短鬢春風細細生。簷溜收聲殘雪盡，光落幾曉寒輕」〔註69〕；
「落日淡煙消，平湖碧玉搖。秋生茶磨嶼，人在越城橋」〔註70〕等，多是如
此。蘇州的景物是自然的存在，但在不同的人眼中，它又是不同的，每個人
都會從自己的角度進行描寫。在唐寅的筆下，蘇州是「翠袖三千樓上下，黃
金萬兩水東西。五更市買何曾絕？四遠方言總不同」〔註71〕，一派熱熱鬧鬧
與唐寅的個性相契合。而與之相反的景物描寫又恰是與文徵明內斂、喜寧靜
的個性相契合的。

　　王世貞在《明詩評》》中說，「大抵徵明詩如老病維摩，不能起座，頗入
玄言；又如素衣女子，潔白掩映，情致親人；第亡丈夫氣格」。這即是說文徵
明詩氣象不夠豪放而偏於婉約一類，這從他的寫景之作可見一斑。而文徵明
曾對何良俊講過自己作詩的風格，並自我評價說，「我少年學詩從陸放翁入，
故格調卑弱，不若諸君皆唐音也」〔註72〕，這也是說自己的詩不如其他學唐
詩者那樣豪放高邁。的確，文徵明的詩尤其是他的律詩與陸游詩風相近，所
顯示出來的是宋人詩的風範，較為沉靜、內斂。宋詩的最重要的特點在於其
抒情性的趨於淡化，在於詩歌的情緒衝突時空大為延展，情感處於一種較為
平靜的狀態，文徵明的寫景之詩即多是如此，但這不應影響我們對他的評價。

　　以上是對文徵明詩歌主要內容的分析，從中我們不難看出文徵明既是一
個關心世道人心的儒者，對社會生活有敏銳的、幾乎可稱是洞察底裏的認識，
又把隱逸視為心靈的歸宿，把自然景物、閒適生活描寫得寧靜、恬淡、美好。
如果不瞭解文徵明的生平，我們似乎很難判斷他究竟是一個怎樣的人，金剛
怒目？亦或恬淡安雅？實際上，他是一個一生一世都堅持自己理想的人，關
心社會生活是出於他的兼濟天下之心，追求閒適安然是他對內心寧靜的渴
望，這二者並不矛盾，它們是一個問題的兩個方面——現代生活中的普通人，
在工作時不停地努力，而歸家後渴望的是寧靜與溫馨。

二、散文創作

　　文徵明在吳中文人集團中是壽命最長的一個，他留下來的詩文數量頗

〔註69〕《文徵明集》卷十二〈穀日早起〉，上海古籍出版社 1987 年版，第 360 頁。
〔註70〕《文徵明集》卷六〈石湖〉，上海古籍出版社 1987 年版，第 109 頁。
〔註71〕《唐伯虎全集》卷二〈閶門即事〉，中國美術學院出版社 2002 年 3 月版，第
　　　　52 頁。
〔註72〕《四友齋叢說》卷二十六，中華書局 1959 年 4 月版，第 237 頁。

豐，而又因爲他一時領袖文壇，「主風雅數十年」〔註73〕的地位身份，在他所創作的散文體作品中，序、敘、題跋、傳、祭文、墓誌銘等佔據了相當的數量，這類作品多數顯然是應人之求所作，但又不能將它們簡單地看成是應景、應酬之作，因爲幾乎可以說在每一篇作品中，文徵明都傾注了自己的心力。

文徵明在爲他人作傳、墓誌銘時沒有簡單地羅列生平、經歷、功德、業績，而是更多地採用了優秀史傳的寫法，非常傳神地寫出了人物的獨特之處，使讀者看到的並不只是一行行的文字，還看到了文字之外的東西：人的精神氣質，人的不平凡或雖平凡但仍有獨特之處的人生。

文徵明善於用文字集中勾勒出人物最具特徵之處，使讀者對人物有一個總體性的認識，這類似於用白描手法作畫。〈華尚古小傳〉是文徵明爲友人華珵所作的傳，字數不多，而文徵明幾乎用了一半的文字來凸顯華珵的「好古之性」，他寫華珵的性情，「蓋尚古仕雖晚，而輒知止足，又樂閒曠。既家居。率以良時勝日，領客燕遊。南眇錢塘，北盡京口，數百里中名山勝境，靡不踐歷。遐矚高寄，黯然興思，有古逸人之風。家有尚古樓，凡冠屨盤盂几榻，悉擬制古人。尤好古法書、名畫鼎彝之屬，每並金懸購，不厭而益勤。亦能推別眞贗美惡，故所畜皆不下乙品。」〔註74〕這些文字集中突出了華珵最大的特徵，使人看完這篇小傳後，一想到華珵就想到華尚古，想到他的「尚古」的特點，而這就是文徵明的成功所在。〈陳以可墓誌銘〉是文徵明爲陳以可所寫，銘文突出了陳以可放曠的個性，寫出了他的魏晉風度式的作風，「珠玉朗潤，進止詳雅，大爲諸公貴人所喜。比長，歸吳中，更激昂任事，啓拓門戶，廣事生殖。田園邸店，縱橫郡中。尋用推擇，爲陰陽正術。既被官使，益治大第，蓄童奴，建麾策駟，日從賓客少年出入燕遊。漿酒霍肉，歌呼淋漓，意氣奕奕，倜然以貴介自將，下視庸流如無人。人苟拂其意，雖富貴有氣力，必求下之不少譽。」〔註75〕，「能緩急赴人，數致千金，亦緣手散去，翕張揮霍殆，不可以銜繫局束，亦一時之雄俊矣乎？」〔註76〕這種抓住人物主要特徵的手法在傳記類文學中並不少見，但在墓誌銘中並不多見，墓誌銘文體的特殊性使許多作者在寫作時都縮手縮腳，把銘文寫成了八股樣式，但文徵明

〔註73〕《明史》卷二百八十七《文苑三》，清文淵閣四庫全書本。
〔註74〕《文徵明集》卷二十七，上海古籍出版社1987年版，643頁。
〔註75〕《文徵明集》卷二十九，上海古籍出版社1987年版，686頁。
〔註76〕《文徵明集》卷二十九，上海古籍出版社1987年版，687頁。

的墓誌銘多突破了條條框框的束縛，寫出了亡者人生中最亮麗之處，這自是與文徵明對人對事的敏銳感受力有關。

文徵明在爲他人作傳、墓誌銘時也善於運用細節性的描寫，通過最細微之處來表現人物的精神面貌、性格特徵。〈記中丞俞公孝感〉是文徵明寫俞諫孝行的一篇文字，他寫俞諫的孝行不是通過概括性的介紹，而是通過最眞切的細節來展示。俞諫父郎陽公在外爲官，有傳言說其亡命，俞諫聽到此消息，「投地大慟，絕而復蘇。即夕馳歸謀走郎候之。家人以公身弱，不習道路，百方譬止，不從，曰：『吾居此以日爲歲，其能安乎？』詰朝遂行，是歲甲辰五月十有三日也。及渡鄱湖，彌望皆水，公私舟蟻泊，莫可致詰。迤邐至九江。九江舟楫往來之衝，官於此榷舟焉。公遵陸問訊，冀萬一邂逅也。時公憂惶困瘁，蓬垢無人色，兩童掖之，跟蹌行道上。」〔註77〕這段文字從行動、語言、外貌上寫盡了俞諫聽到傳言時的痛不欲生，負病弱之體千里奔喪的堅決，而這種種都來自於他對父親的孝心，而文徵明也就通過這些細微之處寫盡了俞諫的孝。在〈彭寅甫墓志銘〉中，文徵明也是通過細節性描寫來展示彭寅甫的臨危不懼和剛正廉潔的。細節性的描寫原本談不上是特別的寫作手法，但文徵明在記、傳、銘中此類手法的運用除表現了人物精神面貌和性格特徵，也顯示了他創作態度的認眞。要爲一個與自己關係不大、交往很少，甚至沒有任何交往的人寫生平，卻可以以細節描寫取勝，顯然作者做了大量的文外之功。

文徵明在爲熟識的人作祭文時，常常傾入了自己的思想感情，在這類作品中，我們看到的不僅僅是形象鮮明、性格生動的主人公，還能看到主人公身邊的作者：他感情眞摯，心情難以自抑，而他的感情也成爲了文章的一部份。〈祭王欽佩文　與陳魯南同祭〉是文徵明爲王欽佩寫的一篇祭文，此篇祭文的重點不是王欽佩一生的成就——自然，這也是祭文內容的一部份，而是文徵明與王欽佩的交往、文徵明對王欽佩之死的深切哀悼、惋惜之情。「始君家食之時，交遊數人，並以義氣相得，以志業相高，以功名相激昂；蓋不知古人何如也？數年以來，相繼登庸，各以所能自見。而吾二人，升朝最晚」〔註78〕。對與王欽佩交往的回顧在祭文開頭即被寫出，這不止是回首往事，也是對多年來友情的總結，充滿了感懷之情。而祭文的結尾部份則是近乎呼天搶

〔註77〕《文徵明集》卷十八，上海古籍出版社 1987 年版，486 頁。
〔註78〕《文徵明集》卷二十四，上海古籍出版社 1987 年版，第 578 頁。

地的悲痛，「某等二人，聞訃以來，相向悲慘，不能爲情者數日。客寄於斯，無由撫棺一慟，緘詞往奠，用致區區。嗚呼欽佩！今則已矣！不可見矣！嗚呼悲哉！嗚呼痛哉！」〔註79〕情感的抒發已經是噴湧式的，毫無遮掩，也不想遮掩，這與文徵明一貫的文風不同，但也唯其如此，方可見其對友人的感情之深切。在〈祭陳以可文〉中，文徵明的感情也是極度外露的，全文共三百七十餘字，其中「嗚呼」一詞就用了七次，不難想見文徵明祭陳以可時的五內俱焚，痛不欲生。

文徵明所作的傳、贊、祭文、墓誌銘等除了具有文學價值外，其文獻價值也不容忽視，在現代，在許多明中葉文人的生平傳記資料不易得到的情況下，文徵明的文章無疑成爲了重要的文獻資料，前此，我們在談到明中葉吳中文人的精神與風貌時，所用的許多材料即來自於文徵明的文章。

在敘、序、題跋、書等類文章中，文徵明對許多事物的深切見解時有所見：他對八股文有所批評，對文學有自己的見解，對學校的認識較爲深刻，對事物的發展有自己的看法，對人心有深刻的洞察……諸如此類，不一而足。這些見解有的是鄭重地提出的，有的是自然感發式的流露，都有相當的思想深度。

〈送陸君世明教諭青田敘〉是文徵明寫給友人陸世明的文章，陸試禮部，得乙榜，授爲青田教諭。他人言此職「冷員散地，非君所宜得」，文徵明對此發表了相反的意見，認爲學校的地位、教諭的地位都十分重要。他說，「我國家學校之設甚緩也，而實要也；甚輕也，而實重也。何者？世之盛衰，繫人才之賢否。而天下之賢，胥學校焉出。今夫修一職，治一事，其效易見，而所及有限，豈若賢者之興，隱然爲一世之重，而其澤之所被，有不可量者。」〔註80〕這不能僅僅看作是文徵明對友人的安慰，他非常富於見地地道出了學校在人才教育中的重要地位，小而言之它關係到個體的成才與否，大而言之它關係到國家的盛衰。同時，他又尖銳地批判了當時人們在教育乃至其他事物上的短見淺視：頭痛醫頭、腳痛醫腳，沒有全局性的富於遠見的見識。這些話在當時乃至現在都是具有一定意義的。

〈相城沈氏保堂記〉是文徵明應沈維請求所作，在此篇當中，文徵明談到了他對於門第出身的認識：

〔註79〕《文徵明集》卷二十四，上海古籍出版社 1987 年版，第 588 頁。
〔註80〕《文徵明集》卷十七，上海古籍出版社 1987 年版，第 461 頁。

夫士之於世，莫不欲有所藉焉，以爲之地。何者？詩書之澤，
衣冠之望，非積之不可；而師資源委，實以興之。不幸而門第單弱，
循習陋劣，庸庸惟其常。其或庶幾自拔而充焉，則深培痛滷，銖銖
寸寸，咸自吾一身出，厥亦艱哉！人惟其艱也，而又能是也，於是
相與譽之；有弗良，亦置弗責，其素微無異也。使其有一線之承，
則人得以比而疵之，以爲而門戶若是，而父兄若是，聞見麗澤若是，
而弗能是，是不肖者。從而曰：『是某氏之子也。』可不懼哉！夫門
第之盛，可懼如此，乃不若彼無所恃者之易於爲賢，豈此之所負固
重哉！〔註81〕

文徵明看待問題非常辯證，他認爲世代積累的家族文化底蘊對個人的成長非
常有利，而一個出身門第單弱的人，他的成長因爲缺少先天的有利條件往往
是非常艱難的，但對這樣的人，也因爲他有這樣出身的緣故，人們往往在他
取得成績時會對之讚賞不已，在他有不良行爲時也不會有所苛責。而門第出
身好的人，人們也往往由於他有如此好的先天條件的原因，對他的細微過失
都不願給予諒解。這樣的情況在實際生活中並不鮮見，但很少有人洞察細微
地認識到，而文徵明注意到並將之訴諸文字，實是不易。

　　文徵明在〈故資善大夫南京刑部尚書顧公墓志銘〉中，他介紹了顧璘的
生平、爲人、行事，談及他在朝爲官時說，「公素長者，不虞人詆欺，而直諒
自信，不肯脂韋干譽。出入中外，垂五十年，一時新進，多非曹耦。公既前
輩自處，議論之間，陵轢奮迅，侃侃自將，每下視諸人，多不能堪，往往旁
睨切齒，而公不知也。其得謗受禍，殆亦以此。」〔註82〕這是對世態人情的
深刻的認識，非對世道人心有明徹的瞭解不能道出，唯有冷眼靜觀人生者才
會有此體會。

　　文徵明對各種事物的認識在他的序、敍、記等文體中雖較爲零散，並沒
有成爲有系統、有體系的思想，但吉光片羽，亦足珍貴。

　　文徵明家世很好，性情溫和，詩文書畫俱佳，晚年比較享受山林隱逸的生
活。科舉和仕途的不順利曾讓他對自己頗有懷疑，但最終他還是以自己的詩文、
繪畫等成就成爲吳中藝術天空中的璀璨之星。他活到九十歲，應該是吳中文人
中壽命最長的，他以自己的儒者之行之心，成爲吳中文人集團沉穩的中堅。

〔註81〕《文徵明集》卷十八，上海古籍出版社 1987 年版，第 476～477 頁。
〔註82〕《文徵明集》卷三十二，上海古籍出版社 1987 年版，第 748 頁。

結 語

　　明中葉吳中文人集團不是一個古已有之的名稱，它是今人用來稱呼明代中葉以沈周、祝允明、文徵明爲代表的吳中文人的聯合的。這一稱呼的產生本身就說明了今人對吳中文人在明中葉的地位的認同，當然，它也說明了今人對古代文學研究的逐步深入。

　　吳中所居東南，三國以來即有縟麗瑰奇的文學傳統，南朝之樂府、唐代之「吳中四士」、明代之「吳中四傑」，即是其代表；吳中悠久的文化傳統、開闊的文化視野，使其在明代沒有出現前後七子那樣「文必秦漢」、「詩必盛唐」的相對激烈的主張，而是保持了對先秦以來作品尊重的態度，這是「古文辭」運動產生的主因。明初即開始的政治高壓政策，正德朝對於士風的摧折、嘉靖朝「大禮議之爭」世宗的勝利，造成了明代士人與中央政權一定程度上的疏離，是吳中文人能夠安於民間的重要因素。江浙地區印刷業發達、藏書風氣盛行，書籍易得，文風勃興，重視家教，注重官學私學，則是吳中文人形象和作品深入吳中的特定文化因素。集團的形成，不是傳統意義上的師徒傳承相繫、有意識地結社而成，而是在相同或相似的生活情趣與愛好的背景下，通過友朋往來、切磋唱和自發形成，則是吳中文人集團形成的又一特徵。

　　在明代歷史上，明中葉吳中文人集團有著其獨特的地位。他們處在明中葉這一特定的歷史階段，在思想的新變中，他們是時代的先行者。他們中的許多人，如桑悅、祝允明、文徵明等對宋明理學有自己深刻獨到的認識，對其某些方面進行了尖銳的批評。這些批評在今天看來有的只是平常之語，但在程朱理學占統治地位的明中葉，無疑是思想界有所解凍的先聲。如王宏撰

《山志》時批判祝允明的《祝子罪知錄》說,「言人之所不敢言。刻而戾,僻而肆。蓋學禪之弊,乃知屠隆、李贄之徒,其議論亦有所自,非一日矣。聖人在上,火其書可也。」可見後人已經注意到了他們在思想上對後來者的影響。我們今天談及明代思想史,往往只注意到王學,特別是由它衍生出來的左派王學和異端思想對程朱理學的突破,實際上,吳中文人集團也應被重視。他們的聲音也許相對微弱,但也同樣反映了人們呼喚思想解放和個性自由的要求。

與此同時,吳中文人們還身體力行地表達著自己對個性自由的追求。他們在實際生活中盡情地顯示著自己鮮明的個性,相比同時其他地域的文人來說,他們的狂放、放達無可比擬,他們的種種作風,他們的任情率性對後代文人影響很大,在他們之後,李贄、徐渭、公安三袁等繼承了這種作風,堅持自己的個性,特力獨行。明中葉以後文人們的大規模的、大批的對個性自由的追求,應就是從吳中文人開始。

吳中文人集團一度在吳中地區開展了聲勢浩大的「古文辭」運動,吳中文人們在文學理論上對「古文辭」的認同是基於對古代文學作品的感發作用的認同,是認同各種優秀作品反映眞性情、書寫眞性情的本質上的相同,因而在「古文」的定義上十分寬泛,幾乎囊括了以前所有朝代的優秀文學作品,這比起明代其他文學流派的絕對化來說更爲客觀,從而表現出較強的圓融通脫的特色。這種對優秀作品的情感性認同對以前後七子爲代表的復古派之後的許多文人產生了較大的影響。如唐宋派對文學的抒情性非常重視,標舉唐宋文學,指出「夫詩者,出於情而已矣」〔註1〕,性靈派主張抒寫性靈,認爲「詩何必唐,又何必初與盛?要以出自性靈者爲眞詩爾」〔註2〕,他們相對於前後七子的只認可漢唐來說,更爲注重文學作品內容的本質。徐渭認爲眞正的詩歌應出於眞情,他說,「古人之詩本乎情,非設以爲之者」〔註3〕。李贄肯定一切出於眞情的作品,他說,「言出至情,自然刺心,自然感人,自然令人痛哭」〔註4〕。湯顯祖強調「至情」是文學創作的眞正動因,「世總爲情,情生詩歌,而行於神」〔註5〕。他們所注重的都是文學作品的情感性,這都可

〔註1〕 (明)歸有光撰〈沈次谷先生詩序〉,《震川集》卷二,清文淵閣四庫全書本。
〔註2〕 (明)江盈科撰〈敝篋集引〉,《明文海》卷二百七十,清文淵閣四庫全書本。
〔註3〕 (明)徐渭撰〈肖甫詩序〉,《明文海》卷二百六十二,清文淵閣四庫全書本。
〔註4〕 (明)李贄〈讀若無母寄書〉,《李溫陵集》卷十二,明刻本。
〔註5〕 (明)湯顯祖撰〈耳伯麻姑遊詩序〉,《玉茗堂全集》文集卷四序,明天啓刻本。

看作是對吳中文人集團文學主張的進一步發揮。

　　在文學創作中，明中葉吳中文人集團的文人們對古文傳統、對吳中文學傳統都有繼承，但又在明中葉這一時期有獨特的特色，呈現出新鮮、活潑的時代氣息。中國古代的許多文人爲了在顯示自己不同於普通百姓的文化地位，在創作時保持著用書面語寫作的習慣，而吳中文人集團的許多文人則在創作中使用口語、俗語，不論他們是有意爲之還是無意中爲之，他們這種以日常口語抒寫性情的做法都意味著對大眾文化的一種認同。這種既繼承又創新就是明中葉吳中文人集團的特質所在。他們的以日常口語入詩則對之後的許多文人產生了極大的影響。

　　作家個人是文學集團的細胞，對具體作家的考察，是集團研究具體而微的實踐；而系列個體的先後考察，其中的相對變化又是對集團發展變化的動態揭示。明中葉吳中文人集團，前期以成化、弘治間王鏊、吳寬、沈周爲核心，前兩人長居京城，爲吳中人尊爲文宗，實際極少參加吳中文人們的具體活動；沈周則長居吳地，成爲吳中文人集團的實際領袖，祝允明大致也可劃入這一階段；弘治以後，文徵明爲核心，唐寅儼然爲其羽翼；正德、嘉靖之後，規模更宏，更呈多核心的狀態了。就個人表現而言，沈周熱愛自然，一直把自己的關注點放在最在乎的事物之上，沉醉風景、專心繪畫、樂於交往，從不涉足仕途，保持了人格的獨立與尊嚴，保持著精神世界的覺醒。祝允明對文集並不很重視，仕途不顯而長居吳中，身後蕭條，創作以詩文爲主，兼及筆記、雜學，爲人趨於歸隱，爲文趨於生活化，開始成爲吳中文人的代表。弘治以後的領袖文徵明，堪稱其時吳中文人的代表，他家世很好，性情溫和，仕途也不太順，詩文書畫俱佳，比較享受山林隱逸的生活，他活到九十歲，是吳中文人中壽命最長的。與之同歲的唐寅，則是吳中文人另一類型的代表，他少年天才，科場無辜得罪而無緣仕途。其文學創作早年以奇麗爲主，有古人之風；後期則以俚俗爲主，有平民之氣。唐寅最終以放浪適意、醫卜書畫自給的形象爲吳中文人確立了又一種人格範式。吳中特殊的地域環境和文化傳統，爲生於此地的文人提供了遠離科舉之後開啓另外一種生活模式的可能，而他們也的確在當時商品經濟比較發達的江浙一代，以其詩、文、書、畫作爲商品或者準商品獲得一定錢財，從而過著或逍遙市井、或放浪狂狷的生活，這種生活與學而優則仕的傳統主流的生活模式是不同的。在某種程度上，後者算是前者失利後的一種有尊嚴的退卻，後者也可以說是前者的一種

變調和別裁。以文藝名家,以文藝而爲生活之助,沒有仕途致仕的限制,只需競生年之短長,這似乎是吳中文人頗具雅韻的特色,王世貞〈文先生傳〉對此不無詼諧地概括道:「吳中人於詩述徐禎卿,書述祝允明,畫則唐伯虎,彼自以專技精詣哉,則皆文先生友也,而皆用前死,故不能當文先生。人不可以無年,信乎?文先生蓋兼之也。」

附錄一　明中葉吳中文人集團研究回顧

　　很長時間以來，人們在對古代文學的研究上，往往把重點放在對單個作家作品進行考察，如對作家生平、思想的分析，談社會思潮對作家創作的影響，評價作品的思想內容、藝術風格、審美內涵等等。但二十世紀後期，古典文學研究的視野擴寬了，觀念更新較快，研究方法也變得靈活多樣，而古代文學的整體、群體研究也有了很大發展。

　　二十世紀後期，傅璇琮在〈李嘉祐考〉一文中談及中唐大歷時期作家整體情況時，指出當時南北詩人，「大致可以分化兩大群，一是以長安和洛陽為中心」，「一是以江東吳越為中心」〔註1〕，這似是較早地對文學群體研究的嘗試。後有王兆鵬的《宋南渡詞人群體研究》〔註2〕、張宏生的《江湖詩派研究》〔註3〕、曹虹的《陽湖文派研究》〔註4〕、王忠閣的《元末吳中詩派論考》〔註5〕、郭英德的《中國古代文人集團與文學風貌》〔註6〕等等。但在當時眾多的群體研究的論文和著作中，對明中葉吳中文人集團進行研究的則為數不多，陳書錄所著《明代詩文的演變》專設一節談吳中派，稱之為「緣情尚趣，追求自適與狂放」，側重評價了吳中文人創作的美學風貌，認為他們的創作有相

<hr>

〔註1〕　《唐代詩人叢考》第232頁，中華書局1980年。
〔註2〕　臺北文津出版社1992年版。
〔註3〕　中華書局1995年1月版。
〔註4〕　中華書局1996年10月版。
〔註5〕　廣西師範大學出版社1998年4月版。
〔註6〕　北京師範大學出版社1998年11月版。

對獨立的美學風貌：憤世嫉俗之中有憂怨之美；超塵脫俗之中有飄逸之美；市井風俗之中有世情之美；記遊題畫之中有天趣之美。〔註7〕郭預衡的《中國散文史》於詩歌之外注意到了吳中文人的散文創作，並以祝允明、唐寅、文徵明的具體作品為例，進行了分析。認為祝允明的〈大遊賦〉、〈答張天賦秀才書〉等文「頗能體現他論學論文的意見」〔註8〕，而他的雜文最能體現其思想性情。唐寅之文則「頗自為一體，別有風致」，文徵明的行文「頗似有所欲言而不盡言者」〔註9〕。

當時對其進行研究的論文僅有兩篇：鄭利華的〈明代中葉吳中文人集團及其文化特徵〉〔註10〕和孫學堂的〈明弘治、正德時期吳中文學思想的興起〉〔註11〕。鄭文主要對吳中文人集團的發展進行了階段性的分析，並說明、歸納了該集團結構上的特點。該文認為明中葉吳中文人集團的發展可分為三個階段。第一階段為成化至弘治年間，以沈周為代表，「主要人物有祝灝、徐有貞、劉珏、杜瓊、史鑑、吳寬、文林、李應禎等人」，第二階段為弘治以來，文人集團活動盛而不衰，規模有所壯大，以吳中四子為代表，倡導古文辭運動，包括楊循吉、都穆、祝允明、唐寅、徐禎卿諸子，此時期集團活動「走向初盛」。第三階段為進入正德、嘉靖以後，文人集團活動「繼續趨盛」，並有兩個明顯的特點：「一是點有所增加」，如南社、北社、崇雅社、鷲峰詩社等，「二是陣營越來越龐大」。鄭文還指出鬆散、活躍、自由是吳中文人集團結構上的特點，而其活動上的特點是具有隨意性，注重文學藝術至上的追求。鄭文篇幅不長，但首次對吳中文人集團的發展狀況進行了分析，具有較大意義。孫文則側重分析了吳中文人的創作傾向、心態、文學風格，也談到了他們在詩歌理論上的貢獻。該文認為吳中文人有明顯的「重文輕道的傾向」，有追求適意的心態，並以史鑑、桑悅、祝允明、唐寅為例，指出吳中文人追求自適其意，雖然創作各不相同，但都是「風格效其為人，體現了吳中諸子重性靈的傾向」，文章還指出「產於吳中而受北學影響的徐禎卿、陸深等人，是南北文風交劑，才情與格調融合，在詩歌理論方面有較大貢獻」。

雖然直接注意到明中葉吳中葉文人集團的研究者並不多，但許多研究者

〔註7〕 江蘇教育出版社 1996 年版，第 176～179 頁。
〔註8〕 上海古籍出版社 1993 年版，第 151 頁。
〔註9〕 見該書第 155 頁。
〔註10〕 《上海大學學報》1997 年第 2 期。
〔註11〕 《華僑大學學報》2001 年第 4 期。

的著作、文章間接涉及到了明中葉吳中文人集團的形成原因、發展情況及其他諸方面的問題，如饒龍隼的〈明代隆慶、萬曆間文風的轉變〉在談及中原文風與吳中文風的相劑時，提到徐禎卿、黃省曾、皇甫涍、黃姬水等人的創作風格〔註12〕；暴鴻昌〈論明中期才士的傲誕之習〉剖析了明中期才士玩世不羈習氣的成因及實質，涉及桑悅、唐寅、錢同愛、都穆諸人〔註13〕；王學泰〈以地域分野的明初詩歌派別論〉談及明初吳派詩人的人生態度詩文創作對明中葉吳中才子的影響〔註14〕；沈振輝的〈明代蘇州地區收藏家述略〉在談到明中葉蘇州地區的收藏家時，對吳中文人集團中的許多人頗有涉及〔註15〕。這些論文雖沒有直接涉及吳中文人集團的情況，但畢竟為研究提供了一些線索。

　　這種情況二十一世紀有了極大改觀，更多研究者注意到了吳中文人集團並且開始進行專門研究。2004 年有三篇碩博士論文以吳中文人為研究對象，李祥耀的碩士論文《明中晚期吳中文學之衍義》專門分析吳中文學之興起、與他域文學的調劑現象、對他域文學之包融、與他域文學之匯通。李雙華的博士論文《明中葉吳中派研究》和邱曉平的博士論文《明中葉吳中文人集團研究》都是先論述吳中派、吳中文人之整體文風，之後專章分析了其中主要代表人物的思想、文學創作等。李文指出，吳中文人關注自己和家鄉的生活狀況，多從自己的角度觀察時政。在學術上，主張綜博，注重實用；在實踐中，反對玄虛，注重具體感受。文學態度上，推崇王、孟、韋、柳，並且沿著王孟韋柳的道路，注重自身日常生活的感受，甚至沉醉於世俗情感的享受。明代吳中派的主要人物有杜瓊、沈周、吳寬、王鏊、祝允明、唐寅、文徵明、徐禎卿、蔡羽等。童皓 2005 年的碩士論文《徜徉於出處之間——明代中葉吳中文人心態研究》、徐楠 2006 年的博士論文《成化至正德間蘇州詩人研究》、王露 2013 年的博士論文《明代弘嘉之際吳中文學思想研究》，也都是以吳中文人的文學創作、文學思想等作為研究對象。正式出版的專著有徐楠的《明成化至正德間蘇州詩人研究》〔註16〕，分為五章：「成化至正德間蘇州詩界高潮出現的深層原因」「成化至正德間蘇州詩人基本情況及其與外圍詩派之交

〔註12〕《文學評論》1996 年第 1 期。
〔註13〕《求是學刊》1993 年第 2 期。
〔註14〕《文學遺產》1989 年第 5 期。
〔註15〕《蘇州大學學報》1999 年第 1 期。
〔註16〕社會科學文獻出版社 2010 年出版。

遊」「成化至正德間蘇州詩人的個性意識及兩種典型心態」「漫興精神：成化至正德間蘇州詩人的典型創作觀念與特徵」「成化至正德間蘇州詩人的詩歌創」，從整體上對吳中文人集團的各個方面進行了深入的研究探討。劉廷乾著的《江蘇明代作家文集述考》〔註 17〕在有關部份對明中葉吳中作家的文集情況有所涉及，是文獻基礎研究。徐慧的論文〈試論明代吳中志怪小說的盛興〉〔註 18〕和〈論明中期吳中雜學的興盛〉〔註 19〕注意到了吳中文人在雜著、雜學方面的成就。

　　在對明中葉吳中文人集團整體進行研究和考察從少到多的同時，研究者對此集團中的代表人物，尤其是沈周和「吳中四才子」一直比較關注。關於沈周的專著較早的有阮榮春的《沈周》〔註 20〕和吳敢的《沈周》〔註 21〕，前者對沈周的生涯、交遊、山遊、思想、繪畫、詩文、書法、影響等進行介紹，主要是將沈周作為吳門畫派的代表來進行探討的；後者對沈周中國畫作品和藝術思想進行了研究，收錄了多人對沈周的評論文章，並介紹了沈周的生平和藝術歷程。近期有徐慧的《雅聚：沈周文人圈研究》〔註 22〕，該書以豐富的資料描繪了沈周文人圈的情況，是功力深厚、角度獨特的一部專著。與早期對沈周的研究多著眼於他的畫家身份不同，近十年研究者開始注意到了沈周的文學思想、文學創作成就、心態、在吳中地區文人圈的核心地位等，有不少論文集中在這些方面進行探討，如史小軍、雷琰的〈微官縛人萬事拙，安得浮雲相往來——論沈周的隱逸心態與性靈文學思想〉〔註 23〕、湯志波的〈沈周《落花詩》考論〉〔註 24〕、何麗娜的〈論沈周山水詩創作中的樂遊之懷〉〔註 25〕等。

　　宋佩韋在他的《明文學史》中評價吳中四子說：「文徵明、唐寅、祝允明等皆以書畫名，詩亦各有所長，而都近於山林隱逸一流。在這個時代裏雖算不得偉大的作家，但亦可稱外教別傳了。」宋著還對四子詩文進行了具體評

〔註 17〕南京大學出版社 2014 年版。
〔註 18〕《中國文化研究》2010 年第 2 期。
〔註 19〕《江西社會科學》2009 年第 9 期。
〔註 20〕吉林美術出版社 1996 年版。
〔註 21〕河北教育出版社 2003 年版。
〔註 22〕國家圖書館出版社 2015 年版。
〔註 23〕《湖北社會科學》2016 年第 9 期。
〔註 24〕《中國文學研究》2015 年第 2 期。
〔註 25〕《學術交流》2013 年第 3 期。

價，認爲文徵明詩「雅飭之中，時饒逸韻」，「能卓然自立，不屑依傍門戶」；
唐寅「作詩不計工拙，然才氣浪漫，時復斐然」；祝允明之詩則「取材頗富，
造語頗妍；文亦瀟灑自如，不甚依門傍戶」〔註26〕。鄭振鐸的《插圖本中國
文學史》對吳中詩人評價較高：「其作風別成一派，不受何、李的影響，他們
以抒寫性情爲第一義，每傷綺靡，亦時雜俗語，卻處處見出他們的天眞來。
在群趨於虛僞的擬古運動之際，而有他們的挺生於期間，實在可算是沙漠中
的綠洲。」〔註27〕鄭氏還注意到了「在他們之前，有沈周，已獨樹一幟，不
雜群流」，後有楊循吉，其「雖貌爲恬淡，其實是不能安於寂寞的」〔註28〕。

章培恒、洛玉明主編的《中國文學史》爲吳中四才子專設一節，把吳中
四子放入具體的社會文化氛圍中進行考察，認爲他們「對於個人在社會中遭
到壓抑的感受卻特別敏銳」，「他們同商業社會、市民階層的聯繫也更爲密切，
因而也更敢肯定物質享樂的要求」。此書對四子的評價較爲客觀、深刻，認爲
唐寅的詩「不事修飾，不計工拙，成功地表現了詩人的個性。但它對向來的
文人詩歌傳統，卻造成嚴重的破壞」，祝允明的詩文則「具有一種顯著的特點，
就是表現出自我覺醒的意識和向外擴張的強烈要求」〔註29〕。這些評價都於
詩文之外看到了更多的東西。

汪淵之〈高啓詩與「吳中四才子」詩之比較──兼論明初至明中葉吳中詩
風的演變〉〔註30〕在比較之中突出了四子創作的特點，認爲四子「由於有了獨
立的經濟地位，也就有了獨立的人格，同時又受各種社會新思潮的影響，表現
在詩歌上便有了自由、靈動、率眞的特色，但有時又過於淺俗，甚至流露出頹
唐之氣」，汪文聯繫當時現實進一步指出「由於詩人、社會、民俗等原因，詩境
轉向狹小，詩風日益平弱，也沒有出現在全國範圍內有大影響的詩人」。

黃治音 2009 年的碩士論文《「吳中四才子」詩文研究》，童皓的〈吳中四
才子的功名心〉〔註31〕分析了四才子各自的功名之心，李雙華的〈「吳中四才
子」名目考〉〔註32〕和霍美麗、朱曙輝的〈吳中四才子」定名考論〉〔註33〕

〔註26〕　商務印書館 1934 年 9 月版，第 107～109 頁。
〔註27〕　北京出版社 1998 年版，第 838 頁。
〔註28〕　見該書第 823、802 頁。
〔註29〕　復旦大學出版社 1996 年 3 月版，第 242、243、245 頁。
〔註30〕　《蘇州大學學報（哲學社會科學版）》1999 年第 3 期。
〔註31〕　《遼東學院學報》2004 年第 6 期。
〔註32〕　《江海學刊》2004 年第 3 期。
〔註33〕　《黑龍江工業學院學報（綜合版）》2017 年第 5 期。

分別論述了「吳中四才子」名號定型的歷程。

從以上人們對吳中四子的研究評價中可以看出，在二十世紀，鄭振鐸對吳中四子的評價是最高的，從他以後，其他研究者注意到並開始對吳中四子的創作、思想進行分析。這些分析都較爲精到，一般都採用了較爲辯證的方法，一分爲二地看問題，既指出其詩文有較新的特色，又認爲對其評價不宜過高。到了二十一世紀，人們對於四子文學之外問題的研究也逐步展開，如心態、定名研究等，涉及更爲深入和廣泛。

除了對吳中四子進行整體性的研究之外，有些研究者也把目光單獨投射到某一子的身上。在四子研究當中，對祝允明的研究日漸增多，早期的有周曉光的〈「玩世自放」的才子祝允明〉介紹了祝氏身世與家族、學業與功名、仕途與遊歷、爲人與處世的情況，並以之爲線索分析了其玩世自放的原因，對其心態的分析較爲深入〔註 34〕。劉建龍、戴力強的〈祝允明《成化間蘇材小纂》稿考辨〉〔註 35〕和劉九庵的〈祝允明小楷《成化間蘇材小纂》辨僞〉〔註36〕都對新發現的《成化間蘇材小纂》稿本進行了考察，前文從稿本特徵、署名寫法、楷書風貌等方面入手，得出與後文不同的結論，認爲《小纂》確爲祝允明所書。近五年來，隨著研究的深入，更多的研究者對祝允明進行了更爲深入廣泛的研究，李佳慧 2015 年的碩士論文《祝允明小說創作研究》以祝允明的小說爲研究對象，關注點是之前很少爲人注意的雜著。研究者中，以徐慧成果最多，也最爲突出。她有〈祝允明的古文〉〔註 37〕、〈從祝允明詩歌創作看其仕隱觀的轉變〉〔註 38〕、〈明中期文學復古運動中的「別支」──祝允明六朝論與六朝文風〉〔註 39〕等論文，並有專著《祝允明文學思想研究》〔註40〕，該書立足於相關作品的繫年考證和解讀，完整地梳理了祝允明的生平思想經歷，重點闡述了其各個時期的重要思想；探討了祝允明的文學思想與吳中派、前七子派之間的關係，突出了祝允明的特點和貢獻，並給予其在文學史、文學批評史及思想史上以合理的定位；結合明中期吳中知識學膨脹、雜

〔註34〕 《中國典籍與文化》1995 年第 1 期。
〔註35〕 《東南文化》2001 年第 5 期。
〔註36〕 《故宮博物館院刊》1999 年第 1 期。
〔註37〕 《蘇州大學學報（哲學社會科學版）》2009 年期第 5 期。
〔註38〕 《中國韻文學刊》2009 年第 2 期。
〔註39〕 《蘇州大學學報（哲學社會科學版）》2010 年第 5 期。
〔註40〕 河南大學出版社 2015 年出版。

學興盛的事實，以其大量雜學撰述爲考察對象解析了祝允明的雜學思想，並
以其爲典型個例著重分析了明中期雜學盛興的背景和原因。是對祝允明進行
全面而深入研究的一部力作。

　　對唐寅進行研究的論文在四子研究中可算是最多的。有對其詩歌內容進
行分析的，如宋戈的〈論唐寅詩歌的藝術特色〉認爲科場案的打擊使唐寅詩
歌有含蓄、深沉的藝術風格，而其在江南壯遊時期的創作則「質樸無華，清
新樸素」〔註41〕；有對其思想來源進行分析的，如王乙的〈唐寅詩與《列子》
享樂主義〉〔註42〕和張春萍的〈佛教與唐寅詩歌思想內涵〉〔註43〕從不同的
角度分析了唐寅詩歌的思想來源。王文認爲唐寅詩歌帶有濃厚的享樂主義意
味，這可從《列子》中找到來源；張文則認爲佛教的「人生即苦」、「諸行無
常」觀念對唐寅的心態產生了影響，禪宗的修行方式與教義使唐寅建立了「及
時享樂」的人生價值取向，佛教的仁義順從則與唐寅個性中謹小愼微的層面
相契合，但唐寅並非接受了佛教的全部思想，而是有所取捨與變異。此外，
張春萍的〈論唐寅詩歌中的「畸人」特質〉提出「畸人」說法，從心態方面
進行分析，指出唐寅詩歌的畸人特質頗有複雜性，「歸根到底是詩人出世與入
仕，進取與安身的內心矛盾衝突集聚所致」〔註44〕。林家治的專著《走近唐
伯虎》〔註45〕是一部傳記題材的作品，調動了大量唐寅的生平資料，有自己
的特色。

　　文徵明作爲吳門畫派和書派的代表性人物，研究者對他的研究更多是從
繪畫和書法的角度入手，如胡丹的〈文徵明小楷《西湖倡和詩卷》〉是對書法
作品進行考察的，范春芳 2014 年的碩士論文《吳中三子書法風格論──以小
楷爲例》〔註46〕論述祝允明、文徵明與王寵的書法風格，並未涉及作家、作
品等文學現象。後來則有李文海 2007 年的碩士論文《文徵明詩文研究》通過
對文徵明的詩、詞、散曲、散文等文學作品的分析和評判，展現文徵明在文
學創作方面的才華和特點。朱珪銘之《文徵明題跋中之尚古觀念》〔註47〕將

〔註41〕《遼寧師範大學學報》1985 年第 3 期。
〔註42〕《昆明師專學報》1989 年第 3 期。
〔註43〕《河南師範大學學報》2000 年第 2 期。
〔註44〕《學術交流》2000 年第 1 期。
〔註45〕中國文史出版社 2015 年版。
〔註46〕《東南大學學報》2000 年第 1 期。
〔註47〕《中國書畫》2011 年第 11 期。

書畫題跋與文學思想分析相結合，分析其尙古觀念。研究者的關注點逐漸由書畫延伸到文學等領域，是研究的深入和擴展。

陳紅一直對徐禎卿較爲關注，她的〈徐禎卿的撰述及其版本談〉對徐禎卿的詩文集、子史雜著及其刊行情況進行了較爲詳盡的考察〔註48〕。〈徐禎卿的吳中交遊及詩歌創作〉考察並分析了徐氏的吳中交遊及其吳中詩產生的社會背景、內容、風格〔註49〕。王乙、陳紅合作的〈徐禎卿年譜簡編〉則以年繫事，對徐氏平生中最爲重要的幾年的交遊、創作情況進行了考察〔註50〕。另外，徐同林的〈徐禎卿《談藝錄》作年新探〉從李夢陽的〈李獻吉題徐迪功別稿序〉、徐縉的〈徐子容題徐迪功集序〉和徐氏詩作〈題《談藝錄》後三首〉、〈月下攜兒子小閨教誦新句〉中尋找線索，斷定《談藝錄》是徐禎卿進士及第之前的作品〔註51〕。二十一世紀，有劉雁靈 2005 年的碩士論文《徐禎卿詩學思想與吳中文化》，將徐禎卿詩學思想與吳中文化相聯繫進行深入的分析。另有崔秀霞 2008 年的博士論文《徐禎卿詩學思想研究》，也是對徐禎卿詩學思想進行專門研究的。

隨著對明中葉吳中文人研究的逐漸深入，研究者對群體中其他文人的注意也日漸增多，如王珍珠 2009 年的碩士學位論文《都穆考論》和李祥耀 2012 年的專著《楊循吉研究》〔註52〕分別以都穆和楊循吉爲研究對象，張婧的 2011 年碩士論文《明代吳中二黃研究》和曹苑 2011 年的碩士論文《吳中三張研究》分別以黃省曾、黃姬水父子和張鳳翼、張獻翼、張燕翼兄弟爲對象，都是對吳中文人個體更爲深入的研究。

還有些研究者爲吳中文人編寫了年譜，有的對著作進行了較爲全面的整理。這都爲人們的進一步研究提供了文獻基礎。

沈周是明中葉吳中文人集團中的領袖性人物，陳正宏爲其編寫了《沈周年譜》，全書約 30 萬字，分凡例、傳略、年譜、引用資料等目，譜文在年代後先記畫作、詩交、交遊等，末記時事，較爲完備詳細〔註53〕。

關於祝允明的年譜主要有兩種。陳麥青編的《祝允明年譜》，全書約 18

〔註48〕《四川師範大學學報》1991 年第 1 期。
〔註49〕《四川師範大學學報》1992 年第 5 期。
〔註50〕《雲南教育學院學報》1995 年第 8 期。
〔註51〕《蘇州大學學報》1993 年第 4 期。
〔註52〕復旦大學出版社 2012 年版。
〔註53〕復旦大學出版社 1993 年 12 月版。

萬字，分凡例、行狀箋、著述簡表、引用書目幾部份。譜文較爲著重記述了
祝允明力倡古文辭的始末大概，注意了他對徐禎卿追隨李夢陽、何景明等倡
言復古所持的異議態度，並結合祝氏有關論述見其文學主張、興趣愛好等〔註
54〕。葛鴻楨編寫的《祝允明年表》收入 1993 年北京榮寶齋出版的《中國書法
家全集・祝允明卷》內，約 0.6 萬字，記祝允明主要經歷、書法藝術創作與活
動，記事較詳，但多不注出處。

　編寫唐寅年譜的較多。有闓風的《唐六如年譜》〔註55〕；溫肇桐編的《唐
伯虎先生年表》〔註 56〕；桑洛羊編的《唐寅年表》〔註 57〕。這三種年譜都較
爲簡略，各爲 0.2 萬字、0.1 萬字、0.35 萬字。楊靜盦編的《明唐伯虎先生寅
年譜》則有 5.5 萬字，較爲詳盡，係 1980 年臺灣商務印書館據 1947 年上海商
務印書館《中國史學叢書》本《唐寅年譜》影印，現收入《新編中國明人年
譜集成》第九輯。另有楊繼輝 2007 年的碩士學位論文《唐寅年譜新編》。

　編寫文徵明年譜的也不少，有佚名的《文徵明年表》一卷，較簡單，僅
排比年歲，偶記事蹟〔註58〕；段栻編《文徵明先生年譜》，記祝氏一生行蹤，
對藝術活動記載較詳〔註 59〕；溫肇桐編的《文徵明先生年表》〔註 60〕，周道
振編的《文徵明年譜稿》（1974 年油印本）和《文徵明年表》記譜主交遊、創
作極其後人情況〔註 61〕。周道振、張月尊纂的《文徵明年譜》是最爲詳盡的
一種，約 80 萬字〔註62〕。

　除文徵明、祝允明、唐寅之外，吳中文人集團中亦有少數幾人因有一定
的特殊身份，或爲政治家、或爲畫家，而被研究者注意，也有年譜被編排。
如佚名編的《王文恪公年譜》〔註63〕，約 0.5 萬字，記王鏊仕歷較詳；溫肇桐
編的《仇十洲先生年表》〔註64〕，約 2.5 萬字，主要記仇英及同時代畫家畫作，

〔註 54〕復旦大學出版社 1996 年 3 月版。

〔註 55〕載於 1932 年《清華週刊》第 38 卷第 4 期，附於《唐六如評傳》之後。

〔註 56〕附於 1941 年世界書局出版的《明代四大畫家》內。

〔註 57〕附於 1988 年 5 月上海人民美術出版社出版的《唐寅》之後。

〔註 58〕附於 1929 年神州國光社排印本《畫史彙編・文徵明》內。

〔註 59〕見《國藝》第二卷之第 3、4 期，1940 年 9、10 月出版。

〔註 60〕附於 1994 年世界書局出版的《明代四大畫家》內。

〔註 61〕收入《朵雲》第三集，上海書畫出版社 1982 年版。

〔註 62〕百家出版社 1998 年 8 月版。

〔註 63〕收入 1973 年排印本《莫釐王氏家譜》卷 13。

〔註 64〕收入 1946 年 11 月世界書局出版的《明代四大畫家》一書。

較爲簡略，清代翁方綱有《王雅宜年譜》〔註 65〕，記王寵一生的交往與創作等。

　　對吳中文人作品的整理也由少至多。關於沈周的，有張修齡、韓星嬰點校本《沈周集》〔註 66〕和湯志波點校本《沈周集》〔註 67〕，兩種均收錄有《石田先生詩鈔》、《石田稿》（稿本）、《石田詩選》、《石田先生集》、《石田稿》（弘治刻本）、《客座新聞》、《石田雜記》、《杜東原先生年譜》，但湯本中多出《沈氏客譚》、《吟窗小會》兩種筆記抄本，此外，湯本點校參照版本頗多。關於唐寅的，有大道書局 1925 年版的《唐伯虎全集》，中國美術學院出版社 2002年版的周道振、張月尊輯校的《唐伯虎全集》，後者輯錄唐寅作品最爲完備。杭州宏文印書局宣統三年（1911）出版的《文徵明甫田集》，上海古籍出版社1987 年出版的《文徵明全集》，後者也爲周道振輯校的，收錄文氏作品比較完備，此書後來又於 2014 年出版了增訂版。祝允明的文集，有上海朝記書莊民國六年（1917）印行的《祝枝山全集》，繼孫寶首次對祝允明文集進行點校〔註68〕後，又有薛維源點校本〔註 69〕。這些基礎性的工作爲後來研究者進行研究提供了極大的方便，可謂功不可沒。

〔註 65〕《藝文雜誌》1936 年 4 月創刊號。
〔註 66〕上海古籍出版社 2013 年版。
〔註 67〕浙江人民美術出版社 2013 年版。
〔註 68〕《懷星堂集》，西泠印社出版社 2012 年版。
〔註 69〕《祝允明集》，上海古籍出版社 2016 年版。

附錄二　祝允明詩文集版本考辨

　　祝允明，生於明英宗天順四年（1460），卒於明世宗嘉靖五年（1526），字希哲，號枝山，又號枝指生，別署枝山道人、枝山居士、枝山樵人、夢餘禪客等。他是弘、正年間有名的「吳中四子」之一，詩文創作頗有成就，稍於其後的顧璘在《國寶新編》中對其評價甚高：「學務師古，吐辭命意，迥絕俗界，效齊梁月露之體，高者凌徐庾，下亦不失皮陸，玩世自放，憚近禮法之儒，故貴仕罕知其蘊。」清代四庫館臣雖認爲顧璘對祝氏有些過譽，但也承認「允明詩取材頗富，造語頗妍，下擷晚唐，上薄六代，往往得其一體，其文瀟灑自如，不甚倚門傍戶，雖無江山萬里之鉅，而一丘一壑，時復有致」。

　　祝允明多才多藝，其著作很多，《明史・祝允明傳》即指出其「所著詩文集六十卷，他雜著百餘卷」，一些史志書目對其著作頗有著錄，就其主要詩文集而言，《蘇州府志・藝文志》、《明史・藝文志》、《千頃堂書目》皆載：「《祝氏集略》三十卷，《懷星堂集》三十卷。」而《靜志居詩話》、《列朝詩集小傳》、《續文獻通考・經籍考》、《國史・經籍志》僅稱其有《祝氏集略》，未提及《懷星堂集》。四庫館臣則在〈懷星堂集提要〉中稱：「今行於世者惟《祝氏集略》及此集。」王重民先生則在《中國善本書目提要》中認爲《祝氏集略》與《懷星堂集》兩集相同，「蓋後之翻刻《集略》者，易其名爲《懷星堂集》。」筆者考察目前所見二集內容、版本，發現二者名雖異，而實爲一。

　　《祝氏集略》三十卷，最早爲嘉靖三十九年眉山張景賢刻本。此刻本有八冊本、十冊本兩種。兩本皆序文每半葉 7 行 14 字，跋文每半葉 8 行 17 字，正文每半葉 10 行 20 字，版心上下各有一條橫線，上橫線下爲白色單魚尾，魚尾下爲「祝氏集略卷幾」字樣，下橫線下刻有該卷頁碼。兩本版式及所刻

內容完全相同，且兩本的卷一第一葉版心下端皆有「李潮」字樣，卷六第一葉、卷七第一葉、卷二十八的第一和第七葉都分別有「才」、「張仁」、「仲」、「李」字樣，顯然刻工相同；另外，兩本卷五第十六葉及卷三十「南京洞神宮」條皆有缺字處。由此可見，兩本應爲同一版本，其冊數不同僅是裝訂不同而已。

此本前有序文，稱「嘉靖丁巳五月十有一日奉敕總理糧儲提督軍務兼巡撫應天等府都察院右僉都御史晚學眉山張景賢謹撰」，實際上，此序文也見於皇甫汸《皇甫司勳集》卷三十八〈序集代作・祝氏集略代張中丞景賢作〉，黃宗羲編《明文海》卷二百四十二也收錄此序，亦題爲皇甫汸作，可見此文實爲皇甫汸代作，序文介紹了刻印緣起以及文集內容：「簡命來撫茲邦，……間詢所謂枝山公者，則已物化三十載矣，而公之元子方伯續謝秩屏居亦久矣，訪其廬，蓬徑蕭然也，索其籍珍，發篋中也，翰墨僅存其一，又蠹所殘缺也。……昔魯肅披卷以臨麾，燕公視學於戎幕，予愧非其人，悼往哲之不作而懼斯集之久湮也。又先大父與方伯公同登進士，忝茲世誼，圖爲鋟梓，時則蘇守雲中溫君飾吏右文，樂任其事，用廣其傳云。集之分類凡十有二，曰騷賦，曰樂府，曰古調，曰歌行，曰近體，曰古體，曰論議，曰書牘，曰碑版，曰傳志，曰紀敘，曰外教，勒爲三十卷，總曰《祝氏集略》，皆公手自編完篇矣哉。」據此可知，張景賢所刻爲《祝氏集略》，參與刊刻者有張景賢、祝續、雲中溫君。此序爲嘉靖三十六年（1557）所寫，其時已預備付梓。

此刻本卷三十終又有跋，爲祝繁於嘉靖庚申正月之望所作，跋文詳細敘述了《祝氏集略》整理、刊刻始末，稱其父祝允明「著述爲多，或每勸入梓，先公未以爲然，唯自詮次成峡以藏而已。先公捐養，吾兄方伯公檢輯遺稿得十之六七，多出先公手錄，然塗抹改注處他人不能識也。吾兄……唯先公之集是校，以力不任梓，徘徊又三十年，乃嘉靖戊午蜀明崖張公來撫江南……索先公集甚懇，惠然任刻，又爲之序，以成厥美。繁侍吾兄相與校其繕寫，舛僞未竟而兄以壽考終矣。繁孤陋何知，謹爲刊落字謬」。跋文寫於嘉靖三十九年（1560），晚於序文三年，可能序文寫成以後，祝續、祝繁兄弟又花了兩三年時間對文集進行整理，而祝續用力尤甚。

從序跋可知，此刻本爲《祝氏集略》最早刻本，完成於嘉靖庚申年（1560），此時距祝允明去世已三十四年，亦可見祝氏身後蕭條。《列朝詩集小傳》稱祝允明「其歿也，幾無以斂云」，那麼《祝氏集略》的晚刻也就不足爲奇了。

　　萬曆三十八年（1609），周孔教又刻《祝枝山全集》，此集八冊三十卷，正文每半葉 14 行 34 字。前有周孔教之序文，序文內容與皇甫汸代張景賢所作基本相同，不同處僅在涉及時間及人名處。張序中稱「嘗惜乎未睹其全，丙辰之秋叨奉」，周序則將此時間改爲「戊申之秋」；張序云「所謂枝山公者，已物化三十載矣，而公之元子方伯續謝秩屏居久矣」，周序則改爲「所謂枝山公者，已物化將百載矣，而公之孫子文學僅守不絕之一箋」；張序稱「又先大父與方伯公同登進士，忝茲世誼，圖爲鋟梓，蘇守雲中溫君飾吏右文，樂任其事」，周序則將之改爲「其子孫有志登梓而苦剞劂無資，不肖念先達久湮，時吳令麻城陳君飾吏右文，樂任其事」；周序文所署年月、撰者自然也不同於張序：「萬曆己酉五月十有一日奉敕總理糧儲提督軍務兼巡撫應天等府地方都察院右僉都御史通家侍生周孔教謹撰」。周序顯然是用偷樑換柱、移花接木之法。但周序與張序最重要的不同還在於，周序將「總曰《祝氏集略》」改爲「總曰《懷星堂集》」。

　　此集名爲《祝枝山全集》，序言爲〈祝枝山懷星堂全集序〉，目錄爲「懷星堂全集目錄」，每卷卷首題爲「懷星堂全集幾卷，長洲祝允明著」字樣，似此集爲《懷星堂集》，實際上，此集內容與嘉靖刊本《祝氏集略》完全相同，僅八冊之分冊與嘉靖本八冊《祝氏集略》在分冊上略有不同而已。

　　此本序文版心爲白魚尾，上下黑口，目錄版心爲黑魚尾，上有「懷星堂全集」字樣，下象鼻爲大黑口，正文版心有「祝枝山全集」字樣，寫於黑魚尾下，下象鼻偏上標明該卷頁碼。此本後曾於宣統二年（1910）被中國書畫會印行。

　　萬曆四十年（1612）又有《懷星堂集》三十卷刊行。此本前有〈祝枝山懷星堂全集序〉，序文內容與萬曆三十八年本序文完全相同，序文每半葉 7 行 14 字。正文內容與前所述各本相同，僅將三十卷分爲六冊裝訂。正文每半葉 10 行 20 字，版心有下橫線，版心偏上標有「卷幾」字樣，下橫線下標有該卷頁碼。正文結束，有「辛亥八月刊」及「壬子五月書成曾孫男世廉謹輯」字樣，可見此本乃萬曆三十九年付梓，次年刊成。

　　就以上各本正文內容完全相同這一點來看，存在兩種可能性：一、《祝氏集略》與《懷星堂集》實爲一書，但因刊刻者所起書名不同而使後人誤以爲它們是祝允明所著的不同詩文集；二、《祝氏集略》與《懷星堂集》確爲內容不同的詩文集，但其中之一現已流佚。再根據各本刊刻的時間及序文的內容

來看，《祝氏集略》、《懷星堂集》、《祝枝山全集》實際上都應稱《祝氏集略》。文淵閣《四庫全書》所收的《懷星堂集》，也是《祝氏集略》。四庫館臣在《懷星堂集提要》中雖稱「今行於世者惟《祝氏集略》及此集」，但他們大概沒有同時親見兩書。

《祝氏集略》以不同的名字被多次刊刻，而《懷星堂集》一書也許根本就不存在。祝允明本人在〈與施聘之僉憲〉中自稱有「文集六十卷」，雖然他並未給自己的文集定名，但他的詩文集肯定不止是三十卷的《祝氏集略》，實際上他也確有另一詩文集行世，即《枝山文集》。如果《懷星堂集》確實存在，它也許和人們所說的《懷星堂集》有一點關係吧。

清同治十三年（1874）元和祝氏刻本《枝山文集》爲四卷二冊本，後附《野記》四卷一冊，書首頁有「元和祝氏藏板，同治甲戌開雕」字樣，正文版心爲單黑魚尾，上象鼻有「祝枝山文集」字樣，下象鼻注頁碼，每卷卷首有「長洲祝允明枝山著，新陽李文楷直清編校，族裔祝壽眉籽庵輯刊」題記，正文每半葉20行22字。

此本正文前有俞樾序及祝壽眉、何焯、謝雍的記，謝記稱：「枝山先生詩文集，老朽手錄以贈內翰衡山先生，少申微意。嘉靖甲辰四月十日。謝雍時年八十一歲。」何記稱：「枝山先生文集殘本二帙，乃文氏故物，余得之朱之赤家，閱紙卷末知爲先朝老儒謝雍手書，集中有〈謝元和序〉以爲通家之法，幸而存者即其人也。後來者摩挲此編，其亦當恥爲偷薄也夫。辛巳春日何焯書。」祝記則稱：「先生文集四卷，係老友謝雍手鈔，向無刊本，包子丹廣文舊物也，茲蒙慨然見贈，用手付民，俾公同好，工竣之日，敬錄《明史》本傳冠於簡端，以見先生梗概云。同治甲戌之月族裔祝壽眉謹識。」綜合以上三篇記文內容，可知此文集最初爲謝雍手抄之祝允明詩文集，謝將其贈送給文徵明，贈送時間爲嘉靖甲辰，即嘉靖三十三年（1544），這時距祝允明去世十八年時間，所錄詩文內容當較爲完整。清何焯（1661～1722）在康熙四十年（1701）時見過此抄本，其時抄本已是「殘本二帙」了。此抄本輾轉流傳，後被祝壽眉所得，並於同治十三年（1874）首次將之付梓。

此本付梓時請俞樾作序，俞序稱：「（抄本）筆墨黯淡，編次不苟，洵舊帙之幸存者，籽庵因錄副本付之剞劂……，《四庫全書》收《懷星堂集》三十卷，今此本止四卷，非其全者，故云殘本，然記傳雜說詩詞無所不備，讀此亦可見《懷星堂集》之大概矣。……海內好古之士不能盡見《懷星堂全集》

而獲睹是編，則京兆之流風餘韻庶幾其不沫矣。光緒建元之秋九月。德清俞樾。」從序文可知，俞樾以爲此本乃《四庫全書》所收《懷星堂集》之殘本、選本，可見俞氏並未讀過四庫本《懷星堂集》。這可能因四庫《懷星堂集》較有名，此抄本又確爲祝氏詩文集，俞樾就想當然地認爲它就是四庫本《懷星堂集》，也即眞正的《祝氏集略》之大概吧。

實考此本，分四卷，卷一收記、傳共 36 篇，卷二收行狀、序、贊、頌、雜記共 53 篇，卷三收古今詩 249 首，卷四收古今詩、詞分別爲 166 首、36 首。此集中絕大多數篇目不見於《祝氏集略》及祝氏其他作品集中。卷一第一篇〈五后小紀〉性質頗似韓愈之〈毛穎傳〉，大有寓言故事味道。卷一中〈如何生記〉爲如何生對自己別號的感歎，〈魂遊曲林記〉寫作者「靈心在前，境從之」的感悟，〈京遊五記〉談對螞蟻、曲阿、牛鳴、澗聲、捕蚊等五種事物的感想，都頗見祝氏飛動的哲思，這些篇目都不見於祝氏其他作品集。卷二、三、四的詩文中也存在這種情況，卷四所收的 36 首詞，更是沒有一首見於其他文集。這種明顯的差異表明，此本與《祝氏集略》應該沒有根本性聯繫，但或許與人們所說的《懷星堂集》有一定關係。

許多研究祝允明的學者只注意到了四庫本《懷星堂集》，也即《祝氏集略》，而很少有人注意到《枝山文集》。實際上，《枝山文集》雖然只有四卷，但是所收的作品在種類上遠較《祝氏集略》全面，實應引起研究者的重視。

本文的最後結論爲，目前所見《祝氏集略》、《懷星堂集》實爲一書，都應爲《祝氏集略》，而《枝山文集》雖然爲歷來史志書目所忽略，但其本身確有相當的版本文獻價值。

附錄三　祝允明別集略述

　　祝允明的作品集中保存在他的詩文集中，現所知他的別集有三種：《祝氏
集略》《枝山文集》《枝山先生柔情小集》〔註1〕。《蘇州府志・藝文志》《明史・
藝文志》《千頃堂書目》皆載他有《祝氏集略》三十卷、《懷星堂集》三十卷。
王重民先生則在《中國善本書目提要》中指出《祝氏集略》與《懷星堂集》
兩集相同，「蓋後之翻刻《集略》者，易其名爲《懷星堂集》」。後人也多接受
此說，如徐慧〈祝允明著述考辨〉〔註2〕、孫寶〈懷星堂集前言〉〔註3〕等，
然而詳細比勘，可看出《懷星堂集》與《祝氏集略》的關係未必是翻刻或重
刻。

　　《祝氏集略》三十卷，臺灣「國家圖書館」所藏嘉靖三十九年（1560）
刻本，半葉十行，行二十字，單白魚尾，魚尾下爲「祝氏集略卷幾」字樣，
有刻工「李潮」「才」「張仁」「仲」「李」等。版框 19×14cm。內容分爲十二
類：騷賦，樂府，古調，歌行，近體，古體，論議，書牘，碑版，傳志，紀
敍，外教。

　　此本前有嘉靖三十六年（1557）序，署張景賢撰，實爲皇甫汸代作，見
於《皇甫司勳集》卷三十八〈祝氏集略代張中丞景賢作〉。序文介紹了刻印緣
起以及文集內容。可知，參與此本刊刻者爲張景賢、祝續、雲中溫君，後者
當指時任蘇守的溫景葵。此本後有跋，爲祝繁於嘉靖庚申（嘉靖三十九年，

〔註1〕　《祝允明年譜》，復旦大學出版社 1996 年版。
〔註2〕　徐慧〈祝允明著述考辨〉，《古籍整理研究學刊》，2009 年第 4 期，第 23～26
　　　　　頁。
〔註3〕　孫寶點校《懷星堂集》，西泠印社出版社 2012 年版，第 5 頁。

1560）所作，敍述了《祝氏集略》整理、刊刻始末。時距祝允明離世三十四年，遺稿僅得十之六七。

《懷星堂集》，有著錄爲明萬曆四十年（1612）刻本者，如北京大學圖書館；有著錄爲萬曆三十九年（1611）陳以聞刻本者，如國家圖書館；有著錄爲明萬曆三十七年（1609）吳縣知縣陳氏刊本者，如臺灣「國家圖書館」。這些實際是同一版本，只是收藏者的著錄不一致。

此本正文半葉十行二十字，單白魚尾，版心爲「卷幾」字樣，有刻工「李潮」「才」「張仁」「仲」「李」等。版框 19.1×13.9cm。有萬曆己酉（1609）署名周孔教序，內容與皇甫汸代張景賢所作不同處僅在涉及時間及人名處，如張序稱「又先大父與方伯公同登進士，忝茲世誼，圖爲鋟梓，蘇守雲中溫君飾吏右文，樂任其事」，周序則將之改爲「其子孫有志登梓而苦剞劂無資，不肖念先達久湮，時吳令麻城陳君飾吏右文，樂任其事」等。可見，周序並非新作，而是篡改而成。此本卷末無跋，有刊記「辛亥八月刊」及「壬子五月書成曾孫男世廉謹輯」字樣。著錄此本爲陳義聞刻者，當根據序言中「時吳令麻城陳君飾吏右文，樂任其事」而定。著錄時間爲萬曆己酉（1609）者，當是根據序言時間所定。著錄時間爲萬曆辛亥（1611）者，當是根據刊記所定。著錄爲萬曆壬子（1612）者，當是根據題記而定。

將此本與明嘉靖三十九年張景賢刻本《祝氏集略》初步比照，可看出二本版式、刻工、字體、字形完全相同，板框僅有 1 毫米差別。所不同者，僅僅在涉及書名處：此本序言、目錄稱書名「懷星堂全集」，每卷卷首題「懷星堂全集幾卷，長洲祝允明著」字樣。

一般而言，翻刻本字體、內容與原本沒有差別，但後印本、挖改再印本也是字體、內容沒有明顯差別的。翻刻本即使翻刻精良，字體、字形基本看不出差別，但板框斷版、字的某些細微處很難做到與原本完全相同。仔細對照《祝氏集略》《懷星堂集》二本，可發現，兩本正文內容完全相同。此外，兩本的板框輕微斷版、板框的輕微傾斜之處完全相同，如：卷一首頁、卷三第二頁後半頁、第十三頁後半頁、卷五第二頁後半頁等等，板框皆有細微裂痕，裂處完全相同；卷四第十一頁前半頁，板框之略傾斜完全相同等。

據以上種種，似可判斷，萬曆本《懷星堂集》並非新刊刻——既非新刻本，也非翻刻本——而是在《祝氏集略》嘉靖本原版基礎上挖改後而印成的：序文、版心、書名的不同，皆是挖改而成；兩本的幾處文字的不同，是嘉靖

本原本不清晰，萬曆時人在後印時做了修正；嘉靖本總體文字清晰，萬曆本總體文字清晰度較差，模糊之處較多，是後印所致；兩本板框的 1 毫米的細微差距，當是原版歷年已久、多次印刷，膨縮所致。其實，早在 1971 年，臺灣「中央圖書館」編印《祝氏詩文集》時，劉兆祐先生已經在序言中提到：「今檢《祝氏集略》、《懷星堂全集》一二本相核，知《懷星堂全集》實即《祝氏集略》之板，唯改題書名及剜改序文數字而已，此明人刻書剜改舊版據爲己刻之惡習。」〔註4〕劉兆祐先生之「剜改舊版據爲己刻」之說與王重民先生「翻刻」之說不完全一致，筆者暫從前者。希望此前之推測過程可以拋磚引玉，引起研究者對此問題的關注，最終探知《祝氏集略》的版本眞相。

四庫全書本《懷星堂集》來自四庫館臣所見的所稱萬曆本《懷星堂集》無疑。當然，四庫本與原本異文之處頗多，這些不同，多是四庫館臣修訂了文字或篡改了涉及民族敏感問題之處：有些是異體字的改動，如「虜」改爲「虜」、「羌」改爲「羌」、「歲」改爲「歲」等；有些是改正明顯的錯字，如卷六〈己卯春日偶作韓致光體〉中「巳卯」改爲「己卯」，卷二十九〈表弟蔣秀才遺文序〉中「余實甚魏之」改爲「余實甚愧之」；有些是四庫館臣根據文意推測進行修改的，如將卷二〈咎往賦〉中「非北南之勿辨兮」改爲「非南北之勿辨兮」、卷七〈都門送施邦直歸吳興〉中「坦率自憐猶宋五」改爲「坦率自憐猶宋玉」；有些是爲避諱做了篡改，如卷三〈邯鄲才人嫁爲廝養卒婦〉中「漢月亦胡沒」改爲「三五月圓缺」，卷二十九〈笠澤金氏重建安素堂記〉中「其世當狄主僭華」改爲「其世當溷濁」、「皆拜膜於戎庭」改爲「皆苟且以就功名」等。將四庫全書本與嘉靖原本作對比，可以看出時代的變遷，認識的不同。這也是版本對照的意義所在。

嘉靖本《祝氏集略》，由臺北「國立中央圖書館」影印出版，收入《明代藝術家集彙刊續集》的《祝氏詩文集》中，但版印不多，較難見到。直到 2012 年，西泠印社出版社出版了孫寶點校的《懷星堂集》，此書即是以嘉靖本《祝氏集略》爲底本。這是第一次對《祝氏集略》的整理，首創之功，自不可沒。

祝允明的別集，除了流傳範圍較廣的《祝氏集略》外，尚有《祝氏文集》流傳於世。陳麥青《祝允明年譜》指出其有十卷本〔註5〕。因此本僅臺灣「故

〔註4〕　劉兆祐《祝氏詩文集·敍錄》，臺北國立中央圖書館 1971 年版，第 4 頁。
〔註5〕　《祝允明年譜》，復旦大學出版社 1996 年版。

宮博物院」有藏，較爲罕見，未能過目者對之頗有誤解，如吳梅認爲此本是
《祝氏集略》的選本〔註6〕，楊永安認爲《祝氏文集》十卷包括《祝枝山集》
一卷、《枝山文集》四卷、《祝枝山全集》五卷，徐慧認爲十卷說缺少證據〔註
7〕。實際上《枝山文集》的確切卷數確實有待新發現，但現存十卷本也是不
爭的事實。

　　臺灣「故宮博物院」所藏明嘉靖二十三年（1543）謝雍抄本《枝山文集》
之十卷，有謝雍題記，稱：「枝山先生詩文集，老朽手錄以贈內翰衡山先生，
少申微意。嘉靖甲辰四月十日。謝雍時年八十一歲。」此本有清康熙四十年
（1701）何焯手校並題識，題識稱：「枝山先生文集殘本二帙，乃文氏故物，
余得之朱之赤家，閱紙卷末，知爲先朝老儒謝雍手書。集中有《贈謝元和序》，
以爲通家之法，幸而存者，即其人也。後來者摩挲此編，其亦當恥爲偷薄也
夫。辛巳春日。何焯書。」可知此集最初爲謝雍手抄之祝允明詩文集，謝將
其贈送給文徵明，贈送時間爲嘉靖三十三年（1544），這時距祝允明去世十八
年，在祝繁整理、張景賢刻《祝氏集略》之前。此本後流傳至明末清初藏書
家朱之赤手中，等及何焯在康熙四十年（1701）見到時，抄本已是「殘本二
帙」了。

　　此殘存十卷本每卷未標明卷次，分別收紀傳、傳、行狀、古今詩、序、
讚頌、訓說雜書、詞調數種文體。按現存順序排列卷次：卷一「記」，收遊記、
雜記、小故事；卷二「傳」，收傳記；卷三「行狀」；卷四、五「古今詩」；卷
六收文序、贈序；卷七「讚頌」；卷八、九「雜詩」；卷十「詞調」。從此順序
中，也可看出「殘本二帙」的說法當是準確的：卷四、五、八、九都是詩作，
但被卷六、七隔開，或即因抄本各卷卷端未標次序，裝訂時導致卷次混亂所
致。

　　《枝山文集》現存卷數只是《祝氏集略》的三分之一，內容亦與《祝氏
集略》有交叉之處，或許因此，研究者對它的認識與評價多是可做參校本。
但通過仔細比照可以發現，就篇目來說，二者的重複率並不高，而且即使題
目相同，文字上也存在異文。二書重複的篇目如下表所示：

〔註6〕　吳梅《吳梅全集》，河北教育出版社 2002 年版，第 1057～1058 頁。
〔註7〕　徐慧〈祝允明著述考辨〉，《古籍整理研究學刊》2009 年第 4 期。

《枝山文集》與《祝氏集略》重複篇目對照表

《枝山文集》中篇名	《祝氏集略》中篇名	《枝山文集》中卷次	《祝氏集略》中卷次
畫魚記		卷 1	卷 24
伯時父史圖記		卷 1	卷 24
遊福昌寺入佛殿後記	遊福昌寺入佛殿後記（甲寅）	卷 1	卷 22
再游福昌寺談臥記	再遊福昌談臥記	卷 1	卷 22
遊雍熙寺雜記		卷 1	卷 22
宋徽宗皇帝畫貓記	宋徽宗畫貓記	卷 1	卷 24
陳徵之藏宋元名畫記	陳氏藏宋元名畫記	卷 1	卷 24
動靜記		卷 1	卷 21
王氏燕翼堂記	燕翼堂記	卷 1	卷 27
葛秀才小樓記		卷 1	卷 28
韓先生傳	韓公傳	卷 2	卷 16
義虎傳		卷 2	卷 20
秋月生小傳		卷 2	卷 17
中憲大夫廣西南寧府知府蔡公行狀		卷 3	卷 18
新婚詠	述行言情詩（五十首）之十三	卷 4	卷 3
夏日遊慈雲	夏日遊慈雲寺	卷 4	卷 6
觀湖宛轉思及楊子	觀湖宛轉思及友人	卷 4	卷 7
旅情		卷 4	卷 6
哭院判周公（庚）	哭周院判（原己）	卷 4	卷 7
送楊子	送楊禮部（君謙）	卷 4	卷 7
送徐先輩中行	送徐先輩（中行）	卷 4	卷 5
代東園梅	代東園梅見嘲	卷 4	卷 6
鍾山（又）	鍾山	卷 5	卷 7
金陵	金陵眺古	卷 5	卷 7
包山		卷 5	卷 7
失題	夏日林間	卷 5	卷 4
詠禁林	〈八詠〉之一〈禁省〉	卷 5	卷 4
軍戎	〈八詠〉之二〈軍戎〉	卷 5	卷 4
田家	〈八詠〉之三〈田家〉	卷 5	卷 4

漁釣	〈八詠〉之四〈漁釣〉	卷5	卷4
禪林	〈八詠〉之五〈禪林〉	卷5	卷4
道觀	〈八詠〉之六〈宮觀〉	卷5	卷4
俠少	〈八詠〉之七〈俠少〉	卷5	卷4
空閨	〈八詠〉之八〈宮閨〉	卷5	卷4
太湖		卷5	卷7
虎丘	〈虎丘〉二首之一	卷5	卷7
次韻奉和太守胡公太湖二首	次韻郡守胡公太湖二首	卷5	卷7
自京師南赴嶺表仲冬在道中		卷5	卷4
春夜懷鄭明府	春夜懷鄭河源	卷5	卷7
萬安道中		卷5	卷6
失白鷳		卷5	卷6
丙子重九	丙子重九戲題	卷5	卷6
歸與		卷5	卷6
縣齋早起		卷5	卷6
和王太學	〈和王太學見贈（四首）〉之一	卷5	卷6
循州春雨		卷5	卷6
戲作口號		卷5	卷6
夏日城南郊行		卷5	卷6
己卯	己卯春日偶作韓致光體	卷5	卷6
廣州別趙表弟	〈廣州別表弟趙二〉二首之二	卷5	卷6
庚辰二月官歸舟中	庚辰二月廿七日曉官窯舟中口號	卷5	卷6
三月初峽山道中		卷5	卷6
市汊阻風		卷5	卷6
贛州		卷5	卷6
張文獻公廟	謁張文獻公祠	卷5	卷7
北郊訪友		卷5	卷6
哭子畏二首		卷5	卷7
再哭子畏	再挽子畏	卷5	卷7
謝楊大惠梨樹	謝楊大送梨花栽成	卷5	卷6

	卞將軍廟	卷5	卷7
子昂小景五首	子昂小景（五首）	卷5	卷8
木筆	辛夷花	卷5	卷8
小景	〈雜題畫景〉之二十五	卷5	卷8
《代題金蘭畫扇二首》之一	〈雜題畫景〉之二十九	卷5	卷8
小景	〈雜題畫景〉之二十四	卷5	卷8
金蘭便面	〈題畫（二首）〉之一	卷5	卷8
	丁未年生日序	卷6	卷21
王家南村序	南村記	卷6	卷29
	澤溪崔氏族譜序	卷6	卷25
	送進士秦君詩序	卷6	卷26
自送會試京師序	自送會試序	卷6	卷21
	朱母大耋頌	卷7	卷27
徐氏三外弟字訓	徐氏三外弟名字訓	卷7	卷29
將赴京師與朱守中言	將赴京師與朱正言	卷7	卷27
	悲秋三首	卷8	卷6
秋夜不寐	秋宵不能寐	卷8	卷6
	秋懷	卷8	卷3
和陶飲酒二十首	和陶淵明飲酒（二十首）	卷9	卷3
	龍歸辭	卷9	卷2
	遊和山麻石岩	卷9	卷6
	神光山	卷9	卷7
	羅翰林墨池銘	卷9	卷9
雜吟三首	〈詩（五首）〉之前三首	卷9	卷3
	雜吟四首	卷9	卷4
石潭	詠新安許氏石潭	卷9	卷4
恭題宣廟畫馬圖	宣宗皇帝畫馬圖	卷9	卷8
題宋人畫	小米山水	卷9	卷8
夏日閒居	閒居秋日	卷9	卷6
臥病有懷黃勉之	〈臥病懷勉之〉之「又」	卷9	卷5
扇景三首	〈雜題畫景〉之二十二、二十三、無	卷9	卷8

和扇景韻	〈雜題畫景〉之二十七	卷9	卷8
畫深山二翁	〈雜題畫景〉之三十	卷9	卷8
劉西臺畫松	劉西臺（玨）畫松	卷9	卷4
沈徵君字公濟小景二首	沈徵君遇小景（二首）	卷9	卷8
扇景和徵明	〈雜題畫景〉之二十	卷9	卷8
宋固陵畫貓歌記文別錄	〈宋徽宗畫貓記〉中所附詩歌	卷9	卷24
小景	〈雜題畫景〉之十九	卷9	卷8
恭題宣宗皇帝畫馬圖	宣宗皇帝畫馬圖	卷9	卷8
題人園居		卷9	卷7
柳氏小幅	〈雜題畫景〉之二十八	卷9	卷8
雪景	〈雜題畫景〉之二十一	卷9	卷8
沿潞河直達淮滸岸柳蔚然		卷9	卷6
長途		卷9	卷6

　　初步統計，《枝山文集》全本418篇／首，其中與《祝氏集略》重複者為101篇／首，重複者占約四分之一，而另外四分之三的篇目則不見於《祝氏集略》。這不見於《祝氏集略》的300餘篇／首，有許多風格特異之作，如卷一的〈五后小紀〉，看似為帝王做紀，實以東、西、南、北、中擬為五位帝后，五人各有性情；〈如何生記〉為如何生對自己別號的感歎；〈魂遊曲林記〉寫作者「靈心在前，境從之」的感悟；〈畸厓記〉記畸厓在夢中和初冥兩人的問與答，有莊子寓言的意味；〈京遊五記〉談對螞蟻、曲阿、牛鳴、澗聲、捕蚊等五種事物的感想，饒有興味。卷三〈中憲大夫廣西南寧知府蔡公行狀〉記述蔡蒙對敵勇猛，對民體恤；卷四〈有所思〉、卷五〈海棠鳥〉頗有李商隱遺風；卷六〈朱性父詩序〉講對詩歌的見解，深入透徹；卷七〈王麗人神品唱論〉，對王麗人之唱，描摹生動，淋漓盡致；卷八〈平原君〉、卷九〈還珠吟〉有李白詩作遺風；卷十「詞調」中的所有詞作，均不見於《祝氏集略》。對於全面認識祝允明的文學創作，這一類獨特的小散文、詩作、詞作，意義重大。即使《枝山文集》與《祝氏集略》篇目相同者，異文也較多，如卷一之〈畫魚記〉全文400餘字，異文就達20餘字。對類似異文的校對、解讀，對深入瞭解祝允明的文學創作，也是不可或缺的。

　　《枝山文集》最早以抄本傳世，十分罕見，直到清同治十三年（1874），祝氏族裔祝壽眉才根據謝雍手抄本所存十卷整理刊刻了《枝山文集》四卷本。

此本正文前有俞樾序及祝壽眉的記，祝記稱：「先生文集四卷，係老友謝雍手鈔，向無刊本，包子丹廣文舊物也，茲蒙慨然見贈，用手付民，俾公同好。」俞樾序稱：「（抄本）筆墨黯淡，編次不苟，洵舊帙之幸存者，籽庵因錄副本付之剞劂。」可見謝雍抄本又輾轉到包子丹手中，後被祝壽眉所得，祝壽眉因其編次錯亂，遂對之進行了重新編排、整理，然後付梓。

將此刻本四卷與謝雍抄本對照，可看出祝壽眉主要對文集的卷次、篇目做了調整：刻本卷一「記、傳」之內容為《祝氏文集》抄本卷一、二、三、六、七中相關篇目的重新組合；刻本卷二「行狀、序、贊、頌、雜記」為抄本卷三、六、七中相關篇目的重新組合。卷三「古今詩」、卷四「古今詩、詞」為抄本卷四、五、八、九、十中相關篇目的重新組合。比之抄本，刻本僅缺少〈鶴田記〉一篇，此篇文字或有錯文、脫文、衍文，大概是被編者有意刪去的。

除篇目順序的調整外，刻本僅對抄本的個別字做了修改，如「炁」改為「氣」，「宲」改為「實」，「冣」改為「最」，「九」改為「凡」等；〈五后小紀〉中「丈人亦崇盛矣」改為「文人亦崇盛矣」；〈陳徵之藏宋元名畫記〉中「咫尺赤圓小幅」改為「咫尺方圓小幅」；〈逸晚唐翁行狀〉中「公姓警敏」改為「公性警敏」等等。抄本中明顯有誤的內容，刻本並未修改，如卷二〈韓先生傳〉「凝生奕、奕」，並未改為「凝生奕、夷」。

《枝山文集》之十卷，在 1971 年由臺北「國立中央圖書館」影印出版，收入《明代藝術家集彙刊續集》的《祝氏詩文集》中，但版印不多，較難見到。四卷本為刻本，刊刻時間較晚，流傳稍廣。民國六年（1917）上海朝記書莊刊印的《祝枝山全集》即是據清同治十三年（1874）祝壽眉《枝山文集》重刻的。民國二十四年（1935）上海大道書局出版了王心湛校閱的《祝枝山詩文集》鉛印本，也是以四卷本為底本進行標點的，只是它以「文」「詩」「附詞」分卷；另外又增加了「補遺」，其內容是校閱者整理出的祝允明傳記、遺事等相關內容。臺北漢聲出版社於 1972 年也出版了王新湛校閱的《祝枝山全集》。

在〈懷星堂集提要〉中，四庫館臣不無遺憾地說：「朱彝尊《靜志居詩話》載《祝氏集略》外，又有《金縷》《醉紅》《窺簾》《暢哉》《擲果》《拂弦》《玉期》等集，今皆未見。」陳麥青所著《祝允明年譜》附錄的《祝允明著述簡表》列出祝允明主要別集有三：《枝山文集》十卷、《祝氏集略》三十卷、《枝

山小集》七卷。《枝山小集》七卷或即是四庫館臣所言《金縷》諸集。上海圖書館藏有祝允明書《豔體詩冊》，存〈雙娃歌〉〈墉城仙人玉期歌〉〈驚鸞曲〉〈上元夫人〉〈百五〉〈閒題〉〈見仙〉〈重詠兩仙〉〈千金曲〉九首詩，卷末自署暢哉道士，內容或爲《金縷》諸集的選編，或可暫窺一斑。黃裳先生〈關於《枝山先生柔情小集》〉一文談及他藏有的《枝山先生柔情小集》：

> 原書存四卷，分題《窺簾集》，「異香仙掾」著；《醉紅集》，「都花散吏」撰；《擲果集》，「擲果郎君」撰（「雙娃歌」即在此卷中）；《拂弦集》，「鬥玉冶郎」撰。每卷前有序，「窺簾集」卷前序題「弘治壬子二月一日序」。序後接目錄。目後收詩、詞、曲、文、詞共若干首。半頁八行，行二十字。萬曆或少後刻。行間每有空字未刻處。全書皆妓流投贈之作，弘治壬子允明年三十二。知此集皆成於少年冶遊時，不敢入集，多用別號，亦明代文士常用手法。但允明殊不自諱，常手書贈人。暢哉道士自跋云，「余有小集十卷」，與千頃堂所載七卷者不同，或別有十卷本，未可知。

> 　「小集」中有文近十首，多半長篇，如「愛梅記」「蘭蕙聯芳小記」「客窗冥遇記」「寄高氏道情書」等，對少年閒情豔跡，暢然敘說，是留下文字紀錄最多的一人。大膽抒寫，絕少忌諱，如「滿庭芳」詞，題下注「妓號愛梅」。

此集應該就是《金縷》諸集的存卷。從黃裳的詳細介紹中可以得知，《枝山先生柔情小集》的內容、風格迥異於《祝氏集略》與《枝山文集》。它的發現與存在，有助於研究者對祝允明的全面認識。也只有在這部作品集中，人們才能夠看見民間傳說中的風流才子形象。《枝山先生柔情小集》若能夠被影印或者整理出版，將是祝允明研究乃至明代文學研究的絕好消息！而《祝氏集略》《枝山文集》《枝山先生柔情小集》的合爲一編，也讓我們翹首以待。

附記：

在比照《祝氏集略》與《懷星堂集》文字異同過程中，筆者走了一段彎路，特述此過程爲記，希望同道以我爲戒。

借助影印本（臺北「國立中央圖書館」1971 年《明代藝術家集彙刊續集》中《祝氏詩文集》）與數據影像（愛如生公司的基本古籍數據庫中萬曆本《懷

星堂集》），對照《祝氏集略》與《懷星堂集》全文後，可以發現全書三卷，二十四萬餘字，僅有七處異文。

所在卷次	篇名	嘉靖本《祝氏集略》	萬曆本《懷星堂集》
卷 4	黃金篇	晨曦縱焞喧	晨曦縱焞焞
卷 6	戲爲口號	四月三日苦竹派道中	較爲模糊
卷 8	秋夜曲	房帷螢火入還相	房帷螢火入還出
卷 11	讀宋史王安石論	今夫鳩者必內諸體	今大鳩者必內諸體
卷 15	孺人王氏墓誌銘	因得文恭之從子汝太館贅於家	因得文恭之從子汝大館贅於家
卷 15	仙華先生誄	而譽吳文	而譽其文
卷 18	袁介隱誄	獵綜群父	獵綜群史

但異文七處，皆是萬曆本版面完整，而嘉靖本有明顯修改痕跡，這不合嘉靖本在前，萬曆本在後的常理。百思不得解時，筆者又看到了日本東洋文化研究所藏本嘉靖本《祝氏集略》（殘存八卷）的全文影像，發現同是嘉靖本《祝氏集略》，日本東洋文化研究所藏本與臺灣「國立中央圖書館」藏本也有文字的不同，而異文的 7 處不同，恰恰與後者與萬曆本《懷星堂集》的七處不同一致。迷惑又添一層：通過斷版裂紋大小與文字清晰度比照分析，《祝氏集略》「國立中央圖書館」藏本的印刷應該在日本東洋文化研究所藏本之前，後者似應爲原來書版基礎上的修版；但萬曆本《懷星堂集》顯然並非來自於《祝氏集略》經過修版的書版，否則，七處異文無法解釋……

一團亂麻中，筆者前往中國國家圖書館查閱所藏嘉靖本《祝氏集略》兩種，又十分幸運地看到南京圖書館所藏《祝氏集略》的膠片，發現中國國家圖書館、南京圖書館、日本東洋文化研究所三處所藏嘉靖本《祝氏集略》文字皆相同。此時，再回頭翻看臺灣「國立中央圖書館」藏本之影印件仔細辨別，發現：七處異文並非版刻之字，而應該是後人在翻閱刻本時，以筆在刻本上做了文字改訂。這七處異文，都是手寫的改動。至此，之前矛盾之處有了合理的解釋。

影印本的應用，在古籍整理中是最爲常見的，但在利用影印本時，一定要查考原本的實際情況，畢竟，影印本無法還原原本的諸多細節，所見不能等同於所得，中間還有所思所證等諸多環節。

附錄四　祝允明雜著版本考辨

　　祝允明多才多藝，著述並不僅止於詩文集，他的雜著類著述也影響很大，其中筆記有《野記》，記前朝掌故，《戒庵老人漫筆》、《五雜組》、《四友齋從說》都對其頗有提及，《弇山堂別集》雖認為它往往記載失實，但從王世貞對它的詳細考辨中可以想見《野記》在當時還是很有影響的；《成化間小纂》記成化間較有名望的蘇州名人的事蹟，也是明代獨具特色的筆記類作品。其志怪有《祝子志怪錄》，在明代文言小說史上頗占一席之地。

一、筆記

　　祝允明的《野記》記前朝掌故，《成化間蘇材小纂》記成化間較有名望之蘇州人事，兩本版本都較多，略述如次。

（一）《野記》

　　現見最早《野記》為明抄本，四卷二冊，每半葉十一行約二十四字，雙黑魚尾版心。兩冊似非一人所抄，第一冊字體工整娟秀；第二冊字體較方正，不如第一冊美觀，且時時用墨不勻。卷三「正德辛未歲」條中，自「唯存一腳脛」至此條結束，字體歪斜幼稚，卷四最後四頁半似又為另一字體，較生疏，有時大小不勻。

　　抄本塗改、添加處較多，如卷一「高皇嚴朸索之志」條中「眾不得暴寡而各安其居也」，「暴」字是添加上去的。卷二「周紳字伯紳」條中「紳度不可為，懷印有奔，將他國焉」，「國」字右側又有一「適」字。由於此本是抄本，較難斷定塗改、加字是抄寫者所為還是其他人所為，前面所提兩處加字，字體與其餘字體大致相同。但有的塗改、加字處則塗抹痕跡明顯，用筆較粗，

字體亦與其餘字體明顯不同，似爲他人所書。如卷二「正統末王振語三楊」條中，「振」、「語」、「位」、「效」等數字都塗改痕跡明顯，似非抄者所爲。

此本每則則首頂格寫，但有時亦有例外，如卷四「嶺南友人」條與上條間空一格，以示區分，「嘗得公牒列海味」條亦如此。此本分條不妥之處頗多，如卷四「舊傳一事，兩朝貴以公事」條，至「甲頳然」處，內容並未結束，但是抄者將其餘部份斷爲另一條，另起一行抄寫；又「舊傳一事，有巨事」條亦如此，此條至「白主事、丁千戶也皆未審的」處也被另起一行，斷爲兩條。

另外，抄本中有一處內容明顯缺失，卷三「都督藍玉」條，至「上遂我矣，及密召故濬」止（後四字又用筆劃去），乃敘藍玉事，緊接著敘「一日天禧寺浮屠災」，而前事並未敘述完畢，後事又頗與前事風馬牛不相及，明顯爲內容缺失。

此抄本無序無跋，僅從「上」、「御」、「仁宗」、「太祖」等字前有空格似可斷爲明抄本，又從抄本斷條有誤處頗多、內容上有明顯現缺失似可判斷抄寫者所抄《野記》尚未完全定型，則此抄本是明代所抄的可能性較大，且年代較早。

《野記》又有四卷四冊刻本。此刻本僅正文前有「祝氏小敍」，內容與抄本的大體相同，不過將抄本之「追詩胸鬲，獲之輒書」中「詩」字改爲「憶」，似更爲貼切。小敍既稱《野記》完筆時間爲辛未八月即正德六年（1511）八月，則此刻本可能爲成書不久所刻，疑爲正嘉間刻本。

此刻本內容與抄本基本相同，但抄本缺失不全和斷條有誤處在刻本中有所更正。抄本卷三「都督藍玉」條內容之缺失，此刻本予以補全：「『……上疑我矣。』遂謀反，密召故部曲令收集士卒家奴伏甲爲變。將發，爲錦衣衛士蔣瓛上告，捕訊伏誅，連坐者鶴慶侯張翼、普定侯陳垣、景川侯曹震、舳艫侯朱壽、東莞伯何榮、都督黃路、吏部尙書詹徽、侍郎傅友文。洪武二十六年二月乙酉也。」此外，刻本分條更爲合理準確，如抄本卷四有「永樂中曾有人」條，刻本根據內容將其分爲兩條，分出「李志剛嘗以罪褫冠」一條，顯然更爲接近作品原貌；抄本卷四有「秦中有僧」條及「今有僧道僞作」條，刻本則將此兩條合爲一條，並將「僧道」改爲「奸僧道」；抄本卷四有「甲寅六月六日」及「戊午六月十一日」條，刻本亦將其合爲一條，但刻本爲「戊午　月　日」，則又較抄本有缺失。

又，刻本有少數條目與抄本排列順序不同，如抄本卷二有「周紀善」、「國初至於今」、「姚廣孝建取日功後」、「姚廣孝爲文皇治兵」條，刻本中則排列爲「周紀善」、「姚廣孝爲文皇治兵」、「姚廣孝建取日功後」、「國初至於今」；而抄本卷二「英宗一日獨與楊文敏公」條後爲「仁宗一日謂三楊公」及「宣宗嘗乘殺二庵」，刻本後兩條則與前一條之間又有四條，且「宣宗嘗乘殺二庵」文字更爲準確：「宣宗嘗乘怒殺二奄（闍）。」

此刻本每半葉十行十八字，上黑魚尾版心（也有少數幾頁爲上白魚尾版心），魚尾下有「野記幾卷」字樣，下橫線上標有本卷頁碼，有的版心下端刻有刻工姓名，如第二卷，第一頁有「郭子遇」、第二頁有「金獻獻」、第三頁有「顧子清」字樣。

此刻本爲四卷四冊，又有四卷二冊刻本，字體、版心都與此本相同，相同頁上的刻工姓名也相同，二者頗似裝訂不同的相同刻本。四冊本與二冊本唯一的差異在於，二冊本卷三末多出五十五個字：「文皇將靖難，發念成功後當建一塔寺以展報。既渡江，忽見江中湧出一寶塔。」「上悚然起前念，逮即位此在四十六則『後一日』上前缺令補之。」從後注可知這些文字與卷三第四十六條即「後一日天禧寺」條有密切聯繫，若將之補到此條上，則該條內容才能貫通。這是四冊刻本與二冊刻本唯一不同的地方。大概是四冊刻本刊印在先，後來人們發現卷三第四十六則內容缺漏，於是又補刻再印的。

《野記》又有毛文燁刻本。該本四卷一冊，每半葉二十行十八字，有序及小敘，每半葉十六行十七字，白魚尾版心。正文則爲黑魚尾版心，下象鼻上刻有頁碼，第一頁下象鼻中有「郭」字，當爲刻工姓名。每卷卷首有「勾吳　祝允明纂」字樣。

此本於「野記小敘」前有〈刻祝京兆野記序〉，稱自明初至嘉靖之季各種野史中，「余逮見者百十餘家，獨祝京兆允明《野記》爲能囊羅天下舊聞，上紀開國靖難，下載保治之際兵權禮樂損益變通，既科條之矣。而閭里瑣細物象詭怪，陳其一二又足以廣異聞……惜其輒傳爰書未遑揀組，辭多不雅馴……余校閱之暇付之梓，因人識其端以俟知者云。玉笥山人」。

此刻本內容、條目與前述正嘉間四卷二冊本基本相同，僅少數幾處略有差別，如卷三「都督藍玉」條末，各本皆爲「洪武二十六年二月乙酉也」，此本則爲「三月乙酉」；卷四又與抄本相同，將「甲寅六月六日」條與「戊午　月日」條分開。

又有同治十三年（1874）新陽祝壽眉刻本。此本附於《枝山文集》後，四卷一冊，每半葉十二行二十二字，黑魚尾版心，魚尾上為書名，下為卷數，版心下端有頁碼。正文前有「祝京兆野記原序」、「野記小敘」，正文後有李文楷的跋，每卷卷首皆標「勾吳祝允明纂」字樣。

「祝京兆野記原序」即為毛文燁之序，可見此本是據毛文燁刻本翻刻，李文楷跋稱：「是書郡志稱《九朝野記》，自有明開國逮嘉靖之季九朝往跡史不具載者，略見是編，並及閭巷瑣屑事。原序有云未遑揀組，瑕不掩瑜，余觀其敘次有法，即閭巷瑣屑亦足廣見聞、資談助，紀事之體，固不必修飾於字句間也。……此則雜纂遺聞軼事，意在傳信，故不作驚人高論。原板刻於明季，舛誤漶漫，籽庵恐其漸就湮沒，先取是書重寫付之剞劂，而屬余校讎。因取其字之謬誤者釐正之而於文之詰屈仍之，不敢以臆改也。校竟偶跋數語於後。同治十有三年甲戌仲秋新陽李文楷直清甫校於員嶠之空谷幽居。」

此本乃是在毛刻本基礎上的釐正，對照兩本，可以看出祝本更為準確。如毛本及以往各本中，卷四有「弘治庚戌三月」，祝本則將「庚戌」改為「庚戌」，一字之差可見李文楷校正之用心。毛本缺字處僅以空格顯示，祝本則以空框來代替，如卷四中「戊午　月　日」。

《野記》又有《國朝典故》本及《皇明修文備史》本。《國朝典故》本是明抄本，此本《野記》內容及排列順序與前述明抄本基本相同，但對各皇帝的稱呼，或稱「宗」，或稱「廟」，有些混亂，而且每到「上」、「太祖」、「仁孝」等稱呼時即頂格，這就使分條顯得有些紊亂。此本與他本最大的不同在於卷四多出了五條：「碧落碑凡數書載之」、「都玄敬嘗得一石」、「晉元帝之生」、「予嘗得一古牒」、「弘治中予得義虎事為傳」。

《皇明修文備史》本是清抄本。其內容及條目排列順序與前述抄本同，但卷四較前所述明抄本少「國朝有尤六老者」、「吳邑朱生」、「蔣霆」三條，但又多出「今朝制選將軍」、「都玄敬嘗得一石」、「晉元帝之生」三條。此本之分條較前述抄本及《皇朝典故》本合理清楚，接近於刻本，似可見抄者並非機械抄錄。此本卷三「都督藍玉」條在「遂謀反密召故」與「後一日天禧寺浮屠災」中間有二十行空白，可知抄者在抄寫時就已經覺察到兩句話之間有佚文而有意留下了空白。

（二）《成化間小纂》

此書為祝允明於弘治元年（1488）春奉詔所撰，該書有稿本留傳，劉建

龍、戴力強對之考辨頗詳〔註1〕。稿本每半葉二十行二十字不等，計四十三頁，卷首有「自敍」，「標目」析爲五卷，前四卷爲「仕宦」，卷五爲「山林」、「孝德」、「女美」、「方術」，全書共分五個門類，計載二十七人。實際上此本分六卷，收三十三人，「仕宦」門除卷一外，卷二、三、四改爲「簪纓」門，其餘各門未變。

《小纂》還有明人抄本一種，爲翁同龢舊藏，雙黑魚尾版心，上下象鼻，每半葉十行約十九字，四卷一冊。首有敍文，標目爲四卷。卷一、二、三爲「簪纓纂」，各收一、五、十一人，計十七人；卷四有「丘壑纂」、「孝德纂」、「文憲纂」、「方術纂」四門，各收五、一、三、二人，計十一人，全書四卷共收二十八人。

另外又有一明抄本，四卷一冊一函，每半葉九行二十字。文中多有空白待補處，序文尤甚。此本標目與翁同龢藏本大體相同，不過翁藏本卷四之「杜淵孝」，此本標爲「杜潤孝」，而在正文中又變爲「杜淵孝」，應爲標目抄寫之誤。此本實收二十七人，卷四至「高氏」條即結束。

此外，《小纂》還有《金聲玉振集》本一種，不分卷，分「簪纓」、「丘壑」、「孝德」、「文憲」、「方術」五門，計收三十人。

二、志怪

《祝子志怪錄》，明刻本，前有「己酉冬十月既望枝山祝允明」〈志怪錄自序〉，此本無魚尾，版心上部爲「祝子志怪錄卷幾」字樣，下部標明頁碼，每半葉九行二十字，全書分五卷，分別記四十五、四十五、四十八、三十八、四十一事。祝氏自序云：「志怪凡五卷，語怪雖不若語常之爲益，然幽詭之物固宇宙之不能無，而變異之事亦非人尋常念慮所及。今苟得其實而記之，則猝然之頃而逢其物、值其事者，故知其所以趨避、所以勸懲，是已不爲無益矣。……昔洪野處志《夷堅》至於四百二十卷之富，彼其非有喜樂者在也，則胡爲乎不中輟而能勉強於許久也？吾是以知吾書雖鄙蕪不敢班洪，亦姑從吾所喜樂而從之，無傷矣。若有高論者罪其繆悠而一委之以不語常之失，則洪書當先吾而廢，吾何憂？志怪亦取漆園史詞。己酉冬十月既望枝山祝允明書。」己酉年爲弘治二年（1489），從中可見作者的創作動機及創作時間。

《志怪錄》，此本刊印時間爲萬曆四十年（1612）。五卷，正文每半葉九

〔註1〕　見《東南文化》2001 年第 5 期中〈祝允明《成化間小纂》稿考辨〉一文。

行二十字，花版心，書前有錢允治「枝山志怪序」，係其孫安國手書，六行十二字，又有祝允明自序，祝氏自序如前所述。錢序介紹了該書的刊刻情況：「吾吳祝枝山先生有《志怪》若干卷，場後止存五卷。會其孫仁甫文學圖刻《罪知》欲並刻茲編而不能全也。余家首五卷遂捻之剞劂，乃問序於余。……不得已勉強徇其請，因書所不平者序而弁其首。萬曆壬子仲春既望，鄉後學錢允治撰，孫男安國書。」據此序可知，《志怪錄》在萬曆壬子即萬曆四十年時已經殘缺不全，僅有五卷，而對照祝氏「志怪錄自序」所稱「志怪凡五卷」，似此五卷非彼五卷。

　　該本五卷分別記四十五、四十五、四十八、三十八、四十一事，總計二百一十七事，如原來全本《志怪錄》僅止於此，實遠不能與洪邁《夷堅志》相比，而觀其詞意，祝氏自序卻頗有與洪邁相從之意，似此刻本並非全本。

　　此本目錄終有「曾孫男世廉謹輯」字樣，卷一卷首有「吳祝允明希哲撰；豫章祝耀祖述之校」兩行題記。

　　另外，明萬曆四十五年（1617）陳子廷刻《紀錄彙編》，其中卷二百十為《志怪錄》一卷，收四十六條，頗似五卷本之選本。

　　祝允明的其餘雜著，篇幅較短，版本也不多，僅作略談，以為研究祝氏生活以及思想的輔助材料。《江海殲渠記》一卷，收入《叢書集成初編》、《廣四十家小說》、《景印元明善本》等；《前聞記》一卷，收入《國朝典故》、《記獻彙編》、《五朝小說》、《說郛續》等；《猥談》一卷，收入《廣百川學海》、《古今說部叢書》、《說郛續》等。這三種都是子史雜著，其中《猥談》記載的一些戲曲資料，歷來為研究者所重視；《義虎傳》被收入《五朝小說》、《說郛續》，亦見於《國朝典故》本《志怪錄》。

主要參考文獻

1. 《震澤長語》，（明）王鏊撰，上海古籍出版社 1987 年影印文淵閣四庫全書本。

2. 《震澤集》，（明）王鏊撰，上海古籍出版社 1987 年影印文淵閣四庫全書本。

3. 《西村集》，（明）史鑑撰，上海古籍出版社 1987 年影印文淵閣四庫全書本。

4. 《甫田集》，（明）文徵明撰，上海古籍出版社 1987 年影印文淵閣四庫全書本。

5. 《樓居雜著》，（明）朱存理撰，上海古籍出版社 1987 年影印文淵閣四庫全書本。

6. 《野航詩稿》，（明）朱存理撰，上海古籍出版社 1987 年影印文淵閣四庫全書本。

7. 《野航文稿》，（明）朱存理撰，上海古籍出版社 1987 年影印文淵閣四庫全書本。

8. 《家藏集》，（明）吳寬撰，上海古籍出版社 1987 年影印文淵閣四庫全書本。

9. 《石田詩選》，（明）沈周撰，上海古籍出版社 1987 年影印文淵閣四庫全書本。

10. 《懷星堂集》，（明）祝允明撰，上海古籍出版社 1987 年影印文淵閣四庫全書本。

11. 《皇甫司勳集》，（明）皇甫汸撰，上海古籍出版社 1987 年影印文淵閣四庫全書本。

12. 《皇甫少玄集》，（明）皇甫涍撰，上海古籍出版社 1987 年影印文淵閣四庫全書本。

13. 《陸子餘集》，（明）陸粲撰，上海古籍出版社 1987 年影印文淵閣四庫全書本。

14. 《儼山外集》,(明)陸深撰,上海古籍出版社1987年影印文淵閣四庫全書本。

15. 《儼山集‧續集》,(明)陸深撰,上海古籍出版社1987年影印文淵閣四庫全書本。

16. 《菽園雜記》,(明)陸容撰,上海古籍出版社1987年影印文淵閣四庫全書本。

17. 《吳都文粹續集》,(明)錢穀輯,上海古籍出版社1987年影印文淵閣四庫全書本。

18. 《迪功集》,(明)徐禎卿撰,上海古籍出版社1987年影印文淵閣四庫全書本。

19. 《弇州四部稿》,(明)王世貞撰,上海古籍出版社1987年影印文淵閣四庫全書本。

20. 《弇山堂別集》,(清)王世貞撰,上海古籍出版社1987年影印文淵閣四庫全書本。

21. 《思玄集》,(明)桑悅撰,齊魯書社1997年四庫存目叢書影印明萬曆二年桑大協活字印本。

22. 《石田先生鈔八卷文鈔一卷附事略一卷》,(明)沈周撰,齊魯書社1997年四庫存目叢書影印明崇禎十七年瞿式耜刻本。

23. 《石田雜記》,(明)沈周撰,齊魯書社1997年四庫存目叢書影印清道光十一年六安晁氏木活字《學海類編》本。

24. 《江南春詞》,(明)沈周撰,齊魯書社1997年四庫存目叢書影印明嘉靖刻本。

25. 《五嶽山人集》,(明)黃省曾撰,齊魯書社1997年四庫存目叢書影印明嘉靖刻本。

26. 《胥臺先生集》,(明)袁袠撰,齊魯書社1997年四庫存目叢書影印萬曆十二年衡藩刻本。

27. 《楊南峰先生全集》,(明)楊循吉著,齊魯書社1997年四庫存目叢書影印明萬曆三十七年徐景鳳合刻《楊南峰先生全集》十種本。

28. 《野記》,(明)祝允明撰,齊魯書社1997年四庫存目叢書影印明毛文燁刻本。

29. 《國寶新編》,(明)顧璘撰,齊魯書社1997年四庫存目叢書影印明嘉靖《金聲玉振集》本。

30. 《吳郡丹青志》,(明)閭秀卿撰,齊魯書社1997年四庫存目叢書影印明萬曆《王百穀全集》本。

31. 《姑蘇名賢小紀》,(明)文震孟撰,齊魯書社1997年四庫存目叢書影印明萬曆四十二年文氏竺塢刻本。

32. 《雅宜山人集》，（明）王寵撰，明嘉靖十六年刻本。

33. 《枝山文集》，（明）祝允明撰，清同治十三年元和祝氏刻本。

34. 《浮物》，（明）祝允明撰，北京中國書店 1959 年影印《金聲玉振集》本。

35. 《讀書筆記》，（明）祝允明撰，北京中國書店 1959 年影印《金聲玉振集》本。

36. 《成化間蘇材小纂》，（明）祝允明撰，北京中國書店 1959 年影印金聲玉振集本。

37. 《祝子罪知錄》，（明）祝允明撰，明刻本。

38. 《南濠居士文跋》，（明）都穆撰，明正德刻本。

39. 《都公談纂》，（明）都穆撰，（明）陸采輯，明刻本。

40. 《聽雨紀談》，（明）都穆撰，明嘉靖十八年顧氏大石山房刻本。

41. 《松籌堂集》，（明）楊循吉撰，清金氏文瑞樓抄本。

42. 《金石契》，（明）祝肇撰，明嘉靖十八至二十年顧氏大石山房刻本。

43. 《蠶衣》，（明）祝允明撰，上海進步書局、上海文明書局 1923 年版。

44. 《祝枝山全集》，（明）祝允明著，大道書局 1935 年版。

45. 《懷星堂集》，（明）祝允明著，孫寶點校，西泠印社出版社 2012 年版。

46. 《祝允明集》，（明）祝允明著，薛維源點校，上海古籍出版社 2016 年版。

47. 《沈周集》，張修齡、韓星嬰點校，上海古籍出版社 2013 年版。

48. 《文徵明集》，（明）文徵明著，周道振輯校，上海古籍出版社 1987 年版。

49. 《唐伯虎全集》，（明）唐寅著，周道振、張月尊輯校，中國美術學院出版社 2002 年版。

50. 《談藝錄》，（明）徐禎卿撰，中華書局 1981 年版。

51. 《藝苑卮言》，（明）王世貞撰，中華書局 1983 年版。

52. 《（嘉靖）吳邑志》，（明）蘇祐修，（明）楊循吉撰，明嘉靖八年刻本。

53. 《（康熙）蘇州府志》，（清）寧雲鵬等修，（清）沈世弈等撰，清康熙三十年刻本。

54. 《（正德）姑蘇志》，（明）王鏊等纂，明正德六年刻本。

55. 《（萬曆）長洲縣志》，（明）張德夫修，（明）皇甫汸纂，（明）張鳳翼續修，明萬曆二十六年刻本。

56. 《明人傳記資料索引》，臺灣中央圖書館編，中華書局 1987 年版。

57. 《明史》，（清）張廷玉等撰，中華書局 1984 年版。

58. 《明史紀事本末》，（清）谷應泰撰，中華書局 1977 年版。

59. 《讀廿二史札記》，（清）趙翼撰，中國書店 1984 年版。

60. 《明清史講義》，孟森撰，中華書局 1981 年版。

61. 《罪惟錄》，（清）查繼佐撰，浙江古籍出版社 1986 年版。

62. 《獻徵錄》，（明）焦竑撰，上海書店 1987 年版。

63. 《明詩別裁集》，（清）沈德潛撰，上海古籍出版社 1979 年版。

64. 《明詩紀事》，（清）陳田集撰，上海古籍出版社 1993 年版。

65. 《靜志居詩話》，（清）朱彝尊著，人民文學出版社 1990 年版。

66. 《明詞綜》，（明）王昶輯，遼寧教育出版社 1997 年版。

67. 《列朝詩集小傳》，（清）錢謙益撰，上海古籍出版社 1959 年版。

68. 《國史舊聞》，陳登原撰，中華書局 1980 年版。

69. 《四庫全書總目》，（清）永瑢等撰，上海古籍出版社 1987 年影印文淵閣四庫全書本。

70. 《沈周年譜》，陳正宏著，復旦大學出版社 1993 年版。

71. 《文徵明年譜》，周道振、張月尊同纂，百家出版社 1998 年版。

72. 《明唐伯虎先生寅年譜》楊靜盦著，臺灣商務印書館 1980 年影印本。

73. 《祝允明年譜》，陳麥青著，復旦大學出版社 1996 年版。

74. 吳文化知識叢書，南京大學出版社。

75. 《陽湖文派研究》，曹虹著，中華書局 1996 年版。

76. 《王學與中晚明士人心態》，左東嶺著，人民文學出版社 2000 年版。

77. 《中國古代文人集團與文學風貌》，郭英德著，北京師範大學出版社 1998 年版。

78. 《明永樂至嘉靖初詩文觀研究》，黃卓越著，北京師範大學出版社 2001 年版。

79. 《明代文學復古運動研究》，廖可斌著，上海古籍出版社 1994 年版。

80. 《明中後期文學思想研究》，黃卓越著，北京大學出版社 2005 年版。

81. 《明成化至正德間蘇州詩人研究》，徐楠著，社會科學文獻出版社 2010 年版。

82. 《祝允明文學思想研究》，徐慧著，河南大學出版社 2015 年版。

83. 《壯觀集：明代蘇州傑出書畫藝術家匯觀》，林家治著，河北教育出版社 2011 年版。

84. 《江蘇明代作家研究》，劉廷乾著，東南大學出版社 2010 年版。

85. 《詩稗鱗爪》，廖可斌著，浙江大學出版社 1999 年版。

86. 《元末吳中詩派論考》，王忠閣著，廣西師範大學出版社 1998 年版。

87. 《賦史》，馬積高著，上海古籍出版社 1987 年版。

88. 《明詞史》，張仲謀著，人民文學出版社 2002 年版。

89. 《明代詩文的演變》，陳書錄著，江蘇教育出版社 1996 年版。

90. 《明清蘇南望族文化研究》，江慶柏著，南京師範大學出版社 1991 年版。

91. 《中國隱士與中國文化》，蔣星煜著，上海書店 1992 年版。

92. 《理學文藝史綱》，許總主編，江蘇教育出版社 2001 年版。

93. 《吳越文化》，張荷著，遼寧教育出版社 1998 年版。

94. 《明清社會經濟變遷論》，傅衣凌著，人民出版社 1989 年版。

95. 《元明散曲史》，王星琦著，南京大學出版社 1999 年版。

96. 《八股文概說》，王凱符著，中國和平出版社 1991 年版。

97. 《中國文化地理》，陳正祥著，三聯書店 1983 年版。

98. 《復古與復元古》，劉紹瑾著，中國社會科學出版社 2001 年版。

99. 《心靈超越與境界》，蒙培元著，人民出版社 1998 年版。

100. 《白話文學史》，胡適著，東方出版社 1996 年版。

101. 《明清江南私人刻書史略》，葉樹聲、余敏輝著，安徽大學出版社 2000 年版。

102. 《沈周》，阮榮春著，吉林美術出版社 1996 年版。

103. 《文徵明》，劉綱紀著，吉林美術出版社 1996 年版。

104. 《明代才子唐寅》，杜英穆編著，臺北名望出版社 1987 年版。

105. 《祝允明》，葛鴻楨著，紫禁城出版社 1988 年版。

106. 〈明代中葉吳中文人集團及其文化特徵〉，鄭利華撰，《上海大學學報》1997 年第 2 期。

107. 〈「市隱」心態與吳中明清文化世族〉，嚴迪昌撰，《蘇州大學學報》1992 年第 1 期。

108. 〈明清江南進士數量地域分佈及其特色分析〉，范金民撰，《南京大學學報》1997 年第 1 期。

109. 〈論明中期才士的傲誕之習〉，暴鴻昌撰，《求是學刊》1993 年第 2 期。

110. 〈蘇州地區收藏家述略〉，沈振輝撰，《蘇州大學學報》1999 年第 1 期。

111. 〈明代的吏員和吏治〉，趙毅撰，《史學月刊》1987 年第 2 期。

112. 〈沈周《落花詩》考論〉，湯志波撰，《中國文學研究》2015 年第 2 期。

113. 〈論沈周山水詩創作中的樂遊之懷〉，何麗娜撰，《學術交流》2013 年第 3 期。

114. 〈明中期文學復古運動中的「別支」——祝允明六朝論與六朝文風〉，徐慧撰，《蘇州大學學報（哲學社會科學版）》，2010 年第 5 期。

115. 〈微官縛人萬事拙，安得浮雲相往來——論沈周的隱逸心態與性靈文學
思想〉，史小軍、雷琰撰，《湖北社會科學》2016 年第 9 期。

後　記

寫至後記，想起了許許多多。

《文徵明集》即使在國家圖書館也已經難得一見了，而我這裡就有一套，它是學兄陳光送給我的——在買這本書之前，他甚至沒有問一問我是否需要。而同樣於我而言難得一見的幾本書也都是他拿給我看的，這一看，就在我這兒放了一年多的時間。

有幾次，知道了幾本書，就請北京大學的博士生李俊幫我借出或替我複印，他有求必應。有一天，我去他那兒借一本書，他正在吃飯，放下飯盆裏吃了一半的飯，就和我一同去圖書館了，而那時是下午兩點。

我的論文在尚未成型之前給華中科技大學的占驍勇老師和學友宋俊玲看過部份章節，他（她）們給我提出了十分中肯的意見，其中有讓我暗暗欣喜的表揚，更有尖銳得令我汗顏的批評。

當然，今天可以在這裡寫這篇後記，最讓我感謝的自然是我的導師張燕瑾教授。

三年前的這個時候，我參加了首都師範大學的博士研究生入學考試。當時我在武漢教書，正忙著爲學生的實習做準備，而所謂的赴京趕考只是爲了給在京的男友一個交代。考試之前，我沒有和張老師聯繫，面試之後，直接坐火車就回去了。我根本沒想到會被錄取——好多人都知道和導師聯繫的重要性。而也就是因爲張老師的公正和公平，我有了到北京讀書的可能，也就是因爲我來了北京，我人生中的許多就與原來預想的大不一樣了。

張老師是個嚴厲的人，一年級時，我們每周二都有討論，每到那天我都會牙痛，我怕沒有什麼可以向老師報告的。二年級時，張老師要求我們發表

文章，我就只好呆在國家圖書館看膠片、線裝古籍、方志，我怕拿不出東西給他。直到今天，我依舊怕這篇論文滿足不了張老師的最低要求，他那麼仔細地給我提了那麼多修改意見。

我很少去張老師家，去了也多是呆幾分鐘就走，而且尤其怕師母在，她聽見我咳嗽會拿藥給我，看見我穿得少會告訴我加衣服，好像我還是個小孩兒。

早就習慣了類如飄萍，很少奢求，也很少情願在任何事情上被任何人關心或牽繫。而在張老師門下，我有幸結識了胡明偉、汪龍麟、霍現俊、張維娟、徐雲知、劉鳳玲、鄧丹、丁合林等同門，在這三年的學習生活中，他（她）們給我提供了無數的幫助：告訴我看到了一篇和我論文有關的文章，借給我相關的書籍，提供給我招聘單位的信息……溫暖和關愛就這樣浸漬在與他（她）們相處的每一寸時光，而我也逐漸習慣了這種種的牽念。

論文的寫作很辛苦，似乎總是找不到最好的想法和表述方式，可我喜歡它有種種未知可以讓我猜想，我願意在以後的日子裏把它變得更趨成熟，時間會為我明證。

這些天，真是累壞了親愛的小孩兒，千里迢迢來到北京，每兩小時死機一次，它是我在山西大學的好友郭鵬、尹變英借給我用的筆記本電腦。而馬來西亞大學的潘碧華女士也曾把她的電腦借給我。

希望可以有時間歇歇，去天津看看我的好朋友馮海晶，我最寂寞無助的時候，總有她的關心和呵護，難得這二十幾年的相知相伴。

希望可以有時間歇歇，請我在北京的朋友林喜傑吃頓飯，給我在湖北的朋友胡璟、在江蘇的朋友侯阿丹、在遼寧的朋友高斌偉、在黑龍江的朋友黃雲松、在北京的朋友鄭錦燕和李駿打個電話，這兩年，尤其是在非典時期和聯繫工作期間，多蒙他（她）們的關懷和惦念。

好想早一點兒回家，看漫天的飛雪和初春的新綠，看高大挺拔的長著眼睛的白楊。我欠家人太多太多，在今後的歲月中，我將盡我的全部來一點點補償。

2004 年 4 月 13 日

再 記

收到臺灣花木蘭文化出版社丁編輯的短信是 4 月 27 日下午，看到「尊師張燕瑾授命在下與您聯繫博士論文出版事，煩請告知 e-mail，亦將內容提要、目錄、作者簡介發送至郵箱」，我一時淚盈於眶——從沒想過這篇 2004 年的畢業論文還有可能被出版，也從不曾設想張老師還一直記著這篇論文⋯⋯

按要求發出郵件後，我一面忐忑地希望論文通過審核，能夠被列入出版計劃；一面又害怕著，怕出版後它只能以一本廢紙的形式惹人嗤笑。因為後者，我打開中國期刊網和讀秀學術搜索，查詢這篇畢業論文的情況。既然有一千多的下載次數和轉引涉及，它應該還有正式出版的些許意義吧？

得到錄用通知並簽下出版合同後，我開始對最初的論文再進行加工，修正了部份被方家批評的錯誤，增加了三萬餘字，主要在沈周這一章，它是原畢業論文中闕如的，其餘多在附錄部份。這些增加的內容都是利用清晨做飯之前以及中午在單位午休的時間完成的。我做了自己的努力，但能力、時間、精力所限，文稿依然有缺陷和遺憾。十餘年過去，沉舟側畔新帆無數，舊船再經修補，也終究只是舊物。此書對我的意義，更多還是去日路途上的標誌吧。

感謝張老師對我這個不成器弟子的厚愛和牽念！

感謝楊嘉樂主編和花木蘭文化出版社給我這樣難得的機會！

謹以此書懷念母親和師母，並銘記這十餘年間所有的死生別離與飲恨吞聲。

2017 年 9 月 18 日